DESEO

AF274859

JESSICA LEMMON
MELODÍA INACABADA

HARLEQUIN™

Editado por Harlequin Ibérica.
Una división de HarperCollins Ibérica, S.A.
Avenida de Burgos, 8B - Planta 18
28036 Madrid

© 2024 Harlequin Ibérica, una división de HarperCollins Ibérica, S.A.
N.º 553 - 27.12.24

© 2021 Jessica Lemmon
Melodía inacabada
Título original: Second Chance Love Song

© 2021 Jules Bennett
Un compromiso falso
Título original: Fake Engagement, Nashville Style

© 2021 Jessica Lemmon
Al ritmo del deseo
Título original: Good Twin Gone Country
Publicadas originalmente por Harlequin Enterprises, Ltd.
Estos títulos fueron publicados originalmente en español en 2022

I.S.B.N.: 978-84-1074-019-8
Depósito legal: M-21118-2024
Impreso en España por: BLACK PRINT
Fecha impresión para Argentina: 25.6.25
Distribuidor exclusivo para España: LOGISTA
Distribuidor para México: Distribuidora Intermex, S.A. de C.V.
Distribuidores para Argentina: Interior, DGP, S.A. Alvarado 2118.
Cap. Fed./Buenos Aires y Gran Buenos Aires, VACCARO HNOS.

Prólogo

Diez años antes
Universidad Estatal de Florida

Presley Cole sintió que su piel echaba chispas bajo la lluvia, pensó que se iba a desvanecer.

Casi no podía creer que estuviese delante de su residencia universitaria besándose con Cash Sutherland, quien, como por obra de algún milagro, se había convertido en su novio.

Habían salido juntos un par de veces, a cenar o a una fiesta, y ella siempre se había contentado con tenerlo cerca. Jamás había soñado con terminar la noche con él de manera inocente, con la ropa puesta, a pesar de que había tantas chicas guapas en aquella universidad dispuestas a acostarse con él.

Sobre todo, después de que ella le hubiese dicho que no iba a hacerlo. Lo deseaba, pero lo que sentía por él era demasiado fuerte, demasiado aterrador, para comprender lo que le estaba ocurriendo. Además, tenía miedo de traspasar sus propios límites y que, entonces, él la dejara.

–Merece la pena esperar –le había dicho él la noche anterior, después de haberle hecho llegar a un increíble orgasmo con sus caricias.

Presley se había disculpado por no querer ir más

3

allá, por haberlo dejado a él sin aliviarse, pero Cash la había abrazado y había vuelto a besarla, mientras ella notaba su erección clavada en el muslo, y le había asegurado que no debía preocuparse por él.

En esos momentos, Cash se apartó y le apartó el pelo mojado de la cara. Estaban apoyados en la pared de ladrillos, pero el voladizo no los protegía de la lluvia, sobre todo, porque hacía viento. Era época de huracanes.

Ella clavó la vista en la escayola que unía sus dedos corazón y anular, admiró sus ojos profundos, oscuros, su afilada nariz, sus labios gruesos que solían sonreírle. Aunque llevaba tiempo sin sonreír, como si la herida le hubiese robado la alegría.

−¿Te duele el dedo? −le preguntó.

Se lo había roto jugando al fútbol americano, una mala noticia para un chico al que podían haber llamado para la Liga Nacional en cualquier momento. Aunque lo que más le fastidiaba a Cash era no poder tocar la guitarra. Su pasión por el canto y la composición la habían dejado de piedra la primera vez que había hablado con él. Había pensado saber qué tipo de chico era, pero Cash no dejaba de sorprenderla. Era guapo y practicaba un deporte duro, pero, al mismo tiempo, era capaz de entonar canciones de amor cargadas de emoción. No era de extrañar que estuviese loca por él.

−Pres, tengo que decirte algo.

Cash habló en tono monótono y ella intentó pensar que no iba a darle una mala noticia a pesar de saber que eso era lo que iba a ocurrir. Empezó a temblar y notó que le castañeteaban los dientes como si estuviese bajo una tormenta de nieve y no en Florida.

–¿Quieres subir? –le preguntó, con la intención de posponer cualquiera que fuese la mala noticia–. Aquí nos estamos mojando.

Él hizo una mueca, no le devolvió la sonrisa nerviosa. Después, respiró hondo. Era tarde. Habían pasado todo el día en clase y casi toda la tarde estudiando en la biblioteca. Ambos estaban cansados. Presley intentó convencerse de que solo era eso.

–Sube –repitió, agarrándole la mano herida–. Prepararé chocolate caliente y podremos sentarnos en mi cama a charlar.

Se puso de puntillas, le dio un beso en la mejilla y añadió.

–O a no charlar.

Pensó que él le iba a contestar que no, pero lo vio asentir.

Presley se lo tomó como una victoria mientras subían las escaleras, entraban en su habitación y ella se cambiaba la camiseta mojada por una seca. Entonces, empujó a Cash hacia la cama y se dio cuenta de que volvía a estar muy serio, lo que la preocupó. Era evidente que ocurría algo.

No tardó en descubrir el qué.

Cash rompió con ella aquella noche y la dejó llorando. Fuera, la tormenta arreció, pero nada que ver con su tormenta interior. Un rayo iluminó el cielo y ella miró por la ventana con los ojos inflamados, ardiendo. El sonido de un trueno ahogó el de sus sollozos.

La relación más bonita que había tenido, con el hombre más guapo que había conocido, se había terminado. Cash volvería a casa a la semana siguiente.

Se marchaba a Tennessee y no estaba interesado en mantener una relación a distancia. No estaba interesado en ella.

Se había terminado. Para siempre.

Eso, si en realidad había comenzado alguna vez.

Capítulo Uno

Presley, muy guapa, vestida con una falda fucsia, una blusa de flores y unos zapatos con la punta abierta, se agarró la rodilla para evitar mover la pierna sin parar. Había tomado demasiada cafeína y se había pasado la noche sin dormir, pero no había querido perder ni un segundo cuando por fin había encontrado la inspiración.

Llevaba tanto tiempo sonriendo que le estaba empezando a doler la cara, así que se tapó la boca y tosió para relajar un poco el gesto. Cuando su jefa, Delilah, volvió a mirarla, Presley sonrió de nuevo.

«Di que sí. Solo necesito un sí».

Desde que tenía memoria, Presley había deseado marcharse de Florida. Siempre había querido viajar por el mundo, visitar otros países, conocer personas nuevas, interesantes, pero viajar costaba dinero y no tenía mucho, así que se sentía atada a Tallahassee como si una fuerza invisible se empeñase en retenerla allí.

Cuando, un mes antes, su jefa había anunciado una competición amistosa para ir a trabajar a tiempo completo y como redactora sénior a cualquiera de las oficinas de Viral Pop del mundo, a Presley se le había hecho la boca agua solo de pensarlo.

Solo tenía que escribir un artículo que se hiciese viral y se había pasado toda la semana anterior dándole vueltas al tema, pero sin que se le ocurriese nada. Entonces, al llegar a casa la noche anterior, había oído una canción de su exnovio en la radio.

Cash Sutherland se había marchado de Florida siendo una estrella del fútbol americano y en esos momentos era una estrella de la música *country*. Al escuchar su canción más popular, a Presley se le había ocurrido, de repente, una idea.

En realidad, no lo había visto claro desde el principio. No le apetecía volver a pensar en aquella ruptura que la había dejado por los suelos años atrás, pero, por otra parte, quería ganar. Lo deseaba con todas sus fuerzas.

Así que se había quedado despierta hasta las dos de la madrugada escribiendo la propuesta que Delilah estaba leyendo en aquel preciso instante.

—Esto requeriría que estuvieses fuera de la oficina —comentó su jefa mirando a Presley.

La mirada inquisidora de Delilah siempre era intimidante, pero Presley quería ganar. Así que podía soportar que la intimidasen un poco.

—Ya he trabajado a distancia antes —le respondió—. Se me da bien la gestión del tiempo, sobre todo, cuando se trata de mi propio tiempo. O del tiempo que paso aquí, en el trabajo. Y, sobre todo, valoro tu tiempo.

Apretó los labios para no parecer que estaba desesperada.

Delilah se quedó pensativa, puso a un lado la tableta que tenía en las manos y le preguntó:

—¿Qué te hace estar tan segura de que Cash Sutherland va a contarte sus secretos cuando siempre ha evitado hablar con la prensa?

Presley se humedeció los labios con nerviosismo. No estaba segura de que Cash Sutherland fuese a contarle cómo había compuesto su mayor éxito y a quién iba dirigido. Desde que el tema *Lightning* había llegado a las listas de éxitos, la prensa había intentado resolver el misterio y había muchos rumores que señalaban a estrellas del cine y de la música y, teniendo en cuenta su historial, lo cierto era que podía ser cualquiera.

—Somos viejos amigos —le respondió a su jefa—. Fuimos juntos a la universidad. Y hace dos años fui a hablar con su hermano Gavin para escribir el artículo acerca de Elite Records.

No tenía ningún reparo en ir a ver a Cash. Su ruptura formaba parte del pasado y había hecho todo lo posible por dejarla atrás. No sabía qué pensaría él si la veía aparecer de repente, pero Gavin le había sugerido que no avisase a su hermano de que iba a ir a verlo.

—Ven al espectáculo —le había dicho—. Una vez aquí, no tendrá elección, tendrá que hablar contigo.

Así que su plan no estaba muy claro, pero, por otro lado, no podía arriesgarse a que Cash se negase a recibirla.

Durante su primera visita a Beaumont Bay se había asegurado de que Cash no estaba en casa antes de concertar una entrevista con Gavin y William Sutherland. Por aquel entonces, no se había sentido preparada para volver a ver a Cash, pero no había podido evitar querer escribir la historia acerca de cómo la discográfica Elite Records había sido relanzada con gran éxito por el hijo mayor de la familia. Había sido la primera en dar la noticia de la resurrección de esta y los lectores habían devorado el artículo acerca de los cuatro atractivos hermanos.

En aquella época le había preocupado que la visita le trajese recuerdos desagradables, pero la visita a aquella ciudad rica y elegante no le había recordado al Cash al que ella había conocido. En realidad, se había dado cuenta de que nunca había conocido a Cash. O de que ya no lo conocía.

—Fue un artículo que escribí cuando todavía trabajaba en adaptación de contenidos —añadió al ver que su jefa no decía nada.

Gracias a aquel artículo, que había tenido mucho éxito, la habían ascendido a redactora, pero seguía en Tallahassee y su último texto se había titulado: *Diez veces en las que has deseado ser Taylor Swift*.

—Gavin Sutherland me ha contado que Cash va a dar un concierto privado —continuó—. No hay más prensa invitada.

No había incluido eso en su propuesta, que se reducía a un análisis de costes para demostrar lo barato que iba a resultar su viaje para la empresa.

—Elite Records quiere lavar la imagen de Cash después de que fuese condenado por conducir bajo los efectos del alcohol y la familia confía en mí porque me conoce.

Al menos Gavin confiaba en ella.

Delilah arqueó una ceja.

—¿No es Cash un chico malo? ¿Qué más le da eso?

Cash había sido un chico malo. De adolescente, había causado varios problemas en su ciudad natal, Beaumont Bay. En una ocasión, incluso le había robado el coche a su padre solo para divertirse. Así que cuando le habían dado una beca universitaria para jugar al fútbol americano, sus padres habían respirado aliviados, pensando que sus años difíciles habían quedado atrás.

Pero, al parecer, Cash había vuelto a su ciudad y a su comportamiento de chico malo. Sus hermanos le habían organizado incluso una gira con Hannah Banks, otra cantante de *country* con fama de chica buena, para intentar mejorar su reputación.

Pero Cash era un hombre que actuaba con las mujeres como si fuesen objetos de usar y tirar y Presley lo sabía mejor que nadie. La había amado y dejado cuando estaban en la universidad. Aunque lo de amar eran palabras mayores. En realidad, solo habían compartido unas sesiones de besos en su habitación, pero nunca habían llegado a amarse.

No obstante, ella, que con veintipocos años había sido muy inexperta, se había sentido completamente enamorada de él. Lo había entrevistado como parte de un trabajo de clase, dando por hecho que jamás conseguiría tenerlo más cerca, y se había sorprendido cuando la estrella del fútbol americano de su universidad le había pedido que saliese a cenar con él una semana después.

También se había llevado una gran sorpresa cuando se habían vuelto inseparables. Al menos, hasta que Cash se había marchado de Florida y no había vuelto a dar señales de vida. No solo había dejado atrás Florida y el fútbol para hacer carrera en la música, sino que también la había dejado a ella.

—¿Piensas que te hablará de ese tema? —le preguntó su jefa.

Presley no tenía ni idea.

–Estoy convencida –mintió–. Está trabajando en un disco nuevo y va a necesitar publicidad. Supongo que sabe que necesita un cambio de imagen.

Aunque no un cambio de imagen literal. Aunque Presley llevaba años sin verlo en persona, sí había visto fotografías suyas en Internet. Y seguía siendo tan guapo como lo recordaba: tez y pelo morenos, ojos color miel, la mandíbula marcada y una sonrisa capaz de hacer derretirse a una monja. Y, eso, solo por encima del cuello. Además de su altura, tenía los hombros anchos y musculosos, los abdominales marcados y los muslos fuertes. En una fotografía reciente, Presley se había fijado en que llevaba un tatuaje en un brazo. Ese era uno de los múltiples cambios que debía de haber sufrido desde que la había dejado.

–Te doy una semana –le dijo Delilah, poniéndose las gafas y clavando la vista en el ordenador.

Un momento después, empezó a teclear y Presley imaginó que aquello sonaba a afirmación.

–¿Es eso un… sí?

–Sí –le respondió Delilah sonriendo–. Espero un jugoso artículo acerca de la mujer que ha inspirado *Lightning*, un análisis profundo del chico malo de Beaumont Bay y todos los chismes posibles acerca de su condena por conducir ebrio. ¿Piensas que podrás hacerlo?

–Por supuesto. Estoy segura.

Presley se puso en pie de un salto. Lo que Delilah le pedía le parecía demasiado invasivo, pero pensó que podía escribir un artículo completo y respetuoso al mismo tiempo. No tenía ningún interés en vengarse de una ruptura ocurrida hacía mil años. Su único objetivo era salir de Florida.

—Y… —añadió Delilah antes de que le diese tiempo a marcharse—. Espero que vayas informando a mi asistente, Sandra, de tus progresos por correo electrónico.

—Sin problema —le respondió ella.

Mientras salía del despacho le envió un mensaje de texto a Gavin Sutherland: *Saldré el viernes*.

No tuvo que esperar mucho su respuesta: *Perfecto. Hasta entonces*.

A ella se le hizo un nudo en el estómago. Iba a conducir ocho horas hasta Tennessee para entrevistar a su exnovio acerca de las mujeres de su pasado y de su condena por conducir bajo los efectos del alcohol. Iba a preguntarle acerca de la fama y de la fortuna, de su fama de chico malo y, también, por qué la había dejado.

Aunque formase parte del pasado, una parte de ella anhelaba conocer el motivo. En primer lugar, para zanjar el tema y, en segundo, para satisfacer su curiosidad. Se dijo que si no conseguía obtener una respuesta, se consolaría con una copa de champán y un viaje en primera hacia otro destino, fuera de Tallahassee.

Por suerte, tenía el resto de la semana para prepararse para el viaje. Hacía mucho tiempo que no veía a Cash y estaba empezando a sentirse de nuevo como una veinteañera enamorada… pero se dijo que había madurado y que no iba a volver a ponerse en semejante situación.

No, aquella no iba a ser una tarea fácil, pero no iba a perder la oportunidad de mudarse y continuar con su vida. Ya llevaba demasiado tiempo posponiendo sus sueños.

Además, Cash se lo debía. La había dejado de un día para otro, sin mirar atrás. Y ese, en parte, era el motivo por el que Presley se había visto atrapada en aquella ciudad. Mientras salía con él, había considerado hacer unas prácticas en Nueva York o en Tallahassee, pero se había decidido por la segunda porque Cash estaba en Florida. Él había tenido una beca allí y había sido una promesa del fútbol americano. Presley no había contado con que se marchase de aquel modo.

Pero se había equivocado.

Así que había llegado el momento de ser egoísta y centrarse en sus propios sueños. El puesto de redactora sénior fuera de Florida la esperaba. Podía ir a Nueva York, Los Ángeles, San Francisco, Londres… o incluso Roma. Eso, sin perder antigüedad y sin tener que empezar de cero en otra empresa. Si le encantaba, podría pedir que la trasladasen allí de manera indefinida. Su familia podría ir a visitarla, o ella podría volver en vacaciones. No tenía nada más que la atase allí.

Sintió que el corazón le daba un vuelco mientras tecleaba.

Podía hacer aquello. Iba a hacerlo.

El viernes pisaría el acelerador de su *jeep* y conduciría hasta Beaumont Bay para hacerle una visita a su exnovio. Conseguiría que este le desvelase sus secretos y, después, tal y como había hecho él, se daría la media vuelta y se marcharía de allí sin mirar atrás.

***

14

Una sombra se había cernido sobre la vida de Cash Sutherland dos meses antes y no veía la manera de apartarla de allí.

No era la primera vez que pasaba por un mal momento, tanto en los negocios como en su vida personal, pero siempre conseguía remontar. La reacción de los medios sociales a su condena le parecía una locura. Era como si quisiesen hundir su carrera. La prensa era capaz de cualquier cosa con tal de tener una historia.

Eran todos unos buitres.

Y en el epicentro de la tormenta estaba, lógicamente, Mags Dumond, la mujer que se había autoproclamado primera dama de Beaumont Bay años atrás, cuando su difunto marido había sido alcalde. La familia Dumond había fundado Beaumont Bay, así que Cash suponía que se había ganado el apodo a pulso. Tras un fallido intento de lograr la fama en Nashville, Mags había vuelto a Beaumont Bay, se había casado con el alcalde y se había dedicado a dar fiestas.

La terrible noche de la que todo el mundo hablaba Mags había celebrado una fiesta benéfica y todo el mundo que era alguien en la bahía, en definitiva, casi todo el mundo, había asistido a la misma. Cash había bebido champán mientras charlaba con unos y otros y, a medianoche, sus hermanos se habían dirigido hacia la puerta y él los había seguido, pero Mags le había cortado el paso y había insistido en brindar con él. Tras acceder y dar un único sorbo a una copa que no quería beberse, Cash se había subido al volante de su Bugatti Chiron.

Se había sentido sobrio cuando le habían hecho detenerse en un control cerca de la mansión, pero, según el oficial de policía, había superado el límite legal de alcohol en sangre.

El recuerdo de aquella noche lo enfadó. Mags lo había perseguido durante gran parte de la velada, un hábito que había ido perfeccionando con el tiempo y del que él estaba cansado. Llevaba años presionándolo para que firmase con su discográfica, Cheating Hearts.

Y cuando uno de sus hermanos, Will, había relanzado Elite Records, ella no había ocultado su enfado y le había dejado claro que los hermanos Sutherland estaban adentrándose en terreno sagrado. Nadie tenía la osadía de competir con la reina de la bahía. O nadie la había tenido hasta que Will se había puesto al mando de Elite, Cash había grabado un disco con él y había ganado un importante premio de la industria discográfica. Y el éxito de Elite Records ya no tenía límites desde que la prometida de Will, Hannah, estaba con ellos. Asimismo, su hermano Luke los había invitado a tocar en uno de sus locales y Gavin, que era abogado, se dedicaba a asesorar a todos los artistas.

Dejando a un lado la historia de la ciudad y de la industria, lo único que importaba en esos momentos era que su fotografía policial corría por Internet como la pólvora. Su expresión de enfado hacía, además, que pareciese culpable.

Hasta entonces había sido un chico malo con mucha suerte. Primero, un disco de éxito, después, premios, pronto una nueva gira con Hannah y otro disco, después, el mundo. Hasta que aquel incidente había frenado sus planes.

A pesar de que sus fans lo apoyaban, los patrocinadores no eran tan leales. Una conocida marca de

16

calzado ya había rescindido su contrato, y una popular aplicación de juegos con la que ya había grabado un anuncio publicitario le había informado de que no se iba a emitir. De repente, «el chico malo de la música *country*», que el verano pasado había llenado estadios, era un riesgo para la salud pública.

Con la mente muy lejos de donde debía estar, terminó de cantar delante del micrófono.

Detrás del cristal del estudio que tenía en casa, su hermano mayor, Will, lo miró con los brazos cruzados y el ceño fruncido. A pesar de que aquel gesto se había adueñado de su cara desde hacía varios años, las arrugas se habían suavizado cuando había conocido a Hannah. Cash había pensado que jamás se llevarían bien, pero había resultado que tenían mucho en común y se habían enamorado. Su estoico, duro y rígido hermano estaba enamorado de Hannah Banks, una mujer explosiva, llena de color y de energía. Parecía un cuento de hadas. Eso era el amor para Cash, un cuento de hadas.

Will apretó un botón para hablarle.

—Te diría que lo repitieras, pero prefiero que te reserves la voz para el concierto del viernes.

Luego le hizo un gesto para que se quitase los auriculares.

—Qué ganas tengo —murmuró él en tono irónico.

Aquel concierto no era más que un ardid publicitario. Cuando se había imaginado su carrera como artista musical, solo había pensado en cómo sería vivir haciendo lo que más le gustaba. Había dejado atrás el fútbol, la universidad y, lo que había sido peor, a su querida novia Presley. Y se había convencido de que, aunque le rompiese el corazón, sería lo mejor para los dos.

Sabía que Presley trabajaba para un importante conglomerado de medios de comunicación. Su artículo sobre Elite Records varios años antes había pintado a los Sutherland de manera favorable. Era evidente que Presley había pasado página. Él, también, aunque había sido mucho más difícil de lo que había imaginado.

Le encantaba actuar, le encantaba estar rodeado de fans, pero el resto de sus obligaciones podían llegar a ser agotadoras. Vivir su pasión incluía un montón de cosas que no le interesaban, como el *marketing* y las entrevistas. Recientemente, durante una rueda de prensa, se había disculpado por haberse emborrachado a pesar de no haberse emborrachado.

Apoyó la guitarra en su pie y pasó por el lado de Will, que estaba mirando su teléfono.

–¿Quieres que vayamos a cenar? –le preguntó este–. Gavin y Luke están en el Silver Marmot.

Nadie podía rechazar un solomillo o una langosta, así que Cash asintió. Había sido un día muy largo. Un mes muy largo.

–Todo irá bien –lo animó su hermano mientras subían al piso de arriba y se dirigían a la puerta–. No van a hablar eternamente del tema.

Cash quería creer que la actuación del viernes lo cambiaría todo como por arte de magia, pero sabía que no iba a ser así. Tal vez aquello no durase siempre, tal y como había dicho su hermano, pero duraría meses, o años.

Por el bien de sus hermanos, tenía la esperanza de

no tardar tanto en recuperarse. A Elite Records no le venía nada bien aquella mala prensa.

–¿Quieres que conduzca yo? –le preguntó Will acariciando el capó de su Bugatti azul hielo.

–Ni sueñes con que tu trasero toque el asiento del conductor –le respondió él–. Además, no voy a beber alcohol esta noche.

En público, tal vez no volviese a hacerlo jamás.

Capítulo Dos

Presley llegó a Beaumont Bay mucho más tarde de lo que pretendía, después de nueve horas de carretera, atascos y alguna parada para descansar. Entró en el Hotel Beaumont con un vestido protegido por una funda de plástico de la tintorería colgado del brazo y se cruzó con varias personas en el vestíbulo de camino al baño de señoras. No debía preocuparle lo que Cash pensase de la ropa que se había puesto para conducir, pero no podía entrevistar a su ex vestida con unos pantalones elásticos y una camiseta ancha. El hotel era tan lujoso como se había imaginado, con enormes columnas y suelos de mármol, ricas alfombras y botones vestidos con camisa blanca y traje negro.

Había planeado llegar varias horas antes del concierto que se iba a celebrar en la azotea, pero el destino había cambiado sus planes. Al menos, Gavin le había contado que podía utilizar el ascensor de servicio a modo de pasaje secreto.

Se cambió en uno de los cuartos de baño y luego se miró al espejo en una especie de cuarto de estar que estaba al lado. Se lavó los dientes, se retocó el maquillaje y se peinó la melena caoba con los dedos. No se había atrevido a quitarle la capota al *jeep* y en esos momentos se alegró de la decisión, porque había caído una buena tormenta por el camino.

Tiró la bolsa en la que había llevado el vestido a la basura y se metió la ropa que había llevado puesta en el bolso. Estaba preparándose para salir cuando entró una mujer y el sonido de voces del pasillo.

Presley reconocía a un periodista solo con oírlo hablar. Dejó pasar a la mujer y salió al vestíbulo con el bolso colgado del brazo. Había hombres y mujeres con cámaras, otros con el teléfono en la mano, tomando fotografías y grabando vídeos.

—¡Cash Sutherland! —gritó uno de ellos—. ¡Cash!

Otros tentaron también a la suerte gritándole:

—¡Aquí, Cash!

Y uno incluso le preguntó en voz alta por su condena.

Qué grosero.

Presley avanzó sin perder de vista la cabeza de Cash, que se escondía bajo unas gafas de sol y estaba serio.

El mundo se detuvo de repente.

Era todavía más imponente de lo que lo recordaba, mucho más potente que en las fotografías que había visto en Internet. Los recuerdos amenazaron con asaltarla, pero ella los contuvo, se dijo que no podía permitir que eso la detuviese. Si quería que su vida cambiase de verdad, si quería salir de su ciudad natal, necesitaba concentrarse en el futuro, no en el pasado.

Vio que se abría un claro gracias a un botones que intentaba controlar a la multitud. Presley se colocó detrás de una mujer que ondeaba una camiseta del concierto. Cash se la firmó y ella miró el autógrafo con adoración. Presley aprovechó para colocarse delante de ella y seguir a Cash. El guardia de seguridad que tenía más cerca no consiguió agarrarla y levantó los brazos y gritó:

–¡Dejen espacio al señor Sutherland!

«Lo siento, pero eso no va a ocurrir», pensó ella.

Rodeó el mostrador principal y siguió al empleado del hotel que estaba acompañando a Cash hasta el ascensor de servicio. Cuando casi chocaron, el hombre la miró con el ceño fruncido. Ella le dedicó la mejor de sus sonrisas.

–Muchas gracias –le dijo, llevándose una mano al pecho–. Pensaba que lo había perdido, con tanta gente. Qué susto.

Él la dejó pasar, tal vez porque pensó que iba con el cantante, o porque no le importó. Cash acababa de tocar un botón dentro del ascensor cuando ella entró también. Las puertas se cerraron a sus espaldas atrapándolos, literalmente.

–¿Pero qué…? –inquirió Cash, mirándola con enfado primero y con sorpresa después–. ¿Presley?

A pesar de las charlas que se había dado a sí misma antes de aquella misión, no pudo evitar pensar en lo guapo que estaba.

–Hola –le respondió, humedeciéndose los labios, preparada para seguir hablando.

Pero el ascensor se sacudió y ella se aferró a lo que tenía más cerca, en aquel caso, una pila de vasos que iban en dirección a la terraza.

Cash también se apoyó en los vasos y ella clavó la vista en sus largos dedos, en sus bonitas manos, y siguió subiendo por el brazo que se perdía debajo de la camisa negra.

Allí vio el tatuaje de notas musicales que había visto en las fotografías. O parte de él.

El ascensor volvió a sacudirse, pero no subió hasta su destino. Las luces parpadearon.

—Estos ascensores de servicio… —comentó ella para romper el silencio.

Cash no parecía divertido. Presley no supo si era por las luces fluorescentes, pero tuvo la sensación de que estaba un poco verde y tenía una fina capa de sudor sobre el labio superior.

—¿Estás… bien?

Él no respondió. Clavó la vista en el techo, donde la luz volvió a parpadear. Respiró hondo y tragó saliva.

—¿Cash? —le preguntó ella, alargando la mano para tocarlo, pero él la fulminó con la mirada.

—¿Se puede saber qué estás haciendo aquí? —bramó.

Presley no dudó al responder, pero fuese lo que fuese lo que había dicho, a Cash le llegó como si estuviesen debajo del agua. O enterrados en cemento mojado.

Solo podía concentrarse en los chirridos de los cables del ascensor, en el golpeteo de los vasos y en el eje de hormigón visible a través de las paredes de hierro y cristal que lo rodeaban. ¿De quién había sido aquella brillante idea?

Siempre evitaba subir en ascensor. Se había quedado encerrado en uno con su madre cuando tenía cinco años. Habían estado allí sentados, sudando, durante lo que a él le habían parecido varios años, aunque Dana Sutherland le había asegurado que «solo» habían sido cuarenta minutos.

Para él, estar atrapado cuarenta minutos en un ataúd vertical no era baladí. El único motivo por el que estaba allí encerrado era porque si hubiese subido las escaleras andando, eso habría afectado a su actuación.

A Presley no parecía que le hubiese gustado que le preguntase qué estaba haciendo allí y le estaba hablando en tono mordaz, gesticulando mucho. Cash imaginó que no debía sorprenderse de su reacción. Era la primera vez que se veían desde que la había dejado llorando en Florida, era normal que no lo recordase con cariño.

Él se había preguntado si lo habría perdonado y, a juzgar por las chispas que saltaban de sus ojos azules, la respuesta era no.

Estaba diferente a como la recordaba, e igual al mismo tiempo. Tenía el mismo pelo rojizo, las mismas pecas delicadas que le salpicaban la nariz. El vestido negro era profesional, pero tentador. Presley Cole siempre había sido muy guapa y lo seguía siendo.

–… por no mencionar que he venido conduciendo desde Tallahassee para ayudarte –le estaba diciendo–. Así que, de nada.

–Ayudarme –repitió él entre dientes–. ¿Con qué?

–Con tu condena por conducir bebido, idiota. Abajo hay un montón de periodistas y, si piensas que alguno va a concederte el beneficio de la duda por conducir borracho…

–No estaba borracho –la interrumpió.

—Eso díselo al juez.

—Ya lo hice.

El ascensor se sacudió y el estómago de Cash, también. Entonces, Presley perdió el equilibrio y lo tocó. Solo lo agarró del brazo, pero sus uñas pintadas de rosa y las suaves pecas de su brazo le recordaron a otro tipo de caricias, menos inocentes. A la de veces que le había desabrochado el sujetador antes de besar sus pechos, o que le había desabrochado los pantalones para enterrar la mano…

«No vayas por ahí».

—¿Has venido a hacerme una entrevista? —le preguntó.

—Sí. Para Viral Pop. Es un importante conglomerado de medios de comunicación.

Cash conocía bien Viral Pop. Estaba a solo un paso de las revistas del corazón.

—No te voy a dar una entrevista —replicó, intentando desesperadamente recuperar la compostura.

—Por supuesto que sí —le respondió ella riendo.

—Ni aunque tuviésemos que estar encerrados en esta lata de sardinas el resto de la noche —añadió Cash, con el estómago encogido solo de pensarlo.

Aquella era su peor pesadilla hecha realidad.

Ella le soltó el brazo para tocar el botón de emergencia del ascensor y se oyó aullar una alarma.

—Escúcheme bien, don Importante. Como ya te he dicho, me debes al menos cinco minutos de tu precioso tiempo. Por cierto, que no he venido aquí por casualidad. Gavin es consciente de que tanto tú como la discográfica necesitáis algo de ayuda. ¿Cómo se apaga la alarma?

–No lo sé.

Cash se secó el sudor de la frente con el dorso de la mano. Estaba cada vez más mareado. Aquello era justo lo que había necesitado, que su exnovio, que estaba más guapa que nunca, le gritase en un ascensor parado entre dos pisos.

–Cash, ¿estás bien? –le preguntó ella, agarrándolo del brazo con la otra mano.

Sus impresionantes ojos azules lo miraron y Cash sintió que las paredes del ascensor desaparecían a su alrededor. Recordó con aterradora claridad el sabor de sus labios, sus lenguas entrelazadas, él acariciándole los pechos y a Presley llegando al orgasmo solo con eso. Le había encantado oírla gemir, con la falda levantada y el sujetador tirado en el suelo.

Sí, en esos momentos la sensación de claustrofobia estaba compitiendo con otra muy diferente. Cuando había salido con Presley, esta había sido educada, dulce y cauta. En esos momentos, todavía parecía dulce, pero mucho más fogosa. Cash vio preocupación y curiosidad en su mirada. Presley seguía tocándolo. El vestido negro se ceñía a sus modestas curvas, haciéndole recordar todo lo que había visto, y probado, debajo.

Se oyó una voz masculina procedente del altavoz.

–Soy Rod, de mantenimiento.

Presley miró hacia el panel, después, volvió a mirar a Cash y se dispuso a hacer una pregunta.

Él no se lo permitió, se inclinó hacia ella y capturó su deliciosa boca con un beso.

Capítulo Tres

Presley pensó que estaba teniendo una experiencia extracorporal. O, tal vez, el ascensor se había desplomado varios pisos, se había muerto y estaba en el cielo. Teniendo en cuenta lo increíble que estaba siendo el beso de Cash, no podía descartar completamente esa posibilidad.

Presley había cerrado los ojos y el resto de sus sentidos estaban alerta. Llevó las manos a sus bíceps y se los acarició. Los labios de Cash estaban calientes y la besaban con seguridad, y cuando su lengua tocó la de ella, sintió que se le doblaban las rodillas.

Él debió de darse cuenta porque sus manos la agarraron con fuerza. Aquellas manos prodigiosas. ¿Cómo se le había podido olvidar? Cash tenía talento para tocar la guitarra y también para excitarla. Sin dejar de besarla, la agarró por la cintura y la apretó contra su cuerpo. Presley apretó el pecho contra el de él, pero cuando fue a abrazarlo por el cuello, sus bocas se separaron.

La mirada de él era aturdida, casi de sorpresa. Presley lo vio tomar aire e hizo lo mismo, sin poder apartar la vista de sus largas pestañas y de sus ojos casi dorados, que parecían más oscuros con aquella luz tan escasa.

Cash rompió la magia del momento jurando. En voz muy alta.

La apartó, se acercó al panel del ascensor, apretó un botón, habló y tocó otro botón.

Ella sintió, con el corazón acelerado, que volvía a la Tierra, todavía temblando después de aquel beso que ni siquiera había intentado evitar, que no tenía sentido, porque Cash formaba parte de su pasado y ya lo había olvidado.

El ascensor se puso en movimiento de manera brusca y ella se agarró a la pila de vasos porque todavía le temblaban las rodillas.

«Del beso».

Cash miró hacia la puerta durante el resto del breve trayecto. Cuando el ascensor se detuvo, la miró muy serio por encima del hombro. Sus últimas palabras fueron:

—¿Gavin, de verdad?

—¿Qué quieres decir con eso? —murmuró ella, hablando sola porque Cash ya se había marchado.

Salió a la terraza detrás de él, enfadada, sobre todo, consigo misma. La había besado él, sí, pero ella le había devuelto el beso.

Entendió que Gavin le hubiese aconsejado que fuese sin avisar. Era evidente que Cash no se había alegrado de volver a verla.

El lujoso bar era mitad cubierto, mitad al aire libre, con vistas a la ciudad. Estaba atardeciendo y una luz cálida, dorada, bañaba el escenario en el que Cash iba a actuar.

Presley se dirigió hacia allí, pero un guardia de seguridad se interpuso en su camino.

—No puede pasar, señorita.

Ella separó los labios para llamar a Cash. Este le

debía una explicación. Sobre todo, tenía que explicarle por qué la había besado y después había salido corriendo. Antes de que le diese tiempo a hacerlo, Gavin Sutherland apareció justo delante de ella.

–Está con nosotros, Irv –dijo Gavin sonriendo–. Bienvenida al Cheshire. ¿Cómo estás, Pres?

Qué pregunta.

–He llegado tarde –le respondió ella.

–No, has llegado bien. Supongo que has subido en el ascensor de servicio, como te aconsejé.

–Sí.

Gavin apoyó una mano en la curva de su cintura y la alejó del escenario. El hermano pequeño de Cash era muy guapo, pero Presley no se sentía atraída por él.

–¿Te apetece un cóctel?

–Por supuesto. Está bastante vacío. Pensé que se llenaría.

–Las puertas no se abrirán hasta dentro de quince minutos. ¿Cuánta gente hay en el vestíbulo?

–Parece una piscina de tiburones con cebo en el agua –admitió ella.

Y sonrió al ver que Gavin se echaba a reír.

–Me he fijado en que Cash llegaba casi corriendo. Suele llegar tarde, pero no tanto. Me pregunto qué le habrá pasado.

Presley lo sabía, pero no iba a contárselo.

–No le gusta ensayar antes de los conciertos. Prefiere ser espontáneo –le contó Gavin.

Después, le hizo un gesto a la camarera, que iba vestida con un chaleco de cuero y solo un sujetador rojo debajo. Era rubia, pero llevaba un mechón de pelo también teñido de rojo.

–Christy, ¿le puedes preparar algo especial a Presley mientras yo voy a buscarle una acreditación? Es amiga de la familia, así que pon todo lo que te pida en mi cuenta.

–Por supuesto, cielo –le respondió Christy sonriendo–. ¿Qué te parece un Relámpago, que es lo que más le gusta a Cash Sutherland?

–¿Por qué no?

Resultó que el cóctel favorito de Cash era de color azul y sabor afrutado, servido en una copa de martini con una cereza en el fondo. Sin saber por qué, aquello le hizo pensar en su virginidad cuando había salido con él y en que nunca habían llegado hasta el final.

Se le encogió el estómago, sintió arrepentimiento y alivio, y le dio las gracias a Christy por la copa.

Con las botas apoyadas en la barra del taburete en el que estaba sentado detrás del escenario, Cash se concentró en afinar la guitarra mientras la banda preparaba sus instrumentos. Había pensado que la actuación de aquella noche sería solo una más, pero después de lo ocurrido en el ascensor, se dio cuenta de que se había equivocado.

No tenía la mente puesta en la música, sino en el beso que le había dado a Presley en el ascensor, en su respiración entrecortada, en cómo se había agarrado a sus brazos mientras pegaba el cuerpo al de él. En la seguridad de sus labios al devolverle el beso.

Cuando habían salido juntos, habían sido unos niños. Ella había tenido diecinueve años y él, veintitrés, pero ya no tenían esa edad y su dulce Presley había florecido. La forma en la que se había colado en el ascensor y le había asegurado que estaba allí para salvar su carrera no era propia de la Presley a la que él recordaba.

Cash pensó que iba a estrangular a su hermano pequeño por haber mantenido aquello en secreto.

—La lista temas, jefe —le dijo Mikey, su bajo, teniéndole una hoja de papel.

Cash la revisó, asintió y se la devolvió. Después, pensó que no sabía cómo iba a cantar *Lightning* con Presley delante y, sobre todo, después de aquel beso que había hecho que se detuviese el mundo. Y el ascensor.

Estaba acostumbrado a que la prensa y los *paparazzi* lo asediasen, pero la última persona que había imaginado que querría aprovecharse de su fama era ella. Un par de años antes le había hecho una entrevista a su familia, sin avisarlo, aunque eso no debía haberlo sorprendido, después de cómo había terminado su relación… Después de cómo había terminado él con su relación.

Había estado en su último año de universidad, deseando terminar o dejarlo directamente. Solo había querido que aquello se acabase. De no haber sido por la beca de fútbol americano, nunca habría ido a Florida ni habría conocido a Presley Cole. En esos momentos, no supo si aquello habría sido lo mejor.

En cualquier caso, se había roto el dedo jugando y, aunque después se le había curado, todavía le dolía cuando pasaba muchas horas ensayando. Después, no había podido retomar el fútbol de inmediato, ni tampoco sujetar un bolígrafo o tocar la guitarra, y ese había sido el factor decisivo.

Su padre, Travis, había tenido la esperanza de que terminase jugando en la Liga Nacional, pero él había tenido su propio sueño. La decisión de marcharse de la universidad de Florida había sido sencilla, la de dejar su relación con Presley, no.

Sin embargo, al dejar el fútbol se había dado cuenta de que era una mala influencia para Presley, que había ido con él a fiestas a las que no había debido asistir, y había dejado de salir con amigas para estar con él. Por su parte, Cash también había dejado de ir a algunas clases después de haber pasado la noche con ella, aunque hubiese respetado su deseo de no llegar hasta el final.

Presley no tenía ni idea de lo mucho que le había costado romper con ella, ver sus ojos llenos de lágrimas y marcharse como si no le importase. Le había importado. Demasiado.

Tras decidir que iba a perseguir su sueño, Cash había sabido lo que significaría volver a Tennessee: dedicar todo su tiempo a conseguir el éxito, lo que implicaba no tener tiempo para Presley.

Antes de alejarse de su lado, le había recordado que ella también tenía sueños: ser escritora, viajar. Ya había renunciado a unas prácticas en Nueva York por él y Cash quería que cumplieses sus sueños. Aunque tenía que reconocer que, en el fondo, se había comportado de manera egoísta y que Presley se había merecido, y seguía mereciéndose, a alguien mejor que él.

Por triste que fuese, su breve relación, honesta y cariñosa al principio, desgarradora al final, era una gran fuente de inspiración para su música.

Era una pena que la canción que había escrito para intentar olvidarla solo consiguiese reabrir la herida cada vez que la cantaba.

–Diez minutos –le dijo Mikey, su bajista.

Cash asintió. Si había algo que hacía bien, era compartimentar. Y tenía mucha práctica apartando los recuerdos de Presley de su mente.

Capítulo Cuatro

No era de extrañar que hubiese ganado premios.

Presley, sentada frente a una mesa alta, acompañada de Gavin y un par de amigos de este, intentó no mirar demasiado a Cash, pero no pudo evitarlo cuando tocó su canción de más éxito.

Cash la había animado a perseguir su sueño de convertirse en periodista y viajar por el mundo. Debería darle las gracias. Cuando él se había marchado de Florida, ella se había concentrado por completo en las clases. Gracias a Cash, se había hecho más dura, o eso había pensado antes de oírle cantar aquella canción.

La melodía terminó y la multitud aplaudió, ella lo hizo también. Se dio cuenta de que la última hora había pasado volando.

—¿Y ahora, qué? —preguntó una de las mujeres que había sentadas a la mesa—. ¿Corremos al escenario y le arrancamos la ropa?

Gavin se echó a reír.

—Inténtalo.

La mujer y su amiga rieron y se retaron la una a la otra. A Presley se le hizo un nudo en el estómago. No sabía si lo que sentía era melancolía por lo que había compartido en el pasado con Cash o celos al pensar que otras mujeres podían disfrutar de él en el presente.

—¿Estás bien, Pres? —le preguntó Gavin.

–¡Sí! ¿Va a venir Cash a sentarse con nosotros?

–No suele hacerlo –le respondió Gavin–. Aunque no haya mucha gente, las mujeres se vuelven locas por él.

–Ya.

–Esperará a que se haya ido casi todo el mundo. Solemos ir a verlo a la sala VIP. Supongo que Luke ya está allí con él. Y Will y Hannah no tardarán en acompañarlos.

–Hanna Banks. ¿Correcto?

La superestrella del *country* y el más serio de los hermanos Sutherland.

–Estoy deseando conocerla –añadió.

–Te caerá bien. Además, se te dan bien los famosos –comentó Gavin en tono divertido–. ¿Es porque conociste a Cash antes de serlo o por tu trabajo?

–Un poco de ambos –le dijo ella–. Los famosos son personas. Y no te puedes comportar como una idiota si quieres entrevistarlos con éxito. Hay que actuar como si nada.

Presley estuvo a punto de echarse a reír. Sí, había actuado como si nada al entrar en el ascensor con Cash y, después, había entrelazado su lengua con la de él.

«En fin», pensó, aclarándose la garganta.

–Vamos a la sala VIP –propuso Gavin.

Pasaron junto a un grupo de personas que iban hacia el escenario, cautivadas por el absurdamente universal atractivo de Cash. Presley se cruzó con dos mujeres que estaban llorando y diciendo que darían cualquier cosa por conocerlo.

Ella pensó que había pasado por lo mismo. De hecho, había renunciado a unas prácticas en Nueva York por estar con él, decisión que había terminado lamentando. Los sentimientos no habían sido recíprocos.

Pero no estaba allí para recuperar su relación, sino para averiguar a quién estaba dedicada su canción de mayor éxito y compartir la información en un artículo que leerían tantas personas que Viral Pop sentiría la tentación de cambiarle el nombre a la empresa y llamarla como ella. En otras palabras, que tenía que hacer su trabajo e iba a hacerlo bien. No podía dejarse distraer por Cash.

En la sala VIP, Gavin la llevó hacia una zona cubierta en la que estaban Will Sutherland y Hannah Banks, que era más guapa en persona, sobre todo, porque estaba sonriendo de oreja a oreja. Lo mismo le ocurría a Will.

Años atrás, Presley también había creído estar enamorada de Cash, pero había madurado y era más sensata. Lo que sentían aquellas mujeres por Cash era adoración, no tenía nada que ver con amor.

Y lo mismo le había ocurrido a ella. Cash había sido un popular jugador de fútbol americano que, además, tocaba la guitarra y cantaba muy bien. Había tenido algo irresistible que, por desgracia, seguía ahí.

No obstante, ella iba a resistirse.

En el pasado, Cash había estado centrado en su carrera. En esos momentos, le tocaba a ella pensar en su trabajo, en ella. Aunque no se le diese bien ser egoísta, tal vez Cash pudiese darle algunos consejos mientras estuviese allí.

Capítulo Cinco

Cash tomó aire y mantuvo su media sonrisa en su sitio mientras la mujer que tenía delante intentaba no llorar. Estaba feliz, o eso parecía, aunque era complicado estar seguro porque lloraba y reía a la vez.

—Solo quería decirte que tu música me ha cambiado la vida y que… te amo. Te amo tanto.

Aquella era la parte más incómoda de reunirse con sus fans. No lograba acostumbrarse.

—Te lo agradezco, Tabitha —le respondió en voz baja.

Ella abrió mucho los ojos y sonrió. Cuando había empezado a actuar, mujeres como Tabitha se habían quitado literalmente la ropa interior delante de él, pero enseguida había comprobado que aquellas aventuras eran más incómodas que satisfactorias. Así que había preferido tener relaciones reales, aunque fuesen breves.

—Se ha acabado su tiempo, señorita —dijo Irv, que llevaba la seguridad del Cheshire y era un tipo alto y corpulento, justo lo que Cash necesitaba.

Cash le guiñó el ojo a la chica y le dio las buenas noches. Después, Irv lo acompañó a la sala VIP.

Por fin estaba a salvo.

Entonces, vio a Presley charlando con Hannah y pensó que tal vez no estuviese a salvo. Al fin y al cabo,

Presley había intentado matarlo. Si no había sido al tocar el botón de emergencia del ascensor, había sido con aquel beso que había estado a punto de causarle un infarto.

Vio brillar sus ojos azules al mirarlo. No estaba contento con él y Cash no sabía si era por los recientes acontecimientos o por lo que había ocurrido en el pasado.

Hannah, que tenía a Will agarrado de la mano, se giró hacia la barra. Su hermano lo saludó con un movimiento de cabeza y Hannah se giró hacia él y le dedicó su perfecta sonrisa. A Cash le caía bien, siempre le había caído bien. No tendría que hacer ningún esfuerzo si tenía que ir de gira con ella. Tanto Hannah como la hermana de esta, Hallie, eran estupendas. Su abuela, Eleanor, las había educado bien.

Presley ya no lo fulminaba con la mirada. Había decidido hacer como si no estuviese. Sentada en un mullido sofá rojo, sonreía a su hermano Gavin, que acababa de volver con una copa para cada uno. Cash estaba molesto con él por haber invitado a su exnovio a Beaumont Bay sin decírselo. Se preguntó de qué parte estaba.

—Os veo muy a gusto juntos —comentó—. Supongo que es normal, si habéis estado en contacto recientemente.

—No hagas caso a su Alteza Real, Pres —le dijo Gavin a Presley.

—No se lo hago —le respondió ella, sonriendo a Cash de manera tensa.

Él le dedicó la sonrisa que dedicaba a todos sus fans.

–¿Quiere una cerveza, señor Sutherland? –le preguntó una camarera que le pareció nueva.

En una ciudad como Beaumont Bay, lo normal era el lujo y el alto poder adquisitivo y los trabajadores rotaban mucho.

–Encantado –respondió.

–¿Qué clase? –le preguntó ella en tono coqueto.

–Sorpréndeme.

La chica se alejó riendo y contoneando las caderas.

–Vaya –comentó Presley arqueando las cejas color caoba–. Puedes llegar a ser encantador.

–¡Presley! –la llamó Hannah desde la barra–. Ven aquí. ¡Quiero que conozcas a alguien!

Hallie, la hermana gemela de Hannah, estaba entre Hannah y Will. Hallie era una copia exacta de su famosa hermana, rubia y bella, con los ojos color avellana y la boca grande. No obstante, era fácil distinguirlas. Hallie llevaba puesto un vestido de color beis y el pelo recogido en una cola de caballo baja, mientras que Hannah prácticamente brillaba con un vestido rosa de *strass*. Sin duda, eran diferentes.

–Discúlpame –le dijo Presley a Gavin.

Cuando se marchó, Cash ocupó su lugar y aceptó la cerveza que acababa de llevarle la camarera.

–Gracias, cielo.

Esta se marchó enseguida, gesto que él agradeció. Dio un buen sorbo y pensó que se había ganado una cerveza después de la actuación.

–¿Me quieres contar qué hace aquí Presley Cole, asegurando que quiere ayudarme a limpiar mi imagen?

Gavin le dio un sorbo a su copa y fingió quedarse pensativo.

—Sé lo que piensas de la prensa, pero en este caso opino que puede ayudarte.

Cash dudó que sus motivos fuesen tan nobles.

—No te veo convencido —comentó Gavin—. Mira, Pres escribió un artículo acerca de Elite Records que, además de estar bien escrito, era justo. No malinterpretó nada de lo que Will le contó ni aprovechó la rivalidad entre Mags Dumond y los Sutherland, como hizo *Rolling Stone*.

Cash frunció el ceño. Recordaba aquel artículo, que había surtido un efecto dominó en las redes sociales. Aunque a él no le gustase la prensa y odiase las redes sociales.

—Me llamó hace un par de semanas para preguntarme si el estudio se había recuperado después de la tormenta y hablamos de tu noticia. Le dije que era todo mentira y ella admitió que había pensado lo mismo y se ofreció a limpiar tu nombre.

Gavin se encogió de hombros.

—Está de tu parte, Cash. Y es el momento perfecto porque estás grabando un nuevo álbum. Puede mencionarlo y hablar de cómo Elite Records ha resurgido de las cenizas a pesar de que lo ocurrido ha estado a punto de hundirnos. Es matar dos pájaros de un tiro.

—Tienes que mejoras las metáforas —le sugirió Cash entre dientes, antes de volver a su argumento—. Es mi exnovio, deberías habérmelo contado.

—Salisteis juntos hace mil años.

—¿No se te ha ocurrido pensar que podría estar aquí para vengarse porque rompí con ella? —le preguntó

Cash en un susurro, después de comprobar que no tenían a nadie cerca.

Gavin se inclinó hacia él.

–¿No se te ha ocurrido pensar que es un milagro que en esta sala VIP quepáis tú y tu enorme ego?

«Imbécil».

–Venganza. ¿Te estás oyendo? –continuó su hermano sacudiendo la cabeza–. Si es más dulce que un pastel.

Cash sabía a ciencia cierta que así era cómo sabía. Apretó los dientes. Gavin no era tan tonto como para intentar tener algo con ella, pero Cash lo amenazó de todos modos.

–Un pastel increíble, así que ten cuidado con ella.

Gavin no pudo responderle porque Presley volvió en ese momento. Cash le hizo sitio en el sofá y lamentó ver que Presley se sentaba más cerca de Gavin que de él.

–Hallie es encantadora –comentó ella–. Aunque tímida. Supongo que nunca hay que dar por hecho que los gemelos tienen la misma personalidad.

–Suele venir mucho desde que Will y Hannah están juntos, pero conmigo casi no ha hablado –admitió Gavin, que parecía un poco dolido.

–Me pregunto por qué. Eres una persona muy cercana –le dijo Presley, tocándole la pierna.

Cash pensó que el beso que se habían dado no le había afectado lo más mínimo, porque ya estaba coqueteando con su hermano.

–Me voy –anunció él de repente.

Ya había visto suficiente. Dejó su cerveza sin terminar encima de la mesa y se puso en pie.

–Pres se va a quedar toda la semana –le dijo Gavin, sonriendo de manera nada inocente–. Deberías enseñarle la ciudad mientras está aquí.

La expresión de Cash fue parecida a la que puso Presley, que tenía el ceño fruncido, aunque parecía sentirse mucho más cómodo que ella.

–¿Dónde te alojas? –le preguntó Gavin.

–En un sitio que se llama Rose… no sé qué. ¿En Greencamp?

Ellos la miraron como si no supiesen de qué estaba hablando, así que Presley sacó el teléfono para comprobar el correo de confirmación.

–Ah, aquí está. El Dusty Rose.

–No –le dijo Gavin.

–No te puedes quedar ahí –le respondió Cash casi al mismo tiempo que su hermano.

–Bueno, el Beaumont… es muy agradable –comentó ella, mirando a su alrededor–, pero se sale un poquito de mi presupuesto.

Gavin y Cash se miraron y ella cambió de postura en el sillón.

–¿Debería alojarme en algún otro lugar? No había mucho donde elegir, dado que estamos en verano y que todos los alojamientos que están cerca del lago estaban ocupados.

–En eso tienes razón, pero el Dusty Rose no es un buen lugar para ti.

–Pues me pareció que tenía su encanto. Y está solo a media hora de aquí.

–Por la carretera que tienes que tomar, tardarás

42

más tiempo. Y te puedo asegurar que es un lugar tan encantador como mi hermano –comentó Gavin con sorna.

–Yo soy más encantador que ese lugar –le dijo Cash.

–¿Tan mal está? –les preguntó Presley.

–Sí –le contestaron los hermanos.

–Puedes quedarte conmigo –añadió Gavin–. Gratis.

–¿Contigo? –repitieron ella y Cash al unísono, aunque el tono de Presley era de curiosidad y el de él…

–¿Por qué iba a quedarse contigo, si ha venido a entrevistarme a mí? –espetó Cash, defendiendo de repente una entrevista que había asegurado que no iba a conceder.

–Porque he sido yo el que la ha invitado a venir.

–Tu apartamento es del tamaño del ascensor en el que Pres y yo hemos llegado hasta aquí –continuó argumentando Cash.

Gavin la miró de reojo y ella sintió calor en las mejillas.

–¿Vais a compartir el baño? –añadió Cash.

–El hotel que he reservado estará bien, de verdad –intervino ella.

–La casa de Cash es más grande que la mía, pero solo porque mi nueva casa, que va a ser más grande y bonita que la suya, todavía está en construcción –le explicó Gavin–. Aunque él vive junto al lago, así que, aunque te toque estar con el más gruñón de los Sutherland, tal vez las vistas merezcan la pena.

–Y tengo una zona para invitados.

–Un par de habitaciones de invitados –lo corrigió Gavin, poniendo los ojos en blanco–, pero es cierto que es agradable. Yo me he quedado ahí una vez o dos.

–Bueno... –dijo ella, barajando sus opciones–, si estás seguro de que no voy a causarte ninguna molestia. Puedo pagarte si...

–En absoluto –le respondió Cash, mirando después a su hermano–. Decidido. Se queda conmigo.

–En ese caso, será mejor que os marchéis ya –le dijo Gavin–. Asegúrate de poner sábanas limpias en la cama de la invitada.

Cash lo fulminó con la mirada antes de sacar el teléfono, que vibró en su mano.

–Parece que Rickie ya está allí, de todos modos.

–Su agente –le explicó Gavin a Presley.

–¿Cuál es tu número de teléfono? –le preguntó Cash–. Te mandaré la dirección y así, además, tendrás el mío por si te pierdes.

Ella se lo dio y Cash lo grabó antes de marcharse. Ella lo vio alejarse con paso seguro y se preguntó cómo había terminado accediendo a alojarse en su casa.

–¿Estás segura de que estarás bien con él? –le preguntó Gavin–. Mi apartamento es pequeño, pero es mucho mejor que el Dusty Rose.

–Estoy segura.

Cash era una persona introvertida. La idea de alojarse en su casa no era tan descabellada como le había parecido al principio. Con un poco de suerte, teniéndolo más cerca conseguiría que compartiese sus secretos con ella. Volvió a sentir calor al pensar en tenerlo

44

cerca y se dijo que no podrían volver a besarse, ni a hacer nada más…

Presley estaba allí para trabajar. En ese momento, sonó su teléfono dentro del bolso.

—¿Es Cash? —le preguntó Gavin mientras ella leía el mensaje.

—Sí —le respondió Presley con el corazón acelerado, sintiendo que volvía a tener diecinueve años y acababa de recibir un mensaje de Cash Sutherland.

Pero solo le había mandado la dirección. Ni siquiera la saludaba ni le deseaba que hiciese bien el trayecto ni incluía un *emoji*. Presley se sintió decepcionada. Aunque fuese lo mejor. Entre Cash y ella no había nada más que recuerdos.

Capítulo Seis

Presley se quedó un rato más en la sala VIP y disfrutó de la comida y de la compañía de Hannah y Hallie mientras Will, Luke y Gavin charlaban juntos frente a la barra del bar. Se sintió tan cómoda con las gemelas Banks que no se dio cuenta de lo tarde que se había hecho hasta que tuvo que ocultar un bostezo con la mano. Por fin, cerca de la medianoche, se dirigió a casa de Cash.

Y se detuvo al llegar frente al portón de hierro que había delante.

—¿En serio? —comentó en voz alta, y alguien la oyó.

—La puerta está abierta, solo tienes que tocar el botón —le indicó Cash a través del interfono que había junto a esta.

Ella intentó no pensar en lo sexy que era su voz y en el beso que se habían dado, pero no pudo evitarlo.

El portón se abrió y ella entró con el coche, sintiendo la brisa fresca a través de la ventanilla abierta. Estaba agotada después de un día muy largo, tan cansada que tardó un momento en darse cuenta de que estaba delante de casa de Cash.

De la enorme casa de Cash.

En realidad, era más bien una mansión. Beaumont Bay estaba llena de ellas.

Oyó el borboteo del agua al bajar del *jeep* y vio

46

una fuente, mucha vegetación y coloridas flores. También había un estanque en el que nadaban varios peces de distintos colores.

Todavía no conseguía encajar a Cash con tanto lujo. Le gustaban las botas de vaquero y las camisas negras. Y aunque no le parecía tan cercano como cuando lo había conocido, era un hombre muy familiar. Parecía haberse adaptado bien a aquella ciudad tan sofisticada. Probablemente, porque había nacido allí, dato que Presley había pasado por alto cuando habían estado en la universidad. Ella había pensado que su lugar era Florida, como el de ella.

Subió las ventanillas del coche por si llovía, tomó la maleta y cerró el vehículo con llave. No pensó que fuese necesario, pero lo hizo igualmente. Con suerte, su habitación no estaría lejos de la puerta principal, porque estaba agotada.

Tal y como Cash le había dicho, solo tuvo que tocar el botón que había en el antiguo pomo de bronce de la puerta principal y entrar. En cuanto estuvo dentro, oyó una voz femenina que decía:

–Ya sabes lo que pienso al respecto.

–Sí, y tú también sabes cuál es mi opinión –le respondió Cash.

–Pues llevamos dos horas hablando del tema y no nos hemos puesto de acuerdo.

–¿Y cuándo ha evitado eso que esto funcione? –preguntó Cash en tono sensual.

Presley supo que estaba sonriendo, parecía estar sonriendo de verdad. Se dijo que uno hablaba así con una novia. Que él le había hablado así en el pasado.

–Eres un mentiroso. Me voy de aquí –le respondió la mujer.

–Venga, Rickie, no te marches.

Ella se echó a reír. Presley se dio cuenta de que se trataba de Rickie, su agente que, al parecer, no solo lo representaba.

¿Cómo se había atrevido Cash a besarla en el ascensor cuando se sentía atraído por otra persona? Aquello la enfadó. Podía perdonar que fuese rudo con ella o que estuviese distante, pero eso, no. Eso era imperdonable.

El ruido que oyó después le hizo pensar que Cash y la mujer se estaba abrazando. Se preparó para escuchar también besos, pero no llegaron. Presley seguía en la entrada, con los ojos cerrados, cuando oyó la voz de la mujer mucho más cerca.

–Tú debes de ser Presley.

Ella abrió los ojos y se encontró con la mujer que le estaba sonriendo. Rickie era mayor que Cash, de hecho, debía de tener unos treinta años más. Tenía la melena plateada y un corte bob que le sentaba muy bien.

–Me ha contado que ibas a alojarte aquí –añadió Rickie, ofreciéndole la mano.

Presley se la apretó. Luego vio a Cash detrás de la mujer, estaba con los brazos cruzados y no parecía preocuparle que hubiese podido oír su conversación.

–Soy la agente de Cash, Rickie Simmons. Es un poco complicado, pero espero que lo trates bien en tu artículo.

Se acercó más a ella y susurró:

–Dórale un poco la píldora, cielo.

–Rickie, por favor –protestó Cash.

–Qué sensible eres, niño. Era una broma. Buenas noches a los dos. ¡No os acostéis muy tarde!

Cerró la puerta tras de ella y el ruido retumbó a su alrededor.

–Es tremenda –comentó Cash sonriendo.

Alargó la mano hacia ella y como Presley estaba confundida y muy cansada, le dio la mano también. Él se la apretó suavemente y murmuró:

–En realidad, iba a tomar tu maleta.

–Ah, sí, perdona. Estoy… Ha sido un día muy largo. Entre el viaje, el concierto y la sala VIP…

–No te preocupes. Sígueme.

Atravesaron una cocina que podría haber sido la cocina de los sueños de Presley si alguna vez hubiese soñado con tener una cocina así, con encimeras de granito gris, armarios de madera y un suelo de piedra texturizado que continuaba hasta el salón, donde había una chimenea enorme, y sofás de piel cubiertos de mullidos cojines. Unas escaleras conducían al piso superior, en el que el pasillo iba en dos direcciones. Era una casa preciosa, con mucho estilo. Como su dueño.

–Supongo que ahora no te apetecerá que te lo enseñe todo –comentó este en tono amable.

Presley negó con la cabeza.

Pasaron por delante de varias puertas hasta llegar a una habitación que había al fondo del pasillo.

–¿Sueles tener muchos invitados? –le preguntó Presley mientras entraban en ella.

–A veces se queda aquí toda la banda, pero este año han preferido alquilar una casa junto al lago. Se quedan despiertos hasta tarde, de fiesta. Yo ya no suelo hacerlo.

Ella frunció el ceño, prefería no imaginárselo de fiesta.

—Espero que lo que te ha dicho Rickie no te haya molestado —añadió Cash.

—Pensé que había interrumpido una pelea con tu novia —admitió Presley.

Él se echó a reír.

—No, no. Su esposa me mataría. Además, nunca mezclo trabajo con placer. ¿Sabes lo difícil que es encontrar a un buen representante?

—No.

Cash continuó sonriendo. Ella no supo si era por la respuesta que había dado a su pregunta retórica o ante la idea de que Rickie pudiese ser su novia. En cualquier caso, a Presley le gustó verlo sonreír.

—La habitación tiene cuarto de baño —le dijo él, señalando hacia el fondo con el dedo.

Ella pensó que en aquella habitación habría podido alojarse una familia entera. Con perro.

—¿No tienes nada más grande?

—¿Te parece demasiado para ti? —le preguntó él, sin dejar de sonreír.

Cash dejó su maleta encima de la enorme cama con dosel, adornada con varias almohadas vestidas en tonos crema sobre una colcha de flores. Presley no pudo evitar tocarla. Era preciosa.

—Es típico del Sur, cortesía de Dana Sutherland.

—¿La ha hecho tu madre?

—Ella decoró toda la habitación. ¿No pensarías que las florecitas moradas habían sido mi idea?

–No, lo cierto es que no.

Delante de la ventana había un escritorio. Las cortinas hacían juego con la colcha. Presley miró por la ventana y vio su coche y el cuidado jardín.

–Este lugar es…

–Demasiado, lo sé –murmuró él justo a sus espaldas.

Presley se giró y su boca estaba mucho más cerca de la de él de lo que había planeado. Inmediatamente, pensó en el ascensor, en el beso.

Y retrocedió.

–¿Cuándo… te hiciste el tatuaje?

Él parpadeó y, para alivio de Presley, apartó la intensa mirada de ella. Se subió la manga corta y reveló el resto del dibujo, una guitarra y notas musicales que surcaban su bíceps.

–La noche que gané el Grammy.

–¿Y las notas, son de algún tema en particular?

–Son las del tema.

–*Lightning* –adivinó ella.

–He llegado a la cima demasiado pronto –comentó Cash, bajándose la manga.

–Todavía tienes mucha carrera por delante.

Presley se sentó en un sillón, cerca de la cama, y se quitó uno de los zapatos de tacón.

–Gracias por permitir que me quede aquí. Sé que no era tu plan. Tampoco era el mío entrometerme.

–Venga ya, Pres, no te estás entrometiendo en nada.

–Bueno, después de…

Él levantó una mano para hacerla callar.

–No es necesario que te disculpes.

–¿Que me disculpe? –repitió ella.

–De verdad, no te preocupes.

–¿Por qué iba a disculparme? –inquirió ella, pensando si debía tirarle a la cabeza el zapato que tenía en la mano.

–Por haberte dejado llevar en el ascensor –le respondió Cash.

Presley agarró el zapato con fuerza. Pensó que se lo iba a lanzar.

–Ah, que he sido yo la que me he dejado llevar –replicó con exasperación.

Él se cruzó de brazos y, por una vez, Presley no admiró su extenso pecho ni sus bíceps.

–Aquí tienes todo lo que puedas necesitar –continuó Cash–, salvo una cafetera, pero yo me levanto temprano, así que es probable que haya café ya preparado cuando tú bajes. Buenas noches, Pres.

Cerró la puerta del dormitorio tras de él y Presley se quedó sola en la enorme habitación, con el zapato en la mano, mirando como una tonta la puerta.

–¿Tendrá amnesia? –se preguntó en voz alta.

Después, pensó que necesitaba dormir y que cuando se levantase se tomaría una taza de café y le dejaría bien claro lo que había ocurrido realmente en aquel ascensor.

Capítulo Siete

Presley durmió como un tronco.

Se despertó más tarde de lo habitual, que eran las siete, y se dijo que era normal, después del viaje, el concierto y el beso de Cash Sutherland del día anterior.

Se sintió descansada y sonrió, pero al meterse en la ducha no tardó en pensar lo ocurrido la noche anterior y frunció el ceño.

Cash le había dicho que no tenía que disculparse por haberlo besado. No se podía ser más descarado. Era evidente que había sido él quien la había besado a ella. Aunque ella no se hubiese resistido, pero eso no era lo importante. Lo importante era que había ocurrido y que no iba a repetirse.

Con el pelo todavía mojado, porque ya hacía mucho calor a esa hora, bajó a la cocina.

La noche anterior la casa le había parecido impresionante, pero por la mañana, con el sol entrando por las ventanas y las vistas al lago, le resultó mucho más acogedora. Seguía siendo una mansión con una cocina enorme, pero, al mismo tiempo, le resultó muy agradable.

Levantó la tapa de la cafetera y se dio cuenta de que quedaba muy poco café, pero descubrió que había otra cafetera de cápsulas en un rincón.

Se preparó el café y repasó mentalmente lo que le iba a decir a Cash. Antes de que le diese tiempo a ir en su busca, oyó música.

El sonido de una guitarra, para ser precisos. Pasó de la cocina al salón que había al lado y entrecerró los ojos contra el sol, mirando hacia afuera. Tardó en localizar a Cash sentado en las escaleras del embarcadero, de espaldas a ella, con la guitarra apoyada en el regazo.

Abrió una puerta y la cerró con cuidado tras de ella, para no interrumpirlo. El sonido de su voz la atrajo como si se tratase del canto de una sirena y le hizo recordar una conversación que había mantenido con él en el pasado.

—¿Tocarías algo para mí? —le había preguntado.

Llevaba casi dos semanas saliendo con Cash Sutherland. Lo había visto actuar. Había ido a una fiesta con él. Lo había mirado de manera descarada mientras jugaba al fútbol incluso antes de que él supiese cómo se llamaba. Y la noche anterior lo había besado hasta quedarse sin aliento, nerviosa, excitada y, finalmente, decepcionada al ver que él no metía las manos por debajo de la tela de su sujetador.

—¿Qué quieres que toque? —le había preguntado él, secándose las manos con un paño mientras salía de la cocina.

Porque Cash Sutherland no vivía en una residencia universitaria, como ella, sino en un piso. Según había oído Presley, su familia mucho dinero. Cash era guapo, tenía talento musical, era un gran atleta y, para rematar, tenía dinero.

Él se había sentado a su lado en el sofá y Presley

54

había aspirado el olor de su perfume. Cash había tomado la guitarra que estaba apoyada contra la pared y le había sonreído. En ese momento, ella había decidido que estaba cometiendo una locura al empeñarse en seguir preservando su virginidad.

Al empezar la universidad le había parecido buena idea ser cauta, había oído unas historias horribles acerca de lo depredadores que podían llegar a ser los chicos. Y, a pesar de que no veía a Cash como a un depredador, sí le preocupaba que se acostase con ella y después se diese cuenta de que en realidad no le interesaba cortejar a una chica buena. Que se llevase su virginidad y después la dejase, destrozada.

No obstante, Presley casi no había podido pensar en otra cosa que no fuese quitarse la ropa y estar en horizontal con él.

—Buenos días —la saludó Cash en esos momentos, con la cabeza todavía agachada hacia la guitarra.

—No pretendía interrumpir —le dijo ella, volviendo bruscamente al presente—. Siempre me ha gustado oírte tocar.

Él la miró por encima del hombro, con un ojo guiñado contra el brillante sol de la mañana. La mano con la que había estado tocando descansó en el instrumento mientras Presley se sentaba a su lado.

—Veo que has encontrado café.

—Bueno, alguien se lo había terminado, así que he tenido que tirar de ingenio.

—Bueno, alguien ha dormido hasta tan tarde que el café se habría quemado si no me lo hubiese bebido yo.

Ella lo miró sonriendo y se dio cuenta de que Cash le sonreía también.

—Tienes muy buenas vistas desde aquí —comentó, buscando una excusa para apartar la mirada de su atractivo rostro.

—A mí también me gustan. Es un lugar muy tranquilo —admitió Cash, volviendo a ponerse a tocar.

—Anoche no te besé yo, por cierto.

—¿Perdona?

—Anoche me dijiste que no era necesario que me disculpase por haberte besado.

—No hace falta que lo hagas.

—Me niego a disculparme.

—Así que te gustó…

—Eres incorregible —le dijo Presley, echándose a reír porque si hubiese sido sincera habría tenido que admitir que sí que le había gustado—. Y que quede constancia de que fuiste tú quien me besó.

—Que quede constancia es una expresión muy periodística —murmuró él, como si no le gustase.

Presley fue consciente de que Cash estaba cambiando de tema, pero se lo permitió. Al fin y al cabo, tal vez fuese mejor que no hablasen de aquello. Sobre todo, porque ella estaba intentando no pensar en volver a besarlo.

—Gavin me ha contado que no te gustan mucho los periodistas.

—Desde que me hice famoso, me ha resultado difícil tratar con la prensa. Sobre todo, desde la condena por conducir ebrio. Y no esperaba verte por aquí —añadió, volviendo a tocar la guitarra.

—Según Gavin, si hubieses sabido que iba a venir, te habrías negado.

—Eso es verdad.

A Presley le dolió oírlo. No quiso seguir con la conversación. Siempre que estaba cerca de Cash, este conseguía hacerle daño.

—No ha sido buena idea —le contestó ella, disponiéndose a levantarse.

Él apoyó una mano en su rodilla.

—Me alegro mucho de que estés aquí.

—¿Te alegras? —repitió ella, sintiéndose incapaz de pensar en una respuesta más inteligente mientras Cash siguiese tocándole la pierna.

Por suerte, apartó la mano.

—¿Y por qué no?

Había un millón de razones, como que era su exnovio y él la había dejado de un día para otro; o que se había metido en el ascensor con él y había respondido al beso que le había dado.

—Ayer parecías enfadado conmigo —le recordó ella.

—Contigo, no —masculló Cash.

—Entonces, ¿admites que me besaste tú?

—Estabas demasiado guapa como para no besarte —le respondió Cash con los ojos muy brillantes—, pero no volverá a ocurrir.

Ella se sintió encantada y frustrada al mismo tiempo.

—Sí, es lo mejor.

Dio un sorbo a su café y se recordó que besar a Cash Sutherland… otra vez sería el colmo de la estupidez. Necesitaba que siguiese hablando con ella, merecía la pena intentar que bajase la guardia y le contase en quién se había inspirado para escribir su mejor canción.

—¿Ensayas todas las mañanas?

–Últimamente, sí. Estoy componiendo –le contó, señalando una libreta que tenía al lado–. Esta mañana he debido de escribir cinco palabras.

–¿No va bien?

–Todo lo bien que puede ir –le dijo él de manera enigmática.

–¿Te puedo ayudar?

Cash sonrió de medio lado.

–¿Te estás ofreciendo a ser mi musa?

–Te estoy ofreciendo ayuda profesional.

–¿Como terapeuta, quieres decir?

–No, aunque te vendría bien uno –replicó ella, golpeándolo con la rodilla.

Cash dejó escapar una carcajada.

–Por si no te habías dado cuenta, soy escritora. Lo mío son las palabras.

–Me había dado cuenta –le respondió él, mirándola fijamente.

Presley sintió un escalofrío a pesar de que el sol ya había empezado a calentar.

–A mí me gusta escribir solo –añadió entonces Cash, volviendo a tocar, poniéndose serio.

–A mí también. Estaré dentro si me necesitas.

Presley se puso en pie y él ya no intentó impedirlo.

–Puedes trabajar en la isla de la cocina o, si lo prefieres, hay un despacho en el piso de arriba. Casi no se usa porque yo prefiero componer aquí o en el estudio.

–Gracias.

Al llegar a la puerta, lo oyó cantar *Lightning* y se detuvo un instante, solo un instante. Después, se puso recta y continuó andando.

Capítulo Ocho

A la mañana siguiente, Presley se sintió mucho más animada. Hacía un día cálido y soleado, el cielo estaba azul. Bajó las escaleras casi corriendo, ataviada con una camisola blanca, casi transparente, y el traje de baño debajo.

Después de su charla con Cash la mañana anterior, se había encerrado el resto del día con el ordenador. Su prioridad era escribir el artículo acerca de él, pero el resto del trabajo no se había esfumado como por arte de magia solo porque estuviese allí. Así que se había dedicado a responder correos electrónicos, escribir anuncios publicitarios y a hacer GIF para después añadirlos a la edición *online*. Por suerte, nada de aquello le exigía mucho esfuerzo mental.

Cash y ella habían acordado tácitamente hacer una tregua y habían vuelto a verse a la hora de la comida. Will y Gavin también habían aparecido más o menos a esa hora para hablar de trabajo con su hermano.

Presley, que era hija única, se había sentido abrumada al verlos interactuar. A pesar de que sus padres la adoraban, no estaban tan implicados en su vida como la familia de Cash en la de este. Él se tomaba su presencia con calma.

Después de la conversación, Cash y Will se habían bajado al estudio a trabajar y, a pesar de que la habían invitado a acompañarlos, Presley había preferido volver a trabajar.

Después, habían pedido unas pizzas para cenar. Gavin y ella se las habían tomado arriba y Presley había aprovechado para hacerle algunas preguntas amables acerca de la discográfica. Cash no había salido del estudio y Will había subido a por una pizza y había vuelto a desaparecer con ella.

Cuando Gavin se había marchado, Presley se había ido a su habitación. Alrededor de la medianoche había oído a Cash abrir y cerrar la puerta del despacho. Para entonces, ella ya había decidido disfrutar de su estancia allí y dejar de preocuparse tanto.

Al fin y al cabo, estaba en una lujosa mansión a orillas de un lago.

Se quedó inmóvil al ver a Cash sentado en la cocina, despeinado, con aire somnoliento, mirando la cafetera.

–¿Has pasado mala noche? –bromeó ella.

–Muy graciosa –le respondió–. ¿Cómo has dormido tú?

–Bien –le dijo, sin mencionar que lo había oído ir y venir por la casa a altas horas de la noche.

–Voy a ir a Elite en un rato, si quieres acompañarme –añadió Cash, mirándola de arriba abajo–. Aunque tal vez deberías cambiarte antes.

Ella se cruzó de brazos y se mordió el labio inferior.

–¿Estás seguro de que quieres que vaya?

–¿Y por qué no?

–Porque pensé que te gustaba escribir a solas.

–Escribir sí, pero puedo tocar delante de ti, Pres.

—Entonces, ¿vas a grabar hoy?

—Sí. Anoche, Will y yo conseguimos dar forma a lo que nos parece que es una canción que puede funcionar.

—No te veo muy convencido.

Él se encogió de hombros.

—Últimamente, nada me parece del todo bien. Suele haber un momento en el que todo encaja, la música y la letra. En ocasiones ocurre al principio, otras, tengo que intentarlo siete y ocho veces. Supongo que no entiendes lo que te quiero decir.

—Por supuesto que sí. A mí tampoco me salen los artículos a la primera. Mi jefa, Delilah, dice que la magia está en el proceso de edición.

—¿Y tú estás de acuerdo?

—A veces. Otras, es como tú has dicho, sale a la primera.

Cash sacó dos tazas de un armario y las llenó de café.

—¿Todavía lo tomas con leche y azúcar?

—Sin azúcar.

Él arqueó las cejas como si eso lo sorprendiera. Pero las personas cambiaban y Presley había cambiado mucho con los años.

Le dio el café con leche y él se tomó el suyo solo. No había cambiado en eso. Y, tal vez, tampoco en otros aspectos, pensó Presley. Tal vez siguiese siendo el mismo hombre capaz de amarla y de dejarla, como había hecho aquella noche de tormenta tanto tiempo atrás.

***

Presley se había cambiado y se había puesto una falda larga, de rayas, una camiseta blanca y sandalias. Estaba guapa, pero a Cash le había gustado mucho más con el bikini rosa de por la mañana. Si cerraba los ojos, todavía podría verla así.

Se había recogido el pelo en una cola de caballo y Cash pensó que siempre había sido muy guapa, aunque su actitud encendida e insolente era nueva. No dudaba en decirle lo que pensaba, o parte de lo que pensaba. Tal vez, si se hubiese acostado con ella cuando había tenido la oportunidad, en esos momentos no sentiría tanta curiosidad.

Cerró los ojos y respiró hondo.

Se habían pasado gran parte de la mañana en Elite Records.

—No te preocupes, lo conseguirás —comentó Will.

A Cash no le importaba tener que trabajar hasta tarde, pero ya hacía demasiado tiempo que había dejado a Presley en el despacho vacío de Gavin. Atravesó el pasillo y llamó a la puerta.

Entró y ella lo miró con los ojos azules muy abiertos.

Muy guapa.

—¿Quieres comer? —le preguntó, mirando hacia la chocolatina casi terminada que tenía al lado—. ¿O solo vas a tomar eso?

—La publicidad es engañosa, no me siento satisfecha.

Fueron al centro y Presley fue leyendo los carteles de todos los comercios en voz alta: un establecimiento de tatuajes, una cafetería y, por fin, el restaurante que le apetecía probar.

Entraron en Cheatin' Eats, que pertenecía a Mags Dumond. Por norma general, Cash intentaba no entrar en sus negocios, pero al menos sabía que no se la encontraría allí.

Pidieron una mesa en el exterior y se sentaron. Presley se colocó las gafas de sol sobre la cabeza, levantó el rostro y suspiró.

—Esto es mucho mejor que estar encerrada en un despacho en Florida.

—¿Pasas mucho tiempo allí?

—Casi todo el tiempo. Con suerte, podré viajar un poco más muy pronto –le respondió ella sonriendo–. Este artículo es una especie de oportunidad, pero no quiero ponerte presión.

Volvió a separar los labios para seguir hablando, pero se quedó en silencio, boquiabierta, mientras observaba a una pareja que acababa de llegar.

—Oh, no me digas que ese es…

—¿Asher Knight? Parece él, sí.

—Me encanta. He oído que está grabando otro álbum. ¿Piensas que es cierto? ¿Tendrá algo de *country*? ¿Es ese el motivo por el que está aquí?

Cash no pudo evitar echarse a reír.

—No sería el primero. Pensé que estabas acostumbrada a rodearte de personas famosas. Intenta tranquilizarte, mujer.

Presley se ruborizó.

—Estoy tranquila. Todo el mundo se queda deslumbrado en alguna ocasión.

—Pues conmigo no te ha ocurrido –comentó Cash.

Había sido él quien se había quedado desorientado. Había sido el quien la había besado. Podía echarle la culpa a la claustrofobia que sentía desde hacía años, pero, en el fondo, sabía por qué lo había hecho.

Clavó la vista en sus labios. Lo había hecho… porque había querido.

El camarero se acercó y ambos pidieron una hamburguesa con queso, Presley pidió también batatas fritas y él se decantó por unos aros de cebolla.

—¿Sueles venir a comer aquí? –le preguntó Presley.

—Jamás.

—¿La comida es mala?

—No, el restaurante pertenece a Mags Dumond.

—¿La primera dama de Beaumont Bay?

—La misma.

Ella hizo una mueca. Aquella mujer era conocida por su aplastante personalidad.

—Deberías habérmelo dicho. Podríamos haber comido en cualquier otra parte.

—Sí, pero tú querías comer aquí.

—El nombre del restaurante es el mismo que el de su discográfica, debería haber atado cabos.

—A mí no se me puede olvidar, no deja de preguntarme si quiero dejar Elite y grabar con ella en su lugar.

—¿Aunque el estudio sea de tu hermano?

—Sí.

—Eso es… una provocación.

—Así es Mags.

Presley bebió agua y a Cash le resultó muy sensual. Se obligó a apartar la mirada.

—¿No estabas en una de sus fiestas la noche que te pusieron la multa?

Él se puso tenso.

—Sí, era una fiesta benéfica, de gala.

—Qué elegante.

—Por aquí es lo más normal —le dijo él, mirando hacia el lugar en el que habían visto a Asher Knight y su esposa Gloria—. Ese no es el único famoso que vive en la ciudad. Y todo el mundo quiere asistir a las fiestas de Mags.

—¿Incluidos tus hermanos y tú?

—No, nosotros ya estamos en la lista. A Mags le gusta tener cerca a sus enemigos.

—Eso se puede arreglar —le aseguró Presley.

—¿Mi reputación? —le preguntó él, riendo con desgana—. Salvo que puedas borrarle la memoria a los medios, no se puede arreglar una acusación falsa.

—¿Falsa? Entonces, ¿eres inocente?

—Yo nunca he dicho eso —le respondió Cash sonriendo—. Era tarde. Estaba cansado.

—Entonces, tal vez deberían haberte acusado de conducir a una hora a la que deberías haber estado en la cama.

Él se echó a reír.

—¿Estuviste con alguien aquella noche?

Cash se puso serio. Tenía que recordar que no eran dos viejos amigos poniéndose al día, sino que Presley estaba allí para escribir acerca de él.

—No.

—Supongo que es difícil salir con alguien cuando uno está siendo observado constantemente. Pero también es natural preguntarse en quién piensas cuando escribes la letra de tus canciones.

Él dio un sorbo a su té con hielo y, sin querer, se salpicó la camisa.

65

No había esperado que Pres le sacase aquel tema. No quería compartir con nadie en quién se había inspirado para escribir *Lightning*. Todavía menos con ella.

Les llevaron las hamburguesas y, entre bocado y bocado, Presley le preguntó:

–¿Hay alguien especial en tu vida en estos momentos?

–Eres muy fisgona. ¿Te lo han dicho alguna vez?

–Me lo dice todo el mundo –admitió Presley–. Entonces, ¿qué, sales con alguien?

–No. ¿Y tú?

–Yo estoy centrada en mi carrera.

–Pues lo mismo que yo –le respondió él, metiéndose la hamburguesa en la boca para no hablar más.

Lo cierto era que había conseguido vivir su vida separado de las mujeres con las que había salido incluso cuando había salido con ellas. Y a todas les había parecido bien.

Tras haberle roto el corazón a Pres, se había consolado pensando que, al menos, no se habían acostado juntos. Eso habría hecho mucho más difícil la ruptura. Para los dos.

Esa era una de las decisiones más inteligentes que había tomado por aquel entonces, y una de las que, al mismo tiempo, lamentaba más. La otra era haber pensado solo en sus metas y haber dejado a Presley de repente.

Después de aquello, ella tampoco había intentado volver a ponerse en contacto con él. Le había molestado que fuese a hablar con su hermano dos años antes, que no lo hubiese llamado a él, pero nunca le había contado a nadie el motivo. Había sabido que ella lo pasaría mal si volvía a verlo porque, aunque hubiesen pasado muchos años, había imaginado que Presley no lo habría perdonado por haberla dejado así, por haber pensado solo en él. Y no era de extrañar.

–¿Has salido con alguien especial? –le preguntó Cash.

Ella dio un mordisco a su hamburguesa, mostrándole así que tampoco tenía ganas de hablar de su vida personal.

–He tenido uno o dos novios, ya sabes, después de ti.

Presley se encogió de hombros.

–Entonces, soy el único famoso con el que has salido, ¿no?

–Cuando salimos juntos no eras famoso.

Él no se lo tomó mal, pero sintió que Presley había querido ser cortante.

–Los famosos salen juntos porque es más fácil así. Estamos acostumbrados a vivir en una especie de burbuja.

–Entonces, ¿saliste con Carla y Heather por interés? ¿No saltaron chispas entre vosotros?

Había habido sexo, pero sin muchas chispas. Él hacía años que no las sentía. Salvo que contase un beso reciente en un ascensor.

–Has salido con mujeres muy bellas. Habrías podido tener unos hijos preciosos con ellas –continuó Presley con naturalidad, pero Cash vio emoción en su mirada. Y ese mismo dolor en el que él había pensado.

–Las mujeres con las que he salido estaban bien, pero entre nosotros solo había atracción. Y… ¿te puedo decir algo de manera extraoficial?

Ella asintió.

–Tú eres mucho más guapa que ellas.

Presley apretó los labios.

–Pensaba que ibas a decir algo serio.

–Estoy hablando en serio –se defendió Cash.

Pero ella no lo creyó. Tal vez fuese más fácil que Presley pensase que ya no sentía nada por ella, que se había olvidado de todos los momentos que la había tenido entre sus brazos nada más cruzar la frontera de Tennessee.

Pero lo cierto era que no había sido así. Cash le había dicho que tenía que dejarla para perseguir sus sueños y era la verdad, pero no le había dicho que si se comprometía con ella habría tenido que dedicarle su tiempo y su atención, y que eso no era compatible con su carrera de músico.

Y era algo que todavía no se había perdonado. Y si él no se podía perdonar, tenía pocas esperanzas de que Presley lo hubiese hecho.

Capítulo Nueve

No iba a volver a hacerlo.

Cash llevaba dos mañanas escribiendo en el despacho en vez de hacerlo en el exterior. En ocasiones, el cambio de escenario lo ayudaba a crear. Últimamente, estaba avanzando y pesar de no hacerlo de manera continua había conseguido algo de impulso.

También llevaba dos mañanas quedándose frío al bajar a la cocina a servirse más café y ver a Presley Cole tomando el sol en su terraza.

No estaba desnuda, pero casi. Llevaba puestas gafas de sol y estaba tumbada sobre una de las enormes toallas blancas de baño de la casa, con el bikini rosa puesto.

Parpadeó con fuerza e intentó centrarse en el presente. Tenerla allí había sido como abrir una cápsula del tiempo que prefería mantener enterrada. No era fácil enfrentarse a algo que había echado mucho de menos. Teniéndola allí, sabiendo que ambos estaban solteros, le resultaba muy difícil concentrarse en su trabajo.

Bajó la vista a la taza vacía que tenía en la mano. Había ido a la cocina a servirse café. Tras haberse imaginado a Presley sin la parte de arriba del bikini y besándolo, pensó que tal vez le viniese mejor una bebida fría. Sacó una jarra de té frío de la nevera y dudó antes de llenar dos vasos.

Era la tercera mañana que había intentado apartar a Presley de su mente. Había intentado mantener las distancias con ella, como habría hecho con cualquier otro periodista. El problema era que se trataba de Presley.

Esta iba a quedarse allí un par de días más, así que Cash iba a tener que encontrar la manera de sobrellevarlo. Esa mañana, en vez de evitarla, acababa de decidir que iba a hacer algo nuevo.

Salió a la terraza con los vasos de té frío en la mano. Pensó que ir en dirección contraria hacia donde se encontraba Presley era mejor idea que invitarla a cenar e intentar seducirla, pero ya había planeado hacerlo.

Lo hubiese perdonado ella o no por lo ocurrido tantos años atrás, Cash no pensaba que hubiese ningún motivo para no satisfacer el deseo que sentían el uno por el otro. Después, él podría dejar de pensar en todo lo que había ocurrido y de preguntarse cómo era lo que se había perdido.

—¿Tienes sed?

Él se sintió seco de repente, allí, junto a su cuerpo brillante. El vientre plano y desnudo estaba salpicado de sudor. La imagen no podía ser más tentadora. Cash sintió que sudaba también, pero de la atracción.

—¿Cómo lo has sabido? —le preguntó ella, colocándose las gafas de sol sobre la cabeza y sentándose.

Aceptó el vaso y se sentó con las piernas cruzadas.

Él se sentó a su lado, lo suficientemente cerca para oler el aceite de coco que Presley se había puesto en la piel. Deseó probarla. Solo una vez. Solo para comprobar si su sabor era tan delicioso como recordaba. Aunque el beso que le había dado en el ascensor solo le había servido para comprobar que tenía muy mala memoria, porque había sido mucho más potente de lo que él había recordado del pasado.

—Me encanta el calor. Es lo único que me gusta de Florida –comentó ella.

—¿Solo te gusta eso?

Presley se encogió de hombros. Cash estudió los lunares que había sobre su piel y deseó pasar los dedos por ellos, bajarle el tirante del bikini y seguir su camino con la lengua. Se bebió la mitad del refresco de un trago y después clavó la vista en el lago. No era tan tonto. Si quería seducir a Presley, tendría que hacerlo con delicadeza.

—Me encanta Florida, pero estoy cansada de estar allí todo el tiempo. Siempre he querido viajar, ver mundo. Sin saber cómo, los años han ido pasando y no me he movido nada.

—Estás aquí –comentó él.

—Es cierto. Y me gusta esta ciudad. Es elegante y bonita. Entiendo que los ricos y famosos vengan aquí a divertirse.

—Es mi hogar.

Siempre lo había sido. Los padres de Cash habían hecho negocios inmobiliarios en la zona, sin sospechar que sus cuatro hijos se dedicarían a la industria musical en su lugar.

—Cuando vine hace dos años, no te imaginaba aquí. Pensé que debías de haber cambiado, que debías de haberte convertido en una persona que prefería vivir con todo tipo de lujos y comodidades.

—¿Y qué piensas ahora? –le preguntó él, no pudo evitarlo.

—Bueno, tu casa es muy lujosa, pero tú… eres tú. Amas a tu familia, tu música y…

Presley se mordió el labio, como si se lo estuviese pensando mejor antes de continuar.

—¿Y?

—Era un comentario sensiblero.

—Cielo, me gano la vida escribiendo canciones. Los comentarios sensibleros son lo mío.

Ella se ruborizó.

—Haces que una ciudad llena de personas altivas parezca un sitio cómodo y agradable.

Él se preguntó si debía de seguir con su plan de seducirla, sobre todo, teniendo cuenta lo atenta que Presley era con él.

No obstante, seguía deseándola. No podía pensar en otra cosa y eso era un riesgo, porque lo que Presley quería era sonsacarle sus secretos. Si la dejaba acercarse mucho, podría ser desastroso para su carrera, y para otra parte de su vida en la que prefería no pensar demasiado.

Ella se colocó mejor la parte alta del bikini y él dejó atrás sus dudas, se dijo que merecía la pena quemar algunas naves.

—¿Te he quitado el sitio en el que sueles escribir? —le preguntó ella en un tono que parecía sincero.

—Sí —admitió Cash—, pero me gusta. Me gusta verte aquí, con ese traje de baño tan pequeño y el pelo suelto sobre los hombros.

—Ah —dijo ella, sorprendida.

Él sonrió. Presley no tenía ni idea de lo atractiva que era.

—¿Te gustaría salir a cenar conmigo esta noche?

No estaba seguro de cuál iba a ser la respuesta, pero se sintió bien al hacer la pregunta. Había echado de menos correr riesgos. No había corrido ninguno desde que había tenido el percance con el coche, pero no había ido hasta allí para retroceder a esas alturas. Estaba harto de resistirse a la atracción que sentía por ella.

–Claro –le respondió Presley, que parecía estar mucho más relajada que él–. ¿Qué celebramos?

–Todavía hay preguntas que querías hacerme para tu artículo a las que no he respondido. He pensado que podríamos salir a cenar y así sales un poco de esta casa, te pones un vestido bonito y te enseño la ciudad.

Todo era cierto, pero no era su principal motivación para llevarla a cenar esa noche.

Ella hizo una mueca y él deseó besarla en los labios.

–¿Cómo de bonito tiene que ser el vestido?

–Para ir al Bord du Lac hay que ir con chaqueta, pero no puedo mandarte de vuelta a Tallahassee sin enseñarte el mejor restaurante de Beaumont Bay.

–¿Cómo voy a rechazar una cena elegante con un músico famoso? –le preguntó ella, intentando hablar con naturalidad, pero Cash la tenía tan cerca que pudo ver cómo le brillaban los ojos.

Unos ojos que bajaron a sus labios para después volver a subir.

Fue solo un instante, pero a Cash no le pasó desapercibido. Tal vez ella también estuviese intentando resistirse, no fantasear con él. La idea le gustó.

En el ascensor, había respondido al beso y había apretado su cuerpo contra el de él. Cash pensó que, si la escena hubiese ocurrido en esos momentos, le habría levantado la falda y la habría hecho suya.

Eso habría sido indecente e inadecuado.

Maravilloso.

—Es una cita, ¿eh? —le dijo, para estar seguro de que Presley sabía a qué iba.

Si volvía a darle la oportunidad de besarla, la aprovecharía.

Después, se incorporó y volvió a la casa. Tenía miedo a cambiar de idea acerca de esa noche e intentar seducirla en aquel mismo momento.

Presley le pidió a Gavin el número de teléfono de Hannah Banks para preguntarle a esta dónde podía comprar un vestido para ir a cenar con Cash esa noche.

—Es Beaumont Bay, no los Oscar. Ponte cualquier vestido —le había contestado él.

—¿Palabra de honor o con mangas? —le había preguntado ella—. ¿Necesitaré un chal? ¿Cómo de alto suele estar el aire acondicionado? ¿Y los zapatos? ¿Puedo llevar tacones finos o…?

Había sido entonces cuando Gavin le había dado el número de Hannah.

No obstante, había sido Hallie, su hermana gemela, la que había respondido a la llamada. Lo que tenía sentido, ya que Hallie era su agente. Presley le había explicado su problema y Hallie la había invitado a su casa para que le echase un vistazo a su vestidor. Presley, que no había querido ser desagradecida, había aceptado la oferta a pesar de pensar que no iba a encontrar nada que le gustase, ya que Hallie vestía de manera bastante conservadora.

En esos momentos, apostada delante del vestidor de Hallie, se preguntó si esta tenía una doble personalidad. A un lado había ropa negra y en tonos neutros, recatada y clásica, atemporal; a otro, todo lo contrario, vestidos de todos los colores, largos y cortos, con plumas y con encajes.

–Madre mía –fue lo único que acertó a decir.

–Hannah hace publicidad de muchos diseñadores y luego me da parte de esa ropa a mí.

Presley acarició la falda de un vestido verde esmeralda y miró a Hallie, que era una copia de su hermana, con los mismos ojos color avellana y la boca grande, sensual. Llevaba puestos un vestido beige y zapatillas de deporte blancas, y tenía el pelo rubio recogido en una trenza. Iba vestida de manera poco llamativa, pero era tan guapa como su hermana.

–¿Y tú no te pones nada de esto?

Hallie negó con la cabeza y esbozó una sonrisa.

–Te salen hoyuelos al sonreír –comentó Presley–. ¿A Hannah también?

–No, solo a mí –le respondió Hallie ruborizándose–. Los hoyuelos son un defecto genético, así que es normal que Hannah no los tenga.

Presley deseó abrazarla y asegurarle que no tenía ningún defecto, pero sintió que no la conocía lo suficientemente bien y no quiso incomodarla. No obstante, le tocó el brazo cariñosamente.

–La mayoría de los hombres estarían en desacuerdo con eso del defecto. Les encantan los hoyuelos, se derriten con ellos.

–¿De verdad? –preguntó Hallie sonriendo todavía más–. Bueno, volvamos a la tarea que nos ocupa. Tal vez yo no me ponga estos vestidos, pero sé cuál es perfecto para ir a cenar. Solía ayudar a Hannah antes de que contratase a una estilista profesional.

Hallie fue sacando vestidos de distintos colores y colocándolos delante de Presley durante cinco minutos, hasta que decidió que habían terminado de escoger.

–Este –sentenció, y los hoyuelos volvieron a aparecer en sus mejillas–. Estoy segura.

Presley se miró al espejo e intentó imaginarse con aquel precioso vestido puesto. También intentó imaginar cómo reaccionaría Cash al verla.

–¿No es demasiado?

–No. Pruébatelo. Puedo hacerte algún cambio si es necesario. Y, espera, voy a sacarte unos tacones. ¿Qué número utilizas?

Hallie se dispuso a buscar los zapatos mientras Presley se metía en el cuarto de baño para probarse el vestido, que resultó que le sentaba como un guante.

Lo mismo que los zapatos de tacón.

Capítulo Diez

Había que ir con chaqueta al Bord du Lac, pero no era necesario llevar corbata, así que a Cash le parecía bien. Se había puesto unos pantalones oscuros, chaqueta, una camisa blanca con el primer botón desabrochado y botas de vaquero. No se había molestado en afeitarse porque se gustaba con barba de dos días y, según un reciente artículo publicado en una revista, estaba muy favorecido con ella. Se peinó con las manos, como hacía siempre, y se perfumó el cuello por si Presley se acercaba a olerlo.

Salió de su dormitorio y bajó las escaleras, pensando que todavía tendría que esperarla diez minutos, o veinte. Se sorprendió al verla en la cocina, buscando algo en un pequeño bolso de mano. Al oírlo llegar, Presley levantó la vista. Llevaba un vestido palabra de honor que se ceñía a sus pechos y a su cintura antes de caer sobre sus deliciosas caderas. Cash bajó la vista por sus largas piernas y vio que los zapatos de tacón eran del mismo color gris pizarra que el vestido.

Al girarse, el vestido brilló y Cash se dio cuenta de que no solo era gris, sino que el *strass* tenía también tonos azules hielo y negros que lo hacían brillar como el cielo estrellado de la noche. Cuando por fin consiguió mirarla a la cara, vio que el gesto de sus labios, pintados de rosa, era inocente. El aleteo de sus pestañas negras no fue tan inocente, e hizo que le gustase todavía más.

Y que deseease saltarse la cena.

—He bajado antes de tiempo —comentó ella, pasando una mano por el vestido.

Cash pensó que era demasiado corto y escotado. Se acercó a ella y tuvo que hacer un gran esfuerzo para poder hablar.

—Estás preciosa.

Ella levantó la barbilla y Cash pensó que estaba irresistible.

—Tengo un chal por si hace frío en el restaurante —le dijo, levantando un trozo de tela que sujetaba junto al bolso, sin apartar la mirada de él—. ¿Cash?

Él no supo por qué había dicho su nombre, pero se inclinó hacia ella y le dio un beso suave, rápido. Tan suave que no tendría que haberlo excitado. Tal rápido que deseó gritar cuando se terminó.

Se sintió fatal por haberse precipitado y, al mismo tiempo, no se arrepintió lo más mínimo. Sonrió y se apartó.

—Es una pena esconder esos hombros, pero tráelo por si acaso.

Él tomó las llaves y le abrió la puerta. Subieron al coche y Cash pensó que no sabía si iban a llegar al restaurante, porque no conseguía despegar los ojos de sus piernas.

Lo consiguió, pero solo porque se obligó a clavar la vista en el parabrisas como si su vida dependiese de ello.

Una vez en el restaurante, los condujeron a un rincón que solía estar reservado a personas famosas que querían intimidad. Él no lo había entendido hasta que no había sido conocido. Entrar a un restaurante podía convertirse enseguida en un fastidio. Las pocas mujeres con las que había salido de manera pública habían sido fotografiadas con él.

Al entrar en el Bord du Lac también se había dado cuenta de que varias personas utilizaban el teléfono para fotografiarlos.

–No mires –le dijo él a Presley–, pero nos están observando.

Ella miró a su alrededor antes de susurrar:

–Lo soportaré.

Lo que le recordó que no era la misma Presley que diez años antes. No se había hecho un ovillo para intentar esconderse del mundo. Había perseguido sus sueños, como él había querido que hiciese y confiaba más en ella misma gracias a sus logros.

–Es un lugar muy elegante –comentó ella poco después, levantando su copa de vino tinto para dale un sorbo.

Él la imitó. Presley había cambiado de sitio los cubiertos, había tocado la base del candelabro y había golpeado con los dedos la carta cubierta por una funda de piel, signos de que estaba nerviosa, pero intentaba que no se le notase.

–Me alegro de que Hallie me haya prestado este vestido –añadió.

–Yo también me alegro. No podrías estar más guapa, Pres.

Ella hizo una mueca.

–¿Es ese el motivo por el que me has besado? ¿Otra vez?

–Sí, pero si no quieres que vuelva a hacerlo, dímelo.

Ella no le dijo que no, en su lugar, dejó la copa de vino sobre la mesa, se echó hacia atrás y le preguntó:

–¿Cuál es tu canción favorita de Cash Sutherland?

Él se puso en guardia, como hacía siempre con la prensa. Al fin y al cabo, Presley no era de su familia, así que le dio una respuesta que ya tenía preparada.

–Todas. No podría elegir una entre las demás. Todas forman parte de mí.

–Qué bonito –le respondió ella, sacudiendo la cabeza con incredulidad–. Ahora, dime la verdad. Cuál es tu canción favorita. Y por qué.

Al ver que Cash no respondía, Presley añadió:

–No voy a publicar un artículo reciclado sobre Cash Sutherland, quiero que saques a tu yo verdadero. El público quiere saber que el hombre que hay detrás de la guitarra es una persona auténtica.

«Auténtico», Cash pensó que le gustaba esa palabra. Quería estar a la altura. Aspiraba a ser auténtico. Se sentía obligado a sonreír, aunque no le apeteciese, o a actuar en televisión cuando no quería hacerlo. Sus fans pensaban que lo conocían, pero solo conocían una versión de él. «La autenticidad es la cima de la montaña que estoy escalando».

–Un momento.

Sacó el teléfono móvil y apuntó aquellas palabras. No sabía si formarían parte de una nueva canción o no, pero no podía arriesgarse a perderlas.

–¿Has tenido, de repente, un arranque de inspiración?

Él la miró y pensó que era ella quien lo inspiraba.

–No he podido ignorarlo –le respondió.

Lo mismo le ocurría con ella.

–*Lightning* –añadió entonces–. Es mi canción favorita. Me pasé años escribiéndola y reescribiéndola. La toqué hasta que me sangraron los dedos. Puedo cantarla dormido. Cuando la canto, me siento como me sentí la primera vez que le puse música a la letra. Forma parte de mí, esa canción… es la verdad.

La expresión de Presley se suavizó, la periodista ansiosa por obtener información desapareció y solo quedó ella.

–El amor que sientes por esa canción es puro –le dijo–. Por eso ha tenido tanto éxito. Cada vez que la tocas, es como si estuvieses hablando de un recuerdo.

Presley no lo sabía, pero tenía toda la razón. Cuando tocaba aquella canción, recordaba a una chica pelirroja, de ojos azules, pura, de la que había estado casi enamorado.

Presley Cole.

Y no podía permitir que se marchase de allí sin compartir con ella lo único que les quedaba por compartir. No podía vivir otra década más arrepintiéndose de no haberlo hecho. A pesar de que creía lo que decía en su canción, que un mismo rayo nunca caía dos veces, podía aceptar algunos destellos lejanos en su lugar.

Una noche o dos con Presley entre sus brazos le darían una idea de lo que se había perdido años atrás y satisfarían el anhelo que había habitado su pecho desde entonces. Y, tal vez, cuando se separasen en esa ocasión ya no sentiría el dolor que le había causado romper con ella. Todo eran ventajas.

Era una mujer atrevida, inteligente, decidida. Llegaría a donde quisiese llegar, con quien quisiese. Y Cash estaba desesperado por descubrir si también era así en el dormitorio.

Ella siguió haciéndole preguntas durante la cena, sobre su música y el nuevo álbum. A mitad de la cena, Cash empezó a bajar la guardia, menos por el vino que por la compañía. Era muy fácil hablar con Presley.

–¿Y cómo se tomó Will que hicieras un dúo con Hannah Banks? –le preguntó esta–. Es una canción muy romántica y la cantaste con su futura mujer. ¿No se puso celoso?

–No –respondió Cash riendo–. Hannah y Will son inseparables. No tiene nada de lo que preocuparse y lo sabe. Hannah es maravillosa, pero no es mi tipo.

–¿Famosa y bella, pero no es tu tipo? –inquirió Presley–. Tus exnovios Heather y Carla tal vez no estarían de acuerdo.

–¿Y mi exnovio de la universidad? –le preguntó él en voz baja–. ¿Tampoco estaría de acuerdo?

–Y no soy famosa ni bella.

–Eres una periodista famosa…

–No.

–Y la mujer más bella que he conocido.

Ella tragó saliva. Tal vez no lo creyese, pero Cash le estaba diciendo la verdad.

–Cash Sutherland –lo reprendió en tono de broma–, ¿estás intentando seducirme?

–Sí –admitió él.

Y Presley dejó de sonreír.

–Y si quieres terminar esta noche en mi cama, abrazada a mí, mientras nuestros cuerpos brillan de sudor, te sugiero que permitas que lo haga.

Capítulo Once

Presley acababa de entrar en casa de Cash cuando este le quitó el bolso de las manos, la apretó contra la puerta cerrada de la entrada y la besó.

Ella reaccionó como habría reaccionado cualquier mujer con sangre en las venas, abrazándolo por el cuello y permitiendo que le metiese la lengua dentro de la boca. Se besaron con la misma impaciencia que en el ascensor, pero sin prisa, tal y como le demostró Cash agarrándola segundos después por el trasero y bajando el ritmo.

Entonces, la besó en el cuello y a Presley le encantó. Arqueó la espalda, cerró los ojos y se perdió en sus caricias.

–Hueles bien –comentó él en voz baja, una voz de barítono que siempre le había encantado, que hacía que se sintiese segura y sexy.

Cuando Cash retrocedió, tenía un mechón de su pelo pegado a la mejilla y a Presley le gustó verlo allí. El pelo rojizo contra su barba oscura. Cash era tan guapo que tenía que ser ilegal.

–Veo que has decidido que vas a permitir que te seduzca –le dijo él sonriendo.

Ella lo agarró del cinturón y tiró de él, haciendo que sus caderas chocasen y que Presley notase su erección.

–¿Hasta dónde vamos a llegar hoy, Pres? –murmuró él, pasando las manos por su torso.

–Hasta el final –le respondió ella casi sin aliento, intentando parecer segura a pesar de que estaba muy nerviosa, ansiosa y excitada.

Después de que Cash la dejase en Florida, no había podido dejar de llorar. Un año después, se había acostado por primera vez con un chico que estaba en su clase de redacción avanzada. La experiencia le había gustado y el chico, también, pero no había sentido por él nada comparado a lo que había sentido por Cash.

El recuerdo la entristeció y Cash, que estaba muy cerca, se dio cuenta y la miró con preocupación.

No obstante, Presley pensó que no podía permitir que nada estropease aquel momento.

–No voy a permitir que te escapes en esta ocasión –le dijo, besándolo apasionadamente para intentar que se olvidase de lo que había visto.

Y funcionó, porque las siguientes palabras de Cash fueron:

–Mueve ese bonito trasero y sube a mi dormitorio.

A ella le gustó aquella actitud autoritaria de Cash demasiado, así que se dio la media vuelta y subió las escaleras golpeándolas con fuerza con sus tacones prestados. Él no tardó en alcanzarla y la agarró de la mano para llevarla a su habitación.

Presley miró los dedos morenos y gruesos de él, que contrastaban con los suyos más pequeños y blancos, y se preguntó qué estaba haciendo.

Años atrás, Cash le había roto el corazón. Y todavía no lo había superado. Al aceptar aquel trabajo se había prometido que no volvería a caer. Entonces,

¿por qué no le daba las buenas noches en vez de meterse en su habitación?

Porque ya se lo había perdido una vez y no quería volver a hacerlo.

Lo que ocurriese esa noche sería como un regalo que le haría a su yo del pasado. Y del presente. Su yo futuro tendría que aprender a vivir sin él, pero ya lo había hecho en una ocasión, volvería a hacerlo.

Cash se detuvo a la entrada del dormitorio y la agarró por la cadera, le levantó el vestido hasta llegar a los pechos y se los acarició. Luego, la hizo girarse para bajarle la cremallera de la espalda y tiró de la tela para dejar su torso al descubierto.

A Presley siempre le había gustado que le acariciase los pechos.

—Algunas cosas no han cambiado —comentó él—. Sé lo que te gusta.

Y, para demostrárselo, se agachó y pasó la lengua por uno de ellos y luego jugó rodeando el rosado círculo con ella.

Presley apoyó las manos en su cabeza y le tiró del pelo. Él la mordisqueó suavemente.

Después de varios momentos deliciosos, Cash la hizo retroceder hacia la habitación, que estaba a oscuras, sin apartar la boca de su pecho. Entonces, la levantó en volandas y la tumbó en la cama. Se colocó encima de ella y volvió a bajar la boca hasta su otro pecho. Ella levantó las caderas y las volvió a bajar, dejándole claro lo que más quería, pero, al parecer, Cash iba a hacerla esperar.

Por fin, metió la mano por debajo de la falda, agarró la ropa interior y se la quitó. Hubo un momento de gran frustración en el que esta se enredó con sus zapatos, pero Cash había insistido en que no se los quitase.

Le acarició los muslos y, como Presley estaba ya preparada para recibirlo, aceptó fácilmente que le introdujese un dedo. Mientras tanto, Cash siguió acariciándola con la lengua, chupándole los pechos a la vez que le acariciaba el clítoris. Ella se estremeció y notó que él sonreía contra su piel. Era cierto, Cash sabía lo que le gustaba.

No habían tenido sexo en el pasado, pero él había encontrado la manera de saltarse las normas, de encontrar fisuras y de darle los mejores orgasmos de su vida. Desde entonces, Presley también se los había provocado sola, en ocasiones, imaginándose que era él quien la acariciaba, pero nada era comparable a Cash Sutherland en persona.

—Si llegas al orgasmo, te acariciaré ahí con los labios —le prometió Cash en un susurro.

Y ella no tardó en llegar a un clímax fantástico.

—Buena chica —lo oyó decir, y casi no se dio cuenta de cómo terminaba de bajarle la cremallera del vestido—. Abrázame por el cuello, cariño. Tengo que seguir besándote, pero más abajo.

—Cash, no… no es necesario —balbució ella, abrumada por la sugerencia que le estaba haciendo.

No se lo había hecho antes y acababa de llegar al orgasmo, así que no sabía si iba a poder soportar más.

—Por supuesto que sí.

Cash se arrodilló delante de ella, se desabrochó la camisa y se la quitó. Se había mantenido en forma a pesar de los años, tenía el torso ancho y musculado, y el vello que salpicaba su pecho era muy masculino.

Ya había sido guapo entonces, pero en esos momentos era mucho más atractivo.

También tenía los abdominales muy bien definidos y un ombligo perfecto. Presley se puso casi a hiperventilar al ver que se desabrochaba los pantalones.

–No me lo estás poniendo fácil –le dijo Cash.

–No, ya veo que es muy duro –comentó ella sonriendo.

Él se puso en pie y se quitó los pantalones, volvió a la cama todavía con los calzoncillos negros puestos.

Ella levantó un tacón.

–Estos también. Quítamelos.

Él la agarró del tobillo y le echó la pierna a un lado.

–¿Y si no quiero?

–No me hagas responder a eso –le advirtió ella.

Cash se echó a reír y Presley terminó de relajarse. Para su deleite, lo vio incorporarse de nuevo y quitarse los calzoncillos, dejando al descubierto su erección. Ella se mordió el labio, ya se había cansado de tener paciencia.

–Vamos a tener sexo. No te preocupes por lo otro.

Él la agarró por los tobillos y le separó las piernas para enterrar la cabeza en ellas. A Presley le gustó verlo allí. Se le aceleró el corazón.

–¿No te lo han hecho nunca? –le preguntó él, con la vista clavada en la parte más íntima de su cuerpo, empezando a acariciarla con la mano.

–Cash… –gimió ella–. No hace falta, de verdad.

–¿En serio? –insistió él.

–No pasa nada. Es que… ¿no me gusta? –le preguntó.

Él sonrió todavía más.

—Estoy muy excitado. Pensé que ya lo habrías probado todo sin mí y voy a ser el primero que…

—No lo digas –le pidió ella apresuradamente, y él obedeció y se quedó en silencio.

Pasó la lengua por el centro y Presley gimió. Aquello había sido… muy agradable. Increíble, indescriptible.

Cash la agarró por el trasero y la acercó más a su cara, luego, alargó las manos hacia atrás, le quitó los zapatos y los tiró al suelo.

—Lo he pensado mejor, me da miedo que me claves un tacón.

—La seguridad es lo primero –murmuró ella.

Y notó el cosquilleó de la barba de Cash entre las piernas cuando este se echó a reír.

Cash empezó jugando, con cuidado, antes de empezar a mover la lengua a un ritmo constante, más intenso. Mientras tanto, Presley se agarró a las sábanas y levantó la cadera para ayudarlo.

No tardó en volver a llegar al orgasmo, a sentir que todo su cuerpo ardía y se sacudía.

Él se apartó y la dejó para que disfrutase de la sensación. Presley notó que no tenía fuerza en las piernas. De hecho, no tenía fuerza en ninguna parte del cuerpo.

Cash se fue un instante, pero cuando volvió, lo hizo sonriendo de oreja a oreja.

—Ha merecido la pena esperar a ver eso.

Ella se echó a reír, aturdida.

—Supongo que, al final, sí que me ha gustado.

—Supongo que sí –repitió él, encendiendo la luz de la lamparita de noche y abriendo un cajón.

Ella miró el envoltorio y sintió que se le endurecían los pechos.

–¿Estás segura…? –le preguntó él.

Pero Presley le arrebató el preservativo. No iba a decirle que no.

–Ven aquí –le dijo.

–Te estás poniendo demasiado mandona.

–Pues todavía no has visto nada –le replicó ella, rasgando el envoltorio con los dientes, con las manos temblando, con todo el cuerpo temblando.

Cash se colocó encima de ella y la ayudó a ponerse el preservativo y a Presley le pareció un gesto muy sensual. Una vez en su sitio, empezó a acariciarlo despacio. Lo miró a los ojos y entonces vio algo que estuvo a punto de dejarla helada.

Cash Sutherland, en persona, a punto de penetrarla por primera vez. Presley había intentado convencerse de que era solo sexo, pero ya sabía que no iba a ser así.

Cerró los ojos para no pensar en aquello. Él la besó en la nariz y le dijo:

–Presley. Mírame.

Ella se obligó a abrir los ojos.

–¿Estás bien?

–Muy bien.

Y lo agarró por el cuello y lo besó. Al mismo tiempo, él hizo un movimiento de cadera y la penetró, llenándola a la perfección.

Capítulo Doce

Cash se hundió muy despacio en el dulce cuerpo de Presley, lo que le resultó una exquisita forma de tortura.

No tenía ningún motivo para contenerse, estaba húmeda y preparada para recibirlo, pero él no quería precipitarse. Presley por fin había accedido, y él había sido el primer hombre en provocarle un orgasmo con la lengua. Solo eso era suficiente para hacerlo estallar.

Así que había tenido que respirar profundamente y recordarse que era un hombre adulto que podía controlar su cuerpo.

Aunque Presley no le estuviese ayudando a hacerlo.

Le estaba acariciando el pelo y estaba moviendo las caderas a un ritmo que era suave y profundo al mismo tiempo. Cash tuvo que apretar los dientes cuando notó sus manos en el pecho y oyó que lo alentaba a continuar entre susurros.

—Pres —protestó—, cariño, deja de decir obscenidades o no voy a poder aguantar más.

—¿Estoy diciendo obscenidades? —le preguntó ella, arqueando las cejas.

—Sí. Y me gusta. Me gusta demasiado.

Ella arqueó la espalda a modo de respuesta, ofreciéndole sus pechos, y Cash les dedicó la atención que merecían.

–No tenía ni idea de que tu erección fuese tan grande –le susurró Presley al oído–. Solías hacerme llegar al orgasmo solo con pasar la lengua por mis pechos, pero ahora que sé lo bien que me siento contigo dentro, no voy a querer otra cosa.

–Presley…

–De verdad.

–Maldita sea.

–No pares.

¿Cómo iba a parar? La golpeó con las caderas, desesperado por llegar a un orgasmo que había buscado desde que había entrado en ella.

–Enorme –murmuró ella.

–Cállate –le pidió Cash, dándole un beso en los labios.

–Ni lo sueñes. Dime, ¿qué más puedes hacer con…? ¡Ahhh!

El grito de Presley se debió a que Cash había decidido darle una lección y le había colocado una pierna por encima de su codo, después, había empujado más profundamente con las caderas hacia ella y la había mirado con deseo.

–Primero, tú –le dijo Cash–, y luego, yo.

–Yo… ya… –balbució ella.

–Ya has tenido dos orgasmos, pero con este van a ser tres.

Cash sabía que Presley estaba muy cerca, lo veía en la expresión de placer de su rostro, y solo hizo falta un empujón más para que lo consiguiese.

Después, él le bajó la pierna y se apoyó en ambos codos. Presley le abrazó sin fuerza por el cuello y continuó murmurando que era muy sexy y que le gustaba mucho aquello. En esa ocasión, Cash no la hizo callar.

No tardó en llegar al clímax también. Terminó con un gemido y enterrando el rostro en su cuello, con la nariz en su pelo, respirando con dificultad y con la mente totalmente en blanco.

Cuando se recuperó, el sudor de sus cuerpos ya se había enfriado. Entonces, Presley giró la cabeza y le dio un beso en la mejilla, un beso demasiado dulce, teniendo en cuenta lo que acababan de hacer, pero así era Presley. Presley era dulce, aunque estuviese desnuda y diciendo palabras obscenas.

Antes de que a Cash le diese tiempo a profundizar en aquello, ella le murmuró al oído:

—Increíble.

Y él se echó a reír.

Presley rio también y fue entonces cuando Cash se dio cuenta de que la estaba aplastando contra el colchón. Se incorporó, se zafó de ella y se tumbó boca arriba. Entonces, respiró hondo.

—Me has agotado, gata salvaje.

—No soy una gata salvaje.

Él se levantó de la cama y fue hacia el cuarto de baño.

—Malhablada, entonces —le dijo, mirándola por encima del hombro.

Presley se echó a reír de nuevo.

Cuando Cash volvió a la cama, la encontró sentada, tapándose los pechos con la sábana gris y con el vestido en la mano. Él se lo quitó y lo dejó encima de una silla que había junto a la ventana.

—¿Tienes que ir a alguna parte?

Estaba despeinada después de haber pasado una hora con él en la cama y Cash pensó que, si no había creído poder verla más sensual que tomando el sol en bikini en su terraza, se había equivocado. Su imagen era mucho más erótica después de que hubiesen tenido sexo, en su cama.

Pensó que era suya e intentó apartar aquello de su mente, sin éxito.

No obstante, se dijo que no iba a permitir que un sexo fantástico lo distrajese de terminar su álbum. Ella tampoco iba a dejar a un lado su objetivo. Años atrás, aquello habría implicado un mayor compromiso entre ambos, pero ese ya no era el caso. Cada uno seguiría su camino intacto. Aunque la experiencia hubiese sido tan maravillosa.

–Pensaba volver a mi habitación –le respondió ella–. ¿O es que esperabas que durmiese contigo?

–Tal vez deberíamos hablar… –admitió Cash–. Te quiero en mi cama, Pres. Te quiero desnuda entre mis brazos. Te quiero en mi terraza, volviéndome loco con ese bikini rosa, pero deberíamos ser claros acerca de lo que es esto… y lo que no es.

Ella cambió de postura para mirarlo, había inocencia en sus ojos azules.

–¿Quieres decir… quieres decir que no te vas a casar conmigo después de que hayamos tenido sexo? –le preguntó, humedeciéndose los labios y apoyando una mano en su pecho.

El rostro de Cash le transmitió un mar de emociones: arrepentimiento, nerviosismo, confusión…

Y ella se echó a reír.

—¡Es una broma!

—Lo sé —respondió él mientras seguía pareciendo estar desorientado.

—No soy la chica a la dejaste en la universidad. Yo también he crecido. He aprendido cómo funciona el mundo.

Cash le importaba, pero no esperaba que le pidiese que se casase con él solo porque se hubiesen acostado juntos. Ella tenía una vida más allá de aquello. Y sabía que no debía volver a enamorarse. Él era conocido por ser un rompecorazones y Presley no quería que se lo volviesen a romper.

—Ha sido divertido —continuó—. Lo he pasado muy bien. Tú también. Estoy dispuesta a repetirlo si quieres.

—¿Si yo quiero? —repitió Cash con incredulidad.

Aquello ya estaba mejor. Presley no quería que la mirase como si fuese frágil.

—Tú has sido quien me ha suplicado que dejase de decirte obscenidades al oído.

—Yo no te he suplicado.

—¡Por favor, por favor, Presley, deja de decir esas cosas o me vas a volver loco! —lo imitó ella riendo.

Cash empezó a hacerle cosquillas y ella rio más y después gritó y le pidió perdón.

Para entonces, la sábana se había bajado a su cintura y tenía los pechos al descubierto. Cash tenía una pierna apoyada encima de la de ella y le estaba clavando la erección en la cadera.

—Eres diferente —comentó Presley—. Te veo menos amargado que cuando estabas en la universidad, más contento, pero también más triste al mismo tiempo.

Él arqueó las cejas.

—El éxito de tu familia es algo muy importante para ti —continuó ella, apartándole el pelo de la frente—. ¿Siempre fue así? ¿Aceptaste ir a Florida y jugar al fútbol americano para hacer felices a tus padres?

Cash apretó la mandíbula y ella decidió insistir.

—¿Estás escribiendo este nuevo álbum por ti o por el éxito de Elite Records? Me imagino que es mucho más difícil inspirarse si solo estás intentando ayudar a la discográfica, cosa que no ocurrió con tu primer álbum, que te salió del corazón.

Él se puso serio. Ya no parecía confundido o nervioso, sino enfadado.

—El hecho de que estés en mi cama te da acceso a mi cuerpo, no a mi vida personal.

Su respuesta la sorprendió.

—Si quiere entrevistarme, señorita Cole, pida una entrevista.

—Cash…

—Creo que lo mejor será que te vayas a dormir a tu habitación.

Presley vio cómo Cash se cerraba ante ella y la miraba con tranquilidad, sin pensar en retirar ni una de las palabras que acababa de decirle.

—Está bien.

Presley salió de la cama y recogió su ropa.

—Ambos sabemos lo que necesitábamos esta noche. Podemos seguir hablando mañana, si hay algún hueco en tu agenda. ¿Qué te parece a las diez?

Él la miró con arrepentimiento.

—Espera…

—Buenas noches.

Presley no iba a quedase allí a ver si Cash le daba una explicación. Se sentía molesta consigo misma por permitir que aquello le afectase tanto. Solo quería marcharse de allí con su dignidad intacta.

Se pegó el vestido al pecho, recogió los zapatos y salió desnuda al pasillo, con el pelo suelto sobre la espalda. Deseó que Cash la echase de menos, que se arrepintiese de no poder estar haciéndole otra vez el amor.

Cerró la puerta de su dormitorio, tiró la ropa sobre una silla y se metió en la ducha.

Se había equivocado. Cash no había cambiado. Era el mismo tipo que, a la menor oportunidad, se cerraba a ella y la dejaba atrás.

Aunque Presley estaba segura de que iba a volver a su cama para repetir lo que habían hecho esa noche, lo haría mejor preparada y sabiendo que no debía hacerse ilusiones acerca de que Cash hubiese cambiado.

Capítulo Trece

A la mañana siguiente, Cash llamó a la puerta de la habitación de invitados con dos ideas en mente: la primera, que Presley todavía estaría dormida porque aún no eran las siete; la segunda, que la noche anterior se había comportado como un imbécil y tenía que disculparse.

–Pres… –la llamó, volviendo a golpear la puerta.

–Márchate.

–Venga, te he traído café.

Se hizo un silencio.

–Bueno, el café lo acepto.

–Pues abre la puerta tú, cielo, que tengo las manos ocupadas.

La espera se le hizo larga, pero por fin Presley apareció despeinada, con gesto somnoliento y vistiendo una vieja camiseta de la universidad de Florida. No era de él, pero había tenido la misma cuando habían ido juntos a clase.

La imagen no podía ser más sexy, pero Cash supo que no podía empezar haciendo ningún comentario.

–Buenos días –la saludó–. ¿Puedo entrar o prefieres que te cante la serenata desde el pasillo?

Ella abrió la puerta de par en par, sin avergonzarse por llevar solo unas braguitas azules debajo de la camiseta.

97

Cash dejó las tazas encima de una cajonera y luego le tendió una a ella.

—Con leche, como te gusta.

Ella balbució algo y volvió a meterse en la cama, sentada, con la espalda apoyada en el cabecero. Dio el primer sorbo, cerró los ojos y gimió de placer.

Él se acercó a la cama con su guitarra y se sentó a su lado.

—He llamado a esta canción *Perdón* –le dijo, aclarándose la garganta y empezando a tararear y a tocar la guitarra.

Cuando terminó, la vio sonreír de medio lado.

—Lo de anoche… –empezó a decirle él.

—No.

—Voy a hacerlo –le informó Cash, tomando aire–. Lo de anoche fue estupendo, Pres. De hecho, no estaba preparado para que fuese tan… estupendo.

Había sido como volver al pasado y le había traído muchos recuerdos.

—Y, dado que no estaba preparado, tampoco supe cómo responder a tus preguntas acerca del pasado, acerca de mi familia. Por eso me puse a la defensiva y lo estropeé todo. Después, me quedé despierto pensando, con la mirada clavada en el techo, hasta mucho después de que te hubieses marchado.

—Es cierto, lo estropeaste todo –murmuró ella después de un momento.

—Lo sé –le dijo Cash con los brazos en la guitarra–, pero espero que no te arrepientas de lo que ocurrió.

—No me arrepiento, pero me entrometí en tu vida y no debería haberlo hecho. La curiosidad insaciable es uno de mis defectos.

—No hiciste nada malo. Y yo fui… yo —le respondió Cash—. Ven conmigo a una fiesta el viernes, es cuatro de julio.

—¿De verdad?

—De verdad. Es en casa de Mags. Después, veremos los fuegos artificiales desde el lago.

Will lo había llamado para preguntarle si quería ir con Hannah y él, Hallie y Gavin en su barco, pero Cash le había contestado que no. Luke también lo había llamado para ver si quería verlos desde su barco, pero Cash también había declinado la invitación. Lo cierto era que quería verlos con Presley y, si esta lo perdonaba, prefería estar a solas con ella.

Pero eso no se lo había contado a sus hermanos.

—La fiesta será un aburrimiento, pero, después, podrás ponerte cómoda. Tendremos el barco para nosotros solos. Y los fuegos artificiales sobre nuestras cabezas.

—¿Ponerme cómoda?

—Para ir a casa de Mags hay que ir arreglados —le explicó él.

—Me encantan los fuegos artificiales.

—Lo sé.

—Me ha gustado que admitieses que anoche te comportaste mal.

—Me lo había imaginado.

—Y el café ha sido todo un detalle.

—También lo sabía ya.

—No quiero que discutamos mientras esté aquí —le dijo Presley suspirando—, pero me gustaría que siguiésemos haciendo lo que hicimos ayer, si tú quieres.

A él se le secó la boca solo de pensarlo. Había tenido la esperanza de que Presley lo perdonase, pero no había esperado que le propusiese aquello.

–¿Quieres? –volvió a preguntarle ella, dejando la taza de café en la mesita de noche.

–¿Ahora?

–Ahora.

Cash dejó la guitarra en la silla que había junto a la ventana y levantó las sábanas.

–Contigo, Pres, quiero siempre –le dijo, dándole un beso que le supo a café–. Esta camiseta… es muy sexy.

Se la levantó y le acarició el vientre desnudo.

–Estás loco –rio ella.

Estaba loco, por ella. Y no le importaba lo que Presley pensase de él, siempre y cuando lo aceptase en su cama.

Pasaron la siguiente hora y media allí, y él le demostró con hechos que se arrepentía de la discusión de la noche anterior.

Llegó el viernes y Presley quitó las etiquetas al vestido negro que se había comprado. Era corto y elegante, pero también cómodo. Se lo puso con unos zapatos de tacón negros, también nuevos, y preparó una pequeña bolsa de viaje, tal y como Cash le había pedido que hiciera. Metió el bañador, una toalla de playa, unos pantalones cortos y una camiseta. No tenía pensado bañarse, pero prefería estar preparada por si acaso.

Después de que Cash le pidiese perdón dos días

antes, habían vuelto a tener un sexo fantástico. No habían discutido y después habían tenido un día normal. Cash la había animado a hacerle las preguntas que ya le había hecho la noche anterior, que Presley había reformulado con cautela, y él había respondido sin estridencias.

El día después habían estado escribiendo juntos en la terraza. Cash, con la guitarra en el regazo, cantando y tocando.

Esa noche era la fiesta en casa de Mags Dumond y Presley se sentía preparada para salir a pasarlo bien, aunque era consciente de que se le estaba acabando el tiempo para terminar su artículo y todavía faltaba mucha información.

Hallie le había contado que a la fiesta iba a asistir Carla Strouse, una exnovio de Cash, y ella quería descubrir si ella había sido la persona que había inspirado a Cash. Esperaba que ninguno de los Sutherland se enfadase con ella cuando publicase su artículo.

—Quítate esos zapatos —le dijo Cash al verla.

—¿Por qué? —le preguntó ella.

—Porque vamos a ir a la fiesta en barco.

Cash se acercó a darle un beso y ella lo aceptó y se quitó los zapatos de tacón para reemplazarlos por las chanclas que había metido en la bolsa de viaje.

Subieron al pontón de Cash, que era el más lujoso que Presley había visto jamás, y Presley se sentó en uno de los asientos color crema y miró a su alrededor con admiración. ¿Cómo era posible que todo brillase tanto?

Cash fue despacio ya que había muchos barcos en el agua. Casi no hacía viento, así que Presley pensó que no tendría que volver a peinarse antes de entrar en la mansión de Mags Dumond.

—Ven conmigo —la invitó Cash para que se pusiese al timón.

—¿De verdad?

—Estoy asegurado.

—Eres muy gracioso.

Presley le dio una palmada en el brazo y permitió que él la sentase en su regazo. Ella tomó el timón y él le fue dando instrucciones al oído. Después, le dijo lo bien que olía y empezó a darle besos por el cuello. Presley cerró los ojos y él le advirtió en tono de broma que se iban a chocar.

Poco después llegaron a casa de Mags, que estaba justo a orillas del lago, y amarraron en uno de los pocos espacios que quedaban libres. Ella llevó los zapatos de tacón en una mano y salió descalza del barco. Cuando se acercaron al jardín de la mansión, se detuvieron un instante para que ella se calzase, y Presley descubrió con asombro la elegancia de los invitados.

—Vamos a terminar con esto lo antes posible —comentó Cash en tono aburrido.

Como si la fiesta más sofisticada y fantástica de la ciudad le pareciese un fastidio.

A ella se le encogió el estómago al pensar en hablar con la exnovio de Cash. Se dijo que, al intentar averiguar si ella había sido su inspiración, solo estaría satisfaciendo su curiosidad, pero en el fondo sabía que no era verdad. Después, tendría que poner aquella información por escrito y, con ello, ganaría el concurso y haría realidad su sueño de viajar.

No obstante, antes de publicarlo se lo contaría a Cash. Al fin y al cabo, no era un monstruo. Pero lo publicaría. Y si él no entendía sus motivos sería porque jamás la había entendido a ella en realidad.

Capítulo Catorce

Presley no iba lo suficientemente elegante.

¿Quién celebraba una fiesta de gala el cuatro de julio? Al parecer, Mags. A Cash le daba igual la etiqueta. Él iba con sus pantalones vaqueros negros, botas vaqueras y una camisa negra con adornos en la pechera. Las mujeres llevaban vestidos de fiesta o trajes de chaqueta salpicados de piedras preciosas, lentejuelas, o una combinación de ambas.

Presley solo suspiró aliviada cuando vio a Hallie, cuyo aspecto era elegante y sofisticado con un traje de pantalón negro adornado con un fajín en la cintura. Sus zapatos no tenían el tacón tan alto como el de Presley, pero lo suficiente para que las anchas perneras de los pantalones no rozaran el suelo de mármol.

—Mi vestido no es lo suficientemente elegante –le comentó nada más saludarla.

—De eso nada –le respondió Hallie sonriendo–. Estás increíble. Hola, Cash.

—Hola, Hal. ¿Has visto a mis hermanos? –le preguntó Cash a esta.

—He venido con Will y Hannah, así que, sí. Y Luke también ha llegado, pero no sé dónde están.

Presley buscó entre la multitud y vio a un conocido cantante de *country* que había envejecido muy bien.

—¿Y Gavin?

–¿Gavin? –repitió ella, ruborizándose–. ¿Por qué iba a saber yo dónde está Gavin?

Presley pensó que aquella era una reacción interesante, pero Cash ni se enteró, siguió buscando a su alrededor con la mirada.

–Si quieres ir a dar una vuelta, yo estoy bien aquí –le dijo Presley.

–¿Sí?

–Sí.

Él sonrió, le dio un beso y echó a andar.

–Ahora vuelvo –le prometió antes de alejarse.

–¿Estáis…? –preguntó Hallie, acercándose a ella para hablar en voz baja–. ¿… juntos otra vez?

–No. Sí. Más o menos –le contestó Presley–. No estoy segura de que podamos tener esta conversación sin una copa de vino.

–Eso se puede arreglar.

Hallie no solo era guapa y agradable, también era una buena compañía. Cuando ambas tuvieron una copa de champán en la mano, se pasearon entre los invitados, Hallie le fue presentando a varias personas y supo cómo ir dejando las conversaciones para no quedarse atrapadas demasiado tiempo en el mismo lugar.

También le presentó a Carla Strouse, ya que Presley le había dicho que quería conocerla, aunque no le había contado sus verdaderos motivos y eso hacía que se sintiese culpable.

Carla Strouse estaba en uno de los balcones del segundo piso de la casa, donde no había tanta gente como en el patio.

–Seguro que estás cansada de que te digan por qué

te admiran tanto –comentó Presley en un momento dado–. Supongo que no debería comportarme como una fan frente a una estrella.

–No te preocupes –le respondió Carla–. Yo casi me muero cuando he visto a Louise Hatton. ¡Louise Hatton, la mujer que me inspiró cuando tenía seis años! En el fondo, todos somos fans de alguien.

Carla, que tenía el pelo corto, los labios gruesos y unos ojos azules brillantes, era más guapa en persona que en el escenario. Además, era muy simpática. Presley no sabía por qué Cash y ella habían roto y tampoco era capaz de imaginárselo. Ambos eran famosos y atractivos, y hacían muy buena pareja.

–¿Has venido con Cash, verdad? –le preguntó Carla, pasando una mano por el vestido plateado que llevaba puesto.

–Sí –admitió ella, bebiéndose lo que le quedaba en la copa de champán de un sorbo–. Fuimos juntos a la universidad.

–En Florida –añadió Carla, arqueando las cejas.

Presley se preguntó qué le habría contado Cash a Carla acerca de aquella época.

–Es estupendo, ¿verdad? –le dijo Carla–. Quiero decir, que es complicado, porque es un hombre, pero es estupendo.

–Sí, tienes razón –le respondió Presley, decidiendo que aquella era su oportunidad–. Siempre he pensado que eras tú, ya sabes…

–¿El qué? –le preguntó la otra mujer sonriendo.

–La mujer que le inspiró *Lightning*. Hacíais muy buena pareja. Y estuvisteis juntos, ¿cuánto? ¿Año y medio?

—Yendo y viniendo –contestó Carla, dejando de sonreír.

—Ah, bueno, yo pensé… No le he preguntado por ti, ni nada. No habla mucho de su pasado.

—Lo sé. A mí nunca me habló de ninguna de sus novias anteriores.

—¿No?

—Y te aseguro que en mí no se inspiró para escribir su canción. Ojalá hubiese sentido por mí una milésima parte de lo que siente por esa chica. Sea quien sea, tiene mucha suerte.

—Pues sí –dijo Presley, asintiendo de manera tensa.

Si Carla no era la afortunada, tendría que tratarse de Heather, quien, por desgracia, no estaba allí aquella noche. Heather vivía en la costa Oeste y había conocido a Cash mientras rodaba una película en Nashville. Presley se preguntó si esa relación, que se suponía que había durado seis meses, también había tenido sus idas y venidas.

Presley y Carla charlaron de otros temas superficiales y Carla le presentó a su novio, que también era su productor. Luego llegó Cash, que los saludó a ambos con poca efusividad. Y ella se sintió aliviada al ver que no parecía sentir nada por la bella y famosa Carla Strouse.

Entonces, volvieron a la barra y Cash pidió otra copa de champán para Presley y una cocacola para él.

—¿Quieres estar sobrio para la prensa?

—Tengo que llevar el timón del barco –le contestó, y después le susurró al oído–: Y convencerte para que te conviertas en una chica mala a bordo. Tengo que estar en mi mejor forma física para…

107

De repente, miró hacia otro lado y se puso tenso.

—Prepárate.

—¿Para qué?

Entonces apareció Mags Dumond justo delante de ellos y Presley lo entendió.

Mags debía rondar los setenta años, pero tenía la piel lisa. Tenía un buen cirujano plástico. Aparentaba cincuenta años cumplidos, eso sí, pero no muchos más.

—Bueno —dijo Mags—. Mira quién ha decidido honrarnos con su presencia.

Su vestido azul hielo cubierto de pequeños cristales brillaba bajo la luz de las lámparas de araña de tal manera que podría haber hecho que Mags pareciese chabacana, pero lo que parecía era muy rica. Era una mujer que se conocía bien, que sabía el poder que tenía en aquella ciudad y que reinaba en ella como la reina que se creía ser.

—Mags —la saludó Cash entre dientes.

La mujer se giró hacia Presley sin dejar de sonreír.

—Soy Mags Dumond, aunque aquí casi todo el mundo me conoce como…

—La primera dama de Beaumont Bay —terminó Presley en su lugar, ofreciéndole la mano.

—Pues… sí —respondió ella, cambiándose el martini de mano para poder apretar la de Presley—. ¿Sabías que Cash se niega a grabar en mi estudio? Y eso, a pesar de la tormenta que dejó a Elite Records por los suelos. Sé lo que es la lealtad, pero me parece que lo que está haciendo es una estupidez.

—Elite Records no ha estado nunca por los suelos —murmuró Cash en tono enfadado.

–Casi –replicó ella–. Y tú eres Presley Cole, ¿verdad? Estás entrevistando a nuestro muchacho para el periódico de tu ciudad o algo así.

–Viral Pop no es un periódico local –se defendió Presley–. Tenemos dieciocho oficinas en todo el mundo y llegamos a más de cien millones de lectores.

Entonces se dio cuenta de que había caído en la misma trampa que Cash. Aquella mujer era buena.

–Ah, ¿sí? Bueno, os dejo… haciendo lo que estuvieseis haciendo. Ya sabes, Cash, que a pesar de tu condena y de todos los problemas que has tenido, mi oferta sigue en pie. ¿Estás seguro de que tus hermanos te van a apoyar pase lo que pase?

Después, clavó la mirada en la copa de Cash.

–Espero que no haya nada de alcohol ahí.

Él respiró hondo.

–Voy a continuar con Elite –respondió casi gruñendo–. Mags, siempre es un placer verte.

Después, se excusó y alejó a Presley de allí.

–¡El placer ha sido mío! –exclamó Mags a sus espaldas, tan alto como para que la oyese toda la fiesta.

Cash se dirigió hacia la barra, dejó su cocacola y pidió:

–Un Jack Daniels con hielo, por favor.

Luego, se giró hacia Presley.

–Todavía puedo conducir el barco.

Le dio un sorbo a la copa y fueron a una zona menos concurrida de la mansión. Salieron a un pequeño balcón y Presley se apoyó en la barandilla y miró hacia abajo, donde iban y venían los invitados. Sintió que Cash necesitaba decirle algo, así que levantó la vista a las estrellas y esperó.

–No se rinde –comentó este por fin–. Lleva años presionándome. Incluso me ofreció un papel en una película con uno de sus amigos de Hollywood. Mi éxito le da igual, solo quiere poder. Quiere que su nombre esté relacionado con todo lo que tenga éxito. Hace un par de meses, hizo lo mismo con Hannah y estuvo a punto de romper su relación con Will. No hay ni un ápice de generosidad en sus actos. Nunca.

Presley estuvo segura de que Cash tenía razón, después de haberla conocido brevemente.

–¿Qué mujer haría que hasta el hombre más sobrio quisiese beber? –murmuró Cash.

–¿Por qué venís a estas celebraciones?

–Esta noche has conocido a muchas personas. A muchos famosos.

Eso era cierto.

–Se forjan muchas relaciones en estas fiestas. Se hacen amistades. El precio de entrada es Mags y todo el mundo está dispuesto a pagarlo. Cuando Cheating Hearts era el único estudio de grabación de la bahía, Mags era… Bueno, nunca fue buena, pero no era tan mala. Cuando empezó a tener competencia se volvió peor.

–Así que, por un lado, Elite Records consigue contactos en estas fiestas, pero, por otro, tiene que jugar con las reglas que impone Mags.

–Si no quiere sufrir su ira, sí.

–Y ese ha sido, literalmente, tu caso.

–Sí.

–La rechazaste.

–Más o menos.

–Y fue Mags quien te alentó a beber justo antes de que te marches de la fiesta.

–Es muy tenaz.

–¿Y es posible que su ira se extendiese hasta el control de alcoholemia?

Él frunció el ceño.

–Earl –se limitó a decir.

–¿Earl?

–Es el oficial de policía que estaba de guardia aquella noche. Los han visto juntos recientemente en la ciudad. En una cita.

–Tal vez él le hizo un favor y te tendió una trampa. Así, después ella podía acercarse a ti y ofrecerte su representación a pesar de tu mala reputación, sabiendo que no querrías hacer nada que pudiese perjudicar a Elite Records.

No era una idea tan descabellada. Mags era capaz de cualquier cosa por mantenerse en la cima.

–Podría sacarlo todo a la luz –continuó Presley–. Mi artículo podría ser tu salvación. Podría pedir que te pidiese disculpas públicamente. Podría…

Él apoyó un dedo en los labios para hacerla callar y después negó con la cabeza.

–Déjalo estar, Pres. Ya está hecho.

–No, no está hecho. Es un escándalo.

–Forma parte del pasado, no tiene sentido removerlo.

Él la agarró de la barbilla para que lo mirase a los ojos y ella intentó no hacerlo, intentó no ver qué había en ellos. Aunque, al mismo tiempo, quería averiguar quién lo había inspirado para que escribiese la canción más bonita que Presley había oído en toda su vida.

–Tengo que concentrarme en mi nuevo álbum –continuó Cash–. Elite Records está preparada para volver con fuerza. Escribe acerca de eso. Agitar el avispero no puede traer nada bueno.

—¿Y tu condena?

—Lo hecho, hecho está —sentenció él—. ¿Nos marchamos? Es casi la hora de los fuegos artificiales.

Tenía la mirada encendida y Presley pensó que no se refería solo a los fuegos artificiales que iban a brillar en el cielo, sino también a aquellos que iban a estallar en cuanto la besase.

Capítulo Quince

Cash ancló el barco lejos de otro grupo de barcos, buscando el mejor lugar para ver el espectáculo. Los fuegos artificiales todavía no habían empezado, así que todo lo que se oía en esos momentos eran los gritos procedentes de las fiestas que había en el lago.

El cielo estaba oscuro, los grillos cantaban y los insectos volaban delante de las luces del barco. Presley y Cash estaban en semioscuridad, pero Presley podía ver desde allí el interior de los barcos que los rodeaban, lo que significaba que otras personas también podían verlos a ellos.

–Supongo que no me voy a cambiar de ropa, porque tenemos público –comentó.

–¿Estás segura?

Cash la condujo a un lateral del barco y abrió un compartimento del que secó un biombo que era más alto que él y el doble de ancho. El tejido era ligero y claro, y se movió suavemente con la brisa.

–Su vestuario, señorita –le dijo Cash, abriendo un hueco en él.

Presley miró dentro.

–Vaya, me has dejado impresionada.

–Mi objetivo es complacerla.

Apoyó las manos en sus caderas y la siguió al interior, prometiéndole que iba a impresionarla todavía

113

más. La besó en los labios y le bajó la cremallera del vestido.

—¿Cómo vamos a maniobrar aquí?

Se oyó un silbido en el aire y, dado que el biombo estaba abierto en la parte superior, Presley vio la explosión de colores en el cielo.

—No te preocupes —le dijo él.

Presley lo vio sonreír y sonrió también mientras empezaba a desabrocharle la camisa. Cash se quitó los pantalones vaqueros a patadas y ella dejó que el vestido cayese al suelo.

—No sé a qué agarrarme —comentó Presley mirando a su alrededor.

—A mí.

Hubo un silencio y Presley pensó que no sabía por dónde agarrarlo, entonces, él se quitó los calzoncillos y ella apartó la idea de su mente y decidió disfrutar de la magia del momento. Y, como por arte de magia, Cash hizo desaparecer su sujetador y su tanga.

Presley lo abrazó por el cuello y él la agarró por el trasero para levantarla al tiempo que la penetraba.

—Eres como una droga, Cash Sutherland —susurró Presley contra sus labios—, deberías llevar una señal de peligro.

—Hablando de peligros, debería ponerme un preservativo, aunque no quiera.

—Yo tampoco quiero y no puedo quedarme embarazada porque tomo la píldora, así que…

Vio que a Cash se le oscurecía la mirada.

—Presley.

—No hay peligro, pero… ¿estás limpio?

—Sí, nena, estoy completamente limpio.

Presley prefirió no recordar que Cash tenía fama de chico malo. Y él no le dio la oportunidad de pensarlo demasiado y empezó a acariciarla entre los muslos.

–Eso me gusta –susurró ella.

–Es fantástico –admitió Cash mientras se movía en su interior.

Presley enterró los dedos en su pelo mientras hacían el amor de pie. El sudor corrió por su pecho, que resbaló contra el de él cada vez que se movían.

–Acaríciate, Presley, ayúdame.

Ella bajó una mano y la metió entre los dos cuerpos. Bastó con que se tocase suavemente un par de veces, que Cash volviese a entrar y salir de ella, para que llegase al clímax.

El sonido de un nuevo estallido apagó el gemido de Presley, que intentó recuperar la respiración mientras él llegaba al orgasmo también. Cash le rugió al oído al tiempo que el cielo se volvía a iluminar.

–Peso mucho. Estás temblando –le dijo ella.

–No tiemblo por ese motivo –murmuró él antes de besarla apasionadamente–. Haces que me sienta débil, Pres.

Ella lo entendió, se sentía igual. Con cuidado, bajó las piernas al suelo. Él la sujetó hasta que estuvo seguro de que se mantenía en pie, pero después no la soltó del todo. Inclinó la cabeza y apoyó los labios en su cuello.

Estaban desnudos en un barco, con fuegos artificiales sobre sus cabezas, pero la sensación no era que acababan de hacer algo prohibido, sino de intimidad. Por mucho que Presley intentase evitarlo, Cash había conseguido traspasar sus defensas y llegar hasta su corazón.

–El gran final –comentó Cash mientras el cielo se llenaba de aullidos y estallidos.

–Nuestro gran final ya ha tenido lugar –bromeó ella, aunque no tuviese ganas de bromas en esos momentos.

–Eres increíble.

Cash se asomó fuera y volvió a entrar con un traje de baño y se lo puso. Después, salió del todo y dejó que Presley se recompusiese.

En más de un sentido.

Presley se limpió con una toalla de playa, se puso el bikini y unos pantalones cortos y una camiseta. Le temblaban las manos, señal de que el error que había cometido iba mucho más allá de no haber utilizado preservativo. Casi no podía respirar. Ya estaba echando de menos a Cash y eso que lo tenía al otro lado del biombo.

Se oyeron motores poniéndose en marcha y varios barcos se alejaron en busca de más fiesta. Presley salió y Cash recogió el biombo antes de meter la ropa que había llevado en la fiesta en una bolsa.

–¿Ahora adónde vamos? –le preguntó Presley, que estaba nerviosa y quería volver a casa.

Tal vez allí podría relajarse o, al menos, retirarse a su habitación.

–A ninguna parte –le respondió él, tumbándose en la cubierta–. Ven aquí.

Presley no pudo decirle que no, ese era su problema. Se tumbó a su lado.

–Han sido los mejores fuegos artificiales del mundo, ¿verdad? –murmuró Cash.

Ella tomó aire y aspiró el olor a quemado.

—Increíbles.

—Estoy de acuerdo —le susurró él al oído.

Cuando Presley giró la cabeza hacia él, Cash la estaba mirando fijamente. Ella se sintió como si estuviesen en su residencia universitaria. En aquella situación, ella siempre se había disculpado por hacerlo esperar y él siempre le había respondido lo mismo:

—Merece la pena esperar.

—Merecía la pena esperar, Cash —le dijo.

Después, ambos se quedaron mirando el cielo en silencio.

—Me lo he pasado bien en la fiesta, aunque Mags haya sido horrible —añadió Presley después.

Él se echó a reír.

—Carla me ha parecido muy agradable.

—Es una buena persona, pero no es como tú.

Presley quiso rechazar el cumplido, sobre todo, porque tenía planeado averiguar su secreto y contárselo al mundo entero.

—Me gustaría que me dejases ayudarte con Mags —insistió—. Merece que alguien se enfrente a ella. Y tú mereces ser feliz.

Cash era feliz.

En esos momentos, con Presley entre sus brazos, era más feliz que en mucho tiempo. Y porque aquel estado no era habitual en él, prefería no hablar de su condena ni de Carla ni, mucho menos, de Mags Dumond.

—No quiero hablar del pasado —le respondió a Presley—. Tú estás aquí. Yo estoy aquí. **Hablemos de eso.**

Ella respiró hondo.

—Está bien.

Después de varios meses intentando controlar a los medios de comunicación, misión imposible, de controlar las reacciones de su rostro para no delatarse y de reflexionar acerca de lo que iba a poner en sus redes sociales, Cash solo quería dejar el pasado atrás. Eso era sencillo de hacer con Mags o Carla, pero no tanto con Presley.

—Deberías quedarte más tiempo —le dijo.

Era algo en lo que llevaba pensando toda la noche.

—¿Quedarme?

—Sí, otra semana, por lo menos.

Cash pensaba que estaba liberando estrés con Presley y que cuando ambos estuviesen satisfechos podrían continuar con sus vidas, pero ya se habían acostado varias veces y él seguía sin sentirse satisfecho del todo. De hecho, estaba empezando a preguntarse si era posible que se saciase de ella.

Tenía la esperanza de que Presley tampoco se hubiese cansado todavía y sabía que cuando ella regresase a Florida lo suyo se terminaría. Ambos volverían a sus respectivas vidas. Ella quería viajar y él estaba destinado a ganar más premios, pero no podía dejarla marchar. Todavía.

Deseó ser capaz de leerle la mente. En cualquier caso, no podía descifrar su expresión.

—No has terminado de escribir el artículo —le dijo—. ¿Necesitas saber algo más de mí?

Presley esbozó una sonrisa que lo llenó de esperanza.

—Seguiré preparándote café por las mañanas —añadió—. Me inspiras.

Ella se incorporó, apoyándose en un codo, y en esa ocasión Cash sí que vio duda en su expresión.

–Te prometo que no es algo que diga con frecuencia –le aseguró–. Vuelve aquí.

Presley murmuró algo así como que era insufrible y después volvió a acurrucarse a su lado y lo abrazó.

–Hacía mucho tiempo que no me sentía tan vivo –le dijo Cash, apoyando la barbilla en su cabeza–. Me haces ser mejor, Pres. En todo.

Y, no obstante, tenía que ponerse límites con ella. ¿Cómo iba a pedirle que confiase en él cuando había destrozado la confianza que Presley había puesto en él, demostrándole que lo que más le importaba era el éxito?

–Estoy segura de que Delilah me dejará estar aquí otra semana para que termine el artículo –le respondió ella.

–Y puedes escribir acerca de la nueva canción que voy a grabar la semana que viene.

–¿Una canción nueva? –le preguntó Presley entusiasmada–. ¿Cuál?

–Todavía no la has oído –le respondió Cash, dándole un beso en la cabeza–, pero la oirás, si te quedas.

Ella sonrió contra su pecho.

–Muy gracioso.

–No es ninguna broma.

Cash pensó que Presley le estaba dando todo lo que quería, pero no podía mantener. Todo lo que no debía haber dejado atrás y no podría recuperar.

Así que se sintió triste, pero pensó en plasmar aquello en su nueva canción. Nadie sabía mejor que él que los desamores siempre eran un éxito de ventas.

–¿Estás seguro? –le preguntó Presley, dibujando círculos en su pecho de nuevo, algo que a Cash le encantaba que hiciese.

Otro barco pasó por su lado y una estrella fugaz atravesó el cielo.

–Sí, Pres, estoy seguro.

Capítulo Dieciséis

–Es tu trabajo –se dijo Presley, con la vista clavada en la pantalla del ordenador–. Haz tu trabajo.

Se mordió el labio, releyó el correo electrónico por enésima vez y volvió a dudar.

–Es lo que has venido a averiguar –susurró–. Averígualo.

Aunque no había planeado escribir a Heather Bell, uno de los becarios de Viral Pop había conseguido la dirección de correo electrónico de la actriz.

Presley le escribió contándole que estaba intentando reparar la imagen de Cash, también incluyó una mentira piadosa, diciéndole que era pareja de Cash, para que Heather diese por hecho que su relación era seria y quería lo mejor para su novio. Y aquello era cierto, quería lo mejor para Cash y, además, lo de que eran pareja no era del todo mentira, porque llevaban varios días juntos.

Presley también le prometió que le haría una entrevista a la actriz. Aunque Heather no la conociese, seguro que sí conocía Viral Pop y la publicidad que podían hacerle.

Le dio al botón de enviar el correo y se sintió más o menos satisfecha con las muchas justificaciones que tenía para haber hecho aquello.

La puerta se abrió y Cash entró secándose el pelo

con una toalla. Todavía tenía gotas de agua en las pestañas, en el pecho y entre los músculos de su abdomen. Estaba muy sexy. Como casi siempre. Su traje de baño chorreaba agua del lago y mojó la alfombra que había delante de la puerta.

–Hola –la saludó.

Ella cerró el ordenador de un golpe, se sentía culpable.

–¡Hola! ¿Qué tal el baño?

–Bien. ¿Estás ocupada?

–¡No!

Presley se puso en pie y se metió las manos en los bolsillos de los pantalones cortos, preocupada por si Cash veía en su gesto que se sentía mal.

–Justo iba a tomarme un descanso.

–Bien. El agua está caliente. Ven a bañarte.

Ella pensó que no era capaz de rechazar ninguna de sus propuestas. Siempre que Cash clavaba sus ojos oscuros en ella, se olvidaba de todo lo demás.

Se acercó a él y Cash la agarró y la apretó contra su cuerpo húmedo y caliente. La camisola blanca que llevaba puesta se mojó y él se la quitó por la cabeza y la tiró al suelo. Después, la llevó hacia la playa artificial que había delante de la casa.

–Ten cuidado con clavarte algún palo –le advirtió, dejándola en el agua.

Presley se zambulló y volvió a la superficie con una sonrisa.

Cash se acercó a ella, volvió a agarrarla y la besó.

Y Presley se dio cuenta de que estaba volviendo a enamorarse. Lo abrazó con las piernas por la cintura y se apretó contra su torso.

–Umm –murmuró ella, frotando su nariz contra la de ella–. Me parece que me estoy pinchando con uno de esos palos de los que hablabas.

–Es un tronco de árbol, nena. Un tronco.

Ella se echó a reír y pensó que Cash era demasiado. Demasiado sexy, demasiado divertido, demasiado bueno en todo. Era perfecto y la volvía loca sin tan siquiera intentarlo.

–Papá y mamá van a preparar una barbacoa el sábado. Estás invitada.

–¿De verdad?

–Por supuesto. quieren conocerte.

Presley tragó saliva.

–Qué detalle.

Se sintió aterrada. ¿Cómo iba a presentarse?

«Hola, soy la exnovio de Cash, que en su época se negó a acostarse con él y ahora está haciéndolo sin parar. Además, estoy aquí para intentar sacar a la luz uno de sus secretos mejor guardados».

Seguía sintiéndose culpable por el correo que había enviado. Tal vez no tuviese de qué preocuparse. Era posible que el mensaje hubiese ido a parar a la carpeta de correos no deseados de Heather. Aunque cuando recibiese una respuesta sabría cómo enfrentarse a Cash.

–¿Has visto cómo reacciona Hallie cuando hablas de Gavin? –le preguntó a este, sobre todo, para dejar de pensar en lo que la preocupaba.

Como era de esperar, Cash la miró confundido.

–¿A qué te refieres?

–Le gusta. Le gusta, le gusta.

–¿Lo deduces de la breve conversación que mantuviste con ella anoche?

—Son cosas que una mujer sabe.

—No sé, Pres. Ella es la típica niña buena y Gavin…

—Gavin, ¿qué?

—Que no le interesa comprometerse.

—Debe de venirle de familia. Salvo Will, pero, claro, es que se trataba de Hannah Banks, así que no tenía elección.

—Es una fuerza de la naturaleza, pero Hallie no es como ella.

—¿Insinúas que Hallie no puede manejar a alguien como Gavin? A mí me parece un chico encantador, amable y…

—Tal vez lo sea contigo —le dijo Cash, frunciendo el ceño, como si le molestase que le hiciese cumplidos a su hermano pequeño.

—Desde luego que lo es. Me ofreció que me alojase en su casa. Es muy amable.

Cash torció el gesto.

—Fue amable contigo para que te quedases en su casa.

—¿Qué? No, no es cierto.

—Gavin es encantador y simpático, pero también le gusta tener relaciones breves y dulces. Si Hallie es inteligente, guardará las distancias con él.

—Gavin no quería que me quedase con él por eso. De hecho, enseguida cedió cuando tú exigiste que me viniese contigo.

—¿Lo exigí?

Ella hizo caso omiso de su comentario.

—En cualquier caso, no me interesa Gavin como me interesas…

Cash sonrió con satisfacción al ver que Presley había caído en su trampa.

—No me interesa Gavin.

—Bien –le dijo él, dándole un beso en los labios.

—¿Cómo puedes tener celos de Gavin, si estoy aquí contigo? –le preguntó ella, enterrando los dedos en su pelo rizado.

—Presley –gimió él.

—¿Sí?

—Prepárate, cielo.

—¿Para qué?

Él le apartó los brazos, le dio un beso en la mano y murmuró:

—Para esto.

El muy cretino la tiró por los aires. Presley cayó al agua y cuando salió a la superficie lo hizo escupiendo mientras él reía.

Nadó detrás de él, se subió a su espalda y lo hundió en el lago, satisfecha con su revancha, pero entonces Cash salió del agua, la apretó contra su cuerpo, y le hizo preguntarse si alguna vez se sentiría satisfecha con algo relativo a Cash.

Antes o después se marcharía de Beaumont Bay y retomaría una nueva vida, con un suelo más alto y la posibilidad de viajar. Era probable que se olvidase de él cuando se fuese a vivir a Italia o a Francia.

Pero entonces Cash la besó y ella supo que llevaba mintiéndose toda la mañana.

Para olvidarlo iba a necesitar algo más que un viaje al extranjero. Ni siquiera sabía si un viaje a Marte podría sacar a Cash de su cabeza, aunque ella fuese a hacer todo lo posible por olvidarlo.

Capítulo Diecisiete

El resto de la semana pasó volando.

Presley y Cash establecieron una rutina. Tomaban el café en la terraza, aunque, en ocasiones, Cash le llevaba el café a la cama. A su cama, ya que Presley no había vuelto a la habitación de invitados desde el cuatro de julio.

Cuando se levantaba por fin, se sentaban juntos en la terraza a escribir o, si llovía, en la cocina. A Presley le costaba centrarse con Cash tan cerca.

La tarde anterior, su voz le había robado la atención. Presley se había inclinado hacia delante y lo había observado mientras empezaba a cantar, se interrumpía y volvía a empezar. Él le había sonreído, pero solo un instante.

—¿Qué ocurre?

—Tienes mucho talento. Habría sido una pena que te dedicases al fútbol americano, o a la parte más de gestión de la música, como tus hermanos. Has conquistado a todo el mundo con tu increíble voz. Jamás había oído a nadie cantar como cantas tú.

—Pres…

—De verdad. Cuando cantas, me olvido de todo. Me pierdo completamente en tu música. Y solo me pasa contigo.

Él había suspirado y había agarrado con fuerza la

guitarra. La lluvia golpeaba las ventanas y fuera hacía un día gris.

–Ven aquí –le había pedido.

Presley se había levantado de su taburete al mismo tiempo que él se ponía en pie. Cash había dejado la guitarra en su soporte del salón y la había llevado a ella hasta el sofá.

Primero se había colocado ella encima y después habían cambiado de posición. Habían estado mucho tiempo besándose, con el ruido de la tormenta de fondo.

Ella había llegado al clímax cuando Cash había tomado uno de sus pechos con la boca a la vez que enterraba una mano entre sus muslos. Entonces, Presley lo había empujado para que se tumbase boca arriba y había probado a hacer algo que todavía no había hecho con él: bajar con los labios por su pecho, pasando por el estómago hasta acariciar su erección con la boca.

Le había encantado su suavidad y su sabor, y le había encantado volverlo loco. Cash había estado a punto de perder el control, pero se había contenido para hacerle el amor muy despacio en aquel sofá.

Aquella mañana de sábado, Presley no podía sacarse aquello de la cabeza. Ni tampoco la sensual ducha que habían compartido después.

La sensación había sido que ambos sabían que aquello se estaba terminando.

Cuando había llegado a Beaumont Bay, no había pensado que echaría de menos a Cash al marcharse, pero en esos momentos le parecía inevitable. Cash la… consumía. Y lo último que Presley quería era que nadie la hiciese sentirse así.

Salió de la cama, tomó su taza de café y bajó las escaleras cantando la nueva canción de Cash, que hablaba de «volver para siempre».

Este llevaba toda la semana trabajando en ella y por fin parecía que tanto Will como él estaban satisfechos con el resultado. Era con diferencia la canción preferida de Presley del nuevo álbum.

Al llegar a la cocina, Presley tarareó el estribillo. Cash estaba sentado de espaldas a ella, mirando hacia fuera. Era una pena que tuviese que marcharse al día siguiente, pero ya no podía pedirle más tiempo a Delilah para terminar su artículo, un artículo con el que no iba a tener muchas posibilidades de ganar un aumento de sueldo ni un cambio de oficina. No había tenido noticias de Heather y el artículo no contenía ninguna bomba informativa finalmente.

De todos modos, Presley pensó que no habría revelado la verdad.

La noche anterior, mientras escuchaba cantar a Cash, había decidido no contar quién había sido su musa. Había escrito un buen artículo acerca de Elite Records, con la exclusiva del nuevo álbum de Cash. También había contado cómo era su día a día, sin confesar que se había acostado con él, por supuesto. Y había comentado lo generoso que era siempre que se encontraba con sus fans en la ciudad.

El enfoque del artículo era fresco, no había en él escándalos ni secretos, pero Presley se sentía orgullosa de todos modos. Era una imagen honesta de un hombre honesto, que despertaría el apetito por su nuevo álbum, que ella estaba convencida de que llegaría a número uno.

Presley tendría que encontrar otra manera de convencer a Delilah de que se merecía una subida de sueldo y viajar. Cash le importaba demasiado como para hacerle daño, así que la decisión que había tomado la había dejado tranquila.

Se sirvió más café y se dio cuenta de que Cash la estaba mirando fijamente mientras hablaba por teléfono. No sonrió ni le guiñó un ojo, ni le hizo ningún gesto para que se acercase a él.

Su aspecto era gris, como las nubes del cielo. Estaba enfadado.

–Adivina quién acaba de llegar –le dijo a la persona con la que estaba hablando por teléfono–. Lo has adivinado, mi prometida, Presley Cole, ¿quieres saludarla?

Después, se despidió, bajó el teléfono y la miró muy serio.

Ella pensó en explicarse antes de que Cash empezase a gritarle. Pensó en contarle que ya había escrito el artículo y que se había centrado en su nuevo álbum.

–Lo único que tuve con Heather Bell fue una aventura –empezó él–. Al menos con Carla, se podía mantener una conversación.

A Presley se le encogió el estómago.

–Jamás pensé que volvería a tener noticias de Heather, la verdad. Así que imagina mi sorpresa cuando me ha llamado para contarme que una periodista le había preguntado si ella había sido mi inspiración. Ah, no, una periodista, no, mi prometida.

–Cash, escúchame. No pensé que Heather se centraría en lo que tú y yo tenemos, solo esperaba que confiase en mí y me contase…

–Me lo podrías haber preguntado a mí –rugió él.

Ella se estremeció. Cash tenía razón. Podía habérselo preguntado a él. Debía haberlo hecho.

–Ya veo que es lo que has estado haciendo cuando no estabas acostándote conmigo –añadió él, dolido.

–Cash, te prometo…

–Te has puesto en contacto con mi exnovio y le has preguntado a ella –continuó él en voz baja, pero cortante.

–¿Me lo habrías contado si te hubiese preguntado? –le dijo ella.

Cash no respondió.

–Eso me parecía –añadió Presley, cruzándose de brazos–. ¿Qué más te da que todo el mundo sepa si *Lightning* estaba dedicada a Heather, a Carla o las dos? De todos modos, no son más que habladurías. Dijese lo que dijese cualquier periodista, tú lo negarías.

–¿No quieres decir dijese lo que dijese mi prometida?

–Solo intentaba sonar creíble. Sé que estuvo mal –admitió en un hilo de voz.

–¿De verdad lo piensas? Lo que hay detrás de esa canción es personal, Presley, no es asunto de nadie. No me estoy protegiendo yo, sino que estoy protegiendo a la mujer acerca de la cual escribí la canción. La he tocado mil veces y yo soy el único que lo sé. Y me gusta ser el único que lo sabe.

Cash había bajado la voz, pero la estaba mirando con tristeza y Presley supo que había cometido un grave error.

–¿La estás protegiendo?

Él no respondió. No tenía que hacerlo. Su expresión de decepción lo decía todo.

–De personas como yo –continuó Presley–. Vaya.

Se sentó en un taburete, con la cabeza agachada. Aunque hubiese cambiado de idea acerca del artículo, su intención había sido escribir aquella historia. Sin saber cómo, se había convertido en un tipo de persona que ni siquiera respetaba. En una periodista dispuesta a todo con tal de escribir un artículo. Dispuesta incluso a poner en peligro su propia integridad.

–Quiero que sepas que he tirado la toalla, ya no quiero saberlo.

Él se quedó en silencio, pensativo.

–Haces mucho eso de proteger a los demás –añadió ella.

Cash tenía las manos apoyadas en la encimera de la cocina. Tenía las uñas cortas y vello en los antebrazos. ¿Cómo era posible que le gustase todo de él? Presley pensó en aquellas manos y aquellos brazos en el cuerpo de otra mujer y sintió ganas de gemir.

–Sinceramente, Pres, ¿en qué estabas pensando?

–No estaba pensando –admitió ella, suspirando–. Lo siento. Me cegó la ambición y todo eso. Supongo que suena a excusa barata.

Cash suspiró también.

–Lo creas o no, entiendo que la búsqueda del éxito te haya podido llevar a hacer una tontería.

–¿Prefieres que me quede en casa en vez de ir contigo a la barbacoa?

A Presley le había apetecido mucho pasar el día con la familia Sutherland, y no solo porque quisiese tomar algunas fotografías para su artículo. Había querido conocer a los padres de Cash, ver a Hannah, que iría con Will. Y también había querido despedirse de Luke y Gavin, y de Hallie, si estaba por allí, pero, dado su terrible comportamiento, no le habría extrañado que Cash le retirase la invitación.

Lo vio frotarse el cuello y mirarla todavía con tristeza. Entonces, se inclinó hacia ella y le dio un beso en la cabeza.

–Saldremos a las doce en punto –le dijo, antes de dirigirse hacia las escaleras.

–¿Cash?

Él se detuvo delante del primer escalón, tenía la cabeza agachada y los puños apretados.

–¿Estás bien?

Él no la miró. Se limitó a repetir:

–A las doce en punto.

Capítulo Dieciocho

En el jardín trasero de casa de sus padres, Cash se sentó, con un vaso de té helado en la mano y rodeado por sus hermanos. Su padre estaba al frente de la barbacoa, charlando con su madre, Dana, que le daba indicaciones. Travis Sutherland levantó en volandas a su esposa y le dio un beso, Dana se echó a reír y lo golpeó suavemente para que la soltase.

Cash no tenía ganas de sonreír, pero sonrió. Sus padres tenían una relación muy desenfadada y cariñosa. Y él no sabía cómo lo hacían.

Por mucho que había intentado desprenderse de aquella sensación, no podía evitar sentirse dolido. Presley había actuado a sus espaldas, le había mentido y, no obstante, él sabía que no lo había hecho con malas intenciones. Todo el mundo cometía errores. Y él sabía lo mucho que deseaba ganar porque había sido igual de ambicioso en otro momento de su vida y eso le había costado un alto precio: ella. ¿Cómo podía culparla de haber hecho lo mismo sin ser un completo hipócrita?

Quería creer que Presley iba a hablar con él antes de publicar el artículo. Lo que lo molestaba era que hubiese querido indagar acerca de *Lightning*. El hecho de que se hubiese inspirado en su ruptura con ella era un secreto que pretendía llevarse a la tumba.

133

Por aquel entonces, había estado enamorado de Presley. Enamorado, pero sin querer reconocerlo. Y no se había dado cuenta de lo que había perdido hasta que no había hecho el amor con ella en el sofá, con la lluvia de fondo.

En la universidad había estado tan centrado en perseguir su sueño que se había convencido de que lo suyo con Pres había sido demasiado breve para ser amor verdadero. Sin embargo, recientemente había comprendido que enamorarse de ella era muy sencillo porque jamás había dejado de amarla.

—Las cosas van bien —comentó Luke, con un botellín de cerveza apoyado en la rodilla.

Cash salió de sus pensamientos y miró a su hermano.

—¿En el bar?

—No, hermano. Con tu chica. Las cosas van bien con Presley.

Cash siguió la mirada de su hermano hacia donde estaba Presley con Hannah y Hallie. Pres llevaba puesto un vestido verde con pequeñas flores rosas y unas zapatillas de deporte blancas. Llevaba el pelo recogido en una cola de caballo, dejando a la vista sus bonitas orejas y las mejillas sonrojadas por el sol. Era la típica vecina irresistible, pero capaz de convertirse en una chica mala cuando se quitaba la ropa. Y cuando cometía errores, se disculpaba por ello. Presley intentaba hacerlo todo bien, aunque eso no beneficiase a sus intereses.

Era perfecta.

—Se marcha a casa mañana —le respondió a Luke.

Por perfecta que fuese, o por mucho que él la amase, no iba a quedarse allí.

–¿Y se lo vas a permitir? –inquirió Luke.

–Esto demuestra que yo soy el inteligente –intervino Gavin–. Si vuelves a dejarla escapar es que eres un idiota.

Cash dio un sorbo de té y pensó que el silencio era su mejor aliado. En esos momentos, su único aliado. Entonces, abrió la boca para defenderse de todos modos.

–Jamás se quedaría aquí. Y lo sabéis.

–Florida no está tan lejos –comentó Luke–. A un día en coche. Y hay vuelos.

–¿Y cuándo voy a tener tiempo de ir a Florida? –replicó Cash molesto.

–Siento haber sacado el tema –le dijo Luke, bebiendo cerveza.

–Ya está la carne, menos mal, porque me muero de hambre –anunció Will, uniéndose a sus hermanos–. ¿Qué me he perdido? Cash está todavía más serio de lo habitual. ¿Qué te preocupa? El álbum está casi terminado. ¿Habéis oído ya *Back for Good*?

–Todavía no –le respondió Luke.

–Pues deberíais. A mí me parece que Presley tiene razón –continuó Will–. Ella piensa que debería ser el primer sencillo.

–Es una balada –dijo Luke, arrugando la nariz–. Depende de en qué mes salga.

–La música *country* está llena de baladas –intervino Gavin.

–Va a ser un éxito. Confiad en mí –dijo Will.

Cansado de que sus hermanos hablasen como si él no estuviese delante, Cash rugió:

–Voy a rehacer esa canción.

—¿Qué? –inquirió Will.

—Ya me has oído, que no me gusta y la voy a reescribir.

—¿Estás loco?

—Sí –respondieron Gavin y Luke al unísono.

—Ya me habéis oído. Es una porquería de canción y voy a reescribirla.

Era mentira. *Back for Good* era una de sus mejores canciones, pero era demasiado sincera.

—¿Estás loco? –le preguntó una voz femenina a sus espaldas.

Cash se giró y vio a Presley yendo hacia ellos, con una ensalada de patatas en las manos. Detrás de ella iban Hannah y Hallie.

—No voy a permitir que reescribas esa canción.

—Eso he dicho yo –dijo Will.

Presley solo tenía ojos para Cash.

—Es la mejor canción del álbum. Podría ser tu mejor canción, incluso mejor que *Lightning*.

—Eso es mucho decir –comentó Gavin.

—¡A comer! –los llamó Travis.

—Danos un segundo –le pidió Cash.

Luke se puso en pie, Gavin lo imitó. Will tomó la ensaladera que Presley llevaba en las manos y siguió a sus hermanos, dejando a solas a Cash y a Presley.

—Fue un error ponerme en contacto con Heather –admitió Presley–. No pensé que te llamaría. Lo siento mucho.

—Ya está hecho, Pres.

—*Back for Good* es la mejor canción que he oído jamás y no te lo digo por decir. Tus fans se merecen oírla.

136

Él apretó los dientes.

Back for Good era una maravilla y estaba inspirada en la misma persona que *Lightning*, salvo que esta tenía un final triste y la otra, un final feliz.

¿Cómo le iba a decir eso a Presley? Sobre todo, cuando en esa ocasión iba a ser ella quien lo dejase.

—Vamos a bendecir la mesa, Cash —le dijo su padre.

—Voy —le respondió Cash poniéndose en pie—. Olvídalo, Pres.

—Te prohíbo que cambies ni una nota de esa canción. Ni una palabra —le dijo ella, apoyando un dedo en el centro de su pecho.

Él se inclinó hacia delante, sus narices casi se tocaron.

—Eso no depende de ti.

—Yo soy tu musa, así que sí —le replicó ella.

—Estoy muerto de hambre, chicos —les dijo Luke—. Y papá no nos va a dejar comer hasta que no recemos.

Cash lo ignoró.

La expresión de Presley se suavizó.

—Me voy a marchar a casa mañana y voy a publicar un artículo acerca de Cash Sutherland, el hombre. Un hombre dedicado a su arte, a su familia y a sus amigos. Voy a compartir cómo escribes y cómo te llega la inspiración de repente, en mitad de una cena. O cómo preparas el café por las mañanas.

Presley se ruborizó.

—Hay otros momentos que no voy a compartir. Con nadie.

Hizo una pausa.

—Voy a enseñarles a tus fans que eres algo más que un símbolo sexual o un cantante de éxito. Voy a enseñarles al verdadero Cash. Y, cuando lo vean, se van a olvidar de tu fotografía para la ficha policial. Y, si no se les olvida, no les importará, porque habrán visto al hombre que hay detrás de los focos.

A él se le encogió el corazón. Cuanto más hablaba Presley, más sincera parecía, y peor ponía las cosas. No sabía lo difícil que le resultaba dejarla marchar cuando lo que quería era rogarle que se quedase allí. ¿Cómo podía pedirle que confiase en él después de que hubiese abusado de su confianza? Muy sencillo. No podía pedírselo.

—No olvides que puedo caminar sobre las aguas —murmuró.

—¿Me has oído? No voy a hablar de *Lightning* y, si quieres puedo llamar a Heather Bell y disculparme personalmente. No voy a hablar de tu musa, Cash. Me importas tú. Siempre me has importado tú.

Y a él le importaba ella.

—Cash, cielo —lo llamó su madre—. Siento interrumpir.

Su madre no lo sentía lo más mínimo, pero era evidente que no les iban a dejar terminar aquella conversación sin interrumpirlos.

—Ya vamos —respondió Presley, agarrándolo de la mano y llevándolo hacia la mesa.

—¡Por fin! —exclamó Gavin, tomando la ensaladera.

—Espera —lo reprendió su padre—. Hay que bendecir la mesa.

Mientras su padre daba gracias, Cash inclinó la cabeza, pero no prestó atención a la oración. Había tomado una decisión. Esa noche, antes de volver a casa con Presley, le contaría la verdad.

Y si ella quería compartirlo con el mundo, que lo hiciera. Se lo debía por haberla dejado tirada años atrás.

Aunque no le contaría que todavía se arrepentía de aquello, ni que *Back for Good* estaba inspirado en lo que podría haber sido. Era una canción estupenda, pero él se ocuparía de que jamás viese la luz.

Lo haría por ella. Por lo que había visto brillar en sus ojos cuando le había rogado que no cambiase la letra de la canción.

Amor.

Lo estaba viendo en esos momentos y lo había visto el día anterior en el sofá. Era evidente, pero no podía aceptarlo.

Él había perdido su oportunidad, no merecía su perdón. No la merecía y no quería volver a hacerle daño.

139

Capítulo Diecinueve

En el camino de vuelta a casa, Presley habló acerca de sus hermanos y de lo buena que había estado la comida. Cash parecía estar muy lejos de allí y respondía con monosílabos, sin llegar a entablar una conversación.

Ella no quería marcharse de la ciudad así, pero le quedaban menos de doce horas y Cash seguía disgustado con ella por haberse puesto en contacto con Heather. Presley lo entendía. No había hecho nada terrible, pero había traicionado su confianza.

Con suerte, conseguiría que Cash la perdonase antes de marcharse.

Al llegar a casa, Cash aparcó en el garaje y le dio la vuelta al coche deportivo para abrirle la puerta a Presley. Ella lo siguió hasta la cocina con la intención de retomar la conversación que habían comenzado en casa de sus padres.

Se colocó delante de él y le preguntó:

—¿Me crees?

—¿A qué te refieres?

—A que no voy a escribir acerca de quién te inspiró *Lightning*. Es decir, que no sé quién fue, pero, aunque lo supiese, tu secreto estaría a salvo conmigo. Te prometo que tampoco he mencionado a Carla ni a Heather.

Él la miró fijamente durante mucho tiempo, luego, se acercó más y apoyó una mano en su nuca.

–Escribí *Lightning* cuando me marché de Florida. Escribí acerca de lo que habría podido ocurrir si no hubiese dejado atrás a la mujer a la que amaba, que eras tú, Presley Cole.

Perdida en su mirada oscura y penetrante, Presley tuvo que parpadear con fuerza para romper el hechizo.

–¿Yo?

–Era demasiado joven y demasiado tonto para darme cuenta de lo que sentía. Tenía grandes sueños y no podía perseguirlos y estar enamorado a la vez. Dejé el fútbol, la universidad y Florida para venir a Tennessee. Te dejé a ti. En resumen, la fastidié. Y de eso trata *Lightning*. Tuvimos una oportunidad y yo lo estropeé todo.

Suspiró, dejó de tocarla y se alejó de ella. Presley lo vio abrir la puerta de la terraza y salir. Aturdida, intentó reaccionar a lo que Cash acababa de decirle.

La canción trataba de un rayo que solo caía una vez, pero ella estaba allí, en su casa, a punto de marcharse a Florida, y completamente enamorada de él.

Y, al parecer, Cash iba a dejarla marchar.

Abrió la puerta de par en par y salió detrás de él. El cielo estaba lleno de nubes, no se veía la luna ni las estrellas, y el agua del lago estaba oscura.

–Al parecer, mejora el tiempo mañana –comentó él, sin girarse a mirarla–. Debería hacer bueno para conducir. ¿Vas a hacer el viaje del tirón o tienes pensado parar a dormir por el camino?

En vez de responder a aquellas palabras indiferentes, Presley lo contradijo:

—No estabas enamorado de mí en la universidad.

Él se cruzó de brazos, su expresión era neutra, así que ella continuó:

—Cuando rompiste conmigo, me dijiste que ibas a dejarlo todo atrás, incluida a mí. Me dijiste que yo estaría bien, porque lo nuestro nunca había sido serio, que te habías divertido conmigo y que tenías la esperanza de que no me arrepintiese de los momentos que habíamos pasado juntos.

Muchos momentos de intimidad, pero sin pasar nunca el punto de no retorno.

—Te fuiste sin mirar atrás, Cash —le dijo con voz temblorosa, casi con la esperanza de que fuese verdad, porque la alternativa le parecía increíble—. Yo me pasé el siguiente año deseando haberme acostado contigo, preguntándome si, en ese caso, te habrías quedado. ¿Y ahora me dices que tu canción más popular habla de mí?

—Por supuesto que me sentí mal, Pres. Me arrepentí de muchas cosas y escribí acerca de ellas en la canción.

Ella repasó la letra en su cabeza.

—Yo estaba enamorada de ti —le dijo, sin querer admitir que volvía a estarlo.

—Lo sé.

—Y ahora me dices… ¿que tú también me querías? Pero no te quedaste, ni me lo dijiste. Permitiste que pensase que era… una ingenua y una tonta por haberme enamorado de un chico al que no le importaba nada.

—Pensé que romper sería lo mejor para los dos —admitió él, levantando la voz—. Por aquel entonces, tenía muchas cosas en la cabeza, Pres.

–Ah, ¿sí? Tenías muchas cosas en la cabeza. Volvías a casa, con tu familia, a vivir una vida llena de lujos. Mientras tanto, yo me quedé con el corazón roto, intentando no suspender todos los exámenes del siguiente trimestre. Y, más tarde, me acosté con alguien con la esperanza de poder olvidarme de ti. ¿Y ahora me dices que estabas enamorado de mí, pero que te marchaste de todos modos?

Presley empezó a sentirse mal. Pensó que había perdido mucho tiempo con él. Y, cuando por fin había conseguido olvidarlo, había ido a Beaumont Bay y se había metido en su cama.

–¿Cuál es ahora tu plan, Cash? ¿Querías inspiración para conseguir otro éxito? ¿No me digas que pensabas que…?

De repente, ató cabos y frunció el ceño.

–¿De eso se trata tu nueva canción? ¿De la posibilidad de que me quede contigo?

–Presley.

–Pues me marcho y es gracias a ti. ¿Estás jugando conmigo? ¿Te divierte darme falsas esperanzas y después alejarme de tu lado?

–Pres, escúchame.

–¿Por qué me has contado lo de *Lightning*?

Él se humedeció los labios, respiró hondo.

–Renunciaste a Nueva York.

–¿Qué?

–A la beca. Te quedaste en Florida porque yo estaba allí. Y tus notas empezaron a bajar por mi culpa.

Ella negó con la cabeza, pero supo que tenía razón.

–No puedo darte nada más, pero puedo darte la verdad. Utiliza la información que te he dado si esto

143

le da un impulso a tu carrera y te ayuda a viajar por el mundo, como siempre has soñado, yo podré vivir conmigo mismo después de dejarte marchar.

–No puedes darme nada más –repitió Presley con la voz temblorosa, enfadada–. ¿Qué significa eso?

–Sé que es un error dejarte marchar, Pres. Sé que me amas, pero también sé que no me has perdonado del todo por haberte dejado. Y no te culpo. Estaba demasiado centrado en mi propio éxito, y sería una locura que volvieses a confiar en mí.

Ella se quedó en silencio, Cash volvía a tener razón.

–Has oído *Lightning*, ya sabes lo que siento por ti.

–Sentías –lo corrigió ella–. La canción habla del pasado, no del presente. Y no sé qué pensar de *Back for Good*. ¿Se trata de una fantasía o han vuelto parte de esos sentimientos del pasado?

Esperó con el corazón acelerado a que Cash le respondiese.

–Para mí, las canciones son recuerdos o ilusión. *Lightning* son recuerdos, *Back for Good* es el cuento de hadas en el que termina la canción anterior.

–¿Por qué te parece un cuento de hadas que yo pueda quedarme contigo?

–Porque no es real. Por eso quiero reescribir la canción. Cuando la escribí, la hice mientras vivía la fantasía de tenerte en mi cama, de vuelta en mi vida.

–Eso no es verdad, me utilizaste para inspirarte y ahora vuelves a terminar conmigo –le dijo ella, con los ojos ardiendo, pero negándose a llorar–. Y yo soy una idiota porque he vuelto a enamorarme de ti.

Presley entró en la casa y corrió a su habitación,

cuando oyó que Cash subía las escaleras detrás de ella, cerró la puerta con llave.

No quería seguir hablando con él.

Cash dejó de llamar después de unos minutos. Ella sacó la maleta del armario y la tiró encima de la cama. Pensó que se marcharía cuando Cash se durmiese. Conduciría hasta donde pudiese sin quedarse dormida y buscaría algún sitio en el que descansar.

No quería pasar ni un minuto más en aquella casa, con Cash, el hombre que la había amado, pero no lo suficiente para quedarse con ella. El hombre que aseguraba que la quería a su lado, pero solo para inspirarse y escribir otra canción. Como si el hecho de que se hubiesen estado acostándose juntos desde hacía dos semanas no significase nada para él.

Al parecer, Presley necesitaba tropezar dos veces con la misma piedra para no ser tan ingenua y aprender.

Capítulo Veinte

Cash vio cómo el viento golpeaba las hojas de su viejo cuaderno y perdió de vista las notas en las que había intentado reescribir *Back for Good* sin éxito.

Hacía once días que Presley se había marchado y él se había sentido como un imbécil desde entonces. Presley se había marchado sin despedirse. Había hecho la maleta y había salido temprano, antes de que él se despertase, o tal vez a altas horas de la madrugada, cuando él se había quedado dormido.

La había llamado por teléfono entonces y había vuelto a hacerlo durante los días siguientes, pero ella no había respondido a sus llamadas. Tres días después de su partida, Cash le había pedido a Gavin que comprobase que estaba bien. Ella había respondido al mensaje de Gavin diciéndole que estaba en casa. También le había dejado claro que no quería hablar con Cash.

Este tomó el cuaderno y lo tiró por los aires, haciendo que aterrizase en el lago.

—Pensé que te encontraría aquí –le dijo Gavin, apareciendo en la terraza con las manos en los bolsillos–. ¿No estás inspirado?

—Se podría decir así.

—La publicidad del refresco ha salido adelante, por cierto. ¿Cómo lo haces?

–¿El qué?

–Expresar de manera tan clara tus sentimientos delante de miles de extraños –le explicó Gavin, tomando la guitarra e intentando tocar un par de notas antes de volver a dejarla–. Tienes un don.

–Sigue practicando y conseguirás mejorar.

–No me refiero solo a tu talento musical, hermano. Sino a que sabes lo que hay aquí –le dijo Gavin, tocándose la cabeza y, después, el pecho–. Y aquí.

Cash gruñó, no estaba de acuerdo.

–¿Qué te pasa con Presley? –le preguntó Gavin, pero no esperó su respuesta–. Desde que se ha marchado, estás fatal. ¿Por qué has estado fingiendo que no la querías? Me parece una estupidez.

–Qué más da, se ha marchado, Gav. Y te ha dicho que no quiere volver a hablar conmigo.

–En ese caso, tendrás que empezar a aceptarlo. Y conozco una buena manera de hacerlo. Tal vez sea la única.

–¿Cuál?

–Bebiendo –le respondió su hermano sonriendo–, pero hoy conduzco yo.

–Eres muy gracioso.

–Gracias.

–De todos modos, estoy ocupado.

–¿Haciendo qué? ¿También vas a tirar la guitarra al lago? Pagaría por ver eso –le dijo Gavin, ofreciéndole el instrumento.

Cash le arrebató la guitarra. Prefería morirse a tirarla al lago.

–Luke está en el Cheshire. Me ha pedido que te llamase. Tendremos la terraza para nosotros. Te vendrá bien un descanso. Trae la guitarra. Y el cuaderno. Un cuaderno nuevo, quiero decir. Tal vez encuentres la inspiración después de beberte un par de copas.

–¿Qué es lo que quiere Luke en realidad? –le preguntó Cash a su hermano.

–Quiere que toques *Back for Good*. Y yo debo convencerte para que vayas, te emborraches y accedas a mantener la canción tal y como estás. Tus fans merecen la verdad. Porque tienes talento, pero tu superpoder es la honestidad.

–¿Y Presley? ¿Qué merece ella?

–También merece saber la verdad.

La verdad.

Cash no había sido capaz de admitir la verdad a nadie, ni siquiera a él mismo. Tal vez ese pudiese ser el principio. Tal vez no. Solo había una manera de averiguarlo.

–Que yo ame a Pres no va a cambiar nada. No podemos estar juntos por muchos motivos.

–Tal vez tengas razón –le respondió Gavin.

Y Cash se dio cuenta de que había querido que su hermano le llevase la contraria, que le hubiese dado motivos para ir a Florida a buscar a Presley, a rogarle que le diese una segunda oportunidad. No, una tercera oportunidad.

Su hermano sonrió de manera tensa. Seguramente, Presley le había dicho más de lo que Gavin le había contado.

Era oficial. La había perdido para siempre.

–Vamos al Cheshire.

¿Qué tenía que perder? Presley no le hablaba y la canción que quería reescribir tampoco le salía.

Lo mejor que podía hacer era ahogar sus penas en alcohol.

Delilah no solía sonreír como había sonreído cuando se había publicado el artículo de Presley. Había coincidido con el estreno del dueto entre Cash Sutherland y Hannah Banks, y se había convertido con el contenido más visto y compartido de Viral Pop.

Presley se había ganado la subida de sueldo y el visto bueno para trasladarse a la oficina del mundo que le apeteciera, pero no se sentía como había imaginado que se sentiría al conseguirlo.

Se sentía como cuando Cash la había dejado la primera vez, pero en esa ocasión sabía que lo había perdido para siempre.

Cash había estado tan empeñado en hacer lo que era mejor para ella que no se había dado cuenta de que no necesitaba su protección. Lo que necesitaba, lo que se merecía, era su corazón.

Y si después de leer su artículo no se daba cuenta, ella se compraría un billete solo de ida a Londres y no volvería a mirar atrás. Viajaría por todo el mundo, visitaría Tokio, viviría un tiempo en San Francisco y, si podía, iría hasta la luna. Y se iría sabiendo que lo había dicho todo, aunque Cash hubiese sido el primero en cantarlo.

Una vez dentro del Hotel Beaumont, se quitó las gafas de sol y entró en el cuarto de baño para retocarse el maquillaje después del largo viaje desde Tallahassee.

Notó que su teléfono vibraba y vio que era un mensaje de Gavin: *Estoy aquí.*

Ella rezó en silencio y se metió en uno de los baños a cambiarse de ropa. Iba a subir al Cheshire en ascensor y a darle a Cash una última oportunidad de no estropearlo todo.

Para bien o para mal, obtendría una respuesta.

–¿Qué quieres? –le preguntó Luke a Cash desde detrás de la barra.

–¿Qué estáis haciendo aquí? –le preguntó Cash a Gavin, que acababa de sentarse en un taburete a su lado.

–A mí me gusta hacer de camarero de vez en cuando, para recordar mis comienzos. ¿Whisky?

–Pónselo doble –respondió Gavin en su lugar.

Luke sonrió y sirvió tres copas dobles, una para cada uno.

Cash tomó la suya y la miró fijamente antes de que Luke comentase:

–Tienes muy mal aspecto. No lo has leído, ¿verdad?

Luke sacó el teléfono y le mandó el artículo. El teléfono de Cash sonó y él miró sus mensajes y vio que su hermano le había enviado un enlace al sitio web de Viral Pop.

–Entra –le dijo Gavin.

–Ya sé lo que dice.

–No, no lo sabes –le aseguró Luke.

Al parecer, el whisky le había hecho efecto, porque Cash sintió curiosidad. Entró en el artículo, que empezaba con una fotografía suya, sentado en la terraza de casa, con la guitarra en el regazo. El sol brillaba y tenía al lado su cuaderno.

Presley le había hecho aquella fotografía y le había preguntado si podía utilizarla para su artículo. Él había accedido.

Todo lo que querías saber del cantante y compositor Cash Sutherland, salvo su mayor secreto, que jamás será desvelado.

El artículo empezaba hablando de Elite Records, mencionaba el dúo con Hannah y que iba a ser todo un éxito. También hablaba de su lucha contra una acusación falsa de haber conducido bajo los efectos del alcohol. Citaba una fuente en el cuerpo de policía de Beaumont Bay, que corroboraba que el caso estaba siendo investigado, ya que había la sospecha de que el alcoholímetro tenía algún defecto.

–Sigue leyendo –lo alentó Gavin, señalando el texto con el dedo.

He descubierto en quién se inspiró Cash para escribir su canción más famosa. Yo tenía mis propias teorías, pero su respuesta me sorprendió. Y no me cabe la menor duda de que, si revelase quién es la misteriosa mujer, vosotros también os sorprenderíais. Jamás lo habría imaginado y, aunque pudiese contároslo, sé que no me sentiría bien haciéndolo. De lo que sí estoy segura es de que la musa de Cash sigue amándolo a día de hoy y lo daría todo por ser suya siempre.

Cash dejó de leer, se preguntó si Presley estaba utilizando una hipérbole al decir que seguía amán-

dolo, porque no era posible, después de todo lo ocurrido...

El ascensor de servicio se detuvo en la terraza y
Will salió de él, seguido por alguien que hizo que a
Cash se le detuviese el corazón.

Cash llevaba puestos un vestido negro y zapatos de
tacón. Si recordaba bien, el mismo vestido que había
llevado la noche que se habían quedado encerrados en
aquel ascensor.

–Mira a quién me he encontrado en el vestíbulo –le
dijo Will–. El mundo es un pañuelo. ¿Cuántas copas
os habéis tomado ya?

–Al menos, una –le respondió Luke.

Cash se levantó de su taburete, se olvidó de sus
hermanos. Presley había vuelto. Con él.

Había desnudado su corazón delante de él, cosa
que Cash nunca había tenido el valor de hacer por
ella. Había estado demasiado ocupado protegiéndose.
Presley había escrito que seguía enamorada de él. ¿Sería verdad que lo había perdonado, después de todo?

–Hola, vaquero –lo saludó con una sonrisa.

Él se acercó en dos zancadas y la tomó entre sus
brazos. Antes de que a Presley le diese tiempo a decir
nada más, la besó en los labios.

Presley lo agarró por los hombros, enterró las manos en su pelo y le devolvió el beso.

–Supongo que has leído mi artículo –comentó ella
después, con los ojos azules muy abiertos.

–Yo también te amo.

A Presley se le llenaron los ojos de lágrimas.

–Cash.

–Mucho.

Ella sonrió y todo su rostro se iluminó.

–Supongo que no has ganado el concurso.

–Sí que lo he ganado.

–¿Sí?

–Pero todavía no he comprado mi billete a Londres, por si acaso me necesitaban en Tennessee.

–No solo te necesitan en Tennessee –le respondió él con una sonrisa–, sino que me voy a ir de gira muy pronto y voy a hacer varias paradas internacionales.

–Qué casualidad.

–Así que siento haberte hecho pasar por esto por segunda vez. Siento no haberte dicho lo que sentía por ti. No sabía que lo que me ocurría, que aquella sensación de que se me iba a romper el corazón en mil pedazos, era por ti.

–No hace falta que digas nada más.

–Sí. Tenía que haberte dicho nada más saberlo que me estaba enamorando de ti. Me di cuenta aquel día lluvioso, en el sofá de mi casa.

Ella le dio otro beso, que debió de ser bastante largo, porque Cash oyó cómo sus hermanos se aclaraban las gargantas a sus espaldas.

Cuando Presley apartó los labios de los de Cash, este solo pudo pensar en llevársela a casa, quitarle el vestido y disfrutar.

–Por cierto, que la canción que tienes que reescribir es *Lightning*. Porque, en tu caso, el rayo ha caído dos veces en el mismo lugar.

–¿Significa eso que me has perdonado?

–Sí.

–Muchas gracias, amor mío, por dame otra oportunidad.

–No tan deprisa. Tenemos mucho tiempo perdido que recuperar –le susurró ella contra los labios–. Vámonos de aquí.

–Buena idea.

Cash la agarró de la mano y la llevó hacia el ascensor.

–¡Eh! –les gritó Will mientras entraban en este–. ¿Qué pasa con *Back for Good*?

Cash miró a Presley, que le apretó la mano y negó suavemente con la cabeza. Entonces, miró a sus hermanos y respondió.

–Me parece que la voy a dejar como está.

Epílogo

En el Cheshire, en una suite llena de gente, Cash tocó *Back for Good* en público por primera vez.

En primera fila estaban Will y Hannah, Hallie, que llevaba toda la noche haciéndole ojitos a Gavin, y el amor de su vida: Presley Cole.

Cash terminó de cantar y Pres se llevó los dedos a la boca y silbó con fuerza.

–Espero que os haya gustado –murmuró él al micrófono–. Ahora, tengo una novedad que no ha oído nadie todavía, si os parece bien.

Como era de esperar, todo el mundo aplaudió.

Él empezó a tocar y luego, riendo, volvió a acercarse al micrófono y añadió:

–Bueno, en realidad, Presley Cole la ha oído ya, se llama la *Canción del perdón*, pero he cambiado parte de la letra. Pres, cariño, ya me dirás si te gusta más así.

Ella lo escuchó con curiosidad. Varias personas silbaron y gritaron y Cash se aclaró la garganta y le pidió que se casara con él cantando.

El público lo aclamó, pero Cash solo podía ver a Presley, que tenía los ojos puestos en él, llenos de lágrimas. Lo había dejado todo por él y Cash le debía lo mismo.

–Irv –llamó al guardaespaldas.

Y este levantó a Presley en volandas y la llevó al escenario.

Ella se apartó el pelo de la cara y se mordió el labio. Cash, que no podía dejar de sonreír, giró su guitarra y la sacudió. Tomó el anillo de diamantes al vuelo antes de que cayese al suelo.

Ella se tapó la boca con las manos antes de ofrecerle la izquierda. La multitud aplaudió y sus hermanos gritaron con más fuerza que nadie. Cash le puso el anillo a Presley y ella lo abrazó con tal fuerza que le costó respirar.

Viral Pop le rogaría durante semanas que compartiese con sus lectores lo que Presley le había dicho al oído en esos momentos, pero ella se negaría confesar.

Cash y ella discutirían durante años acerca de si los lectores se sentirían decepcionados si se enteraban de lo que le había dicho, o si el hecho de que no lo supiesen le daba más valor a la historia. Al final, habían decidido que no importaba.

Cash y Presley se tenían el uno al otro y él solo quería estar entre sus brazos. Ya fuese en la terraza, escribiendo canciones, en el sofá haciendo el amor mientras llovía o en su barco, flotando bajo las estrellas.

Había encontrado al amor de su vida.

Dos veces, al final.

DESEO

JULES BENNETT
UN COMPROMISO
FALSO

UN COMPROMISO FALSO

Capítulo Uno

–Tienes otra visita.

Luke levantó la vista de la pantalla de su ordenador, tras la que se había estado ocultando la mayor parte de la tarde.

–Dile que estoy ocupado –le respondió a su guardaespaldas.

Normalmente, le encantaba estar con sus clientes en la azotea de The Cheshire, el bar que tenía en lo alto del edificio, pero había dejado de gustarle desde que se publicó el maldito artículo que lo había colocado en el centro de la polémica.

Conoce a Luke Sutherland, el soltero más codiciado de Tennessee.

Aquella frase, junto con una fotografía en la que Luke aparecía con un par de vaqueros y una camisa de vestir totalmente desabrochada, había atraído a todas las mujeres del estado, y también a algunos hombres, como si fuera un imán.

Jake dio un paso al frente y entró en el despacho.

–Hmm, señor. Se trata de Cassandra Taylor.

¿Cassandra Taylor?

Hacía años que no había escuchado aquel nombre, pero había pensado en él con frecuencia. También en el largo cabello negro entre el que solía deslizar los dedos. En la dulce sonrisa que lo encendía antes de que ella pronunciara palabra. Y en el modo en el que se había confesado con ella… Luke había estado muy enamorado en el pasado. Ella había sido su mejor amiga.

Desgraciadamente, el matrimonio había estado descartado para él, los caminos de ambos habían estado destinados a separarse y él la había dejado marchar.

Había hecho lo correcto.

Entonces, ¿por qué había ido Cassandra a verlo después de tanto tiempo? Esperaba que no fuera porque había visto el artículo y pensara que tenían otra oportunidad de estar juntos. Esa posibilidad había desaparecido en el momento en el que ella se marchó de la ciudad hacía ya casi ocho años, prácticamente sin decir adiós. Los hermanos de Luke le habían echado a él la culpa y tal vez, en parte, sí la tenía, dado que no había ido a buscarla. Sin embargo, Cassandra tampoco se había quedado para ver si las cosas podían arreglarse entre ellos.

Los dos habían preferido no hacer nada. Ya no había vuelta atrás.

—En ese caso, dile que estoy muy ocupado —repitió. Habría preferido que aquella visita fuera de una desconocida.

Jake, su guardaespaldas y jefe de seguridad, llevaba con Luke desde la apertura del primer bar y conocía muy bien el impacto que Cassandra había ejercido en él.

—¿Algún problema? —le preguntó Luke cuando vio que Jake no se movía.

—Déjela entrar. Ha venido desde muy lejos después de tanto tiempo.

Luke se reclinó en su butaca y se apoyó sobre los reposabrazos.

4

—¿Cuándo te has puesto de su lado?

Jake soltó una carcajada.

—¿De su lado? Luke, hace ya muchos años que creo que sabes perfectamente a quién le guardo lealtad, pero los dos tenéis una historia a vuestras espaldas. No es como esas otras mujeres que han visto el artículo y se mueren de ganas por convertirse en la esposa de Luke Sutherland. Dudo que Cassandra esté buscando que le pongas un anillo en el dedo.

Luke tragó saliva. Jake podría estar en lo cierto, pero él había estado dispuesto a ponerle aquel anillo en el dedo antes de que se marchara. Bueno, en teoría. Había comprado el anillo, pero nunca había encontrado el momento adecuado para pedirle matrimonio. Y entonces, ella se marchó. Los hermanos de Luke se habían mofado de él, pero es que Cassandra ni siquiera le había dado la oportunidad de hablarle ni de explicarle sus motivos.

Evidentemente, un matrimonio entre ellos habría estado destinado al fracaso desde el principio.

Si ella había podido marcharse sin mirar atrás, lo mejor era que Luke no le hubiera pedido matrimonio. Habría sufrido. Se habría sentido herido. Tal vez una parte de él aún seguía estándolo, pero ya no era tan ingenuo como entonces. Por lo tanto, se alegraba de no haberse casado. Le encantaba la vida que se había creado y volver al pasado no sería bueno para nadie.

—Deja de pensar tanto –gruñó Jake–. Sabes muy bien que si no la recibes no vas a hacer más que pensar en lo que podría haberla hecho venir hasta aquí.

Mierda. Jake tenía razón. Sin embargo, ese pensamiento no hacía que le resultara más fácil digerir que ella hubiera vuelto. Parecía que Cassandra aún tenía el poder de afectarle después de tanto tiempo. Tal vez si la viera, dejaría de sentir aquel efecto sobre él. Seguramente, después de tantos años, había cambiado tanto como él. Solo había una manera de descubrirlo.

Se incorporó y apoyó los brazos sobre el escritorio. Era incapaz de decidirse. No sabía lo que esperar. Hacía años que no veía a Cassandra, a excepción de la ocasión en la que la había buscado en las redes sociales hacía un par de años. Había descubierto que seguía soltera y tan atractiva como siempre.

Al final, la curiosidad ganó la partida. Suspiró profundamente y asintió.

—Está bien. Hazla pasar.

En el momento en el que Jake salió del despacho, Luke empezó a tener dudas. ¿Por qué había accedido a volver a verla? Se habían ido cada uno por su lado y habían llegado a la conclusión de aquello era lo mejor. Sin embargo, Cassandra había vuelto. Luke no sabía por qué, pero tenía que dar por sentado que aquella repentina visita tenía que ver con el artículo que *Country Beat* había publicado sobre él.

La vida le había sonreído. Tenía bares en Beaumont Bay y Nashville y había estado pensando en expandirse a otras ciudades. Tal vez Chicago o Atlanta. Le parecía que siempre estaba en movimiento. La única vez que había considerado tomarse un tiempo fue cuando estuvo con Cassandra y el resultado había sido nefasto. En aquellos momentos, sentía que tener una mujer en su vida solo serviría para obstaculizar su carrera. Le encantaba la industria de la música *country*, el ambiente de bares y restaurantes y adoraba combinar las dos cosas. No quería cambiar nada. Por nadie.

Se levantó y se maldijo en silencio. ¿Debería estar de pie, como si estuviera anticipando su llegada o sentado como si no le importara? Quería que Cassandra supiera que su visita no le afectaba en lo más mínimo. Se mostraría amable e informal con ella, tal y como lo hubiera hecho con cualquier otra persona que hubiera ido a verlo.

Joder. Cassandra aún no había entrado por la puerta y ya estaba nervioso. ¿Cómo iba a reaccionar cuando estuviera frente a frente con ella? Había pasado mucho tiempo desde la última vez que se vieron y el peso de ello parecía haber arraigado en su pecho. Sentía una presión que no podía explicar. Tampoco tenía tiempo de intentarlo.

Todos sus pensamientos se esfumaron en cuanto Cassandra entró en el despacho y lo miró a los ojos. Luke se dio cuenta de que debería haber permanecido sentado porque sintió que una fuerte reacción le recorría todo el cuerpo.

Había en ella algo familiar y, sin embargo, nuevo. La seguridad en sí misma, los hombros rectos, la barbilla levantada y la determinación en los ojos eran sensaciones nuevas. Sin embargo, las curvas, el cabello oscuro cayéndole sobre los hombros y la ligera sonrisa en los labios despertaron en él los recuerdos.

A pesar de la belleza ya familiar y una seguridad en sí misma recién adquirida, Cassandra seguía siendo la mujer que lo abandonó. Luke no tenía deseo alguno de revivir el pasado. Apartó rápidamente sentimientos y recuerdos. Había llegado adonde estaba viviendo el momento y tomando el control de su destino. Ni nada ni nadie le haría cambiarlo.

—Cassandra.

Ella se sobresaltó al darse cuenta de que la puerta se había cerrado a sus espaldas. Miró hacia atrás antes de fijarse de nuevo en Luke.

7

—Te agradezco mucho que me hayas recibido sin previo aviso.

Dio un paso al frente. Luego otro más, hasta que llegó junto al escritorio de Luke. Él sintió que podía extender la mano y tocarla. Podía ver perfectamente el profundo color azul de sus hermosos ojos.

Solo habían transcurrido unos segundos, pero ciertamente no había esperado la descarga de emociones que recorrían su mente… y su cuerpo.

—Luke.

Lo que le faltaba. Casandra pronunciando su nombre… Aquella única palabra le hacía recordar románticas veladas y momentos de pasión. Fuera cual fuera la razón por la que se encontraba allí, tendría que conseguir que se marchara enseguida. No iba a permitir que lo enredara en su vida como había hecho en el pasado. Le iba muy bien soltero. Un momento… ¿era esa la razón por la que Cassandra estaba allí? ¿Había visto el artículo y quería volver con él y asegurarse la plaza a su lado?

No. De ninguna manera.

Decidió que acceder a ver a Cassandra había sido un error. Sin saber cómo, comprendió que aquel momento sin duda iba a cambiar su vida para siempre.

Cassandra estaba muy nerviosa. De camino allí, durante las tres horas completas que le había llevado hacer el trayecto, se había echado a sí misma un buen sermón. Luke solo era un hombre, igual que ella solo era una mujer. No había razón por la que no pudiera hablar con él sobre lo que necesitaba. Ya eran personas muy diferentes.

Cuando ella rompió la relación hacía ya algunos

años, lo hizo porque había sentido la necesidad de proteger su corazón. Sentía que quedarse junto a Luke solo le habría causado más dolor. Él quería progresar en su carrera y parecía satisfecho con tenerla a ella en un rincón, sin preguntarse nunca si a Cassandra le gustaba estar allí. Aunque ella se había sentido siempre muy orgullosa de todo lo que él conseguía, también había querido crecer a su lado. Había comprendido, demasiado tarde, que los dos tenían visiones muy diferentes de lo que deseaban de la vida.

Por eso, había preferido marcharse. Le encantaba la vida que se había hecho en Lexington, Kentucky.

Entonces, ¿por qué temblaba tanto por estar de nuevo a su lado?

Cuando la intensa mirada de Luke se hizo insoportable, Cassandra se armó de valor para no darse la vuelta y marcharse. Permaneció firme.

Resultaba evidente que él no iba a decir nada, aunque ella le había llamado por su nombre para sacarlo del trance en el que parecía haber entrado. Lo más probable era que quisiera ella explicara por qué se había presentado de improviso, después de no haber temido comunicación alguna con él en ocho años.

—Tu bar es maravilloso y Jake resulta… muy intimidante —comentó, sin fuerzas aún para abordar la verdadera razón de su presencia—. Veo que te va muy bien.

—Jake hace muy bien su trabajo —replicó Luke. Se movió ligeramente y se colocó las manos sobre las caderas—. ¿Has venido hasta aquí para decirme lo que ya sé?

Evidentemente, el ego de Luke seguía intacto y no parecía estar de humor para la charla informal que Cassandra había estado ensayando durante todo el viaje.

Respiró profundamente antes de responder.

—No. He venido aquí para decirte que necesito un favor.

Luke la miró fijamente antes de que su risa, potente y familiar, resonara por el espacioso despacho. Incapaz de permanecer inmóvil, Cassandra miró a su alrededor y observó las imágenes en blanco y negro que cubrían las paredes. Fotografías de Luke con sus hermanos. Todos los hombres Sutherland eran ricos y poderosos y ella los había querido como si fueran de su familia, aunque a ninguno como a Luke. Gavin, Cash y Will habían sido como sus propios hermanos. Los había echado mucho de menos cuando se marchó sin mirar atrás.

Pero Luke… la había dejado amargada y furiosa. La había tenido esperando, dejándola pensar que iban a pasarse juntos el resto de sus vidas, cuando lo único que le importaba era el próximo bar que iba a abrir o lo rápidamente que iba a contratar a la próxima gran estrella para tener todos los derechos. Por eso, Cassandra se había marchado.

Había recogido todos los trozos de su destrozado corazón y había seguido con sus propios sueños. Le había ido muy bien en su propia carrera como organizadora de bodas a pesar de lo celosa que se sentía de cada final feliz que ayudaba a hacerse realidad. Tras expandirse y abrir su propia empresa, necesitaba algo especial que la hiciera resaltar en medio de una industria ya muy saturada. Necesitaba poder organizar la boda de una persona famosa.

Por eso estaba allí. Por eso había dejado atrás su orgullo y el corazón que tanto le había costado recomponer y había recorrido las tres horas que la separaban de Beaumont Bay para ponerse frente a Luke.

–Sé que Will se va a casar –dijo Cassandra volviéndose a mirar a Luke una vez más. Vio que él no se había movido y que seguía mirándola muy fijamente–. Por eso estoy aquí.

–Lo siento, pero ya tiene futura esposa.

Cassandra suspiró.

–Lo sé. Sé perfectamente que su novia se llama Hannah Banks. Quiero ser la organizadora de su boda y tú me vas a ayudar a conseguir el trabajo.

El silencio los envolvió a ambos. Cassandra sintió que el corazón le latía con fuerza, tanta fuerza que notaba cómo los rítmicos latidos le retumbaban en los oídos.

–¿Y has venido hasta aquí con esa exigencia? –le preguntó él rodeando el escritorio para colocarse delante de ella–. Podrías haber llamado.

Dios… Luke olía tan bien. Parecía más corpulento, más fuerte, más sexy que nunca. Sí, tal vez una llamada de teléfono habría sido mucho mejor.

No importaba. Ya era inmune a sus encantos. Antes de llegar hasta allí para pedirle aquel favor, ya había sabido que Luke sería un hombre guapo y de éxito porque ya lo había sido cuando se marchó de su lado. El dolor que él le había causado había terminado con la atracción física.

–¿Habrías aceptado mi llamada?

Luke se encogió de hombros.

–Claro, ¿por qué no? Los dos hemos seguido con nuestras vidas.

Luke le miró los labios y sintió de nuevo una oleada de excitación. Cassandra solo llevaba en su despacho unos minutos y ya lo deseaba. Tal vez eran los recuerdos. Tenía que recordarse que estaba en el presente y centrarse en la razón de su presencia en Beaumont Bay.

Luke estaba en deuda con ella por los años que se había pasado a su lado, años en los que ella había esperado pacientemente a que se comprometiera, y por todo el sufrimiento que había terminado causándole. Cassandra estaba dispuesta a cobrarse su deuda.

Sin embargo, ¿quién podía culparse por distraerse con Luke Sutherland? Aunque no hubieran compartido intimidad en el pasado, era un hombre cuya presencia exigía atención. Mirada oscura, fuerte mandíbula, hombros anchos… Cuando se cruzó de brazos y se hizo aún más imponente, Cassandra tuvo que tragar saliva para aliviar el nudo que la excitación le había formado en la garganta.

Él sabía exactamente lo que estaba haciendo. ¿Cómo se atrevía a ponerse delante de ella con un aspecto tan… tan…?

La frustración se estaba adueñando de ella.

Poner indagar en su cabeza sería una fiesta para un psiquiatra: un pasado de dolor con un hombre que se había negado a casarse con ella, para después pasar a ayudar a las parejas felices a darse el sí quiero. Tal vez tan solo era una romántica incurable que aún creía en el milagro de los finales felices.

Solo porque las cosas no le habían salido bien a ella no significaba que no creyera en el amor. Lo veía todos los días en su trabajo. Tal vez algún día encontraría al hombre con el que debía compartir su vida.

Años atrás había pensado que Luke era sin duda aquel hombre. En aquellos momentos, se alegraba de no haberse quedado a esperarlo. Había leído el artículo de *Country Beat*. Aparentemente, seguía sin buscar esposa.

—¿Qué te hace pensar que yo tengo alguna influencia en Hannah? Ella es una estrella y tiene su propio equipo. Estoy segura de que ya tiene alguien que le organice la boda, dado que quieren algo sencillo y rápido.

Cassandra sonrió.

—¿Crees que habría venido hasta aquí sin hacer los deberes? Hasta ayer, no tenía a nadie. Por eso, necesitas tomar el teléfono ahora mismo y concertarme una cita con ella.

Luke guardó silencio unos instantes. No dejaba de mirarla muy fijamente.

—¿Y qué te hace pensar que podrías conseguir el trabajo? —le preguntó por fin.

—Tú consígueme una reunión con ella y lo verás.

Luke apoyó una cadera sobre el escritorio y se puso a estudiarla. Lo más extraño de todo era que parecía estar considerando la idea.

—¿Por qué es esto tan importante para ti?

—Tengo mi propia empresa desde hace seis meses. Trabajé para Brides and Belles durante ocho años, pero llegó el momento de ir por libre. Necesito la boda de un famoso o famosa para darle alas a mi empresa y poner mi nombre en la órbita de otras celebridades.

Aunque eso significara suplicar y tragarse su orgullo.

Luke volvió a dedicarle una intensa mirada. Cassandra se obligó a permanecer tranquila, sin moverse. Tenía que conseguir que él la ayudara. Crear su propia empresa A su servicio, había supuesto la inversión de la mayor parte de sus ahorros y de todo su coraje. Tenía que conseguir que fuera un éxito, aunque eso significara poner en peligro su corazón y su cordura una vez más por tener que enfrentarse a Luke Sutherland.

—Te ayudaré.

Cassandra estuvo a punto de abalanzarse sobre él

13

para abrazarlo, pero recordó a tiempo que tocarlo sería muy mala idea. No obstante, tuvo contener la sonrisa que le iluminó el rostro.

Ella siempre había creído en el amor, siempre había querido ver felices a las parejas y ayudarles a conseguir una boda perfecta. Incluso había imaginado su propio día perfecto con Luke. Ya no. Había decidido dejar el sueño a un lado hasta que encontrara un hombre que mereciera su amor. Toda su energía estaba puesta en conseguir que A su servicio fuera un éxito. Y Luke la iba a ayudar a que así fuera.

—Luke, ni siquiera…

—Con una condición —añadió él mirándola de nuevo muy fijamente a los ojos.

—¿Una condición? —repitió ella. Su alegría había sido efímera cuando escuchó el duro tono de voz de Luke.

—Tú me ayudarás a mí.

Rodeó de nuevo el escritorio y sacó una revista de un cajón. La dejó caer con un golpe seco sobre el escritorio y la hizo girar para que ella pudiera ver la portada.

—Esto me está arruinando la vida —dijo señalando la portada—. Te conseguiré esa cita si tú finges ser mi prometida hasta que la boda de Will haya pasado.

Cassandra lo miró con incredulidad. Había esperado tanto tiempo para que él le pidiera matrimonio… Y en aquel momento él le estaba pidiendo que fingiera ser lo que él nunca había estado dispuesto a darle.

—No hablas en serio… —dijo por fin. La ira había empezado a apoderarse de ella.

Sin embargo, el rostro de Luke le decía que iba en serio. Muy en serio. En aquel momento, Cassandra se dio cuenta que debía valorar lo mucho que deseaba aquel encargo. Organizar una boda como aquella tendría un valor incalculable, le abriría puertas a las que, por sí sola, no podría ni acercarse. Había estado dispuesta a volver a ver a Luke, a dejar su orgullo a un lado, a suplicar incluso. Sin embargo, él le estaba pidiendo mucho más.

—¿Hay otra manera de conseguir que me ayudes?

—No.

—¿Y qué conllevaría todo ese fingimiento? —le preguntó sin poder contenerse.

¿De verdad estaba considerando aquella locura? Fingir estar prometida con Luke requería un trabajo emocional mucho mayor del que había estado dispuesta a realizar cuando se encaminó hacia Beaumont Bay. Jamás se le habría ocurrido que Luke le pediría algo a cambio, pero ciertamente no se había convertido en el exitoso hombre de negocios que era regalando su tiempo o sus favores.

Él se encogió de hombros.

—Algunos *posts* en redes sociales, apariciones públicas… Tendrás que quedarte aquí conmigo algunas noches para que parezca auténtico. Y no vendría mal alguna que otra demostración de afecto en público.

¿Demostraciones de afecto en público? ¿No vendrían mal? ¿Besos, caricias, abrazos… no vendrían mal? Cassandra no podría ponerse de nuevo en aquella situación sin recordar todo lo que había soñado con él y que había terminado por perder.

Maldita sea, pues sí que se había vuelto astuto en aquellos años…

Bien. Quería aquella boda. Tendría que jugar. Lo había amado en el pasado, así que fingir amor hacia Luke no sería difícil. Al menos, ya sabía cómo iba a

15

terminar todo. No habría ingenuidad alguna por su parte, ni se le rompería el corazón. Tendría todo bajo control. Además, estaría demasiado ocupada organizando la boda del año como para preocuparse de su ex. ¿No?

—De acuerdo —dijo mientras daba un paso al frente y le ofrecía la mano—. Trato hecho. Después de la boda, habremos terminado. Esta vez para siempre.

—Me parece bien.

Cuando Luke le estrechó la mano, Cassandra sintió que el corazón empezaba a latirle a toda velocidad. Sintió un nudo en el estómago. En aquel momento, comprendió que se había metido en un lío.

Fingir ser la prometida de su ex.

¿En qué demonios había estado pensando?

Capítulo Dos

Aunque sus hermanos seguramente se lo recriminarían, había hecho un trato. En aquellos momentos, Luke tenía lo que nunca había deseado: una prometida. No obstante, cuando Cassandra y él fueron pareja hacía ocho años, Luke le había comprado un anillo, pero nunca había reunido el valor suficiente para pedirle matrimonio. No había estado del todo seguro y, cuando ella se marchó, Luke comprendió que había hecho bien en no pedírselo.

Sin embargo, Cassandra había vuelto y él le estaba dando todo lo que ella tanto había deseado antes. En realidad, estaba fingiendo darle todo lo que ella había querido. La situación no dejaba de ser irónica. Luke no podía ni siquiera comprender de dónde se había sacado aquella idea ni cómo había podido perder el control de aquella manera. Cassandra se había presentado en su despacho para pedirle aquel favor y él, totalmente desprevenido por la visita y por la exigencia, había reaccionado sin pensar.

Se acomodó en su butaca de cuero y miró hacia la puerta por la que se había marchado Cassandra. El impacto que había causado en tan breve espacio de tiempo había sido muy fuerte, pero se negaba a admitir que no fuera inmune a ella en aquellos momentos. Había estado enamorado de ella en el pasado, sí, pero no había estado preparado para el matrimonio. Y seguía sin

17

estarlo. Cassandra siempre había querido mucho más de lo que él era capaz de darle.

No entendía por qué había cedido a sus exigencias. Ni por qué había terminado pidiéndole que fingiera ser su prometida. Era cierto que había querido librarse de las hordas de mujeres que lo acosaban desde que se publicó aquel artículo. Sin embargo, por otro lado, tal vez estaba tratando de demostrar que se había olvidado de ella y asegurarle que ya no era más que un recuerdo de su pasado.

Le envió a Jake un mensaje para pedirle que averiguara dónde se alojaba Cassandra y el tiempo que pensaba quedarse en la ciudad, junto a todos los datos adicionales que pudiera encontrar. Quería saber todo lo que pudiera sobre su prometida.

Pocos minutos más tarde, Jake le informó de que se alojaba una planta más debajo de su bar, que estaba en el ático de The Beaumont. Fantástico. Prácticamente estaba en la palma de su mano. Le envió un mensaje a su habitación para estuviera en The Cheshire al día siguiente para representar el papel de novia enamorada.

Cuando todo el mundo se recuperara de la sorpresa inicial, podrían hablan de cuándo y cómo iban a anunciar su…

Luke tragó saliva y trató de aplacar sus frustraciones.

Su compromiso.

—Muchas gracias por acceder a reunirte conmigo.

Cassandra entró en la mansión que Hannah Banks tenía junto a un lago. No se podía creer que estuviera allí. Llevaba años escuchando la música de Hannah y

18

la superestrella era tan rutilante en persona como lo era en televisión.

—No hay por qué darlas —dijo Hannah mientras cerraba la puerta y se volvía para mirar a Cassandra y a Luke—. Estoy encantada de que alguien que conoce a Will tenga interés por formar parte de nuestro día más especial. He estado tan agobiada con el trabajo y con el nuevo disco que no he podido dedicarme a buscar a alguien que me ayude a concretar lo que quiero. Sé que deseo que mi boda sea algo íntimo y especial, pero jamás pensé que organizarla sería tan difícil.

En aquel momento, Cassandra no tuvo dudas. Conseguiría aquel trabajo y sería el encargo más importante de toda su carrera.

—Lo siento, empiezo a hablar y no sé cómo parar. Venid al jardín conmigo —añadió mientras se dirigían hacia la parte trasera de la casa—. He preparado algo de beber y Will está ahí también. Creo que está hablando por teléfono, pero estará a punto de terminar. Os juro que ese hombre está siempre trabajando.

—Así somos los Sutherland —comentó Luke—. Estoy seguro de que estará encantado de tomarse un respiro para hablar sobre flores y sobre cómo sentar a los invitados.

Cassandra le dio un golpe seco en los abdominales.

—Calla. El novio debería ser parte de un día tan especial del mismo modo que la novia.

—Estoy de acuerdo —afirmó Hannah. Cuando llegaron a la puerta del jardín, les indicó que salieran ellos primero—. Parece que ya no está hablando por teléfono.

Luke colocó la mano sobre la espalda de Cassandra y la animó a salir al jardín. Un gesto tan sencillo y dominante a la vez hizo que ella se tensara y se apartara

19

de su lado. No quería que él la tocara, no porque no le gustara, dado que le gustaba… y mucho. Más bien era todo lo contrario. Sin embargo, no quería acostumbrarse a su fuerza o a su afecto. No quería disfrutar lo que estaba ocurriendo entre ellos.

Era cierto que iban a fingir que estaban comprometidos, pero aún no tenían que empezar a hacerlo. Cassandra no sabía lo que Luke les iba a decir a sus padres o a sus hermanos y aquel no era el momento para averiguarlo. Lo primero era lo primero. Tenía que asegurarse aquel encargo. No habían hablado de cuándo empezarían a fingir que estaban comprometidos, aunque él ya le había dicho que aquella noche en el bar se hiciera pasar por su novia.

Por el momento, Cassandra no se iba a mostrar demasiado afectuosa con él. Ya hablarían más tarde en privado sobre los detalles exactos de su relación en público.

—Will —dijo Hannah cuando llegó junto a su prometido—. Ya conoces a Cassandra.

Will sonrió y se acercó a Cassandra para darle un abrazo. Hacía años que ella no lo veía y seguía siendo tan amable y guapo como lo recordaba. Todos los Sutherland eran conocidos por sus modales sureños y su atractivo. Un par de ellos tenían cierta reputación con las damas, sobre todo Gavin. Cassandra se preguntó si él sentaría alguna vez la cabeza y querría tener su propia familia.

Había pensado mucho en ellos a lo largo de los años, sobre todo si habrían logrado permanecer tan unidos como lo estaban cuando ella los conoció. Al ser hija única, Cassandra siempre había envidiado el vínculo que los hermanos habían compartido. Le habían dado la bienvenida a la familia Sutherland como si ella fuera también uno de ellos.

Sintió un pinchazo en el corazón. Decidió que era mejor ignorar aquellos pensamientos, dado que aquella nunca sería su familia. Sus caminos se habían separado hacía ya muchos años y no había vuelta atrás.

—Me alegro tanto de volver a verte —le dijo Will mientras se apartaba de ella—. Estás estupenda y tienes tu propio negocio. Parece que la vida te sonríe.

Cassandra asintió.

—Me va bastante bien. Me parece tan extraño estar de nuevo de vuelta en Beaumont Bay… Ha crecido mucho desde la última vez que estuve aquí.

—Por favor, siéntate —le indicó Hannah—. ¿Te apetece algo de beber?

—Estoy bien, muchas gracias.

Cassandra tomó asiento. El hecho de que Luke se sentara junto a ella no ayudó en nada a la hora de aplacar sus crecientes nervios. Ni siquiera habían llegado al punto de fingir que eran pareja y él ya estaba empezando a afectarla.

Sin embargo, en aquellos momentos, lo que tenía que hacer era conseguir aquel contrato y no permitir que nada la apartara de aquel objetivo.

—Me muero de ganas por ver lo que has traído —dijo Hannah con una radiante sonrisa—. Yo también tengo unas cuantas ideas propias, pero no he encontrado a nadie que comparta mi visión.

—Bueno, estoy segura de que te va a encantar lo que se me ha ocurrido y, además, todo es negociable. Esta es vuestra boda y mi principal objetivo es que mis clientes queden satisfechos

Cassandra se colocó el archivador sobre las rodillas y lo abrió. Hannah y Will estaban sentados frente a ella y la mesa de cristal que los separaba proporcionaba un espacio perfecto para ir colocando las imágenes y las muestras que Cassandra les había llevado.

—Lo más importante es que los dos disfrutéis de vuestra boda y que sintáis que todo está impecable. No deberíais preocuparos de nada más que del tiempo que va a transcurrir entre el «sí, quiero» y el beso con el que vais a sellar vuestra unión.

Will soltó una carcajada.

—Bueno, eso dependerá totalmente de mí.

Hannah le dio un codazo y rio alegremente. Cassandra comprobó que los dos estaban hechos el uno para el otro. El modo en el que se miraban le provocó una cálida sensación en el corazón. Le encantaba trabajar con parejas enamoradas y, en ocasiones, sabía con toda seguridad que ciertas parejas iban a conseguir que su matrimonio funcionara. Estaba segura de que Will y Hannah vivirían felices para siempre.

—En eso yo no me meto —comentó, sonriendo—. Me gustaría empezar con una imagen general. Después de investigar un poco, he comprendido la importancia de la intimidad. No os culpo. Will valora mucho la familia, por lo que habían pensado en algo íntimo, privado, pero deslumbrante. Os he preparado dos opciones.

A Cassandra no le costó ponerse en modo trabajo. Vivía para ello. Solo porque ella hubiera perdido al hombre que pensaba que era el amor de su vida no significaba que hubiera dejado de ser una romántica empedernida. Ver cómo las personas encontraban a sus compañeros de vida y saber que ella había tenido parte en hacer que sus sueños se hicieran realidad era la mejor parte de su trabajo. Nunca le parecía que estuviera trabajando, sino viviendo su propio sueño… aunque después se marchara a casa sola noche tras noche.

Mientras iba pasando las páginas del archivador, consiguió apartar de su pensamiento el hecho de que Luke estuviera sentado a su lado. Sus sentimientos, su pasado, su situación actual… no importaban nada en aquel momento. Su único objetivo era dejar sin palabras a Hannah y a Will con sus ideas. Luke permanecía en silencio, pero Cassandra sabía que estaba escuchando y observándolo todo muy atentamente.

En realidad, no confiaba en él. No quería pasar a su lado más tiempo del necesario. Sin embargo, considerando que estaban hablando de la boda de Will y que aquella reunión se había concertado a través de Luke, suponía que, por el momento, aquello no iba a ser posible.

—Estoy asombrada —dijo Hannah por fin—. ¿Qué te parece, cielo? —añadió mirando a Will—. ¿Cuál de estas ideas te gusta más?

—Bueno, todo me resulta bastante abrumador.

Cassandra soltó una carcajada.

—Eso ocurre al principio, pero iremos poco a poco. Además, prometo no presionaros con preguntas o decisiones. Debería tratarse de algo divertido que os lleve al gran día. Aunque tendremos que trabajar contra reloj, yo me haré cargo de gran parte del estrés, dado que ese es mi trabajo.

Hannah volvió a mirar el archivador y pasó de nuevo sus páginas. Se detuvo en la opción al aire libre con la puesta de sol como fondo. Aquella era también la favorita de Cassandra, pero nunca ofrecía su opinión a menos que le preguntaran.

—Siempre he soñado con algo al aire libre —murmuró Hannah—. Los otros organizadores con los que he hablado me animaban a hacerlo en el interior por el tiempo o por intimidad, pero me encantaría que fuera al aire libre.

Cassandra asintió.

—Tomaremos precauciones extra con el tema de la seguridad y, en cuanto al tiempo, tenemos unas carpas preciosas, en las que podemos poner lámparas de araña y flores para que nadie se percate siquiera de que está en una carpa. Sin embargo, yo siempre tengo la esperanza de que el tiempo vaya a ser perfecto, así que no hay que pensar aún en la lluvia.

Hannah sonrió y señaló de nuevo la página.

—Esto es lo que quiero —afirmó—. Y quiero que tú seas quien lo haga posible.

Cassandra experimentó una agradable sensación de orgullo y alegría. Había estado segura de que conseguiría aquella boda. Por eso se había mostrado dispuesta a hacer tratos con el diablo para conseguirla.

Estrechó la mano de Hannah con una sonrisa.

—Me muero de ganas de empezar. Os prometo que seréis la pareja más feliz y hermosa del mundo. Esta va a ser la boda del año.

Will suspiró.

—¿Me va a afectar mucho el presupuesto todo esto?

Hannah volvió a darle un codazo.

—Nuestro presupuesto. Y no me importa. Solo me voy a casar una vez.

Will le rodeó los hombros con un brazo y la estrechó contra su cuerpo.

—Eso espero…

Luke se levantó de repente.

—Bueno, si vais a empezar a arrullaros como palomitas, yo me largo de aquí.

24

Will miró a su hermano.

—No te pongas celoso.

—¿Celoso? —repitió Luke entre carcajadas—. No estoy celoso. Creo que, por lo que os está pasando a Cash y a ti, hay algo en el agua.

Cassandra había visto en las noticias que Cash, su otro hermano, se había comprometido durante uno de sus conciertos. Las fotos que había visto en Internet eran de lo más románticas, dado que le había pedido matrimonio a su novia en el escenario, delante de unos espectadores entregados. A Cassandra no le importaría organizar también aquella boda.

Will y Hannah se pusieron de pie, por lo que Cassandra recogió sus cosas y siguió su ejemplo. Entonces, miró a Luke. Vio que él la estaba mirando fijamente.

—Creo que deberíamos irnos —le dijo antes de volverse de nuevo hacia Will y Hannah—. Os mandaré por correo electrónico los pasos que debemos ir dando, aunque muchos de ellos van a depender exclusivamente de mí. Me gustaría que nos reuniéramos de nuevo dentro de un par de días, o cuando os venga bien, para que podamos empezar a decidir algunas cosas, dado que tan solo faltan siete semanas para la boda.

Hannah asintió.

—Yo estoy libre el miércoles por la mañana, si te parece bien. ¿Quieres que nos volvamos a reunir aquí?

—Perfecto —respondió Cassandra. Sacó su teléfono para anotarlo—. No te imaginas lo emocionante que es esto para mí. Es que me encanta tu música.

Hannah le dedicó una resplandeciente sonrisa.

—Me alegro mucho. Ya me aseguraré de conseguirte algunas entradas VIP para mi próximo concierto. ¿Dónde vives?

–En realidad, vivo en Kentucky.

–Ah, bueno. No pasa nada. Voy a hacer un par de conciertos también allí. Ya lo hablaremos.

Cassandra no se podía creer lo bien que había salido aquella reunión. Hannah Banks era tan maravillosa en privado como le había parecido en público. Organizar aquella boda sería muy divertido y, además, le reportaría muchos beneficios. Además, esperaba estar tan ocupada con aquel proyecto que no tendría mucho tiempo para dedicarle a su «prometido».

–Se te da muy bien tu trabajo –le dijo Luke cuando estuvieron de nuevo en su coche. Arrancó y se alejó de la casa de Hannah mientras Cassandra se ponía las gafas de sol.

Cassandra lo miró.

–Pareces sorprendido.

–En realidad no es sorpresa porque me había imaginado que harías muy bien tu trabajo. Simplemente, nunca te había visto en tu elemento.

–Vaya, gracias –respondió ella atónita–. Me encanta mi trabajo y siempre he sido de la opinión que, si trabajas en lo que más te gusta, nunca te parece trabajo.

–Estoy de acuerdo. Mi objetivo fue siempre trabajar en la hostelería. Me encanta el ambiente de los bares, la gente… Bueno, me encantaba la gente hasta que me vi bombardeado por montones de mujeres dispuestas a que yo convirtiera a una de ellas en la señora Sutherland.

Una repentina oleada de celos le recorrió el cuerpo. Ridículo. No tenía derecho alguno sobre Luke y él no se parecía en nada al hombre con el que había salido hacía años. Tal vez él había tenido una relación más seria que la que ellos habían compartido. Sin embargo, no era asunto suyo ni debía preocuparse por ello. No debería pensar siquiera al respecto.

Cuando Luke se detuvo delante de The Beaumont, donde ella había alquilado un ático para los próximos meses, apagó el motor y salió. Antes de que Cassandra pudiera abrir su propia puerta, Luke lo hizo por ella y le ofreció una mano.

Cassandra levantó los ojos para mirarlo y vio que él la observaba con intensidad. Entonces, le dio la mano. No pudo ignorar la sensación tan familiar, que tanto la había excitado en el pasado. Parecía que no habían pasado ocho años desde entonces…

Cuando descendió del vehículo, Luke no se apartó. Cassandra se quedó encajonada entre el coche y él. Luke sonrió.

–¿Qué es lo que estás haciendo? –murmuró ella mientras sus cuerpos se apretaban. Una profunda excitación, totalmente instantánea, le recorrió todo su ser. Se maldijo por permitirse sentir tan inútiles sentimientos.

–Practicando.

Aquella única palabra fue la única advertencia que él le dedicó antes de cubrir la boca de Cassandra con la suya.

Capítulo Tres

¿Qué estaba haciendo?

Bueno, Luke lo sabía perfectamente. Por fin estaba besando a Cassandra después de haberse pasado todo el día pensando en lo mismo. ¿Pero por qué lo estaba haciendo allí? No había cámaras a su alrededor ni a nadie que le importara que estuviera besando a su ex.

No. Aquel beso, además de un error, era totalmente egoísta. Y también perfecto. Se suponía que él tenía que estar demostrando que se había olvidado totalmente de Cassandra y que no tenía interés alguno en ella. Sin embargo, allí estaba, preguntándose qué otras cosas no habían cambiado porque, ciertamente, había sentido lo mismo de siempre al besarla...

Cassandra suspiró contra sus labios. Su cuerpo se estaba fundiendo prácticamente con el de él. Luke tuvo que echar mano de toda su fuerza de voluntad para no tocarla por todas partes. Sería tan fácil estrecharle la cintura...

Ella le colocó una mano sobre el torso y se apartó.

—Luke...

Él dejó escapar una maldición y dio un paso atrás sin dejar de mirarla. Cassandra parpadeó y se lamió los labios. Resultaba evidente que estaba esperando una explicación.

—Me imaginé que deberíamos quitarnos de en medio el primer beso —explicó.

—Hemos compartido cientos de besos.

Como si necesitara que se lo recordara. Luke era plenamente consciente de sus experiencias con Cassandra y, por eso precisamente, no podía contenerse. Bien. Se habían besado y a él le había gustado. Ya se lo había quitado de en medio, ¿no? Podría ignorar sus deseos sexuales.

De repente, se recriminó en silencio. Era un estúpido por haber ideado aquel plan, por haberla besado y haberla pedido que se hiciera pasar por su prometida. Sin embargo, ya no había vuelta atrás. Al menos, aquella descabellada idea calmaría a las mujeres después de aquel artículo.

—No quería que nuestro primer beso en ocho años fuera delante de la gente —le dijo—. Por si nos resultaba incómodo.

Cassandra soltó una carcajada.

—¿Incómodo? Luke, todo esto es incómodo, pero quiero organizar la boda de tu hermano y, ahora que lo he conseguido, voy a cumplir mi palabra hasta el final. Sin embargo, te pido que no nos volvamos a besar cuando no sea necesario. Ni tocarnos. Nada.

Luke lo deseaba tanto… Estaba seguro de que se lo volvería a pedir cuando estuvieran solos porque ella se había fundido contra su cuerpo. Había resultado evidente que anhelaba aquel contacto físico. Lo mismo que él. ¿Acaso Cassandra esperaba que él negara ante ambos cuando resultaba evidente que ella lo había disfrutado tanto como él? ¿Acaso no se había pegado a su cuerpo y le había devuelto el beso con el mismo deseo y pasión que él estaba sintiendo?

—¿A qué hora quieres que esté en The Cheshire esta noche? —le preguntó ella.

Considerando que el ático donde ella se iba a alojar estaba una planta por debajo del bar, Luke había planeado ir a buscarla y entrar con ella en el local.

–Iré a recogerte a las siete y cenaremos antes de ir al bar.

–¿Vamos a cenar?

Luke no pudo contener una sonrisa.

–Todo forma parte del plan, Cass.

Ella entrecerró los ojos un instante. En aquel momento, Luke se dio cuenta de que había usado el apodo cariñoso con el que la había llamado cuando estaban juntos. Le iba perfectamente a la joven con la que había tenido una relación, pero, ciertamente, Cassandra le iba mucho mejor a la mujer en la que se había convertido. Había algo nuevo en ella, un aspecto más intrigante que haría bien en ignorar. Solo porque habían compartido un pasado y, en aquellos momentos, una relación falsa, no significaba que él tuviera que profundizar en su vida y descubrir todo lo que había ocurrido desde que ella se marchó.

Cuando Luke recogió los trozos de su corazón y decidió concentrarse en lo que podía controlar, había descubierto que era un hombre feliz. No necesitaba el amor ni cualquier otro sentimiento que la gente afirmara sentir. Tampoco necesitaba el matrimonio. El capítulo de su vida en el que se encontraba en aquellos momentos era el más feliz de todos, por lo que no tenía que buscar nada ni tratar de llenar huecos que no existían. Ya se había encargado de completar su vida con una cuenta bancaria más que saludable y amigos muy leales.

–Está bien –admitió Cassandra–. Estaré lista a las siete.

Luke se apartó y la dejó pasar. Observó cómo ella atravesaba las puertas de cristal del hotel y sintió una ligera molestia al ver que ella no miraba atrás. Se parecía mucho a lo ocurrido años atrás, cuando Cassandra se marchó sin pararse siquiera.

Las horas que pasó sin Cassandra ayudaron a Luke a centrarse antes de volver a verla aquella noche. En su vida, no había hueco alguno para enredarse de nuevo con ella.

Cuando Cassandra se marchó hacía ocho años, no había estado listo para pedirle en matrimonio. Tenía muchos asuntos pendientes en sus negocios. Por eso, tras la marcha de Cassandra, decidió que estaba mucho mejor sin ella. Había sido un estúpido, pero ya no lo era.

Ciertamente había aprendido de sus errores. No había vuelto a permitir que nadie se le acercara tanto y había conseguido crearse la vida y la profesión con los que llevaba soñando tanto tiempo. No podía arrepentirse en absoluto del modo en el que habían salido las cosas.

Evidentemente, Cassandra y él no estaban hechos el uno para el otro y, simplemente, había tardado un tiempo en comprenderlo.

Respiró profundamente y salió del ascensor en la planta del ático. Solo había una puerta, pero Luke sabía que ella ya era consciente de su presencia, dado que en el interior del ático sonaba un timbre cada vez que alguien tomaba aquel ascensor privado. Cuando se disponía a llamar a la puerta, esta se abrió. Luke contuvo la respiración, pero consiguió a duras penas ocultar su reacción.

Cassandra estaba frente a él con unos pantalones de cuero negro muy ceñidos, un par de zapatos de tacón negros también y una camisa roja anudada al cuello, que tenía un escote que dejaba muy poco a la imaginación y que mostraba toda la morena piel que él tanto ansiaba tocar.

Había desaparecido la mujer profesional de la tarde. En aquellos momentos, aquellos labios rojos y aquellos ojos negros lo tentaban de un modo totalmente nuevo. Quería inclinarse sobre ella y ceder a esa tentación, pero se mantuvo inmóvil.

¿A qué demonios estaba jugando Cassandra?

Ella sonreía de un modo casi inocente, pero la fuerza que emanaba de ella era casi magnética… un magnetismo al que se negaba a sucumbir.

—Este atuendo no va a pasar desapercibido.

Cassandra extendió los brazos y se dio la vuelta muy lentamente.

—Esa era la idea, ¿no? Querías que todo el mundo se diera cuenta de que ya no estás solo.

Así era sí, pero ¿cuál era el precio? Luke necesitaba seguir trabajando y funcionar. Con Cassandra vestida así, tendría suerte si conseguía hilar dos frases coherentes.

Por el gesto que ella tenía en el rostro, se notaba que sabía perfectamente el efecto que estaba ejerciendo sobre él y que estaba disfrutando con cada instante. Él era el único responsable de la situación en la que estaba. Tal vez debería haberse conformado con las mujeres que se morían por conseguir una cita con él e incluso convertirse en sus esposas. Al menos, esa era una situación que podía controlar, aunque le resultara molesta y agobiante.

–Vamos entonces –dijo mientras se hacía un lado para que ella pudiera salir al pasillo–. He hecho que el chef nos prepare la cena. Ya está lista en el reservado.

–No entiendo… ¿Es que hoy no tienes clientes?

–Sí, claro. Y de eso se trata. Queremos que nos vean, pero no que parezca que lo estamos haciendo aposta. Parecerá más auténtico si la gente piensa que estamos tratando de ocultarnos.

Entraron en el ascensor. Luke se alegró de que solo fueran a subir un piso porque la tentación de apretar el botón de parada y besar de nuevo a Cassandra era demasiado fuerte. Era imposible que ella fuera inmune a aquella tensión sexual. Era como si hubiera escogido aquel atuendo y el sugerente lápiz de labios para seguir atormentándolo.

–Un compromiso falso y secreto –murmuró ella–. Parece muy complicado.

–Ese es el precio que accediste a pagar –le recordó.

Luke tuvo que ponerse a pensar en otra cosa. Tal vez en el hecho de que él la había dejado marchar en el pasado y Cassandra lo culpaba de su ruptura. Si seguía recordándose que ella era la misma mujer con la que había roto hacía tantos años, debería bastar para hacerle comprender que había tenido suerte cuando la apartó de su vida. Entonces, se había negado a suplicar y, por ello, no pensaba suplicarle en el presente, por mucho que hubiera disfrutado de aquel maldito beso.

Cuando salieron del ascensor, Cassandra miró a su alrededor. Solo había estado allí antes en una ocasión, cuando fue a su despacho para pedirle que le hiciera un favor. Mientras avanzaba seguida de Luke, fue mirando a su alrededor.

Luke se sentía muy orgulloso de todo lo que había

conseguido. Era cierto que había perdido a Cassandra también, pero eso quedaba en el pasado y ella le había dejado muy clara su decisión. Aquel bar, los otros también, eran su presente y su futuro. Sus trabajadores eran como familia para él y, además, tenía a sus hermanos. Con las futuras esposas de Will y Cash, iba a ganar dos hermanas. Tenía una vida plena.

Entonces, ¿por qué sentía un agujero que era incapaz de explicar?

Había unos cuantos clientes junto a las mesas altas que no tenían asientos. Sabía que algunas personas preferían quedarse de pie mientras que otras querían más intimidad, razón por la que había instalado sofás en la terraza exterior y pequeñas mesas con cómodas butacas. Desde el primer día, el objetivo había sido crear un ambiente cómodo y ofrecer a sus clientes un lugar en el que relajarse y disfrutar de la maravillosa música que siempre se enorgullecía de ofrecer. Aquella misma noche, dentro de unas pocas horas, cuando se presentara el grupo que había contratado para aquella velada, la terraza se llenaría de clientes.

—Este lugar es maravilloso —dijo Cassandra mientras se volvía para mirarlo—. Había visto fotografías en Internet, pero ayer estaba demasiado centrada en lo mío como para prestar atención. Todo es magnífico, desde el ambiente hasta las vistas.

Luke sonrió. Efectivamente, las vistas eran espectaculares y una de las razones por la que había elegido un bar en lo alto de un rascacielos. Ver las luces de Beaumont Bay y las casas en la distancia que rodeaban el lago era algo único. Además, últimamente, se había hecho un lugar muy popular para artistas y agentes de la propiedad inmobiliaria. Todos querían una vida nocturna mejor y casas más grandes de las que tenían en Nashville.

—¿Lista para cenar?

Cassandra asintió. Luke le colocó la mano en la espalda y la condujo a la zona de reservados que había en la parte posterior del bar, tras unas puertas correderas de espejo. Él las abrió y las volvió a cerrar en cuanto estuvieron dentro.

—Vaya, tan ostentoso como tu despacho, con todas estas paredes ocultas —murmuró ella—. Tal vez debería haberme arreglado un poco más.

Luke le rodeó la cintura con la mano y la estrechó contra su costado. Entonces, le susurró al oído:

—Esto que llevas puesto es lo suficientemente sexy.

El cuerpo de Cassandra tembló bajo el tacto de su mano. Esa era precisamente la reacción que Luke había estado buscando. Quería que ella recordara todas las ocasiones en las que habían estado juntos, tanto en público como en privado.

Tal vez había una cierta oportunidad de venganza en aquel plan de la que no se había percatado hasta aquel momento. No había nada malo en mostrarle exactamente lo que se había perdido cuando se marchó de su lado.

No le dio tiempo para que respondiera. La condujo hacia la mesa que estaba en un rincón y en la que les habían preparado la cena. Esperaba que sus gustos no hubieran variado mucho durante aquellos años, dado que había encargado sus platos favoritos en el restaurante principal que había unas plantas más abajo.

Cuando Cassandra tomó asiento, Luke se acomodó junto a su lado y pegó su muslo derecho contra el izquierdo de ella. Cassandra no era tan inmune a él como quería hacer ver. No se habría fundido contra su cuerpo cuando él la besó si lo hubiera sido. Además, solo era un simple contacto… ¿no?

—Prácticamente te has sentado encima de mí —musitó ella mientras miraba el minúsculo espacio que los separaba y luego a él.

—Siento que no te estás tomando tu papel de novia enamorada muy en serio.

—Creo que tú me lo estás poniendo muy difícil a propósito.

Luke se encogió de hombros.

—Ya es demasiado tarde para echarse atrás. Tenemos un acuerdo.

Cassandra entornó la mirada, pero Luke decidió ignorar su ira. La línea que separaba la ira de la excitación era muy fina y, en aquellos momentos, lo era aún más. Sabía perfectamente dónde tocarla, lo que tenía de decir…

Sin embargo, estaba tratando de mostrarse noble, como si no se muriera de ganas de desnudarla y ver si seguían teniendo la misma química juntos que antes. A Luke no le quedaba ninguna duda de que la pasión sería la misma, o incluso mayor aún.

Le vendría bien un desahogo físico, pero no iba a dejarse llevar… con Cassandra no. No era masoquista. No permitiría que ella volviera a hacerle daño.

—¿Qué es lo que vamos a cenar? Me muero de hambre —dijo.

Esa era una de las cosas que recordaba de ella. Siempre había tenido un apetito voraz, algo que le encantaba. No se mostraba tímida sobre lo que le gustaba ni se preocupaba por las calorías. Cassandra tenía tanta seguridad en sí misma, tanto amor por la vida…

Ingenuamente, Luke había creído que los dos podrían formar una importante dinastía en el mundo de los negocios.

Tal vez había sido algo egoísta en el pasado, porque nunca se había parado a pensar en lo importantes que para Cassandra eran sus propios objetivos. Siempre había estado demasiado obsesionado con los suyos. Sin embargo, nunca se había imaginado que ella terminaría dejándolo. Aquella reacción por su parte le había demostrado que no estaban destinados a estar juntos. De otro modo, ella se habría quedado o habrían encontrado la manera de volver juntos.

—He hecho que nos preparen *sliders* envueltos en beicon, pastelillos de cangrejo y espárragos a la plancha.

Cassandra empezó a levantar las tapas con las que estaban cubiertas las bandejas y gimió de placer. Literalmente. Justo lo que Luke necesitaba…

—Puedes comer tanto como quieras. Yo he almorzado muy tarde hoy, así que me basta con una cerveza.

Ella tomó un *slider* y se lo colocó en el plato.

—¿Qué cervezas de barril tienes? Supongo que serán de la zona.

—Trato de apoyar los negocios de por aquí tanto como puedo, pero también tengo marcas más conocidas. Hay clientes a los que no les gustan las cervezas artesanales o las IPA y prefieren marcas más tradicionales.

—Ponme una cerveza de la marca local que sea tu favorita.

—Vaya —dijo Luke con cierta incomodidad—, no pensaba que te gustara la cerveza.

Cassandra se encogió de hombros y sonrió.

—Hay cosas que ya no sabes sobre mí. Ya no soy la misma chica de entonces.

Eso era evidente. Aquellas palabras hicieron que una parte de Luke quisiera descubrir todas las cosas en las que Cassandra había cambiado. Lo primero, bebía cerveza. Era sorprendente porque nunca le había gustado el alcohol y decía que la cerveza en particular le resultaba muy amarga.

—¿Te gusta la cerveza con un gusto más afrutado o la prefieres negra?

—Sorpréndeme... —replicó ella con una descarada sonrisa.

En aquel momento se convirtió en la Cassandra que él conocía. A la que le encantaban las sorpresas. A Luke le había encantado dárselas y la espontaneidad siempre había formado parte de su relación. Habían sido muy felices... hasta el instante en el que ella había decidido marcharse. No lo había previsto y la amargura lo había consumido durante mucho tiempo después de que ella se marchara.

Cassandra había vuelto y él ni siquiera se había dado cuenta de que quería la oportunidad de demostrarle que se había olvidado de ella. Sin embargo, la tenía. Le demostraría que la vida le había ido bien sin ella y, si conseguía vengarse, mejor que mejor.

Le hizo una señal al camarero. Miles se acercó corriendo para tomar la comanda. Después de decidirse por la de Cassandra, él pidió su favorita.

Justo cuando llegaban las cervezas, Cassandra dejó escapar una exclamación y sacó su teléfono móvil. Luke vio que los dedos le volaban sobre la pantalla. No hacía más que murmurar.

La observó intrigado. Ella estaba hablando consigo misma, musitando palabras sobre catering y sobre cómo sentar a los invitados. Después de varios minutos, volvió a meter el teléfono en el bolso y miró a Luke.

–Bueno, dime lo que tenemos aquí –le pregunto mientras señalaba las cervezas que Luke le había pedido para que probara y eligiera.

Luke se echó a reír.

–¿A qué ha venido eso?

–¿El qué?

–El teléfono, la conversación contigo misma… ¿Haces eso a menudo?

–Hmm, sí… –respondió ella encogiéndose de hombros. Miró las cervezas y eligió la más ligera–. Cuando se me ocurre algo del trabajo, tengo que anotarlo enseguida porque, si no lo hago, se me olvida completamente. Tengo demasiado revuelo en la cabeza como para poder recordar todo lo que tengo entre manos.

–¿Y has recordado algo por estar aquí y por pedir cerveza?

–Recuerdo algo en todas partes.

Interesante. Luke quería indagar un poco más. Quería saber qué le había hecho pensar en la boda de su hermano en aquel momento, mientras estaban disfrutando de una cita fingida. ¿Acaso incluía elementos que ella deseaba para su propia boda en las de otros? ¿Seguía queriendo casarse?

Se recordó que no le interesaba en absoluto la vida personal de Cassandra. La única razón por la que se le había ocurrido aquel plan del noviazgo falso era para deshacerse de las mujeres que lo acosaban desde que lo eligieron el soltero más deseado de la zona. Necesitaba centrarse en su trabajo. Nada más.

De repente, el reflejo de una melena rojiza y un ceñido vestido le hizo sentir miedo y tensión en el vientre. Rápidamente, rodeó los hombros de Cassandra con el brazo. Ella lo miró atónita.

−¿Qué…?

Luke la besó. Una vez más, Cassandra recibió el beso con una exigencia propia. La pasión fue instantánea y fuerte, razón por la que Luke sabía que, si intentaban tener un romance pasajero, podría ser peligroso, aunque los dos lo disfrutaran plenamente.

Ella deslizó la mano sobre el muslo de Luke mientras se acercaba a él y entreabría los labios. Tal vez había cambiado a lo largo de los años, pero seguía siendo la misma mujer apasionada que él había disfrutado años atrás.

Luke levantó la mano y le agarró el rostro. Quería más. Cassandra sabía besar muy bien y no había nada en el mundo que le impidiera…

−Se ha ido, señor.

Nada excepto la voz de su guardaespaldas.

Luke rompió el beso y se volvió para mirar a Jake. Este se limitó a asentir antes de marcharse.

−¿Qué… qué ha sido eso?

−Una mujer pasó junto a nosotros, mirándome −murmuró él. Aún estaba tratando de recuperar el aliento.

−Ah, entiendo. Nuestra *relación*…

Sí, exactamente. Durante un instante, se había olvidado del plan. Y parecía que Luke también. Los besos que habían compartido hasta el momento se estaban empezando a hacer…

¿Cómo iba a poder seguir fingiendo? Todo su ser la deseaba y quería mucho más que una mentira. Era cierto que había sido él quien había puesto las reglas, pero había llegado el momento de repensar lo acordado y añadir más que unos besos aquí y allá.

–Voy a necesitar que me avises antes de que vengas al ataque la próxima vez.

–¿Ataque? Participaste muy activamente en ambos casos.

Cassandra frunció los labios.

–¿Y qué? Besas muy bien. Eso no significa que no necesite un segundo para procesarlo todo antes de que ocurra.

–Está bien. ¿Qué palabra quieres que diga antes de que te bese?

Cassandra pensó unos segundos. Entonces, sonrió.

–Perdón.

–¿Cómo dices?

–Que me gustaría que me dijeras «perdón» antes de que me beses la próxima vez.

De todas las palabras que Luke había pensado que ella le dirían, «perdón» no había sido una de ellas.

–¿Y por qué iba a hacerlo?

–Porque me has preguntado qué palabra quería y esa es la que quiero –replicó mientras se alejaba un poco de él y le daba un sorbo a su cerveza–. Está deliciosa. Esta es la que más me gusta hasta ahora. Es suave, pero tiene mucho sabor.

Luke se dio cuenta en aquel momento que había perdido el control. Cassandra acababa de incluir otra regla. Mierda. Ya no estaba tan seguro de que fuera a salir indemne de aquella situación.

A menos que pusiera unas cuantas reglas propias.

Capítulo Cuatro

Cassandra repasó el diseño que había hecho en su ordenador. Aún no estaba convencida con la decoración. Aunque se trataba del plan B, por si había mal tiempo, tenía que ser tan perfecto como el plan principal.

Se levantó y estiró los brazos por encima de la cabeza. Estaba en su ático, al que había llegado muy tarde la noche anterior tras pasar varias horas en The Cheshire con Luke. No podía negar que se lo había pasado muy bien y, además, lo había visto en su elemento. La gente lo adoraba, en especial las damas.

Tampoco podía negar los celos que le habían acompañado toda la noche. Demasiadas mujeres habían intentado darle a Luke su número de teléfono o hacerse una fotografía con el soltero más deseado. Cassandra no se atrevió a apartarse de él en ningún momento porque no quería que Luke la acusara de no haber mantenido su parte del trato. Había estado a su lado toda la noche, tal y como lo habría hecho su prometida.

Luke la había tenido agarrada por la cintura gran parte de la velada. Incluso en una ocasión le dio la mano, aunque no habían vuelto a besarse. Tal vez Luke no quería utilizar la palabra clave. Ella no podía evitar una sonrisa al imaginarse que él tendría que disculparse antes de besarla.

Se dirigió al bar y se sirvió una copa de vino. Se dirigió hacia el balcón para mirar la puesta de sol. La vista era magnífica y se sentía muy cómoda allí. Durante los próximos meses, aquella iba a ser su casa.

No sabía qué ocurriría cuando viera juntos a todos los Sutherland. Habían sido como una familia para ella, por lo que esperaba no dejarse llevar demasiado por el ambiente de la boda y la identidad de los novios y los padres de estos.

Travis y Dana Sutherland eran la pareja perfecta. Habían trabajado muy duro para mostrarles a sus hijos cómo abrirse camino en la vida. Travis era un agente inmobiliario muy respetado en la zona de Beaumont Bay y había esperado que alguno de sus hijos siguiera sus paseos en el negocio familiar. Sin embargo, los cuatro hermanos se habían sentido muy atraídos por la música y todos se habían encaminado en esa dirección a su manera.

Tomó un sorbo de vino y se recordó que solo estaba allí por trabajo. Que aquellos besos eran solo trabajo también. Todo formaba parte del acuerdo al que había llegado con Luke. Esperaba que todo saliera bien y que sus sacrificios merecieran la pena. Además, no era que no le gustara besar a Luke. Resultaba imposible ignorarle y Cassandra no podía negar la atracción que sentía por él. Sin embargo, debía tener en cuenta que podía besarlo, darle la mano e incluso abrazarlo, pero debía mantenerse emocionalmente distante de él.

Tras beber un poco más de vino, se dirigió al piano que estaba junto al enorme ventanal desde el que se dominaba la ciudad. Cuando entró en el ático, no se lo pudo creer. Aquella belleza parecía estar esperándola. Hacía unos siete años, aprendió a tocar el piano, dado que necesitaba algo en lo que ocupar su tiempo cuando no estuviera trabajando. Volver a una casa vacía después de tener una relación tan larga había empezado a pasarle factura y había necesitado algo que llenara aquel vacío. Por eso empezó a tocar el piano. Y se enamoró.

Le llevó mucho tiempo curar las heridas que le dejó Luke Sutherland. Aprender a tocar el piano le resultaba relajante y le ayudaba a expresar una creatividad que solo ella conocía. Así no había críticas, ni buenas ni malas. Simplemente disfrutaba. Había progresado mucho.

Dejó la copa de vino sobre el piano y se sentó. Levantó la tapa y miró las teclas antes de colocar los dedos delicadamente sobre ellas. Entonces, cerró los ojos y empezó a tocar. Una música familiar comenzó a llenar el espacio y a aliviarle el alma.

Tras terminar aquella canción, empezó con otra y dejó que la música la transportara. Cuando tocó la última nota, abrió los ojos y respiró profundamente. Entonces, captó un movimiento que la sobresaltó.

—Lo siento. Solo soy yo.

Cassandra se puso de pie. El corazón le latía muy rápidamente en el pecho.

—¿Qué demonios estás haciendo tú aquí? ¿Y cómo has entrado?

—Llamé para que me dejaras entrar —le explicó Luke—. Escuché el piano, así que me imaginé que no me habías oído. ¿Cuándo aprendiste a tocar? Ha sido maravilloso.

Cassandra se cruzó de brazos y entornó la mirada.

—Responde primero a mi pregunta. ¿Cómo has entrado aquí?

Luke la miró como si estuviera preguntando una tontería. Tal vez fuera muy poderoso y fuera el dueño del bar. Tal vez tuviera una gran amistad con el dueño del hotel, pero eso no significaba que pudiera hacer lo que quisiera.

—No puedes entrar en mi habitación —le espetó ella—. ¿Y si hubiera acabado de salir de la ducha?

Luke la miró de arriba abajo. Ella comprendió que su pregunta había sido muy desafortunada. Sin duda, eso le habría excitado aún más.

—He visto todo lo que tienes —le recordó—. Además, no era mi intención entrar sin que te dieras cuenta. Di por sentado que no me habías oído.

—Sea como sea, me merezco respeto y privacidad —replicó Cassandra—. Solo estamos fingiendo, ¿recuerdas? Necesito mi propio espacio. Además, ¿qué es lo que estás haciendo aquí?

Luke sacudió la cabeza.

—Yo ya he respondido a tu pregunta. Ahora, responde tú a la mía. ¿Dónde aprendiste a tocar el piano de esa manera?

—Cuando tú me destrozaste el corazón y me marché, necesitaba algo para ocupar el tiempo. Por eso, decidí buscarme un pasatiempo.

Luke apretó los labios. Entonces, dio un paso hacia ella. Otro más y luego otro, hasta que lo único que se interponía entre ellos era el taburete del piano.

Cassandra se mantuvo firme y no apartó la mirada de la de Luke. Siempre le habían gustado sus ojos oscuros las espesas pestañas que los enmarcaban. Tenía una barba muy recortada que añadía enteros a su atractivo rudo y sensual. No tenía en absoluto el aspecto del multimillonario en el que se había convertido y tal vez por eso a ella le estaba costando tanto centrarse. Seguía viendo al joven de antaño, pero también se sentía fascinada por el hombre en el que Luke se había convertido.

–¿Que te destrocé el corazón, dices? Tal vez no te acuerdas cómo fueron las cosas exactamente.

Cassandra no se podía creer que Luke estuviera tratando de hacerse la víctima. Tomó su copa y se terminó el vino que le quedaba.

–Te aseguro que no estoy cambiando el pasado –dijo mientras se levantaba para poner distancia entre ambos–. Esa no es la razón por la que he venido aquí. Además, lo hecho, hecho está.

Se sirvió otra copa de vino y se volvió para mirar a Luke. Por suerte, en aquel momento la barra del bar se interponía entre ellos.

–Ahora quiero que me digas qué es lo que estás haciendo aquí.

–Quería saber si te apetecería subir esta noche –respondió–. Tengo un grupo nuevo que toca fenomenal y creo que van a tener mucho éxito. He invitado a Will esta noche para que los escuche y, tal vez, les ofrezca un contrato.

–Suena bien, pero tengo que trabajar para tenerlo todo preparado para cuando me vuelva a reunir con Hannah.

Luke se acercó a la barra del bar y se apoyó sobre ella.

–Cuando estuvimos aquí la última vez, estabas muy preparada para el trabajo. Lo único que te faltaba era estar ordenada para poder oficiar la ceremonia tú misma.

–Vaya, pues no es mala idea… –bromeó Cassandra.

–Estoy hablando en serio. Tienes que subir para hacer acto de presencia durante un rato. Es muy importante.

–¿Acaso tu trabajo es más importante que el mío?

Después de todo, nada había cambiado. Seguían

peleándose sobre las mismas cosas, como cuando eran pareja. Al menos en aquel momento, Cassandra sabía perfectamente cómo iban a terminar.

Luke lanzó un gruñido y rodeó la barra del bar para colocarse junto a ella. Cassandra se giró para poder mirar aquellos cautivadores ojos. Luke siempre había podido persuadirla tan solo con una mirada, pero en aquellos momentos, ella tenía las riendas de su vida. No iba a conseguir que cediera ni con una mirada sexy ni con palabras bonitas. Aquella boda era demasiado importante para ella. Podría cambiar la trayectoria de su carrera y eso era precisamente lo que necesitaba para su recién creada empresa.

–Solo una hora –insistió él–. Puedes subir una hora.

A Cassandra le habría gustado ceder. Quería subir, tomarse una copa, escuchar música y relajarse un rato, pero eso no la ayudaría a concretar los detalles de la boda de Hannah y Will. Ellos le habían confiado la organización del día más importante de su vida y ni siquiera la atracción que Cassandra sentía por Luke Sutherland iba a hacer que se olvidara de esa responsabilidad.

–No puedo.

Luke siguió mirándola muy fijamente hasta que Cassandra se dio cuenta de que estaba inclinándose hacia ella cada vez más.

–¿Qué estás haciendo? –le preguntó.

Luke le deslizó la mano por la mejilla. Cassandra no pudo evitar inclinarse un poco para recibir mejor sus caricias. Entonces, cuando Luke comenzó a tocarle el labio inferior con el pulgar, ella cerró los ojos y le tocó instintivamente la piel con la punta de la lengua.

–Estoy conociéndote de nuevo –respondió él, con la voz ronca por la excitación.

Más bien estaba tratando de seducirla una vez más y… desgraciadamente estaba funcionando.

–No hay necesidad de eso –susurró ella–. Ya me conoces lo suficientemente bien para conseguir que la gente se crea que estamos comprometidos de verdad.

Luke deslizó los dedos muy suavemente sobre el rostro antes de deslizarlos por el cuello hasta llegar al escote. Entonces, los apartó lenta, metódicamente.

–Tal vez sigo encontrándote atractiva. Tal vez me he cansado de negar mis deseos… y los tuyos.

Cassandra lo miró fijamente a los ojos.

–Tienes que negarlo todo. Lo que estamos haciendo no es más que un acuerdo temporal.

–Puede ser –susurró. Se acercó un poco más hasta que colocó la boca a escasos centímetros de la de Cassandra–. O, tal vez, mientras estemos juntos, podríamos explora lo que hay entre nosotros.

El cálido aliento de Luke le acariciaba el rostro. Cassandra deseó que él cerrara la distancia que los separaba y le ahorrara su sufrimiento. Ella misma podría terminar con aquella situación y tomar lo que tanto deseaba, pero, considerando lo que le estaba diciendo, no era una buena idea. Solo se estaría contradiciendo.

–Somos adultos, Cassandra. Nos sentimos aún atraídos el uno por el otro. No hay nada malo en actuar sobre ello y darse cuenta de lo que es esto exactamente… y de lo que no es.

Cassandra parpadeó. Entonces, dio un paso atrás antes de que pudiera perder la cabeza por completo y pudiera ceder a todo lo que él le estaba ofreciendo, que era lo mismo que su cuerpo deseaba.

–No hay nada bueno –replicó–. No me puedo implicar contigo más de lo que ya lo he hecho.

Luke la miró fijamente durante un instante. Entonces, asintió.

—En ese caso, te dejaré que vuelvas a tu trabajo.

Sin decir una palabra más, Luke se dio la vuelta y se marchó. Cassandra se quedó mirando la puerta durante mucho tiempo después de que él se hubo marchado, preguntándose cómo era posible que los pocos minutos que Luke había pasado en su ático hubieran ejercido un impacto tan fuerte en sus propios pensamientos.

También se preguntó qué era lo que le había hecho marcharse y aceptar el rechazo que ella le había mostrado. ¿Había herido Cassandra su orgullo o se había dado cuenta por fin de que insistir en una aventura temporal era una idea terrible?

Cassandra estaba segura de una cosa. Conocía lo suficiente a Luke como para saber que, cuando él se empecinaba en algo, no se rendía tan fácilmente. Eso significaba que lo intentaría de nuevo. Trataría de convencerla de que podría irles bien juntos.

Cassandra tenía que estar preparada para resistir.

Capítulo Cinco

Era una tonta. Debería haber estado en su ático, trabajando en la boda, pero Cassandra no se pudo contener. Se colocó en la parte trasera de la sala, oculta por todos los presentes, para escuchar el grupo al que Luke había presentado hacía treinta minutos.

Había estado en lo cierto. Eran muy buenos. Sin duda llegarían a lo más alto algún día.

También había tenido razón en que Cassandra debería estar allí, cuando no podía hacer otra cosa que no fueran conjeturas en su trabajo.

Tal vez había sido la promesa del beso. Tal vez el modo en el que le había acariciado la mejilla. Tal vez la manera en la que la había mirado, como si la necesitara.

Fuera lo que fuera lo que la había llevado hasta el bar, no podía negar que los recuerdos se entrelazaban con los sentimientos presentes. No tenía ni idea de cómo iba a manejar aquella situación.

Cuando él se marchó, había tardado unos minutos en decidirse. Por fin, comprendió que no se podía quedar en aquel ático tan solo con la compañía de sus pensamientos y de sus frustraciones sexuales.

Se había cambiado de ropa, se había recogido el cabello y, tras aplicarse un ligero maquillaje, se había encontrado en The Cheshire.

Miró a su alrededor y vio a Will en una esquina, con Hannah abrazada a él. Cassandra se dirigió hacia ellos y se dio cuenta de que Cash y Gavin estaban sentados en un sofá, frente a Will y Hannah. Parecía que todo el clan Sutherland se encontraba allí. Dedujo que la mujer que estaba sentada entre Gavin y Cash era Presley, la prometida de este último.

Se arrepintió de haber echado a andar hacia ellos, pero ya era demasiado tarde. Will la había visto y le estaba haciendo señales para que se acercara.

Cassandra esbozó una sonrisa y llegó hasta ellos. Will se puso de pie inmediatamente.

—Luke no nos había dicho que vendrías —comentó mientras le daba un abrazo—. Siéntate con nosotros.

—Le dije que estaba trabajando, pero me apetecía tomarme un respiro —dijo ella mientras se sentaba en el sofá junto a Hannah, en el hueco que Will había dejado libre. Él fue a sentarse al otro lado de su prometida.

—¿Cómo va todo? —le preguntó Hannah con brillo en los ojos—. No sabes lo emocionada que estoy.

—No habla de otra cosa —intervino Will—. La has convertido en un monstruo de las bodas.

Hannah soltó una carcajada al tiempo que le daba a Will un manotazo en el hombro.

—No soy ningún monstruo. Simplemente estoy tan contenta de ver que alguien ha comprendido lo que yo quería casi sin que haya tenido que explicárselo.

Cassandra sonrió y miró a los ocupantes del otro sofá. Cash la estaba mirando muy fijamente.

—Hola, Cash. Hace mucho tiempo —le dijo.

—Así es. Y, aparentemente, han vuelto a empezar donde se quedaron —añadió. Seguía mirándola de una manera muy inquietante—. He oído rumores de que Luke y tú estáis comprometidos.

—¿Qué?

51

–¿Es eso cierto?

Will y Hannah habían hablado a la vez. Cassandra sintió que se le hacía un nudo en la garganta. Deseó que Luke le hubiera advertido sobre lo que había estado contando, o no, a sus hermanos.

–Lo he visto en Internet –comentó Cash, riendo–. Así que, quién sabe.

Cassandra estaba en una situación incómoda. ¿Qué debía hacer? ¿Seguirle la corriente o negarlo todo?

–En realidad, es cierto –anunció–. Ha ocurrido de repente. Podéis preguntarle a Luke todos los detalles. No hemos querido decir nada porque no queríamos robarles el protagonismo a Hannah y a Will. Ni a Cash y Presley.

–No me puedo creer que no nos dijerais nada cuando estuvisteis en casa. ¡Esto es muy emocionante! –exclamó Hannah!

–¿Y tu anillo? –le preguntó Will mientras le miraba la mano izquierda–. No permitas que no te lo dé. Es muy frugal, pero esto ya es demasiado…

–El último que eligió no era tan grande como el que podría permitirse ahora –bromeó Cash.

–¿El último? –preguntó Cassandra

Cash asintió.

–Cuando estuvisteis juntos la otra vez. Le pidió a nuestra madre que le ayudara a buscar uno con el dinero que se podía permitir. Terminó con uno con una perla y diamantes o algo así. ¿Te acuerdas, Will? No era nada tradicional.

Cassandra sintió que el corazón se le aceleraba. ¿Luke le había comprado un anillo? ¿Por qué nunca le había dicho nada? Él sabía que Cassandra quería casarse con él y que había decidido dejarlo porque no se decidía. ¿Cómo era posible que hubiera dejado que ella se marchara sin decir palabra?

Cassandra tenía tantas preguntas, pero sabía que hacerlas solo iba a devolverla al pasado, un pasado del que sabía que no podía salir ya nada bueno.

Además, cuanto más pensaba en aquel nuevo dato, más furiosa se sentía, lo que no era nada bueno para ninguno de los dos. Ella no estaba allí para analizar de nuevo todo lo que había ocurrido en el pasado. Habían transcurrido demasiados años y, sinceramente, ya no era la misma mujer. También resultaba evidente que Luke no era el mismo hombre. El Luke del que ella se había enamorado nunca realizaría esa clase de juegos. Se habría mostrado totalmente transparente y abierto. Entonces, ¿qué había ocurrido?

—Sí. Había puesto todo su dinero en el negocio de los bares —replicó Will sacándola de sus pensamientos—. Le dimos mucha caña por un anillo tan pequeño, pero él se negó a tomar prestado dinero de nadie.

Mientras los hermanos seguían hablando, Cassandra se puso a mirar a su alrededor hasta que, por fin, vio a su falso prometido.

Luke sonreía y asentía a las dos mujeres que estaban hablando con él. Una de ellas le colocó la mano en el brazo y soltó una exagerada carcajada. Los celos se apoderaron de Cassandra hasta el punto de que se excusó del grupo y se dirigió hacia Luke.

No sabía por qué aquella escena la enfurecía tanto, pero si iban a fingir una relación, tendrían que empezar a hacerlo. Aparte de las mujeres que estaban con él, Cassandra no podía apartar de su pensamiento la noticia de que Luke le había comprado un anillo cuando los dos estaban juntos.

Sin ni siquiera disculparse, Cassandra se abrió paso entre las dos mujeres y, tras rodear la cintura de Luke con el brazo, lo miró a los ojos. Le encantó ver el gesto de sorpresa que se le dibujaba a él en el rostro.

—Hola, cariño —le dijo—. Siento haberte tenido esperando.

—Pensaba que tenías que trabajar —replicó él.

Cassandra sonrió y apretó los dientes para no soltar algún improperio. Era ridículo. No tenía razón alguna para estar celosa.

—Nada es más importante que estar con mi prometido —declaró, exagerando a propósito sus muestras de afecto.

—Espera un momento —dijo una de las mujeres—. ¿Estás comprometido?

Cassandra las miró como si acabara de darse cuenta de que las mujeres estaban tan cerca.

—Ay, qué grosera soy —exclamó extendiendo la mano—. Soy Cassandra Taylor, la prometida de Luke. ¿Sois vosotras dos amigas suyas?

—En realidad nos acabamos de conocer —afirmó una de ellas—. No sabíamos que estaba comprometido.

—En realidad, hace muy poco —explicó Cassandra—. Salimos juntos hace años y yo acabo de volver. Nos hemos dado cuenta de que no podemos vivir el uno sin el otro.

Cassandra sintió cómo Luke le rodeaba también la cintura con el brazo y dejaba descansar la mano sobre la curva de su cadera.

—Así que, señoritas, ya veis por qué no podía hacerme un *selfie* con vosotras —les dijo—. Tengo que respetar a mi chica.

Mi chica. A Cassandra le había encantado cuando

él la llamaba así en el pasado. Aquellas dos palabras provocaron en ella una cierta excitación.

Debería haberse quedado en su ático. Así, no se habría encontrado con los hermanos Sutherland, no se habría enterado del anillo ni se habría puesto celosa porque dos mujeres quisieran hablar con Luke.

—Ahora, si nos disculpáis… Por favor, continuad disfrutando del espectáculo y de las bebidas.

Luke se despidió de las dos mujeres con una sonrisa y se marchó con Cassandra. Los dos, aún abrazados, se dirigieron hacia la parte trasera del bar. Luke marcó un código en la puerta que había en la pared y esta se deslizó, dejando al descubierto el despacho que ocultaba.

Cassandra tenía demasiadas preguntas, por no mencionar la inesperada sensación de posesión que había experimentado cuando, en realidad, no tenía ningún derecho real sobre Luke. No había nada más que un acuerdo de negocios entre ellos y Cassandra haría bien en recordarlo en el futuro.

La puerta se cerró a sus espaldas. Luke se colocó frente a ella y se metió las manos en los bolsillos de los vaqueros. La miró fijamente, como si estuviera esperando una explicación.

El silencio los envolvió. Entonces, una fuerza casi magnética impulsó a Cassandra a dar un paso hacia él. No sabía dónde empezar. Afortunadamente, fue Luke quien tomó la palabra.

—¿Qué ha pasado con el trabajo?

—Necesitaba un descanso.

—Eso ya lo has dicho, pero ¿cuál es la verdadera razón?

Efectivamente, había necesitado un descanso. También había querido ver el bar y disfrutar del ambiente y de la música. Tal vez también había querido volver a ver a Luke en su elemento. No podía apagar la atracción que sentía, de igual manera que tampoco podía hacerlo con la curiosidad.

Dio un paso atrás. Necesitaba alejarse de aquellos intensos ojos y de su poderosa mirada.

—Tenemos que acordar bien lo que vamos a decir porque tu hermano acaba de preguntarme sobre nuestro compromiso. Lo ha leído en Internet.

—¿De qué hermano estás hablando?

—De Cash. Ahora tus hermanos y tus futuras cuñadas creen que estamos comprometidos. Cuando empezaron a preguntarme por qué no llevaba anillo, tuve que excusarme.

—En ese caso, tendré que comprarte uno.

—¿Así de fácil? ¿Pasamos a ese nivel sin más? —le preguntó—. ¿Y en qué punto nos detenemos? Tal vez podrías sugerirle a Will que celebremos una doble boda.

Luke soltó una carcajada. Entonces, se acercó a ella y le agarró los hombros.

—Respira hondo y tranquilízate.

¿Que se tranquilizara? ¿Cómo iba a poder hacerlo? No podía dejar de pensar en que, en un momento del pasado, Luke había pensado en pedirle que se casara con él. Y que se había tomado la molestia de comprar un anillo. Tal vez había cambiado de opinión o había estado esperando un momento que no había llegado nunca. No lo sabía. En aquel momento, hablar del tema no solucionaría lo que tenían entre manos. Además, Cassandra no quería revolver una serie de sentimientos que se había tomado muchas molestias en esconder.

—Compraremos un anillo. Fingiremos estar comprometidos. Sin embargo, ahora la atención debe centrarse en Hannah y en Will. Tal vez podamos anunciar la noticia en algún *post* en redes sociales, no sé. No es necesario que hagamos nada más.

—No estaba preparada para llevarme esa sorpresa y luego cuando esas mujeres…

No. No había sido su intención dejar que se le escapara aquella parte. No había razón alguna para que la presencia de aquellas mujeres le hubiera molestado. Estaban fingiendo aquel compromiso precisamente por las mujeres que acosaban a Luke.

—No me digas que estabas celosa…

—¡Eso es ridículo! —protestó ella—. No puedo estar celosa por algo que no es real ni por un hombre que ni siquiera es mío.

Luke deslizó las manos ligeramente y comenzó a acariciarle el cuello con los pulgares. Cassandra echó la cabeza hacia atrás cuando él se acercó un poco más a ella.

Sintió que el corazón comenzaba a latirle con fuerza. Esperó que él dijera algo… o que la besara. No era que quisiera que él lo hiciera. Además, no había necesidad dado que no tenían espectadores… ¿no?

—Estás celosa.

—Quiero que mantengas tu papel tal y como lo habíamos hablado. ¿Cómo podemos convencer a la gente de que estamos enamorados si tú te pones a reír y a charlar con otras mujeres?

—¿Quieres que sea convincente?

—No nos queda elección.

—Perdón.

—¿Cómo dices?

Luke bajó la cabeza para besarla. Entonces, fue cuando Cassandra se dio cuenta de que él había utilizado la palabra que habían acordado. Sintió una fuerte debilidad en las rodillas. Le agarró con fuerza las muñecas para sostenerse. Y lo maldijo por producir aquella reacción en ella.

Luke la reclamó con un poderoso beso. Todo resultaba tan familiar, pero a la vez muy nuevo. ¿Cómo podía ser aquel el mismo hombre al que había amado hacía tantos años? En aquellos momentos era mucho más sexy e imponente de lo que recordaba.

Sin poder contenerse, le rodeó la cintura con los brazos y se alineó con él. Quería sentir su cuerpo entero, en su totalidad. Ella iba a devolverle el beso con la misma exigencia que él se lo daba. Sentía un fuego ardiendo dentro de ella. Se sentía en llamas, consumida por el deseo... Necesitaba algo más. Necesitaba a Luke.

Él le soltó el rostro y le agarró las caderas mientras hacía que se diera la vuelta. Cassandra notó que él la levantaba y la colocaba sobre algo firme, tal vez el escritorio.

A continuación, Luke le separó las piernas y se colocó entre ellas. Al sentirlo tan cerca, Cassandra arqueó la espalda. Él le mordió el labio inferior y rompió el beso. Entonces, los dos se miraron fijamente con la respiración entrecortada.

—¿Qué estamos haciendo? —musitó él.

—Ignorando las banderas rojas...

—Esto no está bien —afirmó él, pero no se movió—. ¿Por qué está mal cuando me siento tan bien?

Cassandra apoyó las palmas de las manos sobre la mesa y se reclinó un poco hacia atrás para poder mirarlo.

—Este nunca fue nuestro problema, Luke. El sexo contigo siempre fue la parte fácil de nuestra relación.

Luke se echó a reír.

–Fácil… Dios, Cassandra. Nada de esto es fácil.

Ella cerró los ojos y trató de tranquilizar la respiración y los nervios. Por mucho que lo deseara, tener una relación íntima con Luke solo empeoraría las cosas… Además de su negocio… y su corazón.

Se bajó del escritorio e hizo que Luke diera otro paso atrás. Él seguía observándola. Por la mirada que había en sus ojos, Cassandra sabía que estaba tan excitado y deseoso como ella.

Sin embargo, efectivamente, el sexo siempre había sido la parte más fácil de su relación. La comunicación había sido una de sus carencias, como demostraba el hecho de que acabara de enterarse de lo del anillo de compromiso ocho años después.

–Tenemos que decidir qué es lo que les vamos a decir a tu familia –insistió Cassandra–. Si quieres fingir con ellos, me parece bien, y si quieres decirles la verdad, pues también. Sin embargo, necesitamos coordinarnos.

Luke se mesó el cabello con una mano y suspiró.

–No puedo mentirles. No lo haría ni te lo pediría a ti tampoco. Sé la relación tan cercana que tuviste con ellos en el pasado.

En el momento en el que conoció a Luke, Cassandra pasó a considerar a Gavin, Will y Cash como los hermanos que nunca había tenido. Había sido hija única y, además, se había criado solo con su padre. Él había sido su única familia hasta que falleció de un ictus cuando Cassandra solo tenía veintitrés años. Por eso, les había tomado un afecto casi inmediato a los Sutherland. Travis y Dana la habían recibido con los brazos abiertos y la habían tratado como la hija que nunca habían tenido. Por eso, cuando se marchó de la ciudad tras dar carpetazo a su relación con Luke, perdió también a su segunda familia.

No había sido fácil volver a empezar, pero consiguió hacerse una nueva vida en Lexington. Ese era otro motivo por el que no podía volver a empezar con Luke. No podía volver a lo que su vida había sido en aquel momento del tiempo. No estaba segura de que pudiera volver a recuperar un corazón roto.

—Se lo diré esta noche cuando cerremos —anunció Luke—. ¿Quieres quedarte? Nada de besos, ni de caricias. Solo disfrutar de la música durante un rato.

—¿Por qué?

Luke se encogió de hombros.

—Porque me gusta tenerte aquí —admitió por fin—. Me resulta agradable volver a tenerte en la ciudad y que, después de todo, al menos podamos volver a ser amigos.

Amigos. Por supuesto. Sonaba muy lógico.

Sin embargo, Cassandra nunca había besado a sus amigos de aquella manera y estaba segura de que tampoco le apetecería en lo más mínimo arrancarles la ropa.

—Está bien. Me quedo —le dijo con una sonrisa—. Mientras me invites a lo que vaya a tomar.

Luke sonrió también.

—Lo que desees.

Desde que llegó a Beaumont Bay, no había escuchado otra frase que tuviera más doble sentido.

Capítulo Seis

—Eres un idiota.

A Luke no le sorprendió la airada reacción de Will. Años atrás, todos los hermanos se habían encariñado con Cassandra. Todos se habían quedado atónitos cuando ella se marchó de la ciudad y no dudaron en echarle a Luke la culpa. Le dijeron que había estado tan centrado en sus negocios que la había dejado marchar. Luke les había contestado que, si ella había preferido marcharse, no era la mujer para él. Que si había podido marcharse sin mirar atrás, no estaban destinados para ser pareja. ¿Por qué tenía él que elegir entre su vida personal y la profesional? En aquel momento, le habría parecido que podía disfrutar de ambas.

Sin embargo, había terminado solo a pesar de tener los bares de más éxito en todo Tennessee.

Acababa de explicarles a sus hermanos el acuerdo al que Cassandra y él habían llegado. Todos lo miraban con desaprobación. Todos los ojos miraban fijamente a Luke.

—¿Qué esperabas que hiciera? —replicó él a la defensiva—. Cassandra necesitaba ayuda y yo también. Era un acuerdo perfecto.

—¿De verdad crees que yo no le hubiera dado a Cassandra la oportunidad de hablar con Hannah? —le preguntó Will—. Todo habría tenido el mismo resultado sin que tú llegaras a este extremo. La estás chantajeando.

Luke no había estado tan seguro. Además, él necesitaba que Cassandra se hiciera pasar por su novia. La treta estaba funcionando y en las redes sociales ya se había acuñado el término «Lassandra» para hablar de ellos en *hashtags* y *posts*. Y, con unas pocas excepciones, las mujeres habían empezado a dejarlo en paz.

No sentía que estuviera chantajeando a Cassandra. Ella podría haberlo rechazado. Los dos se estaban utilizando mutuamente para conseguir lo que querían. Ambos ganaban.

—Entonces, ¿cuánto tiempo pensáis mantener esta farsa? —le preguntó Cash.

Luke suspiró.

—Hasta la boda de Will. Después, nos iremos cada uno por nuestro lado.

—¿Así de fácil? —le espetó Gavin con desaprobación—. Qué frío. Yo soy abogado e, incluso a mí, me parece cruel.

Frío y sin corazón. Las dos palabras que menos podría sentir Luke sobre Cassandra. Estaba completamente seguro de que, tras la boda de Will, para la que faltaban menos de dos meses, Cassandra y él estarían más que dispuestos a regresar a sus vidas de antes.

—¿No sientes nada al volver a verla después de tanto tiempo? —le preguntó Will—. No me imagino terminar con Hannah y volver a verla años después tratando de fingir que todo es normal. Era la mujer con la que, en aquel momento, querías pasar tu vida.

—Ahora somos dos personas totalmente diferentes —repuso Luke mientras se ponía de pie—. Cassandra y yo tenemos esta situación bajo control, ¿de acuerdo? Simplemente no quería mentiros. Sin embargo, tendréis que fingir también.

–¿Crees que es justo para Cassandra?

Luke se volvió hacia Cash y lo miró con desaprobación.

–¿Me estás hablando en serio? Ella acudió a mí. Necesitaba mi ayuda.

–Podrías haberla ayudado sin pedirle nada a cambio –contestó Cash.

Luke se mesó el cabello y deseó haberles mandado simplemente un mensaje a sus hermanos. Así podría haber ignorado sus opiniones.

–Ahora ya está hecho. Solo necesito que finjáis hasta después de la boda de Will. ¿Es pedir demasiado?

Sus hermanos siguieron mirándole con desaprobación, juzgándole. La verdad era que Luke no podía dejar de pensar en Cassandra. No podía evitar revivir los años que habían pasado juntos y compararla con la mujer en la que ella se había convertido. Había similitudes, pero también cambios que admiraba. Su determinación, su fuerza de voluntad, su seguridad en sí misma y su ingenio. Tal vez aquellas eran cualidades que cobraban vida con la experiencia o tal vez Cassandra había sido así desde el principio. Tal vez él había estado tan metido en su propio mundo que no se había dado cuenta hasta que era demasiado tarde.

–Está bien, pero si vuelves a hacerle daño…

–Un momento –dijo Luke interrumpiendo a Gavin–. ¿Qué quieres decir con eso de si le vuelvo a hacer daño a Cassandra? Fue ella la que me dejó a mí.

–Porque la estabas poniendo en última posición con respecto a todo lo que ocupaba tu vida en ese momento –respondió Gavin–. No me puedo creer que esperara tanto tiempo antes de renunciar a ti.

Luke casi nunca se enfadaba con sus hermanos,

pero no le estaba gustando nada cómo todos se ponían a favor de Cassandra y no veían su punto de vista.

—No estoy pidiendo opiniones. Solo os estoy pidiendo que guardéis un secreto.

Miró a cada uno de sus hermanos hasta que todo asintieron.

—Me voy a casa —les dijo—. Bajad por el ascensor de servicio cuando os marchéis. Vendré mañana por la mañana muy temprano para recoger el desorden que me hayáis dejado.

Sin esperar respuesta, Luke se marchó hacia el ascensor privado. Deseaba profundamente parar en el ático, pero ya era muy tarde. Resultaba extraño que su primera reacción cuando se sentía preocupado era acudir a Cassandra. Así había sido en el pasado, pero no debería ocurrirle lo mismo en aquellos momentos. Ella no era nada más que la que se había marchado y, en aquellos momentos, y solo durante un tiempo, su falsa prometida.

—¿Qué te parece?

Cassandra miró el muestrario de flores y de dibujos. En la expresión del rostro de Hannah vio que se sentía muy confusa. Sabía que había llegado el momento de tomar las riendas. Escogió sus tres opciones favoritas y apartó el resto.

—De acuerdo. Voy a darte mi opinión personal —respondió—. Solo lo hago porque, por lo que has escogido hasta ahora, creo que conozco tus gustos.

Llevaban dos semanas trabajando en la boda, pero Hannah también había estado grabando su nuevo disco y haciendo entrevistas, lo que le había llevado a ausentarse de la ciudad durante unos días. Por lo tanto, cuando estaba en casa, Cassandra tenía que aprovechar cada instante disponible y, al mismo tiempo, conseguir que las reuniones tuvieran un ambiente de totalmente libre de estrés.

—Confío en tu opinión —afirmó Hannah—. De hecho, me encantaría quitarme la presión un momento y hablar sobre ti.

—¿Sobre mí?

Hannah sonrió.

—Sí. Sé que Luke y tú estuvisteis juntos. La otra noche, Will me dijo que los dos estáis prometidos, pero no de verdad.

—Es complicado…

Hannah se levantó y se acercó al bar que había en un rincón del salón y tomó dos copas. Después de servir dos mimosas, regresó al sofá y le entregó una de ellas a Cassandra.

—Gracias.

—Solo estoy tratando de comprender —dijo Hannah mientras tomaba un sorbo de la suya y volvía a tomar asiento—. Y, por favor, dime si me estoy metiendo donde no debo.

Cassandra no pudo evitar una sonrisa.

—Estoy planeando la boda de mi cantante favorita. Estoy en su casa y me quiere dar consejo. Te prometo que no te estás metiendo donde no debes.

Hannah sonrió también.

—Gracias. Soy solo una persona corriente con sentimientos sinceros, lo que me hace que me pregunte cómo te estás enfrentando tú a todo esto. Por lo que me ha dicho Will, Luke y tú terminasteis hace mucho tiempo. Todo me parece un poco raro. ¿Estás bien?

Nadie le había preguntado cómo se sentía sobre aquella situación tan extraña. En cuestión de pocas semanas, se había visto realizando un trabajo de ensueño, fingiendo un compromiso y viendo cómo en las redes sociales los denominaban «Lassandra».

—Estoy bien —le aseguró a Hannah—. Resulta extraño, aunque familiar al mismo tiempo, volver a estar aquí con Luke. No sé si tiene sentido.

—Si no te importa que te pregunte, ¿qué fue lo que ocurrió la primera vez? Tú eres una mujer estupenda y Luke es genial.

Cassandra se tomó un instante para pensar y darle un trago a su mimosa.

—Luke es genial, sí, pero no nos iba tan bien juntos. Bueno, estábamos bien... hasta el día que dejamos de estarlo. ¿Tiene sentido?

—Bueno, tanto como lo del compromiso falso.

—Entiendo —suspiró Cassandra. Entonces, miró las tres opciones que tenía para los arreglos florales de la boda de Hannah—. Está bien. Volvamos a hablar de tu boda. El otoño es una época del año preciosa aquí en Tennessee, así que creo que no me equivoco con ninguna de estas tres opciones.

Cassandra las colocó sobre la mesa de cristal que tenían frente al sofá.

—Son todas maravillosas —musitó Hannah—. Creo que Hallie debería estar aquí para ayudarme a decidir. A veces, ella sabe lo que me gusta antes que yo misma.

—Me imagino que es una de las ventajas de tener una gemela.

—Sí. Hay muchas. Sin embargo, dado que ella no está aquí, dime cuál escogerías tú.

—No es mi boda.

Hannah se encogió de hombros.

–Imagínate que lo es. ¿Qué elegirías tú si estuvieras en mi lugar?

Aunque le gustaban todas, Cassandra señaló la fotografía de las flores blancas variadas con hojas verdes.

–Esta. Me encanta la sencillez, sobre todo porque trata de una boda al aire libre, en otoño y en el lago. Creo que las hojas verdes y las flores blancas le dan un carácter atemporal. Además, creará una buena continuidad con la recepción en The Cheshire y con la decoración que Luke ya tiene.

–¿Te gusta la idea de una ceremonia en un cenador y junto al lago?

–Siempre he querido una boda en otoño al aire libre. Cuando me toca organizar una, es como si una parte de mí se pusiera más contenta. Trato a todas mis novias igual, pero esta época del año... Además, estar junto al lago, rodeada de unas montañas tan hermosas... Es un lugar espectacular –suspiró y señaló la fotografía–. El modo en el que las hojas verdes se entrelazan con los postes y con las flores y luego las flores minúsculas que adornan la base del cenador... Es tan romántico... Me imagino a las damas de honor vestidas de rosa empolvado, con ramos de flores blancas y hojas verdes, las sillas color taupé adornadas con un arreglo floral muy sencillo y los pétalos de flores por el pasillo que lleva al altar, entre las sillas de los invitados...

–Haces que todo suene tan perfecto. Creo que me has convencido...

Cassandra señaló la opción que acababa de describir.

–¿Hablas en serio? Es tu boda, no la mía.

–Sin embargo, vas a planear la tuya muy pronto –replicó Hannah con una sonrisa.

—Bueno, no estoy tan segura de eso. Creo que debería tener un hombre en mi vida antes de tener que elegir entre lirios u hortensias.

—Tienes un hombre en tu vida —afirmó Cassandra con una sonrisa—. Tal vez estéis fingiendo, pero quién sabe. Tal vez la chispa de antaño vuelva a cobrar vida.

Si con lo de la chispa, Hannah se refería a la atracción sexual, la respuesta era afirmativa. No sabía cómo serían las cosas entre ellos después de tantos años, por lo que solo podía asumir que el sexo seguiría siendo fantástico, si no mejor aún de lo que lo había sido entonces.

Había tratado de no pensar en aquel tema, pero ya no se podía parar. La intimidad con Luke había sido espectacular. Siempre había sabido cómo tocarla y cómo hacer que se sintiera totalmente maravillosa. Había sido un amante muy generoso y su intimidad había sido algo que no había podido volver a encontrar con otro hombre desde entonces… y lo había intentado. Sin embargo, con cada intento, solo había conseguido tener sueños que implicaban a Luke en un contexto muy erótico que solo la dejaba satisfecha en sueños. Jamás lo admitiría con nadie.

—Estás sonriendo. Tal vez, después de todo, queda algo —sugirió Hannah con una sonrisa—. Bromas aparte, si hay algo que quieres, tal vez deberías ir tras ello. Sé que Will y yo nos tomamos nuestro tiempo, dado que no creíamos que estar juntos fuera bueno para nuestras carreras. Sin embargo, en la vida hay mucho más que eso. Si solo nos hubiéramos centrado en nuestras profesiones, todo lo que hay entre nosotros, que es tan real, se podría haber perdido. A veces, uno debe hacerse cargo de su propia felicidad en vez de esperar que venga alguien a dárnosla.

Por muy bueno que fuera el consejo de Hannah, Cassandra sabía que la situación no iba a pasar de ser fingida a real de la mañana a la noche. Los dos habían tenido su oportunidad en el pasado y, en aquellos momentos, eran felices con sus vidas y con sus profesiones. Habían tomado caminos muy diferentes en la vida y, solo porque estos se habían cruzado por una casualidad, no significaba que tuvieran que retomar su relación donde la habían dejado.

Además, Luke había tenido su oportunidad y la había dejado pasar. Había elegido sus negocios por encima de ella. ¿Por qué no iba Cassandra a perseguir sus sueños y tratar de alcanzar el éxito? Se había tomado tiempo para construir su carrera y hacerse un hueco en la industria nupcial. No iba a permitir que Luke la apartara de su destino, cuando estaba a punto de hacer que su nombre resonara con fuerza.

—Creo que tienes saturación de bodas y de corazones felices en la cabeza —bromeó Cassandra—. Vamos a centrarnos en tu vida amorosa. Es menos complicada.

—El amor no tiene por qué ser complicado —replicó Hannah entre risas—. ¡Creo que eso está en una de mis canciones!

Desgraciadamente, las canciones y la vida real no siempre iban de la mano. Cassandra se encontraba feliz en aquel momento de su viaje. No necesitaba que ni el amor ni un hombre la completaran. Hacer realidad los sueños de finales felices de otras personas era más que suficientemente para ella.

Entonces, ¿por qué tenía un cierto malestar en el pecho que le decía que solo se estaba mintiendo?

Capítulo Siete

Luke volvió a mirar el titular. No logró determinar con precisión lo que sentía.

Se casa otro de los hermanos Sutherland.

Se reclinó sobre la butaca y suspiró. No quería casarse, ni en aquel momento ni nunca. Hubo una vez, cuando Cassandra aún formaba parte de su vida por primera vez, que se había esforzado mucho para pedírselo. Pero ella había llegado a la conclusión de que Luke anteponía su trabajo. Cassandra le había roto el corazón cuando se marchó sin ver que todo lo que él hacía era por ella.

Nunca más se había permitido una intimidad similar con nadie ni tampoco tenía en aquellos momentos necesidad alguna de tales tonterías.

Aquel titular era como un puñetazo en el estómago. Al artículo lo acompañaba una fotografía de Cassandra y él, la misma que ella había publicado en sus redes sociales aquella mañana. Se trataba del *selfie* que les había hecho hacía unos días. En cuanto hizo la foto, se dirigió corriendo a la puerta para seguir planeando las bodas de otros.

Tal vez era eso lo que le molestaba. El hecho de que aquel acuerdo fuera más parecido a un contrato de negocios que a...

¿Qué? Era un contrato de negocios. No había nada más entre ellos. Entonces, ¿por qué seguía experimentando una extraña sensación en el vientre cada vez que veía algo nuevo en los medios de comunicación?

Pinchó otro artículo sobre ellos y se echó las manos a la cabeza al ver el titular de aquel.

Otro Sutherland comprometido, pero... ¿dónde está el anillo?

El artículo seguía bromeando con el hecho de que, tal vez, Luke le iba a regalar a Cassandra uno de sus bares en vez de un buen pedrusco para la mano. Después de llevar ya algunas semanas con aquel juego, tal vez debería comprarle uno. Sin embargo, solo con pensarlo, recordaba el momento en el que se lo había comprado de verdad. Había reunido sus pocos ahorros para comprarle una joya que pensaba que le encantaría.

Aún lo tenía. Cuando Cassandra se marchó, no había sabido qué hacer con él. Por razones que no podía explicar, se había quedado con la pieza, que era un símbolo de lo que había permitido que se le escapara entre los dedos. Cada vez que veía el estuche de terciopelo en la caja fuerte, recordaba hasta dónde había llegado. Si quería algo, debería luchar por ello...

Muchos pensamientos pasaron por su cabeza antes de que pudiera apartar aquella terrible idea. Abrió los mensajes y le envió uno a Cassandra. Contuvo la respiración mientras esperaba a que ella respondiera. En cuanto llegó, se puso de pie. Había puesto un plan en movimiento y, en aquellos momentos, solo le quedaba ver qué resultado tenía.

***

71

Cassandra salió del ascensor privado de The Cheshire y miró a su alrededor. Otra noche con el bar a rebosar de clientes VIP y de la alta sociedad de Beaumont Bay. La gente reía, bebía y charlaba mientras la banda se preparaba para tocar. En aquella ocasión, se trataba de un dúo de dos mujeres muy jóvenes, que parecían muy nerviosas y emocionadas. No hacían más que mirarse y sonreír. Luke se acercó a ellas. Al verlo, Cassandra se acercó un poco más y no pudo evitar escuchar lo que les decía.

–Lo vais a hacer fenomenal. No os habría invitado a tocar aquí si no pensara que sois fantásticas. Las dos necesitáis un poco de confianza en vosotras mismas y aquí es donde la vais a conseguir. Ya sabéis que solo los mejores tocan en este escenario.

–Por eso estamos tan nerviosas –dijo una de las chicas riendo–, pero muchas gracias. Tocar en el escenario de The Cheshire ha sido siempre uno de nuestros sueños.

–Cuando la gente os oiga tocar, no dejarán de lloveros las actuaciones. Os tendré que suplicar que regreséis y que me hagáis un hueco en vuestra apretada agenda. Todos están listos para escucharos. ¿Lo estáis vosotras?

Las chicas se miraron y asintieron.

–En ese caso, os presentaré.

Cassandra se acercó a la barra mientras Luke tomaba el micrófono. En ese momento, todos los presentes comenzaron a vitorearle y a aplaudir. Luke Sutherland tenía un encanto natural que no dejaba a nadie indiferente... y ella no era excepción.

Horas antes, le había enviado un mensaje de texto y le había pedido que subiera al bar aquella noche porque tenía otro grupo muy bueno y porque tenía algo que mostrarle. Cassandra se había sentido muy intrigada por el mensaje y había accedido. Después, le había costado mucho volver a centrarse en la boda de Hannah.

Entre las alabanzas de Hannah y sus ideas sobre el amor y el mensaje de Luke, Cassandra se sentía muy descentrada. Además, tenía bodas en las que debía trabajar a distancia dado que las estaba preparando para las novias que habían acudido a ella para que les preparara bodas que iban a tener lugar al cabo de un año o más. Entre unas cosas y otras, el nivel de estrés de Cassandra estaba más alto que nunca.

Deseó poder avanzar en el tiempo y haber llegado ya al final de su viaje para poder regresar a su vida en Lexington. Estaba segura de que su negocio subiría como la espuma y tendría muchas novias en las que centrarse para no pensar en Luke.

—¿*Gin tonic* con extra de lima?

Cassandra se volvió al camarero y sonrió.

—¿Te acuerdas?

—Es parte de mi trabajo —respondió Miles—. Además, no estaría bien que me olvidara de la bebida favorita de la futura señora Sutherland.

Futura señora Sutherland… Era ella. Bueno, sería ella si todo aquello fuera real. El nudo que se le formó en la garganta le impidió decir nada más. Hacía mucho que no pensaba en sí misma como la futura señora Sutherland, desde que había tenido la ingenua creencia de que, algún día, podría ostentar ese nombre.

—Aquí tienes —le dijo Miles mientras le entregaba la copa sobre un posavasos de cuero con el logotipo del bar—. Si necesitas algo más, no dejes de pedírmelo.

Cassandra le dio las gracias y Miles fue a atender a otro cliente. Entonces, tomó la copa para beber.

—Me alegro de que hayas venido.

Cassandra se sobresaltó. Se dio la vuelta y vio a Luke a sus espaldas. Las chicas habían empezado a tocar una canción muy alegre. Las notas de la batería marcaban el ritmo de su corazón.

—Me tienes muy intrigada —admitió ella.

—¿Extra de lima?

—Veo que tienes buena memoria.

Luke la miró fijamente y pareció estudiarla un momento o tratar de pensar qué iba a decir a continuación. Entonces, dio un paso hacia ella y le apartó un mechón de cabello del rostro.

—Vamos a mi despacho.

Cassandra asintió. Cuando él le rodeó la cintura con el brazo, contuvo el aliento. Se dirigieron así, juntos, hacia la puerta oculta del despacho, que se abrió y cerró rápidamente tras ellos. Cuando estuvieron a solas, la música era solo un susurro.

¿Por qué estaba tan nerviosa? ¿O acaso no era nerviosismo sino… excitación?

Estaba tan confusa que ya ni siquiera podía comprender sus propios pensamientos. Dio un rápido trago a su bebida y se apoyó contra una butaca de cuerpo.

—Bueno, ¿cuál es el misterio por el que me has dicho que suba?

Luke seguía mirándola muy fijamente.

—Me han hecho notar que aún no tienes anillo —dijo—. Tenemos que solucionarlo. Considerando que ya llevamos prometidos unas semanas, yo diría que ya ha pasado el tiempo suficiente.

Luke se dirigió a su escritorio y abrió un cajón. Cassandra vio cómo sacaba un estuche de terciopelo.

—Luke, no creo que…

Luke se dirigió hacia ella y abrió el estuche. Cassandra realizó una exclamación de admiración cuando vio la sencilla alianza de oro con una perla en el centro y rodeada por pequeños diamantes.

–Recuerdo que siempre llevabas un par de pendientes de perlas, así que te quise comprar algo que te gustara. Vi este y pensé que te iba muy bien.

Cassandra miró el anillo durante un momento más antes de levantar la mirada para observarlo a él. ¿De verdad había ido a una joyería para escoger un anillo para ella o se trataba acaso del anillo que le había comprado la primera vez y del que había oído hablar a los hermanos? Había tantas interpretaciones posibles en aquel momento que Cassandra no quería profundizar en todas las preguntas que tenía. Tenía miedo de cuáles serían las respuestas.

–No puedo… Luke, esto es…

–Me alegra que te hayas quedado sin palabras –comentó él riendo–. Eso significa que te gusta. Cassandra siguió mirando el anillo sin saber qué hacer o decir. Habían pasado muchos años desde que soñó con un momento como aquel, el hecho de que Luke le diera un anillo la transportaba a un tiempo que había tratado de olvidar.

–No creo que sea buena idea.

Luke le quitó la copa de las manos y la dejó sobre el escritorio. El anillo le relucía en la mano. Era tan hermoso, tan sencillo… el anillo que ella misma habría escogido.

–¿Cuándo lo has comprado?

–Eso no importa y sí que es una buena idea –replicó él–. Estamos fingiendo que estamos comprometidos y yo no hago nunca nada a medias.

Sacó el anillo del estuche. Cassandra contuvo el aliento. Luke se metió el estuche en el bolsillo y tomó la mano de ella. Sin decir palabra, sin arrodillarse y sin ningún tipo de gesto romántico, se lo puso en el dedo.

Ciertamente, aquello no se parecía en nada al modo en el que Cassandra había imaginado su compromiso. El anillo le resultaba extraño, casi tanto como aquel gesto. Había algo frío, casi estéril, en aquel momento. Un escalofrío le recorrió la espalda.

—¿Te encuentras bien?

Cassandra siguió mirando el anillo y sintió que la garganta le ardía. Nunca en toda su vida había creído que se disgustaría tanto cuando un hombre le pusiera un anillo de compromiso en el dedo, pero... No. Ciertamente no era el momento que llevaba imaginándose toda su vida.

Se dedicaba al mundo de las bodas, del romance y de los momentos memorables. Gozaba viendo parejas felices con las que compartía el viaje hasta el día de su boda. Sin embargo, no podía gozar con el suyo propio porque nada era real... a excepción de un corazón destrozado que creía haber reparado hacía mucho tiempo.

—Bien —mintió. Dejó de mirarse la mano y adoptó plenamente su papel de falsa prometida—. Pero te lo devolveré al final.

—Si eso es lo que quieres.

—Lo es. Deberíamos haberlo hecho antes. Podemos explicarlo diciendo que no queríamos ensombrecer el compromiso de Will o de Cash. Además, deberíamos publicar más fotos juntos, aunque no deberíamos ser demasiado obvios al respecto. Deberíamos dejar que sean los medios los que saquen sus propias conclusiones y mantener el misterio del anillo.

Luke dio un paso al frente y le tomó la mano en la suya mientras la miraba a los ojos.

—Eso es lo que habíamos acordado. Eres mía.

—Por el momento.

—Por el momento, sí.

Luke tiró de ella suavemente y le soltó la mano para colocarle la suya sobre la espalda. Cassandra apoyó las suyas sobre el torso de él y sintió que su aroma la envolvía. La fuerza de su cuerpo la excitaba. La familiaridad estaba presente, sí, pero había algo más sobre él, algo nuevo y excitante. Quería más, aunque sabía que Luke no. No debía olvidar que lo habían declarado como el soltero más deseado y tenía tantas mujeres a su alrededor que no le interesaba. Seguía tan casado con su trabajo como lo había estado antes… posiblemente más aún.

—¿Qué estás haciendo?

—Lo que los dos deseamos. Y no pienso disculparme.

Se inclinó sobre ella. Cassandra apartó ligeramente el rostro.

—¿Es mala idea?

—Puede —admitió él—, pero los dos deseamos lo mismo.

—No deberíamos querer más —murmuró ella—. No puedo enfrentarme al deseo. Nunca he podido contigo.

Podría ser que el hecho de que él le hubiera puesto aquel anillo en el dedo la tuviera más confusa que nunca porque estaba considerando permitir hacer lo que él quería… y lo que ella quería también.

—No quiero luchar —susurró él—. Estoy cansado de fingir que no te deseo.

Luke la deseaba. Cassandra lo había intuido, pero

77

escuchar las palabras en voz alta la puso aún más nerviosa. Tal vez había sido un error ir allí. Tal vez no debería haberse puesto en contacto con Luke sino con Will y, simplemente, haberle pedido que la dejara organizar su boda.

Pero no. Había tenido que acudir al hombre del que más debería haberse distanciado. Después de tantos años, había pensado que no le afectaría volver a verlo. Había pensado que el pasado no interferiría en sus planes de futuro.

Se había equivocado.

—Esto no es una relación de verdad —explicó—. No podemos complicar las cosas con… el sexo.

Ya estaba. Por fin lo había dicho.

—¿Por qué no? —le preguntó Luke con la boca a pocos centímetros de la de ella—. ¿Vas a decirme que no te preguntas si sería mejor que entonces? ¿Vas a decirme que no lo deseas tanto como yo?

Necesitaba distanciarse. Si Luke la estaba tocando, no podía pensar. Se apartó de él y dio unos pasos atrás.

—Lo que yo desee es irrelevante —afirmó—. Y lo mismo ocurre contigo.

Luke seguía mirándola fijamente, en silencio. Cassandra volvió a cuestionar lo que quería. ¿Por qué no aceptaba lo que él le ofrecía? Era cierto que los dos se deseaban. Cassandra no se podía mentir y mucho menos mentirle a él. Una parte de su ser se preguntaba si sería mejor que antes, mientras que la otra se preguntaba si se perdería en la lujuria, la pasión y el deseo y se olvidaría de que todo aquello era una relación falsa y temporal.

—Debería marcharme —dijo ella.

—No quieres hacerlo.

Cassandra se encogió de hombros.

–Como te he dicho, eso no importa. No he venido aquí para tener una aventura y eso es lo único que sería lo nuestro. No tengo sitio en mi vida para nada más.

Al menos con el hombre que le había roto el corazón hacía años.

Luke guardó silencio. Cassandra se dirigió a la puerta y tocó el panel de seguridad para que se abriera. Inmediatamente, el fuerte volumen de la música la envolvió. Toda la gente, absolutamente feliz, cantaba y bebía a su alrededor. Todos seguían con sus vidas mientras que la de ella acababa de dar un drástico cambio de dirección.

¿Cómo iba a poder soportar las semanas que faltaban hasta la boda? Tendría que mantenerse muy ocupada y centrarse en el trabajo para olvidarse del hecho de que aún deseaba a su ex, reconvertido en falso prometido.

Él quería una aventura y ella no podía negar que lo deseaba, pero ¿a qué precio? Por mucho que se divirtieran, aquel pequeño retazo de felicidad terminaría desapareciendo al final. En lo que se refería a Luke, Cassandra no quería sufrir más.

Capítulo Ocho

Luke se llamó tonto de todas las maneras posibles por el modo en el que había tratado a Cassandra. Ella se merecía mucho más, por lo que Luke tendría que hacer algo para compensarla por sus actos.

Llevaba varios días sin verla ni hablar con ella. Por Will, sabía que Hannah y ella estaban muy ocupadas con la boda. Después de todo, Cassandra había ido a Beaumont Bay para realizar un trabajo, no para verse acosada por él. Había acudido a su despacho para pedirle ayuda y él había aprovechado para pedirle algo también. Había querido demostrar que podía estar cerca de ella sin que su presencia le afectara en lo más mínimo e incluso se había preguntado si debería aprovechar la oportunidad que tenía para vengarse de ella.

Eso había sido una crueldad. ¿Cómo podía haberse comportado así con Cassandra por el hecho de que ella se hubiera marchado hacía años, cuando, evidentemente, había sido lo mejor para ambos? Los dos habían alcanzado el éxito y, cada uno a su manera, se habían construido una vida feliz.

Sí. Debía disculparse con ella e iba a hacerlo en aquel mismo instante. Le envió un mensaje diciéndole que tenía una sorpresa para ella y anunciándole que la recogería a mediodía.

Vio que ella estaba escribiendo una respuesta.

En estos momentos estoy ocupada. Mejor a la una.

Aquella hora extra le venía aún mejor, dado que podía planearlo todo adecuadamente. Pensó de nuevo en el muchacho de veintitantos años que había sido cuando quería darle el mundo entero. Habían cambiado tantas cosas en las vidas de ambos… Una parte de él que echaba de menos lo que solían compartir. No solo la intimidad, sino la amistad.

Se metió el teléfono móvil en el bolsillo. Se aseguraría de que los gerentes de sus bares supieran dónde encontrarle por si ocurría algo.

No recordaba cuándo había sido la última vez que se tomó un día entero libre, pero si había alguien que lo merecía, esa era Cassandra.

Con un poco de esperanza y mucha emoción, puso su plan en funcionamiento y empezó a contar las horas que faltaban hasta que viera de nuevo a Cassandra.

Con un rápido movimiento de ratón, Cassandra envió con el encargo de las flores con las que iba a crear una obra de arte para la romántica boda de Will y Hannah. Justo en ese momento, el timbre de la puerta resonó por toda la estancia. Se levantó y se alisó los pantalones con las manos. Luke le había dicho que se pusiera pantalones y botas. No se dejaba de preguntar si iban ir a practicar senderismo o qué otra cosa podría habérsele ocurrido a Luke. Él se había mostrado muy enigmático con sus mensajes.

Se dirigió hacia la puerta. Se sentía algo nerviosa. Llevaba varias noches soñando con él, lo que la dejaba deseosa y frustrada.

Abrió la puerta y se encontró cara a cara con Luke. Él llevaba una enorme bolsa de regalo.

Cassandra se echó a reír. Entonces, se hizo a un lado para dejarle pasar.

—No es mis cumpleaños, así que, ¿a qué viene esa bolsa?

Luke entró y le dejó la bolsa a los pies.

—Quería traerte algo para empezar a disculparme, pero las flores están demasiado sobrevaloradas y no tenía ni idea de qué hacer —comentó mientras dejaba escapar una carcajada—. Como organizas bodas, pensé que algo que te ayudara a organizarte te vendría bien. Entonces, la dependienta me dijo que no se puede tener una agenda sin marcadores especiales y me enseñó un expositor entero de pegatinas.

Cassandra le observaba atentamente mientras Luke trataba de encontrar las palabras adecuadas. Se cruzó de brazos y, simplemente, esperó a que él terminara.

—No tenía ni idea de lo que tienes o no tienes, así que le dije a esa mujer que me diera todas las pegatinas. Bueno, menos las de bebés o madre embarazadas porque… bueno, por razones evidentes.

Cassandra no sabía si darle un abrazo por ser tan adorable o informarle de que las agendas y las pegatinas no le servirían de mucho en su profesión.

Sin embargo, le encantó el regalo. Y el gesto. No había esperado algo tan considerado por su parte y que, además, mostrara su lado más vulnerable. Nunca en toda su vida había visto a Luke admitir que no sabía algo. El hecho de que hubiera ido a unos grandes almacenes y hubiera salido de su zona de confort para demostrarle que lo sentía…

¿Quién era aquel nuevo Luke y por qué se estaba mostrando tan perfecto? No quería encontrarlo más encantador ni adorable que de costumbre. Podía enfrentarse al Luke más sexy, pero al tierno… No estaba muy segura de qué hacer al respecto.

Cassandra tomó la bolsa y miró lo que había en el interior.

–Has ido a por todas, ¿eh?

–Considerando que la otra noche fui un imbécil por proponerte un compromiso falso… –susurró mientras se mesaba el cabello–. La primera vez que estuvimos juntos sé que querías casarte, así que no fue justo.

Cassandra lo miró a los ojos. Había algo más allá de la disculpa. Era ese otro sentimiento al que no era capaz de etiquetar.

–No, no lo fue. Sin embargo, eso ya es pasado.

–No puedo evitar pensar que hay algo que podríamos explorar…

Aquella frase la sorprendió e, inmediatamente, los latidos del corazón se le aceleraron.

–¿El qué?

Luke se encogió de hombros y dio un paso al frente.

–No sé, Cassandra… No puedo evitar sentirlo. Es fuerte, completamente físico, pero ahí está. Me resulta muy difícil ignorarlo. No estoy tratando de hacerte sentir incómoda –añadió–. Tampoco sé que es lo que quiero, pero te merecías una disculpa y pienso compensarte.

Cuando terminó de hablar, señaló la puerta y, de repente, el momento mágico desapareció.

–¿Estás lista para salir? –le preguntó.

En un abrir y cerrar de ojos, Luke había pasado de presentarse allí con el más adorable de los regalos y disculparse sinceramente a admitir que quería explorar algo más. Cassandra estaba metida en un buen lío, del que no parecía haber salida. La única manera era dejarse llevar y esperar no sufrir daños en el proceso.

—¿Vas a darme alguna pista sobre lo que vamos a hacer?

—No.

Ella soltó una carcajada y fue a recoger su bolso.

—No lo vas a necesitar —le dijo.

—¿No? —preguntó ella extrañada—. Ahora sí que estoy intrigada.

Sacó la llave del ático del bolso y se la metió en el bolsillo trasero del pantalón. Sintió nervios al pensar lo que Luke podría tener en mente. Aquel era el Luke que recordaba, aunque el seductor y apasionado de la otra noche también le resultaba familiar y muy difícil de rechazar.

Había admitido que quería algo físico con ella. ¿De verdad podría ser tan sencillo entre ellos? Después de todo lo que habían pasado, no estaba tan segura.

No obstante, tenían un acuerdo y ella pensaba cumplirlo hasta el final. Unas cuantas fotografías más en las redes sociales no harían ningún daño.

—Lista —dijo tras recoger también el teléfono móvil—. ¿Nos hacemos un *selfie* ahora o nos espera algo mucho más emocionante que el salón de mi habitación?

Luke sonrió. Era tan… irresistible. Sin embargo, Cassandra lo había conseguido. Lo había apartado de su lado, pero, desde entonces, en lo único en lo que pensaba era en la atracción y en la tensión sexual que había entre ellos.

Le habría gustado volver a la otra noche y dejarse llevar. ¿Qué habría ocurrido si lo hubiera hecho? ¿Dónde estarían en aquellos momentos? Eran adultos, muy diferentes a la ingenua pareja que habían sido hacía algunos años. Cassandra sabía lo que esperar y… ya no estaba segura de que pudiera seguir resistiéndose.

—Tengo preparado algo mucho más emocionante —le aseguró él—. A menos que quieras que nos hagamos un *selfie* rápido dándonos un beso…

Movió las cejas rápidamente de arriba abajo, para indicarle que se trataba de una broma. Cassandra se acercó a él y le dio una palmada en el pecho.

—Buen intento, pero esperaré a ver qué has planeado.

—¿Significa eso que no hay beso? —bromeó él.

—Ahora mismo no. Me gustaría ver lo que tienes preparado para poder presentarlo en nuestras redes sociales. Supongo que esa es la razón verdadera para esta cita, ¿no?

A Luke se le borró ligeramente la sonrisa.

—Cuando planeé esto, no pensé en ningún momento ni en las redes sociales ni en otra mujer. Solo quería tomarme un respiro de todo y me imaginé que tú también necesitarías un respiro. Además, quería verte sonreír.

Cuando decía esas cosas, Cassandra no lograba recordar por qué estaba ignorando sus propios deseos. Tenían que salir de allí porque, si no lo hacían, ella también se olvidaría de todas las razones por las que no podía enredarse de ningún modo con Luke Sutherland.

—¿Va todo bien?

—Perfectamente —respondió ella con una sonrisa—. Estoy lista para mi sorpresa. Ya sabes que me encantan.

Recogió la bolsa con su regalo y la dejó encima de la mesa del comedor. Aún no se podía creer que hubiera hecho todo aquello por ella. Solo aquel gesto servía para ablandarle el corazón. No quería ni imaginarse cómo se sentiría al final de aquel día. Tal vez terminaría sucumbiendo a los encantos de él y a sus propias necesidades.

Capítulo Nueve

Luke no se había podido imaginar cómo sería la reacción de Cassandra. Sonrió al ver que el rostro de ella se iluminaba cuando tomaron el sendero que llevaba a sus cuadras. Había llamado con antelación para ordenar que les prepararan dos sementales.

−¿Quién es el dueño de todo esto? −le preguntó Cassandra mientras miraba los campos, alineados con vallas blancas, y los caballos que pastaban en el horizonte.

−Yo.

−¿Tú eres el dueño de toda esta tierra? −replicó asombrada.

Luke aparcó el coche junto a los establos y apagó el motor. La expresión de asombro que vio en el rostro de Cassandra lo llenó de orgullo.

−¿Acaso pensabas que me dedicaba solo a poner copas y a estar de fiesta día y noche?

Cassandra lo miró fijamente durante un instante y se encogió de hombros.

−Nunca lo había pensado. Es decir, di por sentado que, si eras el dueño de todos esos negocios, no tenías tiempo para más. ¿Cómo puedes venir también aquí?

−Es como todo. Es cuestión de hacer tiempo. Por mucho que ame mis bares y toda la gente a la que conozco, hay momentos en los que necesito alejarme de todo eso.

86

Aquello era algo que había cambiado desde que ella se marchó. Antes, nunca había tenido tiempo para nada que no fuera su trabajo, pero había aprendido los beneficios de tomarse un respiro.

–Siempre te encantó montar a caballo –comentó ella con una sonrisa.

–Y, si no recuerdo mal, a ti también.

–Siempre dijimos que tendríamos una granja de caballos a las afueras de Beaumont Bay a la que pudiéramos escaparnos. Parece que has conseguido todo lo que deseabas.

Luke sonrió. Tras aclararse la garganta, abrió la puerta del coche.

–Vamos a divertirnos.

Cassandra se bajó del coche antes de que él rodeara el vehículo para abrirle la puerta. La agradable brisa de aquellos últimos días de verano los envolvió. Ella levantó el rostro al viento y cerró los ojos. Al verla así, Luke sintió el fuerte impacto del deseo. Jamás había pensado que llevarla allí pudiera tener un efecto tan fuerte en su estado mental. Él solo quería disculparse y pasar un día relajante.

No se había parado a pensar en que, en el pasado, aquello era exactamente lo que Cassandra había soñado y lo que había querido que compartieran juntos. Siempre habían querido tener un lugar al que poder escapar y estar solos. Y eso era precisamente lo que estaban haciendo en aquellos momentos, pero no en las mismas circunstancias que él había imaginado.

Sin pensar, le tomó la mano. Cassandra se volvió a mirarlo. Luke decidió que ya no podía ocultar cómo se sentía. Ya no podía apagar el deseo que sentía por ella. No era una opción, ni nunca lo había sido.

Entrelazó los dedos con los de ella. Experimentó una agradable sensación cuando vio que ella le devolvía el gesto.

–No recuerdo la última vez que monté a caballo –le dijo ella–. Esto te da muchos puntos.

–Entonces, ¿significa eso que me perdonas por lo de la otra noche? –le preguntó mientras la conducía al establo.

–No hay nada que perdonar. La situación se desmadró un poco, Luke. Tenía que ocurrir, dada nuestra historia.

Tal vez, pero su historia no tenía nada que ve con el porqué se sentía tan atraído a ella en aquellos momentos. Se sentía muy intrigado por la mujer en la que se había convertido y quería saber más. Quería saber todo lo que ella había estado haciendo desde que se marchó. Tal vez era masoquista por querer pasar más tiempo con ella, por querer descubrirlo todo, pero después de todo, Cassandra solo iba a estar un tiempo limitado en la ciudad y él quería aprovecharlo al máximo.

Sin embargo, debía tener cuidado. Implicarse emocionalmente sería un error. Lo sabía muy bien y, sinceramente, no buscaba nada más que algo físico.

–Y dada la atracción que sigue habiendo.

Luke sintió que se le hacía un nudo en el estómago al escuchar aquellas palabras. Considerando que había sido ella la que había pisado el freno la otra noche, si Cassandra quería más, le daría todo lo que ella quisiera. Sin embargo, si ella solo quería que fueran amigos mientras estaba en la ciudad, eso sería le daría, fueran cuales fueran sus propios deseos.

Nadie había ejercido un efecto tan fuerte sobre él como Cassandra. Lo tenía completamente hechizado.

Estaba sentenciado. Ese sería el resultado de todo aquello. Tal vez ya no estuviera enamorado de ella, pero eso no significaba que no la deseara. La deseaba desesperadamente y, cuanto más tiempo pasaba con ella, más arraigaba ese deseo hasta el punto de amenazar con consumirlo.

Cuando entraron en los establos, Luke vio que los caballos estaban ya preparados. Le había dicho al mozo que lo preparara todo y se marchara. Quería tener intimidad con Cassandra y que ella disfrutara del día sin interrupciones.

—Son preciosos —exclamó Cassandra al ver a los animales—. ¿Cómo se llaman?

—Carl y Stan.

Cassandra se echó a reír.

—No son los hombres que me había imaginado. Había pensado en algo así como Relámpago, algo fuerte y poderoso.

Luke se echó a reír y extendió la mano para acariciar a uno de los sementales.

—Carl y Stan eran dos de mis clientes habituales cuando abrí The Cheshire. Eran amigos y se habían quedado viudos. Venían a tomarse una copa todos los jueves por la noche y se quedaban hasta que cerraba. Terminamos haciéndonos buenos amigos, tal y como suele ocurrir con los clientes habituales. Fallecieron con seis meses de diferencia.

—Evidentemente, dejaron huella en ti —comentó Cassandra mientras acariciaba suavemente el morro de Carl—. Eres más sentimental de lo que recordaba. ¿Cuál voy a montar yo?

—El que quieras. Los dos son muy mansos a pesar de su tamaño y les encanta que los monten.

Cassandra tomó una de las riendas y se subió con facilidad a la silla.

—Me quedaré con este. Me muero de ganas de ver el campo. Todo se ve tan bonito desde aquí… ¿Hasta dónde llega tu finca?

Luke se montó en su caballo.

—Tengo algo más de doscientas hectáreas.

—¿Doscientas? —exclamó ella asombrada—. ¿Y qué vas a hacer con tanto terreno?

—Algún día me construiré una casa, pero aún no ha llegado el momento. Construí el establo hace unos cinco años, pero he estado demasiado ocupado como para diseñar la casa.

No quiso mencionar que no había podido centrarse en ello tampoco. Le parecía una tontería construir una casa grande solo para uno. Incluso el apartamento que tenía era demasiado grande. No buscaba casarse ni tener una familia, pero tal vez sí querría hacerlo algún día. No tenía ni idea de lo que le deparaba el futuro. De momento, quería disfrutar del presente y de cada minuto de la vida que se había creado.

No había nada que a su madre le hiciera más ilusión que él tuviera deseos de casarse como Will y Cash. Cuando Luke les dijo a sus padres lo del falso compromiso, su madre se lo recriminó por varias razones, pero principalmente por no haberles llevado a Cassandra a su casa para que pudieran verla.

Cassandra echó a andar hacia los pastos y él la siguió. Se preguntó si aquel día les depararía algo más que simplemente un rato de relación.

Dios, ¿en qué estaba pensando?

Ni aquel día ni aquel falso compromiso iban a terminar en cuento de hadas. Evidentemente, los compromisos de sus hermanos lo estaban afectando. Luke haría bien en recordar que Cassandra ya se había marchado una vez y que, sin duda, volvería a hacerlo otra vez.

Los diamantes del anillo de compromiso relucían bajo la luz del sol y la perla parecía brillar más blanca que nunca. Cassandra trató de ignorar ambas cosas mientras admiraba la belleza de la finca de Luke. Todo parecía totalmente surrealista. Había tantos elementos que la retrotraían al pasado…

Si se hubieran casado ocho años atrás, aquella finca también le pertenecería a ella. Habría sido su vida y la habría estado compartiendo con el hombre perfecto. Incluso podría ser que ya tuvieran hijos. Nunca antes había pensado en aquel detalle, pero en aquel momento, al ver todo lo que había perdido, no podía dejar que su imaginación volara incluso por aquel rincón oculto que siempre le había estado vedado.

Sin embargo, ya nada de eso importaba. No podía volver en el tiempo. Lo único que podía hacer era fingir que tenía la vida con la que una vez había soñado. Tarde o temprano, tendría que abandonarlo todo, devolver el anillo, el cuento de hadas y regresar a su vida en Lexington. Después de todo, solo había ido a Beaumont Bay para promocionar su empresa y su carrera. Ya lo había hecho. ¿Por qué quería más?

—Aquí es donde pienso construir la casa.

La frase de Luke la sacó de sus pensamientos. Miró el lugar que Luke estaba indicando, y, sin poder evitarlo, se imaginó una hermosa casa de madera y piedra.

—¿Vas a dejar de vivir en Beaumont Bay?

—Sí. En la ciudad hay demasiado drama. Me gusta la paz y la tranquilidad que esta finca me ofrece.

—¿Drama dices?

—Sí, por ejemplo, hace unos meses arrestaron a Cash por conducir borracho —explicó Luke—. Al final, retiraron todos los cargos.

—Conducir borracho… Eso no me parece propio de Cash, al menos tal y como lo recuerdo yo. Es decir, puede que sea el chico malo de la música *country*, pero…

—Chico malo reformado —le corrigió Luke—. Presley lo ha cambiado.

—Sí, bueno, pero eso de conducir borracho no es algo propio de él, ¿no? ¿Cómo fue que lo arrestaron?

—Porque Mags le hizo una encerrona.

La mujer que creaba problemas a su paso. Algunas cosas nunca cambiaban en aquella ciudad. Sorprendentemente, Cassandra no había tenido ningún encontronazo con ella desde que volvió a la ciudad.

—¿Y por qué iba a hacer ella algo así?

—Estoy seguro de que tiene sus razones. Está celosa del éxito de Elite Records. Siempre quiere ganar a cualquier precio… Solo Dios sabe lo que se le puede ocurrir la próxima vez, pero siempre tenemos que estar en guardia con ella.

Cassandra sabía que Mags era muy poderosa, pero para que la tomara con todos los hermanos Sutherland… Le parecía ridículo. Sería una batalla que Mags perdería con toda seguridad.

—Nada de eso importa ahora —añadió Luke—. No quiero estropear este día hablando de Mags.

—Me parece bien. ¿Cuánto tiempo más vamos a montar?

—Casi hemos llegado.

Cassandra miró a su alrededor y no vio nada más que un estanque.

—¿Adónde?

—Allí.

Luke tomó la delantera con su caballo y rodeó el estanque. Entonces, Cassandra vio por fin a lo que él se refería y se quedó sin palabras.

—El almuerzo está servido.

Luke desmontó y ató las riendas junto a un poste que había al lado del estanque. Cuando se acercó a ella, le agarró por la cintura para ayudarla a bajar. Cassandra se había quedado tan atónita al ver la manta, la cesta y el vino refrescándose en una cubitera de plata que no se dio cuenta del modo en el que su cuerpo se deslizó sobre el de Luke hasta que se dio cuenta de que le estaba agarrando los hombros.

Luke la miró a los ojos y sonrió.

—Me imaginé que, aunque ya eres una organizadora de bodas de la gran ciudad, la chica de campo que hay en ti sigue existiendo y que un picnic al lado del estanque te resultaría muy romántico.

—¿Por eso estamos aquí? ¿Por el romanticismo?

Luke la miró a los ojos y vio que el vínculo que habían compartido en el pasado seguía presente. Fuera lo que fuera lo que estaba ocurriendo entre ellos había empezado en el momento en el que ella entró en el despacho de Luke hacía unas semanas. Por mucho que Cassandra pensara que tenía el control de la situación, comprendió en ese momento que distaba mucho de ser así.

—Sé que no quieres una aventura —dijo él—. No te he traído aquí para seducirte ni para nada más. Sin embargo, sí que sé que eres una romántica empedernida y pensé que, dado que estás tan liada en la boda…

Cassandra lo besó. Interrumpió lo que él le iba a decir porque ya no podía seguir ni un instante más sin tocarlo. Luke había despertado algo dentro de ella que llevaba dormido ocho años. Solo él podía convencerla para que ignorara las señales de alarma y tomara lo que tanto deseaba.

Y eso era precisamente lo que tenía la intención de hacer.

Capítulo Diez

Lo último que Luke hubiera esperado era que Cassandra lo besara de repente, como si se sintiera tan deseosa como lo estaba él. Si hubiera sabido que montar a caballo y organizar un pícnic iba a tener aquel efecto, lo habría organizado semanas atrás.

La abrazó y le extendió las manos por la espalda, apretándola con fuerza contra su cuerpo.

Por fin.

No se trataba de un beso por compromiso o que se dieran para publicarlo en un *post* en las redes sociales. Cassandra había decidido tomar el control para hacer lo que ambos tanto deseaban. Si no se trataba más que de un beso, no le importaría. Lo único que había querido saber era si aún había brasas entre ellos. No había esperado las llamas.

Cassandra le enmarcó el rostro con las manos y se movió ligeramente. Con un suspiro, profundizó el beso. La excitación y la anticipación se apoderaron de Luke, lo que lo empujó a agarrarle con fuerza las nalgas para alinear perfectamente las caderas de ambos.

De repente, ella rompió el beso y lo miró como si esperara que Luke hiciera algo. Sin embargo, él decidió delegar el control. Cassandra le había dicho que una aventura no formaba parte del trato y la respetaba lo suficiente como para dejar que ella llevara la iniciativa.

—¿Estás seguro de que no me has traído aquí para seducirme? —le preguntó ella.

—No era mi intención y, dado que estamos con las acusaciones, tú me has estado seduciendo a mí desde que regresaste a Beaumont Bay.

Cassandra lo miró atónita.

—Yo no regresé para eso... ni para esto. Sin embargo... te deseo. Llevo perdiendo esta batalla desde hace semanas.

Una inesperada sensación de tranquilidad se apoderó de Luke. No se había dado cuenta de que había estado esperando precisamente que ella lo admitiera, pero así era. No obstante, jamás la empujaría a nada que ella no deseaba, porque aún seguía sintiendo algo sobre ella.

Al mismo tiempo, tenía que ser sincero consigo mismo sobre cómo se sentía. En realidad, no tenía que rebuscar mucho para comprender lo que sentía. Verdaderamente, Cassandra despertaba sensaciones en él que había enterrado hacía mucho tiempo.

—Hazme algo, Luke —le dijo ella—. No importa lo que haya ocurrido durante el tiempo que he estado fuera porque eso no cambia lo que compartimos y lo que yo deseo ahora.

Aquella frase resumía también perfectamente los pensamientos de Luke. Levantó las manos y le acarició suavemente la frente, apartándole el cabello y colocándoselo detrás de las orejas. Cassandra tembló con sus caricias cuando sintió que Luke le deslizaba un dedo por las mejillas para bajar luego por la esbelta columna del cuello.

Ella tenía los ojos cerrados. Luke sentía que el corazón le latía cada vez más rápido. ¿Estaría ella dispuesta a cruzar aquella línea? Porque, mentalmente, él la había cruzado todos los días desde que Cassandra regresó. Habría dado cualquier cosa por saber qué pensamientos le estaban pasando por la cabeza.

–No hay nada malo en tomar lo que queremos. No hay razón para sentirse culpable o preocuparse. Luke escuchaba mientras ella hablaba consigo misma. Vio cómo levantaba la mano y le acariciaba el triángulo de piel que dejaba al descubierto el cuello de la camiseta. Inmediatamente, contuvo el aliento. Y sonrió.

–Ata mi caballo –le ordenó Cassandra mirándole fijamente a los ojos–. Y siéntate sobre la manta.

Cassandra no se lo tuvo que pedir dos veces. Luke ató al semental junto al otro caballo y se sentó en la amplia y mullida manta que les habían colocado allí junto con el pícnic.

Cassandra se acercó a él y se quitó las botas con un rápido movimiento de pies. Después, se colocó las manos sobre la cinturilla de los pantalones de montar y lenta, muy lentamente, se los fue bajando hasta que se los quitó del todo. Se quedó allí de pie, con una camisa de franela que le llegaba justo por debajo de las braguitas. Luke nunca había visto a una mujer más sexy que ella. Su cabello revuelto por el paseo a caballo y las piernas largas, oscuras, que parecían estar pidiéndole a gritos sus caricias.

–¿Estás segura?

Luke no se podía creer que se lo estuviera preguntando una vez más, considerando que ella estaba medio desnuda. Sin embargo, no quería ningún tipo de lamentación al respecto.

Cassandra levantó una ceja y comenzó a desabrocharse la camisa, muy lentamente, mientras seguía mirándolo en silencio. Luke jamás la había encontrado tan sexy. Ella se quitó la camisa y dejó que esta cayera sobre la manta. Vestida tan solo con la ropa interior blanca, se arrodilló y comenzó a quitarle a él las botas. Él se sacó la camisa por la cabeza y los dos echaron mano al botón del vaquero al mismo tiempo.

Sus miradas se cruzaron. Entonces, ella le dedicó una descarada sonrisa y Luke se echó a reír. No estaba dispuesto a desperdiciar ni un segundo más.

Entre risas y revuelto de manos, consiguieron quitarle a él los vaqueros y los calzoncillos al mismo tiempo, que arrojaron a un lado sin cuidado alguno. Cassandra permaneció de rodillas, mirándolo. No había nada que Luke deseara más que colocarla sobre su regazo, pero permaneció totalmente inmóvil. Se reclinó y se colocó las manos detrás de la cabeza sin dejar de mirarla. Sonreía, esperando que ella realizara el siguiente movimiento.

Sin apartar la mirada de Luke, Cassandra se llevó las manos a la espalda y se desabrochó el sujetador. Tras dejarlo a un lado, hizo lo mismo con las delicadas braguitas. Luke recorrió el hermoso cuerpo de Cassandra con la mirada. Hacía mucho tiempo que no la veía así, pero seguía siendo maravillosa, bellísima. La mujer más sexy que había visto en toda su vida.

Sus curvas se habían redondeado más de lo que recordaba. Las caderas y la cintura estaban más acentuadas que antes. La joven de la que se había enamorado se había convertido en una mujer fuerte y segura de sí misma. Y por el momento, aunque solo fuera por el momento, era suya.

Cassandra colocó las rodillas a ambos lados de las caderas de Luke y se sentó sobre su regazo a horcajadas. Le colocó las manos sobre el torso y, justo en aquel momento, el viento se levantó y le alborotó el cabello sobre los hombros. Él nunca había visto una imagen más hermosa. Sintió que se le hacía un nudo en el corazón, pero se negó a seguir pensando en aquel sentimiento. Seguramente, su corazón se estaba confundiendo con el pasado. Su mente sabía muy bien lo que era aquello… y lo que no era.

–Dime que no tienes ningún empleado que vaya a venir aquí en cualquier momento –dijo ella riendo.

–Les he pagado muy bien para prepararlo todo y marcharse.

Luke ya no pudo esperar más para tocarla. Le agarró las caderas y la colocó justo donde quería.

–No tengo preservativos –añadió–. Te aseguro que no había planeado nada de esto.

Cassandra comenzó a moverse lentamente encima de él, casi acogiéndole dentro de su cuerpo.

–Yo tampoco tengo nada, pero tú eres la única persona con la que no lo he usado.

Luke no debería haberse enorgullecido con esa frase, pero lo hizo. Eso significaba que Cassandra confiaba en él, tanto en el pasado como en aquellos momentos.

–Yo siempre he tenido también mucho cuidado…

Luke no pudo decir nada más porque ella unió sus cuerpos. Inmediatamente, Cassandra cerró los ojos y echó hacia atrás la cabeza. El modo en el que permaneció totalmente inmóvil, tensando su cuerpo entero en torno a él, hizo que Luke dejara escapar un gruñido de placer y no pudiera seguir conteniéndose.

Levantó las caderas y comenzó a moverse sin soltarle las caderas. Cassandra se acomodó sobre él y se inclinó hacia delante mientras le colocaba las manos a ambos lados de la cabeza. Luke le buscó los labios en silencio y ella no dudó ni un instante en besarlo mientras comenzaba a moverse más rápidamente.

Aquella era la apasionada Cassandra que tanto había echado de menos. A pesar de la distancia y del tiempo, aquello resultaba tan familiar… Era casi como volver a casa.

Sin embargo, eso no podía ser y tampoco quería pensar al respecto. No quería imaginar el futuro ni desear más de lo que Cassandra quisiera darle. Lo único que quería era aquello, el momento. No se podía permitir nada más, ni mental ni emocionalmente.

Le colocó una mano sobre la parte inferior de la espalda y, con la otra, le agarró el cabello. Comenzó a mordisquearle suavemente los labios mientras ella movía su cuerpo cada vez con más fuerza. De repente, Cassandra levantó el rostro y gritó de placer, para luego morderse el labio inferior como si hubiera notado que estaba perdiendo el control.

—Déjate llevar… —le ordenó él.

Cassandra arqueó la espalda y obedeció. El cabello húmedo por el esfuerzo se le pegaba al cuello, a los labios, mientras gemía de placer y la apretaba a Luke los muslos con sus piernas.

Él no podía apartar los ojos de Cassandra. La había echado tanto de menos… Solo quería una aventura temporal, una última vez con ella antes de que Cassandra volviera a desaparecer para siempre.

Antes de dejar que su pensamiento se dejara llevar por un camino peligroso, el cuerpo de Luke se tensó. Comenzó a mover las caderas más rápido, más fuerte, hasta que alcanzó el clímax después de Cassandra.

Capítulo Once

–¿No te arrepientes?

Cassandra tomó un trozo de queso y miró a Luke por encima del pícnic que él había preparado mientras ella se vestía.

–¿Arrepentirme? No –dijo. Eligió un panecillo salado y le dio un bocado antes de terminar sus pensamientos–. Estaba luchando contra lo inevitable. Supongo que mi única preocupación es lo que va a pasar ahora. Me gustan los planes y me gusta saber lo que va a ocurrir a continuación. Esto me ha sacado de mi zona de confort.

Luke soltó una carcajada.

–Pues hace unos minutos parecías estar bastante cómoda.

Cassandra no pudo contener una sonrisa. Era cierto que se había sentido bastante cómoda, pero había sido todo físico. Mentalmente, se sentía hecha un lío. Para ser alguien había hecho carrera planeando detalles al minuto, no saber lo que iba a pasar a continuación entre Luke y ella resultaba bastante turbador.

Sin embargo, no se lamentaba del sexo. La intimidad con Luke siempre había sido inmejorable. Los ocho años que habían transcurrido solo habían conseguido que fuera mejor.

Sintió que le hacía un nudo en el corazón. Tal vez una parte de ella deseaba no haber bajado la guardia, pero el sentido común raramente prevalecía. Habían tenido relaciones sexuales. Sexo increíble al aire libre, en un entorno privilegiado y, además, con un pícnic.

Luke afirmaba que no había planeado que aquello ocurriera y Cassandra lo creía. Sin embargo, el día no podría haber sido más romántico. Aunque no hubiera estado en el negocio del amor y de los finales felices, aquel momento le había resultado igualmente el más dulce, el más tierno y el más apasionado de toda su vida.

¿Cómo iba a poder marcharse cuando llegara el momento? Luke había vuelto a abrir un compartimento de su corazón que ella creía haber sellado para siempre. Nunca había esperado que ocurriera ni que aquellos sentimientos más profundos salieran a la superficie, pero así había sido. Ya no podía protegerse. Luke seguiría sin ofrecerle el matrimonio y el compromiso que ella quería. No había motivo que le permitiera pensar de otro modo.

Por lo tanto, aunque el corazón le doliera cuando tuviera que marcharse de allí, al menos había disfrutado de una última conexión física con él. Era algo, ¿no?

—No siento que hayamos hecho esto —le dijo—. Dado nuestro pasado y el estrecho vínculo que hemos compartido siempre, me siento muy cómoda contigo. Resulta extraño que, después de tanto tiempo, siga confiándote mi cuerpo.

Luke se tumbó de costado y se apoyó sobre un codo. Aún no se había puesto la camisa, lo que no ayudaba en nada al estado mental de Cassandra. Además, se había dejado los vaqueros desabotonados, por lo que todo su glorioso tono muscular quedaba a la vista. Entre el torso desnudo, la barba y el propio deseo que aún seguía sintiendo su cuerpo, Cassandra estuvo a punto de volver a quitarse la ropa.

–Hubo un tiempo en el que me confiabas mucho más que tu cuerpo –le recordó él.

Cassandra se quedó totalmente inmóvil un instante. Después, colocó lo que estaba comiendo sobre una servilleta. No estaba segura de cómo responder, pero necesitaba defenderse. No quería volver a recordar el pasado, pero, considerando lo que acababa de ocurrir, suponía que no le quedaba elección.

–Te confiaba todo –admitió mientras cruzaba las piernas hacia delante–. Habría hecho cualquier cosa por ti.

–Excepto quedarte.

–Ya sabes por qué no lo hice.

Luke se incorporó.

–Sí, lo sé. Yo no estaba preparado para casarme, Cassandra. Tenía demasiadas cosas entre manos. Quería sacar adelante mi carrera y no estaba en la misma situación vital que tú. Pensaba que los dos queríamos perseguir primero nuestros sueños.

–Y así era. Hasta que tu sueño se convirtió en lo único para ti. Yo me hice invisible a tus ojos y lo que yo quería no estaba en tu agenda.

–Te aseguro que nunca pensé que fueras invisible –insistió él.

Escuchar aquellas palabras no ayudó en nada. Cassandra habría querido escuchar aquellas palabras ocho años atrás, habría querido que Luke luchara por ellos, por lo que habían planeado juntos. Sin embargo, él había sido demasiado terco, o demasiado despreocupado porque, cuando ella se marchó, no se lo impidió.

–Estabas tan preocupado por tus bares y por todo lo

que ellos conllevaban que no viste cómo yo me iba alejando de tu lista de prioridades. Cuando te pregunté qué era más importante, guardaste silencio. Esa fue la respuesta que yo necesitaba saber. No me podía comparar.

—¿Te paraste a pensar alguna vez que yo estaba tratando de construir una base sólida para nuestras vidas? De ese modo, para cuando hubiera estado emocionalmente preparado, te habría podido dar todo lo que quisieras.

Cassandra suspiró y tomó el vaso de vino.

—Repasar ahora todo lo que ocurrió no va a cambiar las personas que éramos o que somos ahora. Si eso es realmente lo que pensabas entonces, deberías habérmelo dicho en vez de permitirme que me marchara.

—No te dije nada porque parecías decidida a marcharte. Si era así, nada de lo que yo hubiera podido decirte o hacer te habría detenido. No debería haber sido necesario que te suplicara para que te quedaras.

—No, pero me merecía más que silencio.

Cassandra sintió que se le hacía un doloroso nudo en el corazón. Necesitaba dejar de hablar de aquel tema. Fuera lo que fuera lo que ambos dijeran, no conseguirían borrar los años de dolor que ambos habían soportado ni el resultado de su relación.

—Mi madre dice que todo ocurre por una razón.

Recordar que también había abandonado a la familia de Luke añadió más dolor a lo que ya sentía.

Sonrió a pesar de cómo se sentía por dentro.

—¿Cómo están tus padres? No me puedo creer que aún no haya ido a verlos.

—Bueno, ellos se mueren por verte a ti —comentó Luke riendo—. Además, no están del todo convencidos de que nuestro compromiso sea falso.

Cassandra se miró el anillo.

—¿Por qué?

—Probablemente porque mis padres siempre te han querido mucho, aunque les dije que esto no va a ninguna parte.

Antes de que ella pudiera responder, el teléfono de Luke comenzó a sonar. Una parte de ella esperó que lo ignorara, pero él se levantó un poco para sacarse el móvil del bolsillo de los vaqueros.

Luke miró la pantalla y suspiró antes de dejarlo sobre la manta. Cassandra no pudo evitar mirar la pantalla. Emma.

—¿Es amiga tuya?

Luke se encogió de hombros y no dijo nada. La irritación se apoderó de Cassandra.

—¿Sigues recibiendo tantas llamadas a pesar de que estamos con esta farsa? —le preguntó.

—No tantas, pero sí más de las que me gustaría.

Luke rebuscó en la cesta y sacó un pequeño plato de *brownies*, que colocó entre ambos. Sin embargo, Cassandra había perdido el apetito de repente.

—¿También en el bar cuando yo no estoy?

—Ciertamente la atención que recibo en el bar no ha disminuido —comentó sonriendo.

El hecho de que Luke sonriera la enfureció aún más. Sabía que no tenía ningún derecho. Se estaban haciendo favores mutuamente y, aparentemente, él parecía disfrutar la atención que recibía. Tal vez, a pesar de lo que le había dicho a Cassandra cuando le pidió que se convirtiera en su falsa prometida, le gustaba vivir con la atención que recibía después de recibir el título de Soltero más deseado.

—¿Te molesta? —le preguntó Luke por fin.

—Sí —admitió ella tras unos segundos—. Me molesta. Si se supone que estamos comprometidos, deberías respetarme lo suficiente como para representar adecuadamente tu papel.

—¿De verdad crees que no te respeto o es que estás celosa?

—No estoy celosa —afirmó ella levantando la barbilla.

—¿No? Entonces, ¿por qué te importa quién quiera estar conmigo o con quién hablo?

Efectivamente. ¿Por qué?

—Casi nunca salgo porque paso todo el tiempo con mi familia o con mis negocios. Te aseguro que no estoy convocando la atención de esas mujeres. Tengo bares y restaurantes de éxito, por lo que charlar y mostrarme amable con la gente son parte de mi trabajo.

Cassandra escuchó sus palabras y suspiró.

—Tal vez sí estoy celosa, pero sé que no tengo derecho ni razón para estarlo.

Luke la miró fijamente. Cassandra vio el deseo que había visto en ellos en innumerables ocasiones. Cada vez que él la miraba de esa manera, no podía evitar preguntarse cómo era posible que la primera vez no les hubiera salido bien. Cómo era posible que no hubieran podido vivir de la atracción que sentían. Pensó en lo bien que estaban cuando sus cuerpos eran los que se encargaban de la comunicación.

Entonces, él extendió la mano y le tocó suavemente el labio inferior.

—¿Qué me dirías si yo te dijera que me encanta la idea de que estés celosa?

Instintivamente, ella sacó la lengua para lamerle la yema del dedo. El fuego que se reflejó en los ojos de él brilló tan ardientemente que la excitación estuvo a punto de consumirla.

–Luke…

Él parpadeó y apartó la mano.

–Los dos sabemos que esto no puede ir a ninguna parte –dijo–. Por mucho que yo te desee o si tú estás celosa o no, seguimos en lugares diferentes de nuestras vidas.

Tenía la razón y los dos sabían muy bien lo que estaba en juego.

–Entonces, ¿qué sugieres? –le preguntó Cassandra.

–Chocolate –respondió él señalando los *brownies*.

Cassandra miró el plato y no pudo contener una carcajada por el cambio de tema.

–¿Los ha hecho tu madre?

Luke dejó escapar una carcajada.

–La receta es la de mi madre, pero los he hecho yo.

–¿Los has hecho tú? Cuando estábamos juntos no se te daba muy bien la cocina.

–Han cambiado muchas cosas desde entonces…

Por el contrario, Cassandra se temía que no hubiera cambiado nada en absoluto. Ella estaba empezando a sentir demasiado mientras que Luke seguía sin estar preparado.

No había cambiado nada en absoluto.

Capítulo Doce

Solo quedaban días para la boda, por lo que Cassandra había entrado oficialmente en estado de pánico. Todas las bodas en las que trabajaba la ponían muy nerviosa, pero eran la clase de nervios alegres, llenos de anticipación.

Aquella era la primera vez que sentía una clase de energía que no podía identificar. Podría ser porque estaba organizando la boda de alguien tan importante como Hannah Banks. O porque volvía a estar en Beaumont Bay.

O tal vez porque no podía sacarse a Luke, tan romántico y sexy, de la cabeza.

Llevaba un par de días sin verlo en persona. Desde que él la sorprendió con el pícnic. Luke le había enviado mensajes en varias ocasiones, pero ella no hacía más que decirle que estaba demasiado ocupada para subir al bar.

La verdad era que, aparte de estar ocupada, quería poner distancia entre ellos.

La boda iba a tener lugar en menos de una semana, lo que significaba que Cassandra volvería a Lexington muy pronto. Cuando eso ocurriera, debería olvidarse de Beaumont Bay y de Luke Sutherland para siempre.

Miró el piano y se juró que tocaría más tarde, cuando pudiera relajarse. Por el momento, tenía que reunirse con la florista e ir rematando todos los detalles. A continuación, tenía que reunirse con el equipo de seguridad porque no quería que los *paparazzi* les reventaran la boda.

Cuando cerró el ordenador, miró el teléfono móvil y calculó cuánto tiempo le quedaba antes de la reunión con la florista. Una hora. Tiempo suficiente para…

De repente, el timbre de la puerta resonó en el salón. La única persona que la visitaba allí era Luke. Mientras se dirigía hacia la puerta, sintió que el corazón le latía con fuerza. Antes de abrir, respiró profundamente. No podía evitarlo eternamente. En aquella ocasión, solo tenía que recordar que no debía quitarse la ropa.

—¡Dana! —exclamó.

—Cariño mío…

Dana Sutherland extendió los brazos y estrechó a Cassandra con fuerza contra su cuerpo. Encantada de volver a ver a la madre de Luke después de tanto tiempo, Cassandra le devolvió efusivamente el abrazo.

—Estás aún más hermosa que la última vez que te vi —afirmó Dana cuando se soltaron por fin—. Espero no haber venido en mal momento, pero no hago más que pedirle a Luke que te lleve a casa y no hace más que ignorarme.

—Entra, por favor. Tengo una hora libre.

—Supongo que estás trabajando en la gran boda.

Cassandra condujo a Dana hasta el salón de su ático y ambas tomaron asiento en el sofá.

—¿Estás lista?

—Me muero de ganas por tener una hija —replicó Dana—. Hannah es perfecta para Will. Aunque, claro, también pensé en su momento que tú eras perfecta para Luke.

¿Era esa la razón por la que Dana había ido a visitarla? ¿Para averiguar en qué situación se encontraba la relación entre Cassandra y Luke?

—No era nuestro destino —respondió Cassandra—, pero Hannah es encantadora. Tenéis mucha suerte de que vaya a formar parte de vuestra familia.

—Presley también es una mujer maravillosa. No me puedo creer que vaya a ganar dos hijas en tan breve espacio de tiempo. Bueno —dijo Dana mientras cruzaba las piernas—, háblame de tu vida en Lexington. Luke me ha contado que ahora tienes tu propia empresa de organización de bodas.

—Así es. Por eso la boda de Hannah y Will es tan importante para mí. No es el primer evento de este calibre que organizo, pero sí el primero de mi propia empresa. Se llama A Su Servicio.

—¡Qué nombre más adorable! Me encanta. Ahora, dime si me estoy excediendo, pero ¿piensas quedarte en Beaumont Bay o estás decidida a volver a Lexington?

—Me he construido una vida en Kentucky. Tengo amigos en Lexington y, cuando regrese, tengo que hacer muchas entrevistas para contratar más empleados. Espero que la boda de Hannah y Will aumente la demanda de mis servicios.

—Estoy segura de ello. Hannah me ha dicho que ha sido maravilloso trabajar contigo. Ella ciertamente te va a recomendar a quien busque tus servicios.

Eso era precisamente con lo que Cassandra había contado.

De repente, Dana lanzó una exclamación de sorpresa.

—¡Ese anillo!

Cassandra se miró la mano y observó luego a Dana.

La madre de Luke estaba observando la joya con un extraño gesto en el rostro.

–¿Te encuentras bien?

–Sí, sí. Es que… es un anillo muy bonito.

Cassandra sintió que se le hacía un nudo en el corazón. Hacía un par de semanas que llevaba aquel anillo y había empezado a acostumbrarse a él. Luke se había superado a la hora de comprar un anillo que, en realidad, no significaba nada.

–Lo es –afirmó Cassandra–. He visto muchos anillos en mi trabajo, pero este tiene un aire tan sencillo y elegante a la vez que lo hace destacar.

Dana parecía seguir atónita, como si el anillo hubiera despertado algo dentro de ella. Cassandra no tenía ni idea de qué se trataba.

–¿Te apetece algo de beber? –le preguntó sin saber qué decir.

–No, gracias. Solo quería verte un momento. No quiero robarte demasiado tiempo, pero, si no te dijera lo que pienso mientras tengo oportunidad, sería para matarme.

Cassandra se preparó. Ya se imaginaba lo que Dana iba a decirle, pero la quería lo suficiente como para escucharla con respeto.

–No creo que el hecho de que hayas regresado aquí sea una coincidencia –dijo–. Sé que querías este trabajo y que mi hijo te propuso ese ridículo compromiso falso, pero siempre he creído que todo ocurre por un motivo.

–Hasta cierto punto, estoy de acuerdo.

Dana se movió ligeramente sobre el sofá para ponerse aún más frente a frente de Cassandra. Entonces, extendió la mano y le golpeó suavemente la rodilla mientras le ofrecía la sonrisa maternal que solía anticipar un consejo.

—No puedo evitar pensar que a los dos se os ha dado una segunda oportunidad —afirmó Dana con convicción—. ¿Y si fuera este vuestro destino? ¿Y si Luke nunca se hubiera olvidado de ti?

—A Luke le va estupendamente sin mí. Lo único que quería era conseguir sus bares y hacerse un nombre en el negocio. Lo ha conseguido todo.

—¿Pero a qué precio? —replicó Dana—. Sigue teniendo un vacío enorme en su vida. Como madre suya que soy, te digo que, cuando te fuiste, se quedó hecho un desastre.

—Pues ya somos dos. Sin embargo, no podía quedarme.

—Lo entiendo perfectamente y nadie te está culpando por ello. De hecho, todos le dijimos que fuera detrás de ti y que pensara en sus prioridades. ¿Habéis hablado de lo que ocurrió? —le preguntó Dana. Entonces, suspiró—. Lo siento, no quiero entrometerme, pero es que no puedo evitarlo cuando pienso en la buena pareja que hacíais Luke y tú.

—Hacíamos —repitió Cassandra—. Y dejamos de hacerla. Eso ocurre. La gente se separa y sigue con su vida.

Dana sonrió, pero el gesto no se reflejó en sus ojos. Cassandra la adoraba como si fuera su propia familia y le habría encantado convertirse en su hija, pero había ciertas cosas que simplemente no eran posibles.

—¿Te gustaría acompañarme? —le preguntó Cassandra—. Voy a reunirme con la florista y a concretar todos los temas referentes a la seguridad de la boda.

—No me gustaría estorbarte.

Cassandra se puso de pie.

–Tonterías. Eres la madre del novio. Tal vez después nos dé tiempo a almorzar, aunque sea algo tarde.

Dana asintió y se puso de pie también.

–En realidad, me encantaría. Travis está enseñando una casa todo el día, por lo que me vendría bien un poco de compañía femenina.

Cassandra estaba muy contenta ante la oportunidad de pasar algo de tiempo con Dana. En el pasado habían estado muy unidas y, después de romper con Luke, Cassandra había sufrido mucho por tener que dejar a todos los Sutherland. No obstante, tenía que recordar que aquello llegaría también a su fin en menos de una semana.

–Luke, cariño…

Se volvió al escuchar la voz tan familiar. Se encontró cara a cara con Mags Dumond. La sonrisa pintada de carmín se amplió cuando las miradas de ambos se cruzaron.

–Mags…

Ella miró a su alrededor. Parecía estar buscando algo en el bar.

–¿Tienes una zona privada en la que me pueda reunir con un posible nuevo cliente? –le preguntó–. No queremos que nos molesten.

Luke contuvo las ganas de echarse a reír. Tal vez un bar en el que había música todas las noches no era el lugar más adecuado para tener una reunión de negocios. En realidad, nadie comprendía a Mags ni su manera de pensar.

A Luke le sorprendió que se presentara allí considerando que no había pasado mucho tiempo desde que le tendió una trampa a Cash con una denuncia por conducir borracho. Luke tardaba en perdonar y en olvidar. Sin embargo, su negocio consistía en ganar dinero y no iba a rechazar el de Mags como clienta suya que era.

—Tengo un reservado VIP –sugirió–. Hay que pagar doscientos dólares de antemano, pero tendrás un menú especial y un camarero para vosotros solos.

Mags frunció los labios. Luego asintió.

—Perfecto. Muéstramelo y luego me envías a mi clienta. Se llama Sandra Collins.

Sandra Collins. Luke conocía ese nombre. El agente de Sandra se había puesto en contacto con Luke para que Sandra actuara en The Cheshire. Sin embargo, como él aún no había escuchado su música, no había tomado aún ninguna decisión al respecto. Se imaginó que Mags había ido allí para entrometerse como siempre y presumir de estar añadiendo nuevos artistas a su marca. Desde que Hannah la había dejado para firmar con Elite, la empresa de Will, andaba a la caza.

Luke le indicó a uno de sus empleados que se acercara.

—Marcus se ocupará de ti –le dijo a Mags–. Si necesitas algo, pídeselo a él.

—Maravilloso. Por cierto, ¿abrís el sábado?

—Claro. ¿Por qué?

—Bueno, con la boda y todo eso, no estaba segura. Estaba pensando tener otra reunión.

—Por supuesto, yo no estaré aquí, pero mis empleados se ocuparán de atenderte.

La sonrisa de Mags perdió brillo.

—Por supuesto. Darle mis bendiciones a la feliz pareja.

Luke estuvo a punto de contestarle de mala manera. ¿Sus bendiciones? ¿Cómo se atrevía? A Hannah y a Will les importaba un comino lo que Mags dijera o pensara sobre su boda… por eso no la habían invitado. Lo más probable era que Mags quisiera hacer notar ese hecho porque le dolía que la hubieran ignorado.

–¿Señor Sutherland?

Luke se dio la vuelta y se encontró con una mujer de unos cuarenta y tantos años. Llevaba una copa en la mano y una sonrisa en el rostro… además de un escote muy pronunciado.

–¿Sí?

–Me llamo Tracy. ¿Me podría hacer una foto con usted? –le preguntó mostrándole el móvil–. Mi mejor amiga no ha podido venir esta noche y le prometí que le enviaría un *selfie*.

Antes de que se pudiera negar, Tracy se inclinó sobre él, levantó el teléfono e hizo una fotografía. Luke se apartó inmediatamente de ella y le ofreció una sonrisa para tratar de no resultarle grosero, pero tratando también de mostrarle respeto a los deseos de su *prometida*.

–Puede que a mi prometida no le guste que publique una fotografía mía con usted en las redes sociales –le dijo medio en broma.

Tracy estaba mirando el teléfono. Evidentemente, no le preocupaba lo más mínimo lo que Luke le estaba diciendo. Ya estaba enviando la fotografía.

Luke se dirigió a su despacho. Necesitaba un respiro antes de que llegara el grupo que iba a tocar aquella noche. Antes de ir al bar, se había reunido con sus hermanos para ir a probarse los trajes y ellos le habían advertido que su madre se había pasado el día entero con Cassandra. No podía salir nada bueno de eso. Luke sabía bien lo mucho que su madre quería a Cassandra.

Se reclinó en su butaca y se frotó la barba. Tenía que reconocer que una parte de él no quería que Cassandra se marchara después de la boda, pero la otra sabía que, cuanto antes se fuera, antes podría él regresar a su vida normal. Tal vez incluso podría empezar a salir con alguien o al menos a socializar fuera del trabajo.

Todas aquellas ideas estaban muy bien, pero ninguna de ellas parecía terminar de cuadrarle por completo.

En aquel momento, el teléfono móvil comenzó a vibrarle en el bolsillo. Lo sacó y vio que se trataba de Cash. Era un mensaje con una fotografía adjunta. En ella, se veía a Hannah, a Cassandra y a su madre riendo y disfrutando del almuerzo. Evidentemente, se había tomado aquel mismo día. El mensaje que la acompañaba decía:

Todo queda en familia.

Por supuesto.

Luke no podía describir lo que estaba siendo, pero tenía una cierta sensación de… No sabía cómo explicarlo. Lo único que podía decir era que aquella escena podría haber formado parte de su vida, de su vida de verdad, si hubiera estado dispuesto en el pasado.

Por aquel entonces, Cassandra y su madre habían estado muy unidas y habrían preparado una boda maravillosa. Dana había querido a Cassandra como si fuera su propia hija, pero, desgraciadamente, Luke no había podido ofrecer el grado de compromiso que parecían esperar de él. No podía lamentarse por cómo había terminado, porque había sido fiel a sí mismo. Si hubiera cedido a lo que querían los demás, se habría perdido por el camino y habría terminado odiando a Cassandra y la relación que había entre ellos.

Sin duda, su madre había disfrutado mucho aquel día. Esperaba que no se le rompiera el corazón cuando Cassandra volviera a marcharse.

Saber que ella no miraría atrás cuando se marchara se había convertido en un pensamiento recurrente para Luke. Había llegado el final. La última vez que estarían juntos.

Miró el teléfono durante unos segundos más antes de levantarse y salir para hablar con algunos de sus empleados. Tenía planes y nada le iba a impedir hacer lo que debería haber hecho hacía mucho tiempo.

Tenía una base más sólida de lo que hubiera creído posible. Su carrera estaba bien asentada y disfrutaba de una posición en la vida de la que podía sentirse orgullo.

Y quería que Cassandra volviera a formar parte de ella.

Capítulo Trece

Por fin.

Tras tomar un baño de relajantes burbujas, Cassandra se secó y se puso su bata de seda rosa. Entonces, tomó la copa de vino que había dejado en el borde de la bañera y se dirigió al salón. Una vez allí, se sentó al piano, dejó la copa sobre la parte superior y levantó la tapa.

Llevaba esperando aquel momento todo el día. Un final perfecto y relajante a un día productivo y muy divertido.

Todo estaba perfectamente organizado para la boda y, además, había conseguido volver a ver a Dana. Estaba tan maravillosa como siempre y Cassandra le había prometido que, cuando regresara a Lexington, mantendría el contacto con ella.

Desgraciadamente, eso significaba que dispondría aún de un tenue vínculo con Luke.

Acababa de ponerse a tocar el piano cuando sonó el timbre de la *suite*. Detuvo las manos sobre las teclas. Sabía perfectamente quién estaba al otro lado de la puerta. A aquellas horas de la noche, no tenía ninguna duda.

Se levantó y se miró. No había necesidad de cambiarse. No había pensado que podría tener visita y, seguramente, Luke tan solo quería que subiera al bar un rato a escuchar música. Sin embargo, aquella noche, quería quedarse allí y tratar de relajarse todo lo posible antes de que la locura se desatara el fin de semana.

Se dirigió a la puerta y abrió. Esbozó una sonrisa al ver Luke, pero esta se le heló en el rostro al ver la expresión que él tenía en el suyo. Las cejas fruncidas y los músculos de la mandíbula en tensión no eran nada comparados con la intensidad de su oscura mirada.

—¿Va todo bien? —le preguntó ella.

—No.

Luke dio un paso al frente. Cassandra se apartó para que pudiera pasar y cerró la puerta. Cuando se volvió a mirarlo, se encontró con Luke cerca, muy cerca…

Cassandra conocía esa mirada. Aparte de por los años que habían pasado juntos, porque conocía la mirada de un hombre hambriento de deseo. El cuerpo se despertó inmediatamente. Además, el hecho de que llevara puesta una fina bata que podía desecharse tan solo con un leve tirón del cinturón acrecentó aún más su excitación.

—No puedo dejar de pensar en ti —murmuró él—. No me puedo concentrar en el trabajo ni escaparme en las redes sociales porque tú apareces por todas partes. Mi familia cree que eres maravillosa y me estás volviendo totalmente loco.

Cassandra abrió la boca para hablar, pero no pudo hacerlo. Luke dio un paso al frente y luego otro hasta que la acorraló contra la puerta. Cassandra levantó el rostro y tragó saliva. Por primera vez en su vida, estaba viendo lo inimaginable: Luke Sutherland en conflicto y mostrándose vulnerable.

Le colocó una mano sobre la mejilla. Él pareció gozar con el contacto.

—Te necesito… ahora —susurró él.

Cassandra asintió y se puso de puntillas. Entonces, le rodeó el cuello con los brazos y lo besó. Inmediatamente, Luke la tomó en brazos y la apartó de la puerta. Cassandra rompió el beso y enterró el rostro contra el cuello de para inhalar su familiar aroma, tan masculino y rudo como él mismo era.

Luke la colocó sobre el sofá y se irguió para mirarla. Cassandra no podía soportar la espera, la tortura, ni un minuto más. Se llevó las manos al cinturón de la bata, pero Luke negó con la cabeza y se las agarró.

–Deja que lo haga yo –murmuró.

Lentamente, deshizo el nudo de seda hasta que la prenda se abrió. A continuación, apartó la tela de la deseosa piel de Cassandra. Ella arqueó la espalda buscando el contacto, necesitando que él cumpliera la promesa que estaba viendo en sus ojos.

–Eres tan perfecta…

Cassandra se sentía perfecta. Luke la miraba con pasión, más de la que nunca había visto en sus ojos, lo que hacía que Cassandra se sintiera hermosa, adorada y… ¿tal vez amada?

Luke se agarró la camiseta por la espalda y se la sacó por la cabeza. Después, la tiró al suelo. Cassandra observó atentamente cómo él se iba desnudando ante sus ojos. Extendió las manos y, en silencio, le pidió que se reuniera con ella. Cuando él le colocó las manos a ambos lados de la cabeza, Cassandra separó las piernas para permitirle que se colocara entre ellas.

En el instante en el que alinearon sus cuerpos, ella cerró los ojos y gozó con el peso del cuerpo de Luke sobre el suyo. Levantó las rodillas a ambos lados de sus caderas y levantó el rostro para morderle la barbilla.

–Me haces desear tanto –murmuró mientras deslizaba los labios por encima de los de Cassandra una y otra vez–. No puedo detener esta necesidad.

Cassandra no estaba segura de si Luke estaba hablando solo del sexo o si se refería a otra cosa. Fuera como fuera, aquel no era el momento de hablar. Solo quería sentir. Luke había ido allí porque la necesitaba y despertó algo en Cassandra… algo que ella creía olvidado hacía mucho tiempo.

Cuando Luke unió sus cuerpos, Cassandra le rodeó la cintura con las piernas y entrelazó los tobillos. Él se apoyó sobre los codos y cubrió la boca de Cassandra con la suya mientras empezó a implantar el ritmo. Ella se aferró a los fuertes hombros y dejó que él llevara el control. Resultaba evidente que necesitaba más de lo que ella nunca hubiera imaginado. Nunca había visto a Luke tan vulnerable. Luke siempre había tenido el control, siempre había estado al mando y preparado para todo lo que la vida pudiera prepararle.

Se le había metido algo en la cabeza y, fuera lo que fuera, necesitaba exorcizarlo. Cassandra se había jurado que nunca más volvería a tener intimidad con él, pero no había podido rechazarlo. Con una mirada, una caricia, había bastado, en especial cuando se había mostrado frente a ella como si Cassandra fuera la única que podía salvarlo.

Apretó las piernas y los brazos con fuerza para que él supiera que lo tenía. Cuando Luke fue incrementando el ritmo, sintió que su cuerpo se preparaba también. Luke murmuró algo contra sus labios, pero ella no pudo distinguir las palabras. En aquel momento, no eran en realidad necesarias. Quería sentir, que él tomara todo lo que necesitara.

Luke bajó la mano y le agarró la parte posterior del

muslo para hacerle subir aún más la pierna. Cassandra no necesitó más para perder el control y gritar de placer. Instantes más tarde, Luke la siguió. Su cuerpo entero se tensó. Cassandra se abrazó a él con fuerza hasta que los temblores pasaron.

Cuando el cuerpo de Luke se relajó, Cassandra sintió más el peso de su cuerpo. Le acarició suavemente la espalda, ofreciéndole confort en silencio. Entonces, Luke hizo ademán de moverse, pero ella se lo impidió.

–Quédate.

–Seguro que te estoy haciendo daño…

Cassandra estiró un poco las piernas. Le encantaba sentir el duro vello de Luke contra su sedosa piel. Ciertamente, no había planeado pasar la velada así, pero no iba a quedarse. Tal vez aquello era lo que los dos necesitaban.

–No me estás haciendo daño.

–Sé que no debería haber venido, pero…

–Aquí es donde debes estar.

Cassandra no se lamentó de haber dicho aquellas palabras. Quería que Luke estuviera allí. Una parte de su ser así lo deseaba. Regresar a Beaumont Bay había sido aterrador, porque sabía que se abrirían las viejas heridas. Así había sido, pero, de algún modo, Luke había sabido cómo repararlas.

No sabía lo que ocurriría después de aquella noche. No iba a preguntar. Lo único que sabía era que Luke la necesitaba. Durante los próximos días, le ofrecería lo que necesitara. Y esperaba poder marcharse cuando llegara el momento.

***

Luke miró a Cassandra. Estaba totalmente dormida, envuelta en la sábana. Solo tenía al descubierto una pierna. El cabello negro resaltaba en su desorden sobre la almohada blanca.

Sintió que se le hacía un nudo en el estómago. Cassandra era la única mujer que podía hacerle dudar de todo en su vida. Ella le hacía preguntarse por qué le había permitido que se marchara hacía ocho años. Ella le hacía cuestionarse por qué no había querido lo mismo que ella cuando lo único que Cassandra había deseado era ser su esposa.

¿Por qué no había ido tras ella cuando se marchó? ¿Por qué no le había dicho que le diera tiempo? Tal vez había sido por orgullo o tal vez había tenido miedo de que, comprometiéndose con ella, perdería una parte de su ser.

Con lo que así estaban. Su madre estaba convencida de que aquella era la segunda oportunidad que Cassandra y él se merecían. Luke no estaba seguro. No sabía si aquello era mucho más que una aventura, pero había sentimientos… sentimientos que no tenían nada que ver con el pasado, sino con la mujer que estaba tumbada a su lado.

Tal vez el orgullo seguía interponiéndose porque no estaba preparado para pedirle que se quedara y ver si lo podían volver a intentar. No era lo más inteligente arriesgar su corazón cuando, lo más probable, era que se estuviera dejando llevar por el ambiente creado por la boda de su hermano.

Entre la boda de Will y Hannah y el compromiso de Cash con Presley, no era de extrañar que se sintiera confuso mientras fingía con su ex.

Sin embargo, la intimidad que habían compartido

no era fingida. Miró el anillo que ella llevaba en la mano y se sintió aún más nervioso.

Había sabido que el anillo le gustaría porque Cassandra siempre había sido muy romántica en vez de dejarse llevar por el brillo y la ostentación. La perla era absolutamente perfecta para ella.

Cassandra ya le había dicho que iba a devolvérselo, pero él quería que lo guardara. Llevaba ocho años queriendo que ella lo tuviera, desde que lo compró para ella. Tal vez había sido una ingenuidad aferrarse a él.

Porque no lo había conservado porque hubiera pensado que ella iba a regresar. No. Lo había guardado en su caja fuerte para que, cada vez que la abriera, recordara todo lo que había perdido y sacrificado para tener lo que tenía en aquellos momentos.

Respiró profundamente y salió del dormitorio. Era temprano, pero sabía que a ella le esperaba un día muy ajetreado. Solo faltaban unos días para la boda y Cassandra tendría muchos asuntos pendientes.

Fue a la cocina y puso la cafetera. Después de buscar por los armarios, encontró dos tazas. Se sacó el teléfono del bolsillo y envió un mensaje para que les subieran el desayuno tan pronto como fuera posible.

Mientras esperaba que se hiciera el café, miró a su alrededor y vio el piano. Sobre su superficie, había una copa de vino sin terminar. Se imaginó que la había interrumpido la noche anterior. Quería volver a escucharla tocando el piano. Se le daba muy bien la música, como a Cash y a Will. Gavin y Luke no tenían tanto talento, pero amaban la música, por lo que trabajaban con ella de un modo diferente.

Recogió la copa y la fregó mientras el café terminaba de prepararse. Entonces, se sirvió una taza y dio un sorbo. La primera taza de café por las mañanas siempre obraba maravillas en él.

Como pasar la noche en la cama de Cassandra. Quería volver a quedarse allí la próxima noche y todas las que quedaran hasta que se marchara.

No. La quería en su cama. En su territorio. Quería ver lo bien que encajaba en…

Un momento. Eso sería un error. Verla en su casa no sería muy inteligente por su parte, dado que ella terminaría marchándose y tendría recuerdos de ella allí para siempre.

Tal vez podría convencerla para que le dejara quedarse allí hasta que se marchara… En realidad, no tenía ni idea de lo que quería en realidad. Cada posibilidad con Cassandra lo aterraba.

Agarró su taza y regresó junto al piano. Se sentó en el taburete y miró las teclas.

—Hace café y toca el piano…

Luke miró por encima del hombro y vio a Cassandra. Se había vuelto a poner la bata de seda rosa, pero él sabía muy bien lo que se ocultaba debajo.

—Lo del café, de acuerdo, pero no se me da bien ningún instrumento.

Cassandra se acercó al piano y se sentó en el taburete junto a él. A Luke le habría gustado tomarla en brazos y volver a llevarla a la cama, pero no lo hizo.

No tenían una relación sentimental. Habían disfrutado del sexo juntos, pero entre ellos solo había un falso compromiso. La primera vez que estuvieron juntos no consiguieron que lo suyo funcionara porque él no había estado preparado para más. ¿Lo estaba en aquellos momentos? ¿Podría darle todo lo que quería sin perder un ápice de lo que era?

Seguiría disfrutando de su relación física mientras ella estuviera allí y, cuando Cassandra se hubiera marchado, regresaría a la vida que se había creado. La vida que adoraba. No sabía qué otra cosa podía hacer y no quería correr el riesgo de averiguarlo. Si lo hacía y fracasaba, podría arruinar las vidas de ambos.

—Toca para mí —le dijo.

—¿Y qué quieres que toque? —respondió ella con una sonrisa—. Normalmente, solo toco para mí misma y para relajarme.

—Pareces estar muy relajada —susurró él mientras le apartaba el cabello del rostro—. Toca algo. Lo que sea. Hasta que te oí tocar, no sabía que eras tan buena.

—Era mi vía de escape cuando me marché. Tenía que hacer algo para no volverme loca.

Luke la entendía perfectamente. Él se había volcado aún más en su trabajo.

Cassandra se colocó sobre el taburete y, muy delicadamente, puso los dedos sobre las teclas. Inmediatamente, las notas de una canción, lenta y delicada, resonaron por el salón. Ella cerró los ojos y se perdió en la música. Luke no podía apartar los ojos de su rostro.

Cuanto más tocaba, más se perdía Luke en ella. Los sentimientos que estaba experimentando lo confundían. La deseaba, pero no solo en la cama. ¿Era eso posible? Cassandra no llevaba en la ciudad el tiempo suficiente como para que hubieran hablado del pasado en profundidad. Nunca habían resuelto nada. ¿Debería intentarlo?

Decidió que volver a hablar de algo que había ocurrido hacía ocho años no iba a cambiar nada. Además, no estaba seguro. Quería hacerlo, pero se negaba a volver a sufrir.

La cautela era la única manera porque Cassandra no le había dado indicación alguna de que quisiera más ni de que pudiera considerar establecerse allí, con él, después de la boda.

Cuando ella terminó de tocar, lo miró. En lo único que Luke podía pensar era que la cama seguramente aún estaba caliente.

—¿Tienes que marcharte pronto a trabajar? —le preguntó.

Cassandra sonrió.

—Tengo un poco de tiempo hasta que me tenga que duchar. ¿Se te ha ocurrido algo?

Luke se levantó y la tomó entre sus brazos.

—Aún no me he tomado un café —protestó ella mientras apoyaba la cabeza sobre el torso de Luke.

Él se dirigió hacia el dormitorio.

—Te aseguro que esto es mucho mejor que una taza de café…

Capítulo Catorce

Cassandra se alisó la falda del vestido lápiz de color verde oscuro que llevaba puesto. Quería llevar algo apropiado para el otoño y que fuera perfecto para la boda del año. No quería llamar la atención, sino estar siempre en un segundo plano.

A pesar de todo, tendría que aparecer en algún *selfie* o besarse públicamente con Luke. Seguían fingiendo estar comprometidos.

Sin embargo, se estaba engañando. Los dos habían pasado a representar sus papeles con más realismo del que deberían. Desgraciadamente, todo estaba llegando a su fin y, muy pronto, tendría que hacer las maletas y abandonar Beaumont Bay. Y a Luke. Era la única manera de evitar nuevos sufrimientos.

Miró el pasillo y las flores que adornaban cada una de las sillas. Las flores que había elegido Hannah eran perfectas y la meteorología acompañaba. La luz era maravillosa, por lo que las fotos iban a salir divinas.

Mientras Cassandra comprobaba todos los detalles, no dejaba de enviar mensajes a Miles en The Cheshire para asegurarse de que todo estaba preparado para la recepción. Quería que todo saliera a la perfección. Siempre pensaba en cómo quería que fuera el día de su boda. Tal vez por eso sobresalía en su trabajo. Cada boda que organizaba era como la suya propia, pero ¿se casaría ella alguna vez?

El anillo que llevaba en el dedo parecía burlarse de ella. Era como si Luke supiera exactamente qué tipo de anillo de compromiso le gustaría, pero no viera lo mucho que el matrimonio significaba para ella.

Aquel día se había puesto los pendientes de perlas para que le hicieran juego. Iba a devolver el anillo al día siguiente antes regresar a Lexington.

Cuando se aseguró de que todo estaba perfecto, sonrió y se dirigió al edificio que había junto al lago. Allí se estaban preparando todos los miembros de la comitiva nupcial. Casi había llegado la hora de la boda y Cassandra tenía que asegurarse de que cada persona salía en el momento exacto.

Los hombres estaban en la primera planta y las mujeres en la planta baja. Cuando se acercó a la puerta lateral que los hombres iban a utilizar para evitar ver a las damas, se alegró de ver que todos estaban preparados y se dirigían hacia ella.

–Veo que estáis listos. Estáis todos muy guapos.

No era una exageración. Will iba con sus hermanos hacia el lugar de la ceremonia, pero, como era natural, los ojos de Cassandra buscaron a Luke. Verlo con esmoquin era muy diferente a sus habituales vaqueros y camisetas. Cabello bien peinado, barba aseada, los anchos hombros llenando la chaqueta oscura…

¿Sería ese el aspecto que hubiera tenido el día de su boda si hubieran llegado a ese punto?

Cassandra se obligó a apartar aquellos pensamientos. Sin embargo, el modo en el que la miró ciertamente hacía que le costara concentrarse. Parecía haberla desnudado con la mirada. Tras mirarla de arriba abajo, sonrió.

Aquella sonrisa produjo un extraño efecto en Cassandra. Parecía una promesa. Se habían pasado las últimas noches en el ático de ella. ¿Volvería a ocupar su cama aquella noche? Tal vez, aunque habían dicho que terminarían después de la boda, él querría una noche más.

Cassandra así lo esperaba.

—La música ha empezado —les dijo—. Hacedlo todo igual que en el ensayo de anoche.

Will parecía estar a punto de desmayarse o de salir corriendo en la dirección opuesta.

—Mírame, Will —le dijo—. Tu novia está bellísima y este es el mejor día de tu vida. ¿Estás preparado?

—Jamás creí que estaría tan nervioso…

Cassandra sonrió.

—Estás nervioso porque te importa. Eso es buena señal. Y, si te sirve de algo, Hannah también lo está. Hallie está tratando de tranquilizarla en estos momentos. Pero no te preocupes, todo va a salir bien. Vamos a vivir una boda maravillosa.

Se hizo a un lado para que los hombres pudieran seguir con su camino. Cuando Luke pasó a su lado, se inclinó hacia ella y susurró:

—Me muero de ganas de quitarte ese vestido esta noche…

Y siguió andando como si nada.

Aquella promesa le hizo echarse a temblar a pesar de la cálida brisa de otoño. Se dirigió a la puerta principal y entró. Cuando abrió la puerta, se quedó boquiabierta al ver a Hannah. La había visto antes, pero había algo en su radiante sonrisa que hizo que Cassandra se sintiera celosa de su amor y de su felicidad.

—La abuela y las damas de honor pueden ir saliendo.

Eleanor Banks, abuela de Hannah y megaestrella de la música *country* agarró la mano de la niña que llevaba los pétalos de flores y salió por la puerta. Todas parecían haber salido de una revista. Todo quedaba en la familia dado que Presley Cole, la prometida de Cash, tenía la exclusiva.

Ella había sido la única a la que Will y Hannah habían decidido confiarle aquel día tan especial. Cassandra sabía que los fotógrafos que Presley había llevado eran de fiar.

Hasta aquel momento, todo iba a la perfección.

—Si las damas de honor se pudieran poner en orden —anunció Cassandra.

Cuando se colocaron y salieron por la puerta, Cassandra se acercó a Hannah y le agarró las manos.

—El novio te está esperando y el sol está brillando en el cielo —le dijo—. Has encargado el día perfecto.

—Nada de esto habría ocurrido sin ti.

—Bueno, te hubieras casado de todos modos, pero estoy de acuerdo. Soy la mejor organizadora de bodas.

Hannah soltó una carcajada, tal y como había sido la intención de Cassandra. Quería aliviar los nervios de la novia.

—¿Estás lista?

Hannah asintió y se miró al espejo por última vez.

—Travis te está esperando al principio del pasillo, igual que en el ensayo.

El padre de Will iba a entregar a Hannah, dado que el padre de esta ya había fallecido.

—Gracias —respondió Hannah—. Sin ti, me habría vuelto loca organizando todo esto.

—Por supuesto que no —le aseguró Cassandra—. Ahora, ve a casarte.

Hannah se levantó ligeramente el vestido y salió por la puerta. Cassandra volvió a llamar a Miles para asegurarse de que todo estaba organizado. Todo estaba saliendo a la perfección.

Cassandra se dirigió hacia el lugar donde estaba el cenador, pero permaneció en las últimas filas mientras la ceremonia se celebraba. No pudo evitar mirar a Luke, que estaba junto a su hermano. Hacía ocho años, se lo había imaginado esperándola mientras ella avanzaba hacia el altar ataviada con un vestido de ensueño. Se lo había imaginado llorando, sonriendo tal vez. Diciéndole lo hermosa que estaba.

Desgraciadamente, nada de eso había ocurrido. Cassandra se miró el anillo de compromiso. No pudo evitar desear que las segundas oportunidades no ocurrieran solo en los cuentos de hadas.

Capítulo Quince

—¿Qué está haciendo ella aquí? —preguntó Cash—. Esta recepción de boda es solo para familia y amigos íntimos.

Luke se dio la vuelta y vio que Mags salía del ascensor. Saludó a alguien con la mano e, inmediatamente, tomó una copa de champán.

—No tengo ni idea, pero me ocuparé de ella.

Se abrió paso entre los invitados, cuyo número era muy reducido, y se dirigió a Mags. Cuando ella vio que Luke se acercaba, tuvo la caradura de sonreír.

—¡Qué bonita boda! —exclamó cuando Luke llegó a su lado.

—No estabas invitada. ¿Cómo lo sabes?

Mags soltó una carcajada y tomó un sorbo de champán.

—Luke, cariño. Hannah es una novia bellísima. La veo desde aquí. Y esa mujer tuya se ha superado. Quién sabe, tal vez si me vuelvo a casar, llame a Cassandra para que me organice la boda. Sin embargo, he oído que tal vez esté ocupada organizando la tuya.

Luke no estaba dispuesto a morder el anzuelo.

—No tienes razón alguna para estar aquí, Mags.

Ella hizo un gesto con la cabeza y frunció el ceño.

—Además, pensaba que tenías hoy una reunión de negocios con alguien —le recordó Luke.

—Ah, la he cambiado de día. Desear toda la felicidad del mundo a mi antigua estrella en este nuevo capítulo de su vida era mucho más importante.

No había muchas personas que sacaran de quicio a Luke, pero Mags Dumond era una de ellas. Will y Hannah no la habían invitado a la boda a propósito y ella lo sabía muy bien. Sin embargo, Luke no quería montar una escena en la boda de su hermano.

—No les estropees el día —le advirtió—. No eres la única que tiene poder aquí.

—No lo haría nunca. Solo quiero darle la enhorabuena a la feliz pareja.

Luke lanzó un bufido y se apartó. Mags no tenía ni un gramo de inocencia y le encantaba crear problemas y Luke jamás la perdonaría por haber hecho que arrestaran a Cash por, supuestamente, conducir borracho.

Había estado celosa de que Hannah hubiera dejado su estudio para irse con Cash en la agencia de Will. Desgraciadamente, nadie podía demostrar que había sido Mags quien realizó la denuncia dado que era una mujer muy lista. Sin embargo, los hermanos Sutherland sabían perfectamente quién había tratado de destruir la reputación de Cash.

—Tienes el ceño fruncido.

Luke parpadeó y se dio cuenta de que Cassandra se había acercado a él.

—¿Ocurre algo? —le preguntó ella.

—No. ¿Qué podría ir mal en este día? Mi hermano se ha casado con el amor de su vida en una hermosa ceremonia sobre la que todo el mundo hablará durante años.

—Eso espero —dijo ella—. Solo ha habido un pequeño error, pero creo que yo he sido la única que se ha dado cuenta.

Luke ciertamente no se había fijado. A lo único que había podido prestar atención había sido al vestido de Cassandra. Se moría de ganas por cumplir la promesa que le había hecho de quitárselo aquella noche.

–Tienes esa mirada en los ojos –murmuró ella.

–¿Y qué dice? ¿Que quiero besarte o que quiero arrancarte el vestido?

–Las dos cosas –susurró ella mirándole los labios.

–Pronto…

–Probablemente no deberíamos mostrarnos muy acaramelados aquí –musitó ella–. Esta es la boda de tu hermano y yo la que ha organizado su boda.

–Seguimos prometidos –le recordó Luke.

–Este es nuestro último día.

La afirmación era cierta, pero eso no significaba que a Luke le gustara aquella situación. Y tampoco que quisiera renunciar a ella.

Sin embargo, ¿estaba dispuesto a volver a ser vulnerable? ¿A pedirle que se quedara? ¿Era justo para él ¿O para ella?

–¡Qué pareja tan bonita!

Luke se dio la vuelta y vio que se acercaban sus padres.

–La boda ha salido a la perfección –dijo Dana con una sonrisa–. Tienes un talento muy especial.

Cassandra sonrió y se apartó de Luke.

–Me gusta mucho lo que hago.

–Me imagino que, después de hoy, vas a estar muy ocupada –comentó Dana.

–Eso espero.

Travis le dio a Luke una palmada en la espalda.

–¿Te ha convencido ya mi hijo para que te quedes en Beaumont Bay?

Luke miró a su padre y deseó que hubiera guardado silencio.

—¿Me vas a pedir que me quede? —preguntó Cassandra mirando al padre y al hijo.

—No le hagas caso. Siguen viviendo en el pasado.

Una sombra se reflejó en el rostro de Cassandra, pero pasó tan rápido que Luke no pudo identificar de qué se trataba.

—No siempre hay una segunda oportunidad —comentó Travis—. Tal vez los dos os lo deberíais pensar antes de iros de nuevo cada uno por vuestro lado.

¿Pensar? Eso era lo único que Luke había hecho desde que Cassandra entró en su despacho. En el pasado, en el presente y en el futuro. No sabía si él querría volver a intentarlo, pero ¿y Cassandra? No había dicho nada al respecto y había insistido en devolver el anillo. De hecho, seguramente ya tenía las maletas hechas.

—Los dos tenemos vidas muy diferentes ahora —dijo Cassandra—. A veces, dos personas se llevan muy bien, pero no están destinados el uno para el otro.

Luke vio cómo se miraban sus padres y supo que Cassandra estaba gastando saliva. Evidentemente, había dicho en serio aquellas palabras.

Al menos, Luke ya tenía respuesta. Se guardaría sus sentimientos. Se sintió profundamente desilusionado. Era él quien no había podido comprometerse en el pasado, así que el dolor y la frustración eran culpa suya.

Ya no tenían veinticinco años. Pero sí vidas muy diferentes que los apartaban y los mandaban por caminos muy diferentes.

—Bueno, para una madre siempre hay esperanza —añadió Dana.

—Parece que tu hermano también le ha echado el

ojo a alguien. –comentó Travis mientras señalaba con la mirada un rincón del bar.

Luke miró hacia donde su padre le decía y vio a Gavin y a Hallie riendo y charlando animadamente. ¿Sería posible que Gavin estuviera tratando de ligarse a la hermana gemela de Hannah?

–Yo solo quiero ver a mis hijos felices –dijo Dana con un suspiro–. Y luego empezar a tener nietos.

Travis soltó una carcajada.

–Dales a los chicos un poco de tiempo para acostumbrarse a estar enamorados antes de que metas a los bebés de por medio.

–Los únicos que están enamorados son Will y Cash –comentó Luke–. Yo creo que todo el mundo tiene que relajarse un poco.

Cassandra se echó a reír.

–Tranquilo –le dijo mientras le golpeaba suavemente el hombro–. Tu madre está feliz. No podemos culparla por ello. Hoy ha sido un día maravilloso.

–Mientras no espere que sea yo el que le dé un día maravilloso en un futuro cercano… –murmuró Luke.

Quería escapar de aquella situación, pero no podía mostrarse grosero. Por suerte, el DJ anunció que había llegado el momento de que los recién casados bailaran juntos por primera vez. Todos miraron hacia el centro de la pista de baile. Will y Hannah estaban allí, abrazados, con la sonrisa más feliz que Luke había visto nunca.

Los celos que sintió y que no había esperado lo pillaron completamente por sorpresa. ¿Qué eran todos aquellos sentimientos que lo asaltaban? No quería sentirse celoso ni confundido. No quería dudar de cada decisión que tomara, pasada o presente, en la que Cassandra tuviera algo que ver.

Cuando la miró, vio que Cassandra estaba totalmente pendiente de la feliz pareja. Tenía una suave sonrisa en los labios y lágrimas en los ojos. Allí estaba la romántica empedernida de la que se había enamorado. Ella no había estado pendiente de él y había seguido con su vida. En cuanto Cassandra le devolviera el anillo, él debería hacer también lo mismo.

Cassandra nunca se había sentido más en conflicto. La boda no podía haber ido mejor. El día anterior había recibido un correo de un productor discográfico de Nashville que quería que se reuniera con su hija para hablar sobre la boda de esta, que se iba a celebrar en la primavera.

Cuando Presley publicara su artículo y las primeras fotos se enviaran a los medios de comunicación, Cassandra esperaba que la bandeja de entrada de su correo electrónico estuviera a rebosar de posibles bodas, tanto que tuviera que contratar a más empleados de los que había esperado en un principio.

Eso sería maravilloso.

Por otro lado, por muy contenta que estuviera en aquellos momentos, el día estaba llegando a su fin y sabía que su estancia en Beaumont Bay también. Había necesitado toda su fuerza de voluntad para ocultar sus verdaderos sentimientos cuando Dana y Travis se acercaron a ella y le pidieron descaradamente que se quedara.

Luke no le había mencionado nada ni se había comportado como si deseara el matrimonio más de lo que lo había deseado antes. Tampoco había parecido que estuviera celoso de las bodas de sus hermanos.

Mientras Cassandra ayudaba a recoger después de la recepción, repasó todos los detalles del día y concluyó que la boda no podía haber ido mejor. Se sentía muy orgullosa de sí misma, pero se moría de ganas de volver a su ático para poder relajarse.

–Cassandra.

Se volvió y vio que era Presley. Sonrió.

–Hola, pensaba que Cash y tú ya os habríais marchado.

–Queríamos quedarnos para ayudar a recogerlo todo –afirmó–. Aunque yo me he quedado por un motivo más egoísta.

Cassandra indicó uno de los sofás y condujo a Presley hasta él. Cuando estuvieron sentadas, Cassandra dejó escapar un suspiro y se recostó contra los cojines.

–Me apuesto algo a que no te has sentado en todo el día –comentó Presley riendo–. Te has superado con esta boda. Ha sido mejor de lo que nunca hubiera imaginado.

–Gracias y sí, es la primera vez que me siento. Pero es mi trabajo y me encanta.

–De eso quería hablarte –comentó Presley–. Espero llegar antes de que tu agenda se llene demasiado.

Cassandra sonrió.

–Jamás estaría demasiado ocupada para Cash y tú. Trabajar en vuestra boda sería maravilloso. ¿En qué fecha estabais pensando?

–Sinceramente, tenemos tantas ganas de casarnos que nos da igual. No quiero que haga frío y me gustaría algo al aire libre, si es posible.

Cassandra empezó a pensar en las diferentes posibilidades. Por muy cansada que estuviera, siempre tenía ganas de preparar el día perfecto para una pareja.

—Estoy segura de que se nos ocurrirá algo espectacular para vosotros —le prometió. ¿Por qué no me mandas las ideas que tengas hasta ahora por correo electrónico para que yo me pueda hacer una idea de lo que podría gustarte? También, me gustaría que me dijeras las cosas que no te gustan en absoluto.

—De acuerdo. ¡Dios mío! No me puedo creer que vaya a ocurrir.

—Pues créetelo. Cash está totalmente enamorado de ti y te hizo una de las peticiones de matrimonio más románticas que recuerdo.

Sacar a Presley al escenario durante uno de sus conciertos y extraer el anillo de la guitarra había vuelto locos a todos los usuarios de Internet.

—Tú podrías ser la siguiente en hacer que un Sutherland cambie de estado civil.

—Lo dudo. Ya sabes que solo estábamos fingiendo.

—Sí, lo sé, pero he visto el modo en el que Luke te mira y en el que tú lo miras a él. Creo que simplemente sois los dos muy testarudos.

Cassandra se echó a reír.

—Lo siento, pero no puedo evitar decir lo que siento. Sería una pena que los dos os volvierais a distanciar cuando es tan evidente para todo el mundo que estáis hechos el uno para el otro.

¿Por qué les decía todo el mundo lo mismo? Seguramente los dos se miraban de ese modo porque se sentían atraídos sexualmente. Sin embargo, eso no eran cimientos suficientes para construir un futuro. No había funcionado la primera vez y seguiría sin hacerlo, por mucho que ella anhelara estar con Luke y vivir la vida sobre la que habían hablado. Los sueños no siempre se hacían realidad.

—Creo que toda la familia está tan contagiada por la alegría de los recién casados que quiere que se case todo el mundo —bromeó.

—Puede ser, pero yo sigo diciendo que es adorable veros a Luke y a ti juntos.

—Bueno, gracias, pero te aseguro que solo somos amigos.

¿Amigos? En realidad, no habían acordado seguir siéndolo cuando ella se hubiera marchado. En aquellos momentos, eran amantes, pero después de aquella noche… No sabía lo que serían. Probablemente un recuerdo. De repente, pensar que podría no volver a verlo la afectó profundamente. Sin que pudiera evitarlo, los ojos se le llenaron de lágrimas. Se levantó y forzó una sonrisa.

—Ahora, si me perdonas, tengo algunas cosas que terminar aquí. Escríbeme ese correo y nos pondremos a trabajar enseguida.

Presley se levantó también y frunció el ceño. Parecía estar a punto de decir algo. A Cassandra se le daba muy mal ocultar sus sentimientos. Por suerte, Presley asintió y dejó que Cassandra se excusara.

Tras hablar con los empleados para asegurarse de que todo estaba bajo control, se dirigió al ascensor privado y bajó al ático. Allí podría desahogarse.

Sin embargo, al entrar en la suite, se detuvo en seco. Luke estaba allí, de espaldas, mirando por la ventana. Cuando él se volvió a mirarla por encima del hombro, Cassandra supo que había llegado el momento. Iba a cumplir su promesa de quitarle el vestido. Después, compartirían su última noche juntos antes de que ella regresara a Beaumont Bay.

Capítulo Dieciséis

Luke estaba experimentando demasiados sentimientos, pero no se podía centrar en ninguno de ellos. Todos le hacían sentirse muy vulnerable, como si estuviera perdiendo el control. El único que podía manejar era la necesidad física más primitiva, porque, al menos podría mantenerse fuerte y dominar un territorio que ya conocía.

El día había sido muy largo y se imaginaba que Cassandra estaría agotada. Cuando se volvió a mirarla, la cautela que había en su rostro era palpable. Sin embargo, había algo más, algo que no era capaz de nombrar.

–No estaba segura de que fueras a esperarme –le dijo ella mientras se quitaba los zapatos y se dirigía descalza hacia él–. Debes de estar muy cansado.

–Yo estaba pensando lo mismo sobre ti –replicó él. Echó a andar hacia ella y la tomó entre sus brazos–. ¿Por qué no me dejas que cuide de ti ahora? Has hecho mucho por todo el mundo hoy.

Cassandra dejó escapar un suspiro cuando él comenzó a masajearle los hombros. Cerró los ojos lentamente y echó la cabeza a un lado. Luke le dio un beso en la frente antes de soltarle los hombros. Entonces, la tomó en brazos y la llevó hacia el dormitorio.

–Puedo andar –comentó ella riendo–. No estoy tan cansada.

–Puedes hacer muchas cosas, pero, en estos momentos, yo me hago cargo de todo.

—Me gusta cómo suena eso —susurró ella. Apoyó la cabeza sobre el hombro de Luke.

Y a él también… más de lo que había pensado. La dejó de pie y se dispuso a desabrocharle el vestido. Entonces, se dio cuenta de que quería ocuparse de ella más que solo por una noche. Quería ser su apoyo después de un día estresante, la persona a la que ella acudiera para todos los aspectos de su vida. En realidad, los dos se podían apoyar mutuamente en todo lo que la vida pudiera depararles… ¿no?

En aquellos momentos, solo quería sentirla. Quería mostrarle, sin palabras, que había empezado a sentir de nuevo algo por ella.

¿Significaba eso que la amaba? En realidad, la había amado hacía ocho años, pero, en aquellos momentos, lo que sentía era muy diferente. No sabía lo que hacer con ello ni cómo interpretarlo. De una cosa estaba seguro. Lo que sentía era mucho más intenso. Más poderoso.

Tal y como había prometido, le quitó el vestido y la dejó tan solo con la ropa interior de encaje negro.

—Y yo que pensaba que estabas muy sexy con el vestido —murmuró mientras la admiraba.

—Me he puesto este conjunto para ti —replicó ella con una sonrisa—. Esperaba que pasaras una última noche conmigo.

Una última noche. Eso era lo único que Cassandra tenía en mente. Eso era lo que él debía tener en mente. Sin embargo, no sabía si iba a ser capaz de dejarla marchar.

Era una conversación para otro momento. En aquellos instantes, no quería hablar. Tan solo quería hacerle sentir y conseguir que solo pensara en él.

Le rodeó la cintura con las manos y la levantó. Ella dejó escapar una ligera exclamación cuando Luke la dejó sobre la cama. Estaba allí, mirándolo con su cabello oscuro sobre la sábana. Los ojos entrecerrados no tenían nada que ver con el agotamiento, sino con la excitación y la pasión.

Ninguna mujer lo había mirado nunca del modo en el que lo hacía Cassandra. Ninguna mujer tenía el poder de hacerle desear ceder el control como ella lo hacía.

Y eso también era nuevo, diferente a cuando eran ocho años más jóvenes. Fue así como comprendió que, si ella terminaba marchándose, estaría metido en buen lío.

–¿Cuánto tiempo vas a quedarte ahí mirándome? –murmuró ella.

Luke apartó sus pensamientos y pasó a concentrarse exclusivamente en Cassandra. No perdió más tiempo. Se desnudó y, cuando ella levantó las manos hacia él, negó con la cabeza.

–Todavía no. Solo túmbate y relájate.

Cassandra hizo lo que él le había pedido, pero siguió mirándolo. Luke nunca se casaría de aquella mirada. Aquel era el momento que quería guardar para siempre en su pensamiento… y tal vez en su corazón.

Se apartó lo suficiente para tomar uno de los delicados pies de Cassandra entre las manos. En el momento en el que ella sintió cómo le deslizaba los dedos por el empeine, dejó escapar un gemido. Evidentemente, le gustaba y eso que Luke no había hecho más que empezar.

No apartó los ojos de ella mientras le masajeaba primero un pie y luego otro. Siguió subiendo por los tobillos, los gemelos, los muslos… y fue entonces cuando ella comenzó a impacientarse. Empezó a mover las caderas y a protestar suavemente.

—No te estás relajando —rio él mientras le agarraba las braguitas de encaje en las caderas—. Pareces estar algo inquieta.

—¿Inquieta? Estoy ansiosa. Por favor, Luke…

Jamás se había podido resistir a una Cassandra que le suplicara. Además, él tampoco quería esperar. Había tenido que verla todo el día de acá para allá, con aquel vestido y siempre con una sonrisa en los labios.

No se había dado cuenta lo mucho que la había deseado en su vida hasta que Cassandra volvió a formar parte de ella.

Apretó los labios para no decir algo que tal vez no quisiera que ella supiera después. Su vulnerabilidad lo abrumaba y estaba a punto de quedarse en evidencia.

Le quitó las braguitas sin dejar de mirarle los oscuros ojos. Ella se incorporó sobre los codos mientras que Luke se deslizaba sobre su cuerpo. Entonces, él buscó el broche del sujetador y lo abrió. Fue Cassandra la que se lo quitó y lo tiró al suelo.

Luke la tomó entre sus brazos y giró con ella hasta que la colocó a horcajadas encima de él. El cabello le caía salvaje sobre los hombros. Y sonreía. Maldita sea. El corazón de Luke le dio un vuelco en el pecho, precisamente lo que no quería que ocurriera.

Demasiado tarde.

Le colocó las manos sobre los muslos y los deslizó hasta las caderas. Entonces, se las agarró con fuerza y movió las suyas al mismo tiempo. Cassandra, inmediatamente, notó lo que él quería decirle con aquel gesto silenciosos y unió sus cuerpos.

Apoyó las manos sobre el torso de Luke y empezó a moverse. Él se perdió en la pasión que emanaba de ella, en el vínculo que compartían. No lo había vuelto a sentir desde que ella se marchó la primera vez. ¿Significaba eso que Cassandra era la mujer de su vida?

Se dio la vuelta rápidamente y se colocó encima de ella. Le agarró las piernas y las colocó alrededor de su espalda. Cassandra siguió moviéndose con él. Luke no se saciaba. La deseaba desesperadamente. Dentro y fuera de la cama.

Justo cuando Cassandra empezaba a llegar al clímax, se inclinó sobre ella y la besó. Quería experimentar todos los aspectos de su pasión justo cuando él mismo estaba a punto de alcanzar el orgasmo.

Cassandra tembló contra él. Luke ya no se pudo contener más. Se unió profundamente con ella, deseando que aquel momento no terminara nunca… y no tener nunca que decir adiós.

Luke estaba tumbado sobre la cama, completamente dormido. Cassandra no tuvo corazón para despertarle. Se apoyó sobre el umbral del cuarto de baño y miró al hombre que le había hecho el amor toda la noche con pasión y cuidado.

Aquel era el día de su partida. No habían hablado, pero eso era lo que Cassandra se había jurado hacer. No quería sufrimiento, ni malos sentimientos antes de marcharse. Ella había empezado a tener sentimientos hacia él de nuevo… o tal vez nunca había dejado de tenerlos.

Una mano invisible le apretó con fuerza el corazón. Sin embargo, tenía que seguir controlando sus sentimientos. Había sabido que aquel día llegaría y que Luke no la necesitaría después de la boda.

Ese había sido el plan. Los dos habían conseguido lo que habían querido y estaban dispuestos a seguir con sus vidas de antes. Desgraciadamente, ella ya no estaba segura de que su vida volviera a ser como antes. Las viejas heridas se habían abierto y habían dejado escapar los sentimientos que tenía hacia Luke. Y, en vez de luchar por volver a esconderlos, Cassandra los quería libres.

Quería que Luke admitiera que sentía algo por ella, que tal vez podían intentar algo para lo que no habían estado preparados antes. ¿Sería eso posible? ¿Merecía la pena correr el riesgo?

Se dirigió a la cocina y pidió el servicio de habitaciones. ¿Cuál era el protocolo para despedirse de un antiguo amor y falso prometido? Seguramente un delicioso desayuno era un buen comienzo, pero ¿de qué podían hablar?

Se fue poniendo cada vez más nerviosa. Cerró los ojos y respiró profundamente. Necesitaba un café y también tranquilizarse. Luke no estaba esperando nada de ella y eso era la clave del asunto en aquellos momentos.

La noche anterior, habría jurado que él iba a decirle que la amaba. Por el modo en el que la abrazaba, la tocaba, parecía un hombre enamorado. Tal vez no lo sabía. Tal vez no quería estarlo. O tal vez se negaba a enfrentarse a la realidad.

Por lo tanto, si él no iba a decir nada a pesar de la noche de pasión que habían compartido, ella tampoco.

Presley tenía razón. Los dos eran muy obstinados. Tal vez aquel había sido el problema ocho años atrás.

Tal vez si ella le hubiera dicho lo que necesitaba, todo habría sido diferente. Sin embargo, en su defensa, solo podía decir que no quería tener que suplicar su atención ni quedar en segundo plano tras su trabajo.

Varios minutos más tarde, el camarero llamó a la puerta. Tras darle una propina, llevó el carro al salón y se echó a reír. Tal vez se había excedido un poco.

—Maldita sea, Cassandra, ¿nos tenemos que comer todo eso?

Ella levantó la mirada y vio a Luke saliendo del dormitorio mientras se frotaba el torso desnudo.

—No estaba segura de lo que querrías y yo tampoco sabía lo que me apetecía.

Cassandra lo miró a los ojos y, una vez más, vio el deseo… Sin embargo, no podía dejar que él la apartara de su objetivo. Habían disfrutado de la noche anterior y aún tenían algunas cosas de las que hablar antes de que ella se marchara.

—¿Quieres que desayunemos primero o prefieres hablar?

Luke la miró fijamente.

—¿Y de qué tenemos que hablar?

Cassandra se sacó el anillo del dedo.

—Para empezar, esto es tuyo.

Cassandra extendió el brazo, pero Luke se limitó a seguir mirándola. Ella quería que lo tomara para que la separación fuera tan sencilla e indolora como fuera posible. Después de todo, lo que había entre ellos había empezado como un acuerdo de negocios. ¿No debería terminar del mismo modo?

—Quiero que te lo quedes.

—No puedo hacerlo, Luke —suspiró ella bajando el brazo.

–¿Por qué no?

Porque le recordaría lo que ya no tenía. Porque lo miraría todos los días y pensaría en él.

–No estábamos comprometidos –le dijo.

–Tal vez no, pero ese anillo es tuyo.

Luke se acercó a ella. Parecía que aquellos ojos oscuros la atravesaban por completo, como si pudiera leer sus pensamientos. Aquello era lo último que necesitaba. Luke la conocía mejor que nadie y el vínculo que habían compartido aún no se había roto. A pesar de todo, un trozo de su corazón siempre le pertenecería.

–Supongo que te marchas hoy –dijo él. Cassandra asintió mientras apretaba con fuerza el anillo–. ¿Vas a regresar?

–¿Regresar?

–De visita. Sé que a mi familia les ha encantado verte y mis padres me han dicho que les dijiste que mantendrías el contacto.

–¿Me lo preguntas en su nombre o en el tuyo?

Luke apretó la mandíbula y dio un paso atrás. El corazón de Cassandra comenzó a latir muy fuerte. Quería que él respondiera. Quería que él le dijera lo que estaba pensando y lo que deseaba.

–Tal vez lo pregunto de parte de los tres.

–¿Me estás pidiendo que regrese? –preguntó ella esperanzada.

–¿Y si fuera así? ¿Regresarías si yo te lo pidiera?

Cassandra se sintió muy confundida por aquellas palabras. Se dirigió al carro del desayuno y se sirvió una mimosa. Entonces, con la copa en la mano, se volvió de nuevo para mirar a Luke.

–No quiero juegos –le dijo–. Si hay alguien que

quieres de mí, prefiero que lo digas. Si no es así, debería empezar a hacer las maletas.

Luke la miró fijamente.

—No quiero que hagas las maletas.

—Entonces, ¿qué es lo que quieres?

—No lo sé, Cassandra, pero no quiero que hagas las maletas y te vayas. La última vez, tú rompiste y te marchaste sin más. No hubo conversación alguna.

Incapaz de soportar la mirada de Luke, Cassandra se dirigió a los ventanales del ático, desde los que se divisaba el lago.

—Tuve que marcharme, Luke. Me di cuenta de que los dos queríamos cosas muy diferentes en aquel momento. Si me hubiera quedado, habríamos terminado haciéndonos más daño. Tenía que pensar en mí. No te culpo. Tal vez debería haberte dicho mucho antes que no estaba dispuesta a ser segundo plato de nada, ni siquiera de tu trabajo.

—¿Es eso lo que pensaste? ¿Que no eras mi prioridad?

—No es lo que pensaba, sino lo que sabía.

Luke cruzó el salón y se acercó a ella. Le quitó la copa de la mano y la dejó sobre la mesa. Entonces, le agarró la mano en la que ella tenía el anillo y le abrió los dedos.

—¿Ves ese anillo? —le preguntó—. Lo elegí para ti hace ocho años. Tenía la intención de pedirte que te casaras conmigo para que pudiéramos empezar a vivir juntos oficialmente, pero no estaba preparado para hacerlo a pesar de que tú sí lo estabas. Necesitaba tiempo.

—¿Por qué no luchaste por mí? —le preguntó—. ¿Por qué no me dijiste que necesitabas más tiempo?

—Porque dijiste que te marchabas. Yo sabía que, si

tú te sentías así, no había nada que pudiera decir. Si querías marcharte, tal vez era porque no estábamos destinados a estar juntos y tú deberías marcharte.

Cassandra lo miró en silencio sin saber qué decir.

–Maldita sea… –susurró él mientras se daba la vuelta.

–Luke…

–Olvídalo.

Sin embargo, Cassandra no podía olvidarse. Estaban entrando en un territorio nuevo, un territorio que ella no había sabido que debían explorar. Le daba la sensación de que iban a quedar al descubierto muchos más sentimientos que nunca antes había querido admitir.

Capítulo Diecisiete

Luke nunca había querido sincerarse de aquella manera. Nunca había querido admitir que había sido un necio, que le había comprado un anillo y que entonces, con el corazón roto, lo había guardado todos aquellos años.

—Háblame.

La suave voz de Cassandra hizo que Luke se diera la vuelta. Había decidido ser fuerte, dado que no lo había sido cuando ella entró en su vida la primera vez. Tal vez estaba cometiendo un error e iba a terminar pareciendo de nuevo un necio, pero tenía que saberlo.

—Nunca en mi vida te puse en un segundo plano —afirmó mirándola a los ojos—. Sabes que invertí todo lo que tenía y que pedí préstamos para hacer que los bares funcionaran. Quería que tuviéramos una base sólida para empezar nuestra relación e ingresos todos los meses antes de pedirte matrimonio. No quería que te comprometieras conmigo antes de que pudiera darte la vida que te merecías. Pero entonces tuve miedo. Pensé que, si daba ese paso, me perdería a mi mismo y todo lo que había creado. No sabía cómo tenerlo todo y el riesgo me aterrorizó.

Cassandra sintió que los ojos se le llenaban de lágrimas.

—Todo lo que hice fue ponerte a ti primero —añadió Luke—, pero, de repente, tuve miedo.

—No lo sabía… —susurró ella.

—Estaba tan ocupado tratando de crear una vida cómoda para nosotros que te dejé marchar…

Cassandra parpadeó. Una lágrima se deslizó sobre su oscura mejilla. Luke extendió una mano y se la secó con el pulgar. Ella se inclinó hacia la mano, buscando su tacto.

—Nunca imaginé que tuvieras miedo. Debería haberte preguntado. Debería haberte obligado a hablar conmigo —musitó. Otra lágrima se le escapó cuando cerró los ojos—. ¿Qué es lo que hemos hecho?

—Estábamos protegiendo nuestros corazones. No nos comunicamos adecuadamente.

Ella abrió los ojos y miró a Luke. A él no le gustaba verla llorar, sobre todo porque sabía que él era en parte culpable de la infelicidad y el sufrimiento de Cassandra.

—Ahora, tú puedes decidir si sigues con lo que habías planeado o te quedas un poco más para que podamos ver cómo sale esto…

Cuando Cassandra guardó silencio, Luke levantó la otra mano y le enmarcó el rostro.

—Jamás te haría decidir entre tu vida en Lexington o Beaumont Bay. Sin embargo, si quieres hacer que lo nuestro funcione, encontraremos la manera de hacerlo. Si lo prefieres, yo me puedo ir a Lexington contigo. Tengo empleados de confianza y puedo dejarlo en sus manos. Yo solo tendría que venir cada cierto tiempo para ver cómo va todo.

—Luke…

—¿Miraste la agenda que te compré?

—Bueno —dijo ella extrañada—, la miré, pero no la revisé. ¿Por qué?

—Ve a por ella.

Cassandra se soltó de él y fue a su dormitorio. Regresó pocos instantes después con la agenda. Hizo ademán de dársela, pero él se negó a tomarla.

—Ábrela por la fecha de hoy.

Cassandra buscó la página en concreto y, entonces, vio que Luke había añadido algo. Estaba escrito en rojo. Ella contuvo el aliento.

—*Dile a Cassandra lo mucho que la amas* —susurró ella. Miró a Luke completamente atónita—. ¿Me amas?

—Sí.

—Pero me regalaste esta agenda hace semanas. ¿Ya lo sabías entonces?

—Creo que nunca he dejado de amarte, Cassandra. Cuando regresaste, volví a experimentar todos los sentimientos de antaño, pero también otros nuevos a medida que iba conociendo a la nueva Cassandra.

—¿Crees que me conoces lo suficientemente bien como para decirme esas palabras? —le preguntó ella.

Luke quería que ella le dijera esas mismas palabras a él y que las dijera desde el corazón.

—Sé que cuando te decides a algo, haces que ocurra —dijo él—. Sé que tienes mucho éxito en tu trabajo y que este es tu sueño hecho realidad. Eres fuerte, firme, leal, adoras a mi familia como si fuera la tuya. Eres muy sexy y…y no quiero volver a estar sin ti.

Los ojos de Cassandra volvieron a llenarse de lágrimas.

—Luke, yo…

Cerró la agenda, pero mantuvo la cabeza baja. Luke sintió que el aliento se le helaba en la garganta porque no tenía ni idea de qué era lo que ella estaba pensando. Nunca en toda su vida se había sentido más nervioso que en aquel momento.

Cuando por fin levantó la mirada, las lágrimas le caían por las mejillas, pero… pero estaba sonriendo.

–Te amo –le dijo–. Nunca pensé que volvería a tener la oportunidad de decírtelo. Tu madre tenía razón. Las segundas oportunidades ocurren por algo y este encuentro ocurrió para que nosotros volvamos a estar juntos… como tenemos que estar.

Luke se sintió profundamente aliviado. No había estado seguro de que ella sintiera lo mismo. En aquellos momentos, tras saber lo que Cassandra sentía en su corazón, no tenía intención alguna de dejarla marchar nunca más.

Le quitó la agenda de las manos y la lanzó al sofá. Entonces, rodeó a Cassandra con los brazos y la levantó. Ella gritó de felicidad mientras Luke la hacía girar y la besaba firmemente en los labios.

–¿Cuánto crees que puedes tardar en organizar tu propia boda? –le preguntó.

–Bueno, tengo que pensarlo. Acabamos de decidir que nuestro compromiso deja de ser falso para convertirse en real.

Luke la hizo sentarse. Le quitó el anillo y se lo volvió a poner.

–Ahí es donde tiene que estar. Ahora estoy preparado y sé que, con tu apoyo y amor, puedo tenerlo todo. Los dos podemos. Nos lo merecemos.

–¿Dónde vamos a vivir? –le preguntó ella.

–Me da igual. Ya hablaremos de eso más tarde. Ahora, lo que voy a hacer es volver a llevarte a la cama.

–¿No deberíamos llamar a tu familia y contarles las buenas noticias?

Luke la tomó en brazos y se dirigió hacia el dormitorio.

—En este momento tengo cosas más importantes que hacer, como hacerle el amor a mi prometida.

Cassandra sonrió y le rodeó el cuello con los brazos.

—Presley tenía razón. Dijo que yo haría que te enamoraras de mí. Ahora, solo queda un Sutherland soltero.

Luke soltó una carcajada.

—Gavin no va a sentar nunca la cabeza. Espero que mi madre se contente con las tres nueras que ya tiene.

Cassandra hizo ademán de hablar, pero él se lo impidió dejándola en la cama y tumbándose inmediatamente sobre ella.

—Ya no se habla más —susurró. Tenía el corazón pleno, más de lo que nunca hubiera creído posible—. Déjame que te muestre lo mucho que te quiero.

Cassandra sonrió.

—Bésame de nuevo…

DESEO

JESSICA LEMMON
AL RITMO
DEL DESEO

Capítulo Uno

«Maldito seas, Brené Brown».

Hallie Banks tiró del escote de su vestido hacia arriba. Se arrepentía de haberlo elegido para aquel evento. Con el impulso de la segunda copa de *chardonnay* que se había tomado la noche anterior, había escrito una lista con varios propósitos para el año venidero, incluyendo el que había inspirado su atuendo de aquella noche: *Destacar en medio de una multitud*.

Llevaba un vestido sin tirantes, de color morado, y un moño que se había hecho ella misma después de ver varios tutoriales en internet. Claramente, había conseguido el propósito de destacar, pero su determinación estaba empezando a flaquear.

–Si te vuelvo a ver tirándote del vestido, Hallie, te voy a atar las manos a la espalda –le dijo su abuela, Eleanor.

–No estoy haciendo nada de eso –respondió ella, sin poder darle otro tirón a la tela.

–Claro que sí. Y yo no te he traído aquí para que mis famosos amigos te vean con una crisis por culpa de un vestido en mitad de su fiesta.

Eleanor Banks pertenecía a la realeza de la música *country* de la nación, así que sus amigos eran muy famosos. Amigos que podían ayudarla a ella con otro de los puntos de su lista: *Ampliar el cupo de clientes*.

3

—Tenía que haberme puesto el vestido negro —murmuró en tono de derrota.

—¡Tonterías! Ya era hora de que te pusieras algo más acorde con tu personalidad.

Eleanor llevaba un elegante vestido, plateado y blanco, decorado con miles de abalorios brillantes, y no tenía ningún problema en ser el centro de atención. Hallie tenía mucha menos experiencia que su abuela, que era una superestrella, y que su famosa hermana gemela. Ella estaba más a gusto entre bambalinas y, hasta que la segunda copa de *chardonnay* y el ingenio de Brené la convencieran de lo contrario, estaba perfectamente a gusto alejada del centro de atención.

—¡Ahí está! —exclamó Eleanor, mientras rodeaba a su nieta con un brazo y la atraía hacia sí—. Bernard Merriweather, Bernie para los amigos. Por favor, gánatelo, porque su hija es Martina Merriweather y, en este momento, está buscando un nuevo representante.

Hallie se olvidó de su errónea elección de vestido y se concentró en los negocios. Se fijó en Bernie. Su hija Martina tenía veinticuatro años, seis menos que ella, y acababa de divorciarse de su representante. El matrimonio de la joven estrella con aquel hombre mayor que dirigía su carrera había sido discreto, pero complicado. Su abuela le había contado muchos detalles al llevarla a aquella fiesta como acompañante.

Hallie entendía perfectamente la presión que suponía representar a un artista. Tenía una perspectiva única, puesto que dirigía la carrera de su hermana gemela, Hannah, desde hacía mucho tiempo, incluso antes de que Hannah Banks fuera famosa. Antes de que tuviera estilista, peluquero y un número de fans tan amplio como la población de un país pequeño.

4

Hallie se había puesto a cargo de la exitosa carrera de su hermana, defendiéndola en todas las situaciones necesarias. Ahora, Hannah estaba casada con Will Sutherland y ella, aunque se alegraba mucho por ellos, se sentía un poco perdida. Seguía representando a Hannah, pero había llegado el momento de que ampliara su cuota de clientes.

–Ven, te lo voy a presentar –le dijo su abuela–. Toma una copa de champán de la bandeja de algún camarero. Así tendrás algo que hacer con las manos.

–Estoy bien –dijo Hallie.

Hallie sonrió cuando su abuela le presentó a Bernie. El señor se dio la vuelta e inclinó la cabeza para saludar a Eleanor. Justo cuando le tendía la mano a ella, Hallie vio el ala de un sombrero Stetson proyectando su sombra en la cara de un hombre que estaba al otro extremo de la barra. Aquello hizo que su sensación de seguridad se desvaneciera.

Gavin Sutherland.

Si había un hombre en el mundo que pudiera convertirla en una persona balbuceante y aturullada, ese era el hermano pequeño de Will. Hacía años que lo conocía, pero, ahora que Will y Hannah eran pareja, ella había visto a Gavin más a menudo. Como habían mantenido varias conversaciones para hacerse consultas sobre contratos recientes, había empezado a notar cosas de él en las que antes no se había fijado.

Sus ojos azul grisáceo le recordaban a una tormenta sobre Beaumont Bay. Tenía el pelo un poco largo y un poco ondulado y, en aquel momento, lo llevaba un poco revuelto, como si acabara de levantarse de la cama. Y tenía una barba incipiente que a ella le hacía pensar en un granuja encantador, a pesar de que llevase un traje elegante y hecho a medida. Los *playboys* encantadores como Gavin le daban miedo. Por eso, en pleno ataque de fanfarronería, la noche anterior había añadido a su ambiciosa lista *tomar una copa con Gavin*.

Sin embargo, al ver que le sonreía a otra mujer cuya risa tintineó en el aire, Hallie volvió a acobardarse.

—Hallie —le dijo su abuela insistente, y ella se dio cuenta de que se había distraído.

—Encantada de conocerte, Bernie —le dijo, y sonrió al tiempo que le estrechaba la mano con firmeza, mirándolo a los ojos.

Él también sonrió.

—¡Hoyuelos! —exclamó—. Me encantan los hoyuelos. Me recuerdan a mi difunta esposa, Cheryl, que en paz descanse.

—Era una bendición —dijo Eleanor. Tomó a Bernie de la mano y estuvieron recordando a su mujer.

Después, Eleanor retomó con delicadeza el asunto del trabajo, y Hallie se olvidó de Gavin. Su tarea más importante de aquella noche era encontrar uno o dos clientes más. Así pues, se concentró en el hombre que tenía delante, y habló de lo que sabía de la carrera de Martina, sin mencionar, por supuesto, ningún detalle escandaloso. Eleanor, a su vez, vinculó el éxito de Hannah con el buen hacer de Hallie como representante.

—Y las dos sois exactamente iguales. Qué divertido ha debido de ser crecer juntas —comentó Bernie.

Hallie sonrió forzadamente. Adoraba a su hermana, pero crecer siendo exactamente iguales también había tenido su lado difícil. Había tenido que apren-

6

der a desarrollar su personalidad desde muy pequeña. Ella era un ratón de biblioteca y tenía un carácter reservado. Era extrovertida en el ámbito del trabajo, pero, durante los eventos sociales, prefería mantenerse al margen. La presencia más imponente de Hannah siempre se lo había facilitado, porque su hermana estaba muy cómoda en el primer plano, sobre el escenario y fuera de él. A medida que se hacían adultas, Hallie se concentró más en los negocios y Hannah en el entretenimiento. Para Hallie era un orgullo trabajar mucho y, a menudo, se quedaba trabajando los sábados por la noche, mientras que Hannah prefería salir a divertirse.

Sin embargo, últimamente, tenía ganas de hacer algo escandaloso, aunque solo fuera para demostrarse a sí misma que podía. Había vivido la vida como con miedo de incumplir las normas para no sufrir las consecuencias y, a los treinta años, aquello le parecía una tontería.

Bernie le hizo una llamada por vídeo a su hija Martina y le presentó a Hallie. Mientras charlaba con su posible clienta, pensó que no debía alejarse demasiado de su zona de confort. Concertó una cita con Martina para mantener una segunda conversación, y fue el logro de aquella noche. Ya tendría otra oportunidad de tomar una copa con Gavin. No tenía por qué sobrepasar todos los límites en la misma noche.

Al aire libre, en la barra de la azotea del local, Hallie pudo admirar las estrellas, aunque las luces de la ciudad disminuyeran un poco su brillo. En Nashville, Beaumont Bay estaba considerada como una ciudad residencial; era una zona animada y pija, pero, también, preciosa y acogedora. A ella le encantaba.

—Bueno, cariño, me voy a casa. Buen trabajo el de esta noche —le dijo su abuela, mientras se ponía el abrigo. Le dio un abrazo y añadió—: Aquí fuera hace frío, así que no te quedes mucho. No quiero que te pongas mala.

Tenía los labios perfectamente maquillados, la cara llena de frescura y los ojos, brillantes. ¿Cómo lo hacía? Ella llevaba en aquella fiesta unas pocas horas y estaba agotada, solo por el gentío y la conversación.

—Yo también me voy a casa. Te acompaño.

—No, no —le dijo su abuela—. Quédate y diviértete. Esta noche has hecho buenos contactos, pero los mejores son los que se hacen más tarde, porque todo el mundo sigue bebiendo.

Eleanor le guiñó un ojo y le dijo adiós moviendo la mano. Fue despidiéndose de todo el mundo al pasar, sin permitir que nadie la distrajera. Era fabulosa. Hallie tenía la esperanza de haber heredado sus genes.

—Ojalá —dijo, mirando a las estrellas.

Oyó un ruido a su espalda, las pisadas de alguien que se acercaba por el patio de cemento.

—Bonita noche —dijo su visitante, a modo de saludo.

La voz de Gavin era suave y cálida. Le recordaba al chocolate negro, y hacía que deseara algo aún más delicioso. Tomó aire y se giró para saludarle. Vaya… De cerca estaba más guapo incluso. Sin embargo, su sonrisa se apagó un poco al ver el vestido y los zapatos de tacón de Hallie.

—Hola, Hannah.

El saludo fue como un jarro de agua fría. Se había creído que era su hermana. Eso le dejaba dos opciones: podía sacarlo de su error y mantener una conversación incómoda, con nerviosismo, mientras intentaba disimular la admiración que sentía por él... o podía seguirle la corriente y fingir que era su hermana gemela.

Por supuesto, hacerse pasar por Hannah era una cobardía, pero no sería la primera vez que lo hacía para salir airosa de una situación desagradable, y aquella noche no contaba con la energía suficiente como para ser encantadora con el pequeño de los Sutherland.

Irguió los hombros y bajó la voz, imitando la cadencia suave de su hermana.

—Hola, Gav. ¿Qué tal estás?

Él enarcó las cejas un segundo, como si dudara, pero se tragó la mentira. Se metió las manos en los bolsillos del pantalón, y contestó:

—Bien, gracias. Creía que Will y tú teníais planes esta noche.

—Sí, bueno, los tenemos. Es que, al final, he venido a acompañar a mi abuela. Antes de salir con Will.

—Ah —murmuró él—. Pensaba que Hallie iba a venir. Este es el sitio perfecto para conseguir clientes nuevos.

—Sí, ¿verdad? En cuanto salga, la voy a llamar y a decirle que se pase por la fiesta.

—Ya —dijo él, y miró hacia atrás para observar el gentío que había dentro del local—. Supongo que, de todos modos, es mejor así. Yo no le caigo bien.

—¿Cómo? —preguntó Hallie con la voz muy aguda.

—Bah, no te preocupes, Hannah. Sé que no quieres

herir mis sentimientos, pero está claro que tu hermana no es mi mayor admiradora.

Vaya… qué equivocado estaba. Si hubiera un club de fans de Gavin, ella sería la presidenta.

—Casi no me dirige la palabra, ni me mira. Creía que quizá fuese porque, durante los conciertos y las actuaciones, está absolutamente centrada en el trabajo, pero ni siquiera en vuestra boda quiso hablar conmigo. Es extraño que, siendo familia como somos ahora, no esté dispuesta ni a mirarme a la cara.

Ella no sabía qué decirle. En la boda, Gavin estaba flirteando con una de las damas de honor, y la había ignorado. Además, Gavin y ella no eran familia. Hannah era la que se había casado con su hermano.

—Entre tú y yo —prosiguió él—, seguramente es mejor que Hallie y yo nos mantengamos a distancia. ¿Quién necesita complicaciones? Tengo razón, ¿no te parece?

Aquella pregunta, y la sonrisa de Gavin, irritaron a Hallie, que frunció los labios. No, no tenía razón. De hecho, estaba equivocado en todo.

—Quizá lo que ocurre es que está demasiado ocupada dirigiendo toda mi carrera como para aparecer en una fiesta como esta —le espetó. Después, trató de suavizar la respuesta—. Bueno, ya conoces a Hallie.

—Sí, claro. Siempre está trabajando. No tiene tiempo para divertirse.

A ella no le gustó cómo sonaba eso, así que se cuadró de hombros y dijo:

—A lo mejor tiene una cita esta noche.

—¿Hallie? ¿Conseguir una cita Hallie?

Al oír su risa, ella enrojeció. ¿Acaso creía de verdad Gavin que ella era incapaz de conseguir una cita?

Tomó aire y pensó qué respondería Hannah en aquella situación.

–Hallie es una gran profesional, es muy astuta, y no permitiría que la vieran durante una cita en un evento de trabajo, flirteando en la barra del bar.

–Vaya, Hannah, lo siento –dijo él, frotándose la nuca con consternación–. No quería ofenderte. Lo que haga Hallie en su tiempo libre no es asunto mío.

Ella asintió.

–Pero, entre tú y yo –prosiguió Gavin–, creo que debería seguir más tu ejemplo. Romper unas cuantas reglas. Divertirse más.

–Divertirse más –repitió ella, enarcando una ceja.

–Sí, creo que sí –dijo él. Después, le dio una palmadita amistosa en el brazo, y añadió–: Dile hola a Will de mi parte.

Se marchó y desapareció entre la gente, y ella se mordió el labio. Al ir a aquel evento, tenía la intención de hablar con Gavin y tomar algo con él. Desde luego, no pensaba que él la tuviera por alguien incapaz de conseguir una cita con un hombre.

Dejó su copa de champán, sin terminar, en una mesa, y fue a buscar su abrigo. Cuando apretó el botón del ascensor para bajar al portal, lo último que vio fue a Gavin sonriéndole afectuosamente a una chica morena en la barra.

Hallie le clavó su mirada más severa, con la intención de corregir su lista en cuanto llegara a casa.

Tal vez el punto número uno de aquella lista debiera ser *evitar para siempre a Gavin*.

11

Capítulo Dos

–¿Una amiga tuya? –le preguntó Alex Lockwood a Gavin, mientras seguía su mirada y veía a Hannah desaparecer detrás de las puertas del ascensor.

–Es mi cuñada –le dijo él.

La muchacha acababa de firmar un contrato con Elite Records, y él era su abogado especializado en contratos de publicidad, lo cual eran buenas noticias para ella. Alex estaba llena de vida y tenía mucho talento. Y era joven. Muy joven. Movió el pelo y sonrió.

–Creía que habías salido con ella, o algo por el estilo, por cómo te estaba mirando.

–¿Quieres decir como si quisiera estrangularme? He mencionado a su hermana gemela y se ha tomado mal lo que le he dicho.

O, más bien, él había dicho algo que no debía.

–Sabes quién es Hannah Banks, ¿no? Es la famosísima esposa de mi hermano Will, que es el dueño de la casa de discos que te ha fichado.

Alex abrió unos ojos como platos.

–¿Esa era Hannah Banks? Oh, Dios mío. Me encantaría conocerla. No la había reconocido sin uno de sus vestidos de lentejuelas y sin el pelo hasta aquí –dijo, haciendo un gesto con la mano por encima de su cabeza–. La gente famosa es muy diferente cuando no está en su elemento, ¿verdad?

–Sí –dijo él, distraídamente.

12

Era cierto; aquella noche, Hannah estaba muy diferente. Por un momento, él había pensado que, en realidad, era Hallie, y que las había confundido, pero nunca había visto a la hermana de su cuñada con un vestido sin tirantes y de un color fuerte. Además, había sentido una descarga de atracción por ella, y eso era muy extraño. Había visto a Hannah arreglada muchas veces para algún evento, y nunca había sentido algo así.

Por el contrario, sí había experimentado esa reacción varias veces al ver a Hallie. Nunca había hecho nada al respecto, porque sabía que, si trataba de coquetear con la más seria de las hermanas Banks, le pararía los pies al instante. Y, aunque no lo hiciera, ella no era para él. Era una buena chica, y él prefería que sus relaciones fueran fáciles y cortas. No creía que Hallie aceptara aquellas condiciones si accediese a salir con él. Además, Hannah era su cuñada, así que cualquier relación con Hallie era algo vetado. Si las cosas acababan mal, no podría escapar de ella.

Se rio suavemente. ¿De dónde había sacado la ridícula idea de que tenía que escapar de Hallie? Ella ni siquiera le dirigía la palabra. Casi nunca se acercaba a él. Al decirle a Hannah que su hermana gemela lo evitaba, no había exagerado.

Ahora, Hannah había fichado por Elite, y Hallie, su representante, iba con ella. Gavin había negociado con Hallie varios contratos para la superestrella, sobre todo por medio del correo electrónico. En las pocas ocasiones que había ido al estudio, miraba por encima de la montura negra de las gafas que llevaba algunas veces y, enseguida, volvía a concentrarse en el iPad. Después, se marchaba y le enviaba los detalles por correo electrónico, en vez de hablar con él.

13

No sabía lo que le había hecho para que lo odiara.

—Ya te presentaré a Hannah cuando no esté… eh… ocupada —le dijo a Alex.

O cuando no estuviera enfadada con él. No quería burlarse de Hallie diciendo que no era capaz de conseguir que alguien la invitara a salir. Eso sería engañarse a sí mismo. Hallie era una rubia deslumbrante que, si bajara la guardia dos segundos, conocería fácilmente a varios tipos que querrían invitarla a cenar. Sin embargo, él no la había visto jamás con ningún hombre.

Le habría gustado verla allí aquella noche, relajada y animada. Él la habría invitado a una copa. La idea de seducirla le resultaba muy apetecible, a pesar del peligro que conllevaba. Era una pena que las aventuras pasajeras no pudieran pactarse con un contrato que protegiera a ambas partes cuando las cosas, al final, salían mal.

—Te tomo la palabra —le dijo Alex, y le tocó el brazo con el dedo índice, sacándolo de su ensimismamiento.

«Hablando de seducción». Parecía que su joven clienta estaba desplegando sus encantos ante él. Conocía a bastantes granujas en aquella industria que, a la menor oportunidad, estarían dispuestos a acostarse con aquella muchacha morena tan joven. Él no era uno de ellos. Se sentía halagado, pero sabía que no podía mezclar el placer con los negocios. Tenía que rechazar a Alex sin herir sus sentimientos.

Difícil.

Se apartó su mano del brazo y la miró a los ojos.

—Hay muchos canallas en este mundo, Alex. La primera regla que tienes que cumplir es la de no ofrecerte a ninguno de ellos. Si yo hubiera respondido a tu gesto ofreciéndote algo más, deberías haberme abofeteado.

Ella pestañeó tres veces mientras asimilaba aquella poderosa advertencia.

–Yo no estaba…

–Ah, lo sé –respondió él para librarla de la vergüenza–. Solo quería advertirte cómo son los hombres de esta industria. La mayoría son un billete directo a *Troubletown*, la ciudad de los problemas –dijo él, y ella sonrió al oír cómo usaba el título de su último sencillo–. Soy tu abogado, y mi deber es protegerte. En este mundo de la música hay muchos depredadores, sobre todo, de jóvenes talentos que no tienen demasiada experiencia. Por ese motivo, yo voy a estar aquí para cerciorarme de que nadie se aproveche de ti. Estoy de tu lado. Mis hermanos y yo estamos de tu lado, con todo Elite Records. Puedes contar con nosotros.

Ella sonrió con gratitud, y él se despidió amablemente y se alejó, pensando en que, aunque solo tuviera diez años más que Alex, se sentía como si ya hubiera vivido toda una vida antes que aquella. Era el pequeño de cuatro hermanos y, a menudo, se había sentido como si tuviera que alcanzarlos. Ahora, todos ellos estaban casados o a punto de estarlo y, por primera vez, él no quería seguir sus pasos. No tenía nada contra Hannah, Presley ni Cassandra, eran estupendas, pero no quería tener una mujer ni una familia. Estaba contento, le divertía tener relaciones cortas. Dejaba la seriedad para su carrera profesional.

Al igual que sus padres, los hermanos Sutherland estaban enfocados en el éxito profesional, pero no habían continuado el trabajo en la agencia inmobiliaria de la familia. En vez de eso, se habían abierto camino en la industria musical.

A él siempre le había encantado la música, pero no era capaz de entonar una sola nota. Se había sentido fascinado por el aspecto del negocio, por los contratos jurídicos y los acuerdos.

La competencia principal de Elite Records era Cheating Hearts Records, propiedad de la matriarca de Beaumont Bay, Mags Dumond. Mags dominaba el pueblo como si fuera un tablero de Monopoly, pero Elite tenía algo de lo que carecía Cheating Hearts: escrúpulos. Los hermanos Sutherland se enorgullecían de poner al artista por delante, y esa estrategia había dado sus frutos.

Gavin pensaba que, sin el talento de los artistas, no habría estudios de grabación. No habría contratos publicitarios. No habría conciertos. Así pues, él era leal a los músicos.

Al marcharse de la fiesta, fue estrechando manos y dando algunas palmadas en el hombro de aquellos con quienes se cruzaba. En el ascensor, recordó la última mirada fulminante de Hannah. Ya que se congratulaba tanto de proteger a los artistas del mundo, tal vez debiera disculparse por haber hablado de manera poco adecuada sobre una amiga de la familia.

Tenía que explicarle a su cuñada que su intención no había sido insultar a Hallie. Que se le había subido el alcohol a la cabeza y que se había pasado de listo. Al salir del Beaumont Hotel, en medio de la acera atestada de turistas y residentes, envió un mensaje de texto a Hannah.

Ya sabes que Hallie me parece estupenda. Siento haberme comportado como un idiota.

Así. Ya se sentía mejor. Aspiró el delicioso olor a magnolia que salía de la floristería de al lado y, de repente, vio una melena rubia por el rabillo del ojo. Cuando se giró, la mujer se había metido a un coche con los cristales tintados.

Obviamente, su conciencia le estaba diciendo que también le debía una disculpa a Hallie.

Capítulo Tres

A la mañana siguiente temprano, Gavin entró en Elite Records y saludó a su hermano. Will estaba sentado en la mesa de reuniones, con un café. Hannah estaba a su lado, ataviada con un traje pantalón de color rosa y el pelo arreglado tal y como lo había descrito Alex la noche anterior. A Gavin todavía le emocionaba que su hermano mayor, el más serio de todos, hubiera encontrado el amor junto a una mujer que brillaba de pies a cabeza.

–Hola, Han –dijo mientras se sentaba frente a ellos.

–Hola –respondió ella con una expresión indescifrable que podía significar cualquier cosa.

Su cuñada no le había respondido el mensaje de la noche anterior. Hallie entró en la sala con una expresión seria.

–Gavin –dijo con sequedad.

Sí, estaba claro que Hannah le había contado lo que él había dicho en la fiesta. Tenía que haberse dado cuenta de que aquellas hermanas lo compartían todo. Y también tenía que haberse callado la boca.

–Tengo el contrato de *merchandising* para los próximos conciertos de Hannah en el Reino Unido. El precio es muy bueno y, por lo que he podido ver, han hecho una oferta justa –dijo Hallie, mientras entregaba los documentos. Después, se sentó a la izquierda de él, dejando un asiento libre entre los dos.

Él la miró de reojo, pero ella lo ignoró. Entonces, él se concentró en el contrato que tenía delante. En cuanto leyó la primera línea del documento, olvidó sus preocupaciones personales. No encontró ninguna frase incompleta ni engañosa, pero había una o dos cláusulas que podía añadirle al contrato para que Hannah tuviera una participación más igualitaria.

—Llamaré a su oficina esta tarde —dijo, mientras tendía la mano para que le dieran las otras copias de los contratos—. Vamos a corregir algún error pequeño y añadir una cláusula, y estará listo.

—Gracias, Gav —dijo Hannah con una sonrisa.

—Tengo que admitir —dijo Will— que, aunque soy muy inteligente, no veo las cosas que ves tú cuando miro estas cosas.

—Práctica, hermano. Mucha práctica.

—Disculpadnos —dijo Will. Rodeó a su mujer con el brazo y le lanzó una mirada que no se le escapó a nadie—. Tenemos que hablar en mi despacho.

Cuando salían, Hannah iba susurrándole algo al oído a Will, y Gavin se alegró de no poder oírlo. Se alegraba mucho por ellos, pero no necesitaba conocer los detalles.

Se giró para decirle algo a Hallie, aunque no sabía qué. ¿Cómo se dirigía una persona a otra a la que había insultado sin querer y que se negaba a dirigirle la palabra?

—Ha ido bien.

Ella pestañeó.

—Me refiero al contrato.

Ella pestañeó de nuevo.

De acuerdo. Lo intentaría con un cumplido.

—Nunca había trabajado con Music Keepers. Buen

19

trabajo haberlos encontrado. Puede que merezca la pena tenerlos en cuenta cuando haya que renegociar el contrato de *merchandasing* de la gira de Cash.

–Sí.

Bueno, había conseguido sacarle una palabra y, por lo menos, era una palabra afirmativa.

–Hallie, ¿qué ocurre? Creo que lo sé, pero preferiría que me lo dijeras tú.

Si había una cosa que sabía con seguridad, era que siempre perdía el que hablaba primero. Si le pedía disculpas por lo que le había dicho a Hannah, tal vez dijera algo más de lo que sabía Hallie. Y él no quería que supiera lo que había dicho la noche anterior, si podía evitarlo.

–¿Por qué va a pasar algo? –preguntó ella con una mirada de severidad.

–Porque me parece que estás diferente.

Ella carraspeó. Él la observó un instante: llevaba pantalones negros, una blusa de seda beis y unos zapatos de tacón bajo. Su atuendo normal de oficina. Llevaba coleta y un maquillaje discreto y suave. Cuando entrecerró los ojos marrones para fulminarlo con la mirada, él se dio cuenta de un detalle.

–Ya sé –dijo, chasqueando los dedos–. No llevas gafas.

Ella frunció el ceño.

–Eh… no… no llevas gafas, como algunas veces.

Como casi siempre que él la había visto en ocasiones anteriores. Aparte de la boda o aquella vez en The Chesire, cuando Presley había llegado a la ciudad.

–¿Necesitas que me las ponga para no confundirme con Hannah?

Vaya… ¿Qué demonios significaba eso?

–No, por supuesto que no.

–¿Estás seguro?

Hallie no esperó a que él respondiera. Se levantó de la mesa de la sala de juntas, salió y se alejó por el pasillo.

Vaya. Claramente, su conversación con Hannah no había fortalecido sus lazos de amistad con Hallie.

Recogió los contratos y se fue a su despacho. Pasó unas horas concentrado en el trabajo y alzó la cabeza al oír que alguien llamaba a la puerta.

–Está abierto –dijo.

Hannah entró en el despacho y se sentó delante de su escritorio, con una sonrisa astuta y llena de picardía. A su espalda había colgada una fotografía de Cash y ella en una de sus actuaciones. Los focos, el escenario, el sudor de su frente. Tenían mucho talento. Pero, por muy orgulloso que él se sintiera de ellos, nunca había querido la fama para sí mismo. No necesitaba fans que lo adoraran. Solo necesitaba clientes contentos.

–Iba a preguntártelo antes, pero pensé que iba a ser embarazoso con Hallie presente.

–Se lo dijiste.

Hannah sacó su teléfono móvil y leyó en voz alta:

–Ya sabes que Hallie me parece estupenda. Siento haberme comportado como un idiota.

–Sé lo que dice el mensaje, Han. Lo escribí yo.

–Sí, pero ¿qué significa? ¿Por qué dices que te comportaste como un idiota?

–Anoche, en The Chesire.

Al decirlo, recordó la mirada de enfado de Hannah la noche anterior… y cómo se parecía a la que le había lanzado Hallie aquella mañana. Tuvo una sensación desagradable.

–Anoche yo no fui a The Chesire. Will y yo fuimos a casa de tus padres a recoger una colcha que nos ha hecho tu madre.

–¿Eh?

–Sí. No sabía qué responderte. Pensé que te habías equivocado y me habías mandado el mensaje por error, o que estabas borracho.

–Ojalá –dijo él con un suspiro.

Era obvio que había confundido a Hallie con Hannah la noche anterior. No, no… No era posible. Él la había llamado Hannah, y ella no le había corregido. ¿Por qué iba a fingir Hallie que era su hermana?

–¿Sabes alzar solo una ceja? –le preguntó, puesto que, la noche anterior, la mujer con la que estaba hablando había hecho eso exactamente.

Hannah movió ambas cejas intentando hacerlo, pero no lo consiguió.

–No, nunca he podido. Hallie, sí. Ella lo hace sin esfuerzo.

–Mierda –murmuró él. Había tenido una sensación de inseguridad al decirle hola a Hannah la noche anterior. Debería haberle prestado atención a su instinto.

–Vaya, entonces, ¿ayer confundiste a Hallie conmigo? –preguntó Hannah con una sonrisa de diversión.

Él se rascó una ceja.

–Eso parece.

–Vaya, vaya. Y, por curiosidad, ¿qué le dijiste a Hallie sobre Hallie?

–Nada que le hubiera dicho a ella directamente, pero tampoco nada malo. Creo que ella no se lo tomó bien.

Hannah miró su teléfono móvil.

–A mí me parece agradable que te caiga bien.

–Pues claro que me cae bien –respondió él, frunciendo el ceño–. Lo que ocurre es que yo no le caigo bien a ella. Sobre todo, después de haber insinuado que no era capaz de conseguir una cita porque trabaja demasiado.

Hannah tomó una bocanada de aire. Mirándola en aquel momento, le pareció imposible no darse cuenta de que tenía el pelo mucho más claro que Hallie. ¿Cómo había podido confundirlas?

Con irritación, preguntó:

–¿Os divierte haceros pasar la una por la otra? –le preguntó, mientras tomaba su chaqueta del respaldo de la silla. Recogió su agenda y añadió–: Me parece recordar que Will tuvo un problema parecido con vosotras.

–No se te ocurra levantarle la voz a mi mujer –dijo Will, que apareció de la nada, y lo miró desde la entrada del despacho con cara de pocos amigos.

–Oh, déjalo –dijo Hannah, y empujó a su marido hacia el pasillo–. Gavin está enfadado consigo mismo.

Después, se giró hacia Gavin.

–Habla con ella. Me parece que tienes que darle alguna explicación dijo sin dejar de sonreír.

Gavin ignoró la expresión de indignación de su hermano mayor. Ya en la calle, sacó el teléfono y le envió un mensaje a Hallie: *Tenemos que hablar.*

No esperaba contestación, y no iba a esperar. Subió a su coche y se dirigió a su apartamento.

–Estés lista o no, Hallie Banks –dijo, mientras aceleraba–, allá voy.

23

Capítulo Cuatro

Hallie aparcó delante de su dúplex con la comida en el asiento de al lado. Después de salir del estudio de grabación, había tenido un día muy ocupado. Sin embargo, mientras hacía recados y contestaba llamadas de teléfono, no había podido dejar de pensar en lo que le había dicho Gavin la noche anterior.

Después de la fiesta, al llegar a casa, se había desmaquillado y se había puesto ropa cómoda. Había tomado su cuaderno y un rotulador negro y había tachado el nombre de Gavin de su lista. No tenía ningún interés en él después de que la hubiera insultado a la cara.

Intentó abrir la puerta de su casa mientras sujetaba la bolsa de la comida, el bolso, un vaso grande de té helado y el maletín. Justo entonces, apareció un todoterreno grande de color gris oscuro y aparcó en la entrada de su casa. Gavin bajó del vehículo, alto, delgado, con un traje que seguramente costaba un millón de dólares. Sus zapatos estaban brillantes e impecables. Hubiera sido mucho más fácil detestarlo si no fuera tan guapo.

Él le quitó las llaves de la mano, abrió la puerta y se hizo a un lado para dejarla pasar, pero, después, la siguió y cerró la puerta antes de que pudiera invitarlo.

–Vaya, por qué no entras –murmuró Hallie, mientras lo dejaba todo sobre la mesa de la cocina.

Él dejó caer las llaves en su bolso y se quedó mirándola con los brazos cruzados.

–¿Qué estás haciendo aquí? –le preguntó Hallie.

–Te he mandado un mensaje.

Ella no había mirado el teléfono, precisamente, para no tener que tratar con él.

–¿Sobre qué? –le preguntó, mientras sacaba la comida de la bolsa.

–Tenemos que hablar.

–No, no es verdad. Yo voy a comer. Y tú te vas a marchar.

Estar enfadada con él era mucho más fácil que salir de su zona de confort. Abrió la tapa del envase de *poke* y rompió el paquete de papel que contenía los dos palillos chinos.

–Eras tú la que estaba en The Cheshire. Y dejaste que yo pensara que eras Hannah.

–Pues sí. Fue una experiencia de lo más ilustrativa.

–¿Qué es lo que piensas que me oíste decir?

Vaya, una pregunta digna de todo un abogado.

–Sé lo que oí. Que no soy capaz de conseguir una cita. Tú lo dijiste.

–Pregunté si tenías alguna.

–Preguntaste si había conseguido alguna.

Él asintió.

–No quería decir que fueras incapaz de conseguirlo.

–No, no soy incapaz de socializar –dijo ella–. Llevaba horas hablando con gente de la fiesta antes de que nos encontráramos. Lo que pasa es que me pillaste en un mal momento.

–Yo no dije que fueras incapaz de socializar.

–Dijiste que Hannah es una persona muy sociable y que yo estoy todo el tiempo trabajando.

–Estaba alabando tu capacidad de trabajo –respondió él–. Aunque lo cierto es que podía haberlo hecho mejor.

–¿De verdad? –preguntó ella con ironía.

Él sonrió, y su tono de voz se volvió más suave.

–Quería sugerir que deberías tener más tiempo libre, no acusarte de no saber cómo divertirte.

–Pues no te salió bien, la verdad.

Le dio un sorbo a su té helado, estuvo a punto de atragantarse cuando él siguió hablando.

–¿Quieres cumplidos? Lo cierto es que nunca he comprendido por qué no sales con nadie. Solo hay que mirarte. Eres guapísima, lista, divertida. Única.

–¿Tan única que pensaste que era Hannah cuando me viste?

–¿Podría añadir que eres una listilla? –dijo él, sonriendo–. En mi defensa, puedo alegar que tuve muchas dudas en cuanto me dirigí a ti llamándote Hannah. Pero ¿qué iba a hacer? ¿Decirte que eras una mentirosa? O, peor aún, decirte que estabas guapísima con aquel vestido y pedirte que bailaras conmigo?

Oh, eso habría sido estupendo.

–Y, entonces… –prosiguió él, en un tono seductor–, cuando hubiera caído en la tentación de pasar los dedos por tus hombros sedosos…. ¿Habrías ido tú a mi funeral? –murmuró.

Ella pestañeó.

–¿Cómo?

–Si de verdad hubieras sido Hannah, Will me habría matado.

–Estás diciendo que el malentendido fue culpa mía –gruñó ella, con un gran sentimiento de culpabilidad.

–En parte, sí –dijo él–. Pero quiero pedirte disculpas. ¿Me perdonas? –le preguntó Gavin, tendiéndole la mano.

Ella lo miró dubitativamente. Sintió una abrumadora necesidad de tocarlo, y asintió sin pensarlo dos veces.

–No hay nada que perdonar –dijo.

Iba a añadir que le agradecía los cumplidos y también a disculparse a su vez por haber fingido que era Hannah. Sin embargo las palabras se le quedaron en la garganta al notar el calor que se creó entre ellos.

Su mano era más grande que la de ella, y tenía la piel más morena, los dedos largos y los nudillos, muy bonitos. Le apretó la mano con firmeza pero, al mismo tiempo, con delicadeza. Y era cálido. Muy cálido. Siguió sonriendo y entrecerró los párpados.

–Hallie Banks. Ojos dorados, hoyuelos, capaz de enarcar una sola ceja. No volveré jamás a confundirte con tu hermana.

Ella estaba tan embelesada por su presencia, su mirada y el contacto con su piel, que no lo soltó de inmediato, sino que trató de retener su mano. Se disculpó en un susurro, y él se echó a reír.

–Me alegro de que hayamos aclarado las cosas. Te dejo para que puedas comer –dijo.

Dio una palmadita en la mesa y se levantó. Ella tuvo el impulso de acompañarlo a la puerta, pero, al final, se quedó pegada al asiento. No fue capaz de reaccionar adecuadamente.

Otra vez.

Hallie se reunía con Presley en el Rise and Grind todas las semanas para tomar té y *scones*. En aquella ocasión, había estado a punto de cancelar la cita porque no quería contarle a Presley lo que había ocurrido con Gavin, ya que Pres estaba comprometida con Cash, el hermano de Gavin.

Presley se metió un mechón de pelo detrás de la oreja, y su anillo de compromiso brilló. Cash le había pedido matrimonio a su novia sobre el escenario el verano anterior. Presley había ido a vivir a Tennessee, desde Florida, inmediatamente. Desde entonces, Hallie y ella habían pasado mucho tiempo juntas y se habían hecho amigas.

Presley, con la taza de café a medio camino hacia los labios, preguntó:

—Bueno, ¿y qué tal la semana?

Hallie seguía pensando que era mejor no decir nada sobre Gavin, pero, al final, contó toda la historia.

—¿Y por qué piensa que puede decirte lo que tienes que hacer en tu tiempo libre? —explotó Presley, llamando la atención de la mesa contigua—. ¿A quién le importa si tú sales con mil hombres a la semana o con ninguno? Eso no es asunto suyo.

Dio un largo sorbo de su taza de café y su ira se convirtió en una sonrisa cálida.

—Mmm… Cómo me gustan los *flat white*.

Hallie se echó a reír. Se sentía mejor después de habérselo contado a alguien. Hannah se lo había preguntado, pero ella le había dicho que no quería avergonzar a Gavin en The Cheshire, y que por ese motivo no había corregido su error. Por supuesto, Hannah no se lo había creído, pero, al menos, no le había hecho más preguntas.

–Bueno, me pidió disculpas –le dijo Hallie a Presley–. Y, después, me dijo que no era su intención decirme eso. También me dijo que me merezco un descanso, que trabajo demasiado.

–¿Ah, sí? ¿Y qué pasó después de que te dijera eso del descanso?

–No pasó nada. Me estrechó la mano y dijo que… mmm… Bueno, no importa.

–Sí importa. Ahora tienes que contármelo.

–De verdad, no es nada. ¿No te apetece un *scone*? Yo quiero uno –dijo Hallie.

Sin embargo, Presley la tomó de la muñeca antes de que pudiera levantarse.

–Me dijo que era muy guapa y que no entendía por qué siempre aparecía sola en todas partes.

Su amiga sonrió.

–Eso es muy dulce.

–Sí, más o menos.

–Es cierto que eres muy guapa.

–Me parezco a Hannah –dijo Hallie.

Sí, eres exactamente igual que Hannah, pero sois dos personas distintas, Hallie. Cuando no estás haciéndote pasar por ella, claro –dijo Presley.

–Es que ¡Gavin me pone tan nerviosa!

No se imaginaba qué iba a ocurrir la próxima vez que se vieran, ahora que se habían tocado y él había mencionado sus hombros. Ahora que ella sabía lo que era ser el centro de su atención.

–Porque te parece que está buenísimo, cosa que es cierta.

—Sí –dijo Hallie, sin molestarse en negarlo.

—Y parece que tú también le pareces muy atractiva.

—Señaló algunas de las diferencias físicas que hay entre Hannah y yo.

—Los hoyuelos –dijo Presley–. Las gafas, el estilo de vestir.

—Sí, y, también, se dio cuenta de que yo puedo levantar una sola ceja. Y de que tengo los ojos un poco más dorados que Hannah.

—¿Ah, sí? –preguntó Presley, y la miró de cerca–. Oh, Dios, es cierto. No me había dado cuenta. Pero Gavin…

—Shh, calla. Estamos en público.

Presley puso una mano en el lateral de su taza de café y apoyó el brazo sobre su estómago.

—Si yo fuera tú –le dijo a Hallie–, le diría que es tan genial y relajante que debería hacerte un tutorial.

Hallie se echó a reír.

—Sí, claro.

—Lo digo en serio. No eres adicta al trabajo, Hallie, pero te vendría bien divertirte un poco. Gavin es divertido y atractivo. Pídele que te lleve a pasarlo bien. Vive un poco. Te lo has ganado.

Hallie se quedó pensando que su amiga tenía razón. Llevaba mucho tiempo siendo la hermana más seria y estudiosa, dirigiendo su empresa y la carrera de su hermana. Se merecía un poco de diversión, y Gavin parecía muy capaz de proporcionársela. Lo único que tenía que hacer era convencerlo de que la ayudara a soltarse la melena y, a cambio, ella podría… mmm… Bueno, él tenía que querer algo de ella, ¿no?

Sí, pero… ¿qué?

Capítulo Cinco

Hallie estaba en el salón de Will y Hannah, terminando en el ordenador el itinerario de su hermana.

Hallie entró con otra maleta y la añadió al montón de equipaje. Su marido y ella se iban a Francia de vacaciones y por trabajo, puesto que Hannah iba a actuar en un concierto benéfico en París.

–Oh, bien. Gavin ha podido llegar –dijo su hermana, de repente.

–¿Qué? ¿Por qué? –preguntó ella. Se quitó las gafas y se llevó la mano al pelo que, en aquel momento, estaba sujeto con un bolígrafo retorcido.

–¿Por qué te alarmas? Él aceptó tu disculpa, ¿no? –preguntó Hannah–. Además, tengo un mensaje de texto que demuestra que te considera estupenda.

–Calla –le dijo Hallie en voz baja, mientras Hannah abría la puerta.

–Firmado, sellado y entregado –dijo Gavin.

Hannah tomó el sobre de su mano y le dio las gracias, pero, en vez de despedirse, le invitó a que entrara.

–¿Te apetece una taza de café?

–No, yo…

Al fijarse en Hallie, sonrió.

–Bueno, sí –dijo–. Iba a pasar por el Rise and Grind, pero, ya que me lo ofreces…

–Perfecto. Sírvete tú mismo. Ya sabes dónde está

todo –dijo Hannah, y mantuvo la puerta abierta para que Will pudiera llevarse el resto de las maletas.

–¿Esto es lo último? –preguntó, antes de saludar a su hermano, y volvió a salir.

–Sí, es todo –dijo Hannah–. Ya podemos marcharnos. Lo tengo todo. ¿Estás bien, Hallie?

–Eh…

¿Ya era mediodía? ¿Y Hannah iba a dejarla allí, a solas con Gavin? De nuevo, perdió todo el valor al darse cuenta de que iba a quedarse allí con el objeto de su enamoramiento.

–Cierra la casa. Te mando fotos de la Torre Eiffel –le dijo Hannah mientras la abrazaba con fuerza. Después, añadió, susurrando–: Y disfruta de tu compañía.

Hallie le lanzó a su hermana una mirada de advertencia.

–Cuídate –le dijo.

–Yo la cuido –respondió Will, y miró con calidez a su mujer.

Hannah estaba en buenas manos, y eso ayudaba a que Hallie pudiera relajarse ante el hecho de que su hermana se fuera al otro lado del Atlántico sin ella. Will y Hannah recogieron el resto de las maletas y cerraron la puerta.

–¿Quieres que te prepare uno? –le preguntó Gavin mientras se servía leche en el café.

–No, gracias. Ya estoy lo suficientemente nerviosa.

Él se sentó a su lado en el sofá, y ella tuvo que hacer un esfuerzo por no inhalar el olor de su colonia, que la envolvió.

–¿Qué tienes que hacer hoy? –le preguntó él.

–Bueno, ya sabes. Un millón de cosas –dijo ella, señalando la pantalla de su ordenador.

–¿Por qué no me sorprende? –murmuró Gavin.

–¿Qué quieres decir con eso? –preguntó irritada.

–No, nada, nada. No seguirás enfadada conmigo, ¿verdad? Pensaba que ya lo habíamos resuelto.

–Sí. Mmm… Y ¿qué tienes que hacer tú hoy?

Él sonrió, y a ella se le quedó la mente en blanco. Era demasiado guapo. Sobre todo, con aquel traje azul marino y la corbata rosa claro. Tenía el pelo revuelto, y ella sintió la tentación de alisárselo con los dedos.

–Ah, hoy estoy en una situación difícil, Hals –dijo él con un suspiro exagerado.

Ella enarcó una ceja y esperó a que él se explicara.

–Sabes que me he construido una casa en el lago, ¿no?

Sí, lo sabía. Llevaba mucho tiempo queriendo verla, después de haber oído a Cash, a Will o a Hannah hablar de ella. La casa estaba situada entre el lago principal y otro más pequeño, privado, lo cual garantizaba unas vistas maravillosas. Y, con el cambio de color de los árboles en otoño, aquel lugar debía de ser un paraíso.

–Sí.

–Pues… Cualquiera pensaría que, después de tener que tomar dos millones de decisiones durante la construcción del edificio, ya has terminado. Pues no. Ahora tengo que tomar dos millones de decisiones más sobre el interior.

Su sonrisa desapareció, y en su lugar apareció una expresión de desconcierto.

–Mi decoradora es magnífica. La adoro. Es lista y

sabe mucho. Es muy cara, pero merece la pena hasta el último centavo. Pero, aunque ya están en la casa todos los muebles importantes, hay habitaciones que necesitan atención. A mí no me importan los adornos, los cuadros ni las cortinas. Ruby lo hace muy bien, pero dice que necesita ajustarlo a mi estilo. Llevo dos semanas evitándola, pero hoy he tenido que permitir que venga a torturarme.

Hallie se echó a reír.

—Oh, pobrecito. Tienes que elegir muebles y adornos para tu mansión de multimillonario a orillas del lago.

—De los lagos —corrigió él.

—Eso. De los lagos.

—Pues haría cualquier cosa por librarme de eso. Yo nunca he pensado en cuál es mi estilo. Soy soltero. No tengo ni idea. Pero… si tuviera a alguien como tú para ayudarme, no sería una tarea tan angustiosa —dijo Gavin, y tomó su taza de café de la mesa.

En aquel momento, Hallie se dio cuenta de lo que Gavin necesitaba de ella. Tal vez, si se ofrecía para ayudarle a tomar decisiones con su decoradora, él se ofreciera para enseñarla a divertirse un poco más.

—Yo… En realidad, hay una cosa que quería pedirte —dijo, después de tragar saliva—. Un favor.

—¿Ah, sí? —preguntó él.

—Sí —dijo ella, y exhaló un suspiro. Aunque casi estoy demasiado nerviosa para pedírtelo.

A Gavin se le ocurrieron diez ideas diferentes, y en todas aparecían los labios de Hallie posados en alguna parte de su cuerpo.

En cualquier parte. No era exigente en eso.

Por mucho que se hubiera repetido a sí mismo que no podía seducir a Hallie Banks, debido a los lazos familiares y a que, aparentemente, él no era de su agrado, había cambiado de opinión en cuanto se había sentado a su lado en aquel sofá. Ella no se había alejado de él para esquivarlo, como hubiera hecho antes, sino que había empezado a lanzarle miradas nerviosas y a sonreír. E incluso, le había dicho que quería pedirle un favor, algo que nunca hubiese esperado.

—Bueno, más bien, es una propuesta —continuó Hallie.

—De acuerdo —dijo él, con un sentimiento de impaciencia—. Dime de qué se trata.

—Tenías razón —dijo Hallie. Estiró un brazo y cerró su ordenador portátil—. Cuando me dijiste que trabajo demasiado.

Él se estremeció. Aquello, otra vez, no, por favor.

—No es que quiera reanudar la discusión. Solo me preguntaba si tú podrías enseñarme a romper un poco las reglas.

—¿A romper… las reglas? —preguntó él con asombro.

—Eh… Quiero divertirme más en mi vida personal. No salgo demasiado, a no ser que se trate de algún evento de trabajo. Y, supongo que… no, no sé divertirme —dijo ella, con las mejillas ruborizadas—. Durante toda mi vida he visto que Hannah se arriesgaba. Yo quiero intentarlo. Y, como la diversión forma parte de tu credo…

—¿Yo tengo un credo?

—Podrías enseñar un poco —prosiguió ella. Alzó un dedo a modo de advertencia—. Pero de un modo seguro. No quiero tirarme en paracaídas, ni escalar montañas. Ni hacer nada que pueda poner en peligro mi reputación, ya que tengo una nueva clienta.

–¿Tienes una nueva clienta?

–Sí, Martina Merriweather, la hija de Bernie –dijo Hallie–. Lo conocí en The Cheshire.

–Enhorabuena –dijo él–. Martina es afortunada por tenerte de representante.

Ella sonrió con orgullo.

–Gracias.

–De nada.

–De todos modos, no voy a pedirte nada por caridad. Quiero ofrecerte algo a cambio.

–Soy todo oídos –dijo él. Y otras partes del cuerpo, también, pero eso no lo mencionó.

–Acepto mediar entre tú y tu decoradora.

–¿Disculpa? –preguntó él, con el ceño fruncido.

–Puede que tú no tengas ni idea de qué alfombras o muebles o cortinas elegirías para tu casa, pero yo, sí. Una vez vi tu piso minimalista…

–¿Sí?

–Sí. Pasé por allí con Hannah y Will.

¿Y él no se había dado cuenta? ¿O acaso Hallie había intentado por todos los medios pasar desapercibida para que él no se fijara?

–Bueno, tu casa es bonita, pero está muy vacía. Hannah comentó una vez que tu nueva casa tiene unas oficinas aparte para recibir a los clientes, así que querrás dar buena impresión. Y, como yo entiendo a la vez de decoración y de la industria musical…

–Sabes lo que necesito –dijo él–. De acuerdo. Acepto tu ofrecimiento. Yo te enseño a romper las reglas y, a cambio, tú trabajas con Ruby.

–A romper las reglas de un modo seguro –insistió ella.

–Sí, sí. ¿Cuándo quieres empezar?

–Lo antes posible. Si te parece bien, claro.

–Sí. ¿Empezamos ahora?

–Gracias –dijo ella–. No quedarás decepcionado –añadió. Después, se mordió el labio–. Aunque, aun a riesgo de que parezca una adicta al trabajo, no puedo reunirme hoy con Ruby. Tengo una cita dentro de una hora.

–No te preocupes, no hay problema –dijo él.

Y era cierto. No había ningún problema. Podía esperar su mejor momento. Llevaba bastante tiempo sin hacer nada con respecto a Hallie, sin actuar de acuerdo con sus impulsos. Había ignorado esos impulsos hasta aquel momento. En parte, había cambiado de opinión debido a la marcha de Hannah y Will. Se preguntó si su ausencia había favorecido también la propuesta de Hallie.

–Déjamelo a mí, Hals. Yo te enseñaré cómo hay que divertirse.

Tanto como ella estuviera dispuesta a aguantar.

Capítulo Seis

Después de terminar una cita con un cliente, Gavin iba caminando por una de las calles principales del centro de la ciudad cuando vio a dos mujeres a las que conocía bien. Una de ellas tenía una melena pelirroja que brillaba bajo el sol de otoño.

–Vaya, vaya, Presley Cole en persona.

Él la conocía desde hacía años, antes de que se comprometiera con su hermano. Era divertida, refrescante, perfecta para Cash.

La mujer que iba con ella lo saludó con una sonrisa recatada.

–Eres Hallie, ¿no? –bromeó él, y ella volvió a sonreír.

–Qué gracioso –le dijo Hallie, poniendo los ojos en blanco.

–¿Qué te trae por nuestra parte del territorio, Gavin? –le preguntó Presley con un vaso de café para llevar en la mano.

–Estaba visitando a un cliente y, siento decepcionarte, Tallahassee, pero esta no es tu parte del territorio. Acabas de mudarte.

–Soy casi una Sutherland –replicó ella, mostrándole el anillo de compromiso.

–¿Qué estáis tramando vosotras dos? –preguntó Gavin. Hallie estaba más tímida que el día anterior, estaba deseando estar a solas con ella cuanto antes.

–Ya estábamos despidiéndonos –dijo Presley, alegremente–. Le prometí a Cash que iría a verlo –añadió, y miró a Hallie, que abrió un poco más los ojos–. Se me había olvidado decírtelo. Vaya. Pero, bueno, seguro que Gavin puede acercarte a casa.

Él miró a Presley de reojo, y Presley asintió con entusiasmo. Se dio cuenta de lo que sucedía.

–Ah, por supuesto. Tengo que hacer un recado, Hallie, y podrías acompañarme.

–No sabía que era una carga tan pesada –le dijo Hallie a Presley. Sí, con enfado.

–Pues claro que no –le dijo él–. Como dijiste que me ibas a ayudar con mi decoradora, a lo mejor también puedes ayudarme con lo que tengo que hacer hoy –dijo, y señaló su todoterreno Ford, que estaba aparcado en la acera de enfrente–. Voy a cambiarla hoy. El contrato de *leasing* ha vencido, y me vendría bien contar con una segunda opinión. Si no te importa, por supuesto.

–Sí, Hallie me ha contado lo de vuestro acuerdo –dijo Presley–. Esta es una gran oportunidad para ser espontáneos.

Hallie frunció los labios.

–¡Que os divirtáis! –exclamó Presley. Le dio un abrazo rápido a Hallie, una palmadita en el brazo a Gavin y se fue hacia su coche tan rápidamente como pudo.

Hallie se cruzó de brazos.

–No tienes por qué llevarme a ningún sitio. Puedo pedir un taxi.

–¿Y por qué ibas a pedir un taxi, si yo tengo un todoterreno a nuestra disposición?

–Uno que estás a punto de cambiar.

Gavin se encogió de hombros.

–La vida es para vivirla, Hals.

A ella le brillaron los ojos, pero, en aquella ocasión, no fue a causa de un enfado ni del nerviosismo. A Gavin le dio la impresión de que le gustaba que la llamara así. Siempre había oído que todo el mundo la llamaba Hallie. Dio por hecho que había roto su primera regla.

Cuando llegaron al concesionario, Gavin saludó a Chad, el dueño. Se llevaba bien con él, seguramente porque tenía la costumbre de cambiar de coche con frecuencia.

–Señor Sutherland. He elegido el todoterreno perfecto para usted. Y otro par de vehículos, porque sé que le gusta tener diferentes opciones.

Gavin se metió las manos en los bolsillos.

–En realidad, hoy quería ver un coche más deportivo. Rápido. Divertido. De color plateado o rojo.

–Por supuesto –dijo Chad, y le tendió la mano a Hallie–. Hola, soy Chad King. Y sé que usted es Hannah Banks, estrella legendaria.

–Bueno, en realidad, es Hallie Banks, la hermana gemela de Hannah –dijo Gavin–. Y su representante.

–Ah… Disculpe, por favor –dijo Chad, que se quedó consternado un segundo. Después, añadió–: Son ustedes idénticas. Exactamente iguales.

Hallie le quitó importancia al error.

–No se preocupe. Nos confunden a menudo. Incluso gente a la que conocemos desde hace años –dijo, y miró de reojo a Gavin.

Vaya, qué graciosa era.

–¿El mismo rango de precios que para los todote-
rrenos? –le preguntó Chad a Gavin.

–Sin límite. Enséñanos lo mejor que tengas. Hoy
tengo ganas de gastar.

A Chad le brillaron los ojos de emoción y se alejó
rápidamente, prometiendo que volvería con las llaves.
Gavin se giró hacia Hallie; esperaba ver impaciencia
y expectación en su semblante, pero ella tenía una expresión severa.

–¿Sabes cuánto dinero malgastas con el *leasing*?
La decisión de gasto más sensata es comprar el coche.
Y, si fueras listo, llevarías un coche de segunda mano
en vez de uno nuevo, que pierde el treinta por ciento
de su valor en cuanto sale del concesionario.

–Creo que me has entendido mal cuando te invité
a venir aquí. Quería que me dieras tu opinión sobre el
estilo del coche, no sobre el precio. Además, conducir
un coche de segunda mano no es divertido.

–En la vida hay otras cosas, aparte de la diversión…

Hallie se quedó callada y se mordió un labio.

–No te preocupes, hoy vamos a empezar a trabajar
para que cambies esa percepción –dijo él, y le ofreció
la mano–. Ven conmigo.

Ella vaciló un momento, pero, al final, le dio la
mano. Él la llevó hacia un coche deportivo de color
amarillo y le murmuró al oído.

–Salir conduciendo esta belleza del concesionario
sin preocuparse por el precio, eso sí es divertido.

Ella lo miró con los ojos entrecerrados, aunque se
le estaba dibujando una sonrisa en los labios y su ho-
yuelo estaba apareciendo. Él se quedó prendado de
su boca carnosa y se inclinó hacia ella, pero, por des-

gracia, Chad apareció en aquel momento y los llevó fuera.

Hallie no sabía qué se proponía Gavin, pero tenía que reconocer que era divertido elegir un carísimo coche deportivo. Por supuesto, podía deberse al hecho de que él le estuviera sujetando la mano mientras admiraban el vehículo de color rojo.

–El color se llama *candied apple* –dijo Chad cuando Hallie tocó la carrocería–. Buenísima elección. ¿Quieren ir a dar una vuelta para probarlo?

–Sí –dijo Gavin.

Chad les dio unas breves instrucciones y los despidió, saludando con la mano.

–Volveremos dentro de una hora –dijo Gavin.

–Tómense su tiempo –dijo Chad.

Después, se alejó para saludar a otro cliente.

–¿Se debe al apellido Sutherland que siempre os traten como a reyes? –preguntó ella.

–Podría ser, pero, en el caso de Chad, creo que es más por agradecimiento. En el instituto siempre lo defendía para que no le pegaran.

Gavin metió la primera marcha y salió del aparcamiento hacia la calle. A aquella hora había mucho tráfico.

–¿Lo protegías?

–Parece que te sorprende. ¿Es que no me crees capaz de hacer algo así? Puede que ahora Chad y yo tengamos la misma estatura, pero, en el instituto, no era más que un chaval escuchimizado de quince años.

Hallie sonrió.

–No, no me sorprende. Lo que tú siempre haces es

42

proteger a la gente. Aunque, hoy en día, de algo más que de quedarse sin el dinero para la comida.

Él la miró un segundo y sonrió con calidez, como si le hubiera conmovido aquel cumplido. Sin embargo, no podía ser una revelación para él. Él ya debía de saber que era una buena persona.

Hallie se puso a mirar por la ventanilla distraídamente. Al poco rato, Gavin se dirigió hacia las afueras de Beaumont Bay, hacia Mountain View Lake y la zona residencial cuyas residencias estaban ocultas por los árboles de las colinas.

–Chad no nos dio permiso para sacar este coche por caminos –dijo ella al notar la vibración del asiento cuando el coche pasó por un tramo especialmente pedregoso.

–¿Estás preocupada? –preguntó él.

–No, no estoy preocupada –respondió ella. Prefería mentir a explicarle cuánto dinero podría costarle que las piedras rayaran la pintura de la carrocería.

–Muy bien, pues tú y yo estamos oficialmente trabajando. Hoy vamos a romper tu primera regla.

Entonces, Gavin detuvo el coche y bajó. Cuando abrió la puerta de Hallie, ella estaba haciendo gestos negativos con la cabeza.

–No, no. No voy a conducir este coche.

Él le tendió la mano.

–Sí, sí lo vas a conducir.

–¿Por casualidad te has fijado en la pegatina del precio, que está pegada en la ventanilla que hay detrás de mí?

–Vamos, dame la mano, Hals. No vamos a volver hasta que conduzcas esta maravilla.

¿Por qué le gustaba tanto aquel diminutivo de su

nombre? Ella siempre había sido Hallie, a menos que alguien la llamara Hannah. Gavin era el único que le había puesto un mote, y era especial para ella. Sobre todo, cuando salía de sus increíbles labios.

Le dio la mano, y él la ayudó a salir del coche. Después, se sentó en el asiento del pasajero y ella no tuvo más remedio que rodear el coche y sentarse al volante. Al hacerlo, se le aceleró el corazón.

–Has oído las instrucciones de Chad. ¿Tienes alguna pregunta?

–No, creo que no.

–Quiero que subas por esta colina, entres en Magnolia Lane y pises el acelerador todo lo que te atrevas –dijo Gavin, y señaló el indicador de velocidad–. Puede llegar a doscientos noventa kilómetros por hora.

Ella abrió unos ojos como platos.

–No voy a acelerar con un coche que no es de nadie.

–No digas bobadas. Es del concesionario.

–No tiene gracia.

–Tú eras la que querías romper las reglas. Este es el primer paso –dijo él, y enarcó las cejas–. Ahora no me dejes tirado.

Tenía razón. Era ella quien le había pedido ayuda para romper sus propias reglas. Conducir por un camino rural no era de lo más transgresor. Se sentía un poco incómoda con la idea, pero ¿cuál era el objetivo de aquel experimento?

–¿Sabes conducir con marchas? –le preguntó él.

–Sí. La abuela me enseñó.

–Eleanor Banks. Una leyenda –dijo él, y se abrochó el cinturón de seguridad–. Pues vamos. Estoy en tus manos.

Capítulo Siete

Hallie posó una mano en el volante y la otra en la palanca de cambios. Cuando el coche empezó a vibrar bajo ellos, dio un gritito. Su risa era muy contagiosa. No llegó a superar el límite de velocidad, pero agarraba el volante como si fuera a romper la barrera del sonido. En realidad, conducía como si estuviera llevando a una anciana que tenía hora en la peluquería.

—¿Cómo decidiste dedicarte a la representación de artistas? —le preguntó él con curiosidad.

—Yo tengo un don para la organización. Y Hannah tiene un talento innato.

—Pero, no sé… ¿Por qué no se hicieron cargo de eso tus padres?

Él no sabía casi nada sobre los padres de las Banks, solo que no habían estado demasiado tiempo con ellas.

—Mis padres son ávidos viajeros. Siempre han estado de un lado a otro. Mi abuela nos crio a Hannah y a mí desde que teníamos cinco años. Mis padres nos visitaban a menudo, pero nunca nos faltó de nada con la abuela.

Él no sabía nada de eso. Se sintió un poco alarmado. Sus padres siempre habían estado completamente involucrados en la vida de sus hijos. Aunque ninguno de ellos había seguido el negocio de la agencia in-

45

mobiliaria, Travis y Dana Sutherland siempre estaban dando consejos, aunque nadie se los pidiera.

—La abuela nos enseñó a ser listas en esta industria. Nos animó a que siguiéramos nuestro instinto. Hannah siempre sintió un gran amor por la música y por el canto, y siempre estaba actuando. Yo prefiero quedarme en un segundo plano.

—Quieres decir que eres muy lista.

Ella no lo negó, pero se echó a reír.

—Mira quién fue a hablar, señor abogado de músicos. Yo no entiendo ni la mitad de las palabras de los contratos que me dan.

—Eso está muy bien. Los abogados ganamos mucho dinero traduciendo esas palabras para vosotros, los legos en la materia.

—Bueno, a mí siempre me ha parecido impresionante.

Él se sintió orgulloso. Hallie no le hacía cumplidos a menudo y, tal vez, él necesitara que se lo recordasen más a menudo. Algunas veces se sentía perdido entre sus hermanos; Luke dirigía los mejores bares musicales de la ciudad, Cash era una superestrella del country y Will era el director de los legendarios estudios de grabación de Beaumont Bay. Además, también tenían mucho éxito en su vida personal. Él no podía evitar sentirse como si fuera por detrás en una carrera en la que nunca había participado.

—¿Por qué has tardado tanto en buscar otros clientes? —le preguntó a Hallie.

—Porque quería estar segura de que no iba a descuidar la carrera de Hannah antes de aceptar la representación de alguien más.

Mientras charlaban, se habían acercado a una carretera sin asfaltar, flanqueada de árboles con las hojas naranjas y amarillas.

—Gira a la derecha.

Ella frenó y miró el camino de grava y tierra.

—¿Aquí?

—Sí, aquí.

Ella lo hizo. El camino estaba apartado y no había peligro de que pasaran coches por allí; era una carretera abandonada. La casa que había al final estaba en ruinas.

—En estas carreteras rurales, el límite de velocidad es de ochenta kilómetros por hora. Por sentido común, nadie va a ponerte una multa si vas a noventa kilómetros por hora.

—¿Quieres que vaya a noventa por hora?

—No, quiero que vayas a ciento cuarenta.

Ella sonrió. Por un instante, Gavin creyó que iba a poner objeciones, pero Hallie giró los hombros y tomó la palanca de cambios.

—Agárrate.

Aceleró y aceleró hasta que el paisaje se convirtió en un borrón. El indicador de velocidad marcaba noventa kilómetros por hora, pero, por la cara de entusiasmo de Hallie, era como si fueran a toda velocidad. Dio un grito y se echó a reír. A él también se le escapó una pequeña carcajada.

Tomó bien la siguiente curva y él miró de nuevo el indicador. Noventa y cinco kilómetros por hora. No estaba mal, para ser su primer intento de romper las reglas.

Al final del camino, Hallie frenó. Tenía una mirada salvaje e irradiaba una energía contagiosa.

—Ha sido divertido.

–Te lo dije.

Conducir por un camino de gravilla con un coche de más de cien mil dólares que no le pertenecía era divertido, pero no tanto como ver a Hallie disfrutando al hacerlo.

Abrió la boca para preguntarle si quería llevar el coche de vuelta al concesionario o seguir conduciendo por otra carretera rural cuando ella posó las manos en sus mejillas y lo besó.

Él se quedó tan asombrado que casi no tuvo tiempo de notar la suave presión de sus labios. Antes de que pudiera cerrar los ojos, ella separó su boca de la de él. Demasiado pronto.

Hallie se echó hacia atrás y pestañeó. Sus dedos esbeltos seguían en sus mejillas. Hacía pocos días ni siquiera lo miraba a la cara y, ahora, lo había besado. Aunque el beso había sido demasiado breve, su fuerza le había llegado hasta los talones.

Si con una cosa tan fácil como conducir un coche deportivo se había ganado un beso, ¿qué le haría ella si le proponía algo verdaderamente peligroso?

–Mmm… Bueno, creo que ha sido mi forma de darte las gracias –dijo ella, mientras apartaba las manos, con una sonrisa temblorosa.

–Siempre que quieras darme las gracias así, Hallie, no lo dudes.

Se inclinó para conseguir otro beso, pero ella ya se había quitado el cinturón de seguridad y estaba saliendo del coche. Él la siguió, porque también quería tomar un poco de aire fresco.

–¿De quién son estas tierras? –preguntó Hallie.

–De Mags Dumond, ¿de quién iban a ser?

–Me pregunto por qué no ha hecho nada con ellas.

48

Me parece una buena zona para construir un rancho con establos.

–Tal vez el terreno fuera de un examante, o de una chica con la que no se llevaba bien en el instituto. Es propio de Mags no construir nada solo por desprecio.

–¿De verdad piensas que Mags es tan mala?

–Bueno, le puso una emboscada a Cash para que lo multaran por exceso de velocidad cuando se negó a firmar con Cheating Hearts. A mí me parece que se deleita con las dificultades de los demás.

–Esa es la gente más lamentable –dijo Hallie, y lo miró con sus ojos dorados muy abiertos. Él no pudo pensar en otra cosa que en besarla.

–Hals…

–Creo que deberíamos devolver el coche –dijo ella.

Dio un paso atrás y lo dejó allí plantado, mientras volvía al coche y se sentaba en el asiento del copiloto.

Él cabeceó. El viento le revolvió el pelo.

–Has ganado esta ronda, Hallie Banks –murmuró, mientras abría la puerta del conductor.

En la siguiente ocasión, cualquier cosa podía suceder.

Capítulo Ocho

Hallie aparcó en la calle de entrada de la mansión de Cash. Presley la había invitado, junto a Cassandra, a tomar pizza y a ver una película, ya que Cash iba a salir con Luke y Gavin aquella noche. Apareció un todoterreno negro detrás de ella. Luke se inclinó y le dio un beso a Cassandra y, después, Cassandra salió del coche con una botella de vino en cada mano.

Era una mujer muy guapa, pero aquel día estaba especialmente atractiva. Tenía el pelo castaño y lo llevaba recogido hacia atrás con horquillas, y se había puesto un vestido de color coral. Hallie observó sus pantalones vaqueros y su camiseta negra y, al instante, se sintió como si estuviera mal arreglada.

Hasta que Cassandra le dijo:

–Me encanta cómo te queda el escote en pico.

Abrazó a Hallie con afecto y le dio una de las botellas.

–A mí me encanta tu vestido –dijo ella.

–¡Gracias!

Además de ser guapísima, muy calmada y humilde, Cassandra era una organizadora de eventos con una increíble capacidad. Había organizado la boda de Hannah y de Will sin pestañear.

Cuando entraron en casa de Cash y Presley, Hallie suspiró con alivio. Había sido una semana larga y extraña, y estaba deseando relajarse.

Fueron a la cocina y Presley tomó las botellas de vino.

–¡Perfecto! No quería hacerme con el vino antes de daros un abrazo, pero necesito una copa después de la semana que he tenido.

–Lo mismo digo –respondió Hallie.

Después de servir el vino y darse un abrazo, las tres amigas fueron al salón y se sentaron delante de la chimenea.

Mientras bebían sus copas, Presley contó una historia de su trabajo. Era una de las periodistas de *Viral Pop* y lo sabía todo sobre los chismorreos del mundo del espectáculo. Por su parte, Cassandra explicó que estaba organizando una boda para el mes siguiente y que, aunque la novia era muy exigente, estaba disfrutando de aquel reto.

–¿Y tú, Hallie? –le preguntó–. ¿Alguna novedad?

Hallie abrió la boca para responder, pero Presley se le adelantó.

–Le ha pedido a Gavin que la ayude a soltarse la melena y a divertirse un poco. Su primera salida juntos tuvo lugar después de que yo mintiera diciendo que no podía llevarla a casa en coche y la mandara con él –explicó con ironía–. Lo siento, pero no lo siento. Y, a propósito, no has llegado a contarme lo que pasó.

Cassandra también concentró toda su atención en Hallie.

–Eh… Yo también estoy interesada en saber lo que pasó.

–Fuimos al concesionario a cambiar su coche y probamos uno nuevo. Eso fue todo.

–No, no. Eso no fue todo –dijo Presley con los ojos

entrecerrados. Debía de saber algo más, pero ¿qué? Vivía con Cash, y Cash y Gavin salían juntos muy a menudo. Seguramente, Gavin le habría mencionado a su hermano que había salido de excursión con ella, pero ¿le habría mencionado el beso espontáneo?

—Me pidió que condujera un coche deportivo muy caro.

Presley y Cassandra se sonrieron la una a la otra.

—¿Y?

—Y… dijo que la primera regla que íbamos a romper era superar el límite de velocidad. No fue nada del otro mundo.

—Ah… Eso está muy bien –dijo Cassandra, aunque tenía una sonrisa de desilusión.

En realidad, ella no quería decepcionarlas por nada del mundo, así que, si querían algo más jugoso, se lo daría.

—Paré el coche al final de un camino de grava y… le di un beso.

—¡Le besaste! –exclamó Presley–. ¡Y no querías contárnoslo!

—¿Qué tipo de beso fue? –preguntó Cassandra.

—Oh, bueno… –dijo Hallie–. Un beso básico.

—¿Qué es un beso básico? –preguntó Presley.

—Bueno, pues… Más o menos, así –dijo Hallie, e hizo una demostración besándose el dorso de la mano con un suave sonido.

—A mí me parece genial que hubiera un beso –dijo Presley–. ¿Cómo reaccionó él?

—No lo sé. Salí rápidamente del coche y me escapé. Bueno, no es que me escapara, hice como que miraba la casa abandonada que hay al final de Magnolia Lake.

–Ese sitio me da miedo. Cash y yo fuimos allí un día a… –dijo Presley, y se ruborizó–. Bueno, no importa el motivo.

–Habla por ti –dijo Cassandra, moviendo las cejas con picardía, y Presley se echó a reír.

Hallie, que acababa de romper la primera de sus reglas, y no precisamente una demasiado interesante, se dio cuenta de que su aventura palidecía en comparación con las de sus amigas. Estaba empezando a creer que no había hecho nada interesante en la vida.

¿La vería Gavin tan poco interesante como ella misma se sentía?

–Vamos a elegir una película –propuso Cassandra.

Mientras sus amigas hablaban de la película que iban a ver, ella se puso a pensar en que era la única mujer soltera de aquel salón, y de que su punto álgido de la semana había sido darle un beso recatado a Gavin en su boca perfecta.

Lo cierto era que no se arrepentía en absoluto. En cuanto se habían rozado sus labios, ella habría podido derretirse contra él y haber continuado hasta que le faltara la respiración. Y, al retirarse, Gavin tenía una mirada que valía su peso en oro. Se había quedado sorprendido y, aparentemente, le había gustado. Tal vez, no tanto como a ella, pero cerca.

Presley empezó a buscar la película y Cassandra se fue a hacer palomitas de maíz en el microondas. Cuando empezó la película, Hallie se acomodó en el sofá y sonrió. Había quitado importancia al beso al contárselo a sus amigas, pero había sido algo mucho más excitante de lo que había dejado entrever.

Tal vez se atreviera a repetirlo la próxima vez que lo viera…

***

En la barra de The Cheshire, sobre el Beaumont
Hotel, Cash tomó su vaso de *bourbon* y cabeceó.

–¿Te besó para darte las gracias?

Gavin también tomó su copa y ladeó la cabeza.

–Bueno, eso fue lo que dijo ella, pero creo que no
era la verdadera razón.

–¿Y por qué iba a besarte Hallie Banks? –preguntó Luke.

Cash se echó a reír.

Gavin se sintió insultado. Dio un sorbo a su licor.

–Gracias, muchas gracias –dijo.

–No es la mujer más extrovertida que yo conozco
–dijo Cash–. Tienes que admitir que el hecho de que
te besara es muy sorprendente.

Gavin asintió. Era sorprendente, pero lo que no les
iba a decir a sus hermanos era que también había sido
increíble. Había sido un beso tan ligero, tan breve, que
no debería haberle afectado tanto y, sin embargo…

–Bueno, y ¿qué va a pasar?

–Lo que ella quiera. Yo soy un humilde profesor,
nada más.

–Tú no eres nada humilde –le dijo Cash–. Y no te
va a resultar tan fácil ganártela como a las otras mujeres con las que sueles salir.

–¿Qué quieres decir con eso? –preguntó Gavin.

–No estoy insultando a las mujeres con las que sales, más bien, a tu método. En cuanto ellas te suponen
alguna dificultad, sales corriendo.

–No es cierto –dijo Gavin. Sin embargo, frunció el
ceño, porque sí le parecía que era cierto.

–Haces lo que te resulta fácil. No es un insulto –dijo Cash, encogiéndose de hombros–. Es una mera observación.

–¿Y no es eso lo que hace todo el mundo? –preguntó él.

–¿Es que no conoces a nuestras prometidas? –inquirió Luke.

–Ya. Es cierto –dijo Gavin con sinceridad–, pero yo no quiero crearme ataduras. No estoy ciego, sé que vuestras mujeres son increíbles, pero me parece que son la excepción. Además, no todo el mundo quiere tener una relación para siempre.

–Eso era lo que pensábamos nosotros –dijo Cash.

–Ya. De todos modos, fue Hallie quien me besó a mí, así que no me acuséis de ser un depredador.

–¿Y qué va a pasar si te besa otra vez? –le preguntó Luke.

Gavin se encogió de hombros.

–Si está interesada en algo más… ¿por qué no?

–Por un millón de razones –dijo Cash–. La principal es que tu hermano está casado con su hermana gemela.

–Hallie es una persona distinta a su hermana –dijo Gavin. Aquel interrogatorio era absurdo. Tanto Hallie como él eran adultos, y podían hacer lo que quisieran.

–Sí, y Will tiene un gancho de derecha muy bueno –dijo Luke.

–Ella fue la que me pidió que la ayudara a salir de su zona de confort. Y yo voy a darle lo que me pidió –dijo Gavin, y tomó un poco de licor–. Sea lo que sea.

–Será tu funeral –dijo Cash, y Luke alzó su copa para confirmarlo.

Capítulo Nueve

Hallie no solía beber demasiado, pero la noche anterior se lo había pasado tan bien con Cassandra y Presley que se había excedido. Llegó a la casa nueva de Gavin con resaca, dolor de cabeza y un café grande en la mano.

La casa de Gavin estaba edificada en una ligera pendiente con vistas al lago principal y al lago más pequeño, del que Gavin poseía una parte. Era una casa de estilo cabaña, hecha de troncos de madera y ventanales con varios balcones.

Salió del coche e inclinó la cabeza hacia atrás para mirar el balcón del segundo piso. Más allá de una puerta doble se alzaban techos tan altos como los de una catedral.

–Guau –susurró ella. Alguien más la oyó.

–Es bonita, ¿verdad?

Gavin había aparecido de la nada, a su lado, y ella se sobresaltó. Se puso la mano en el corazón.

–¿De dónde sales? Me has dado un susto de muerte.

–Pues a mí me parece que estás muy viva, Hals –respondió él con otra sonrisa.

Después, volvió a mirar la casa.

–Quinientos metros cuadrados –dijo.

–¿Cuánta gente va a vivir aquí contigo? –preguntó ella, bromeando.

–Ven, te la enseño.

Ella lo siguió al interior de la casa. En la cocina había dos islas muy grandes, con un fregadero cada una. En una de ellas había varios taburetes bajo la encimera.

–Claramente, en esta habitación no hace falta hacer nada –dijo ella, observando aquel espacio tan impresionante.

–La cocina es la única parte de la casa que está terminada. Ven conmigo.

Cuando Gavin le enseñó los seis dormitorios, ella entendió a qué se refería: dos de ellos estaban sin amueblar y los otros cuatro, a medias.

En la habitación principal, ella sonrió al ver las perchas de plástico de colores y formas diferentes.

–Creo que sería mejor que pusieras perchas de madera –le sugirió–. De color marrón oscuro, o negros.

Sin pensarlo, tomó una chaqueta de traje que estaba colgada entre dos camisas y la colocó junto a las otras chaquetas, y cambió un par de pantalones al colgador bajo. De repente, se dio cuenta de que lo que estaba haciendo era algo íntimo.

–Vaya, lo siento –dijo, apartándose de su ropa–. No quería invadir tu espacio.

–No te preocupes –respondió él. Había estado observándola apoyado en el marco de la puerta. Se irguió y se acercó a ella, mirando sus labios–. Ya has invadido mi espacio una vez y, ¿oíste que me quejara?

Hallie sintió un calor intenso en el cuello y la cara cuando él se inclinó hacia delante. Tal vez no fuera ella la encargada de iniciar el segundo beso. Gavin iba a hacerlo en su lugar. Ella alzó la barbilla para aceptarlo justo cuando se oyó una voz femenina.

–¡Hooola! ¿Gav?

Él no se movió ni un centímetro, pero Hallie se apartó de un salto y salió del armario al tiempo que una mujer alta, de piel oscura, entraba en el dormitorio.

–Tú debes de ser Ruby –dijo Hallie, mientras Gavin salía y se colocaba a su lado.

–Sí, soy yo –dijo Ruby, y se posó una mano en una cadera, mirándolos a los dos con curiosidad. La decoradora llevaba un vestido con un estampado exótico que favorecía mucho sus curvas, y unas sandalias de tacón alto.

–Te presento a Hallie –dijo Gavin–. Ella va a encargarse de responder a todas las preguntas que puedas tener sobre la decoración de esta monstruosidad.

–¿De verdad? –preguntó Ruby con una sonrisa, y miró con astucia y simpatía a Hallie de pies a cabeza. Después, se giró hacia Gavin–. No sabía que estabas saliendo con alguien.

–Ella sabe lo que está haciendo –respondió él, pasándole un brazo por los hombros a Hallie. Ella se puso tensa al ver que él no corregía la suposición errónea de Ruby–. Confío en ella.

–Muy bien. Entonces, vamos a empezar –dijo Ruby.

Recorrieron el pasillo y, durante todo el tiempo, Gavin mantuvo la palma de la mano en la espalda de Hallie mientras Ruby iba hablando de sus ideas para cada habitación. Hallie empezó a comprender por qué necesitaba ayuda Gavin. Ella ya se sentía aturullada, y solo llevaba diez minutos con Ruby.

Cuando bajaron las escaleras, Gavin fue hacia la puerta, diciendo:

–Bueno, me marcho ya, si las dos lo tenéis todo bajo control. Hals, ¿me llamas si necesitas algo?

–Claro, por supuesto.

–Estupendo. Ruby, como siempre, un placer.

Y, con eso, se marchó y cerró la puerta. A través de uno de los ventanales, Hallie lo vio alejarse en el mismo todoterreno gris Ford que tenía el día que habían ido a probar el deportivo rojo. Le había dicho a Chad que no estaba del todo decidido a entregar el todoterreno todavía. El vendedor se había quedado decepcionado, lógicamente, pero había sonreído y le había prometido a Gavin que le encontraría el coche perfecto.

–¿Es muy nuevo? –preguntó Ruby.

–¿El todoterreno? Creo que tiene poco más de un año. Iba a cambiarlo ya, pero se lo quedó. Le gusta el color gris.

Ruby se echó a reír.

–Me refería a lo vuestro. ¿Acabáis de empezar?

Ah. Eso. No estaban saliendo juntos, pero, como Gavin no había corregido a Ruby, Hallie no quiso contradecirlo.

–No llevamos mucho saliendo, pero nos conocemos desde hace tiempo. ¿Y tú? ¿Desde hace cuánto conoces a Gavin?

–Unos doce años –dijo Ruby, y miró las vigas del techo antes de apuntar algo en su cuaderno de notas–. Más o menos.

Hallie se quedó boquiabierta.

–Estudiamos juntos los cursos preparatorios para Derecho, pero, después, yo cambié mis asignaturas principales.

–A las de Diseño de Interiores.

–Sí. Es mucho más divertido –dijo Ruby, y le guiñó un ojo–. Bueno, así que tu hermana se casó con el hermano de Gavin y, ahora, tú estás saliendo con Gavin. ¿Siempre procuráis que todo, incluso las relaciones sentimentales, queden en familia?

La curiosidad de Ruby era algo natural, pero ella sintió fastidio. Estaba harta de que siempre pensaran que seguía la estela de su hermana. Hallie dijo:

—Bueno, como son capaces de distinguirnos, no hay ningún problema.

—Lo siento, no quería molestarte —dijo Ruby, y sonrió amablemente cuando Hallie movió la mano para quitarle hierro al asunto—. Gavin y yo no hemos salido nunca, por si te lo estabas preguntando.

Sí, se lo había preguntado, pero no quería resultar entrometida. Además, prefería pensar que, si Gavin y ella estaban saliendo, él le habría contado que también había salido con Ruby en alguna ocasión.

Ruby empezó a rebusca en su bolso.

—Gavin ha salido corriendo antes de que pudiera enseñarle esto —dijo, y sacó un muestrario de telas que depositó sobre la encimera.

Hallie tocó una de las telas.

—¿Es para las cortinas?

—Sí, a no ser que él prefiera estores de bambú. O esas pantallas que filtran los rayos del sol y que se manejan con un mando a distancia, aunque yo sugiero que no se tapen las vistas.

Hallie y Ruby se entendieron a la perfección. A mediodía, estaban compartiendo ideas con entusiasmo, y eligiendo las telas. Hallie preparó café para las dos y se sentaron a tomar una taza.

—Sinceramente, no sabía qué pensar cuando Gavin me dejó contigo. Pero conoces muy bien su estilo, para no llevar mucho saliendo con él.

Hallie se echó a reír, aunque se sintió un poco incómoda.

–Gavin llevaba una temporada llamándome la atención.

–Lo entiendo. Es guapísimo –dijo Ruby–. Decorar la casa de alguien tiene algo muy íntimo. Debe de confiar en ti.

–Solo es un favor –dijo Hallie.

–Seguro que sí –dijo Ruby, y le dio un suave codazo con una risita–. Procura que esta noche te haga unos cuantos favores a ti en el dormitorio para compensarte por lo bien que has trabajado hoy conmigo.

Hallie hizo un mohín y, por supuesto, Ruby se dio cuenta.

–No me digas que es todo tan nuevo que todavía no habéis…

Hallie se quedó mirando su café.

–Soy una bocazas. Por favor, no me hagas caso. No quería que te sintieras incómoda.

–No, no te preocupes –dijo Hallie–. Estamos tomándonos las cosas con calma.

–Bien. Ir con calma es bueno para las relaciones. Pero, para el diseño de interiores, no tanto. ¿Te parece bien que miremos el mobiliario de exterior? Yo tengo unas cuantas ideas, pero tu chico no es capaz de llegar a un compromiso en cuanto al estilo.

La idea de que Gavin fuera su chico le resultaba emocionante, pero la emoción se empañó al pensar en que no era capaz de llegar a un compromiso. Por muchos límites que cruzara con aquel guapísimo abogado, no debía olvidar que todas las cosas buenas tenían su final. Cuando el trato que tenían llegara a su fin, también debía terminar la química que había entre los dos.

Capítulo Diez

Para agradecerle a Hallie su ayuda de aquella semana, Gavin reservó una mesa para dos en el Silver Marmot, un restaurante de lujo del centro de la ciudad que él frecuentaba.

El ambiente era perfecto para mantener conversaciones privadas y románticas. Si uno estaba dispuesto a sucumbir al romanticismo. Estaba empezando a pensar que Hallie no lo estaba, teniendo en cuenta el tema de conversación que había sacado.

—Es el retrete más guay que he visto en mi vida.

Él se atragantó ligeramente con el vino y estuvo a punto de escupírselo en la camisa. Hallie llevaba un buen rato hablando del baño de la habitación principal, de la ducha, de los rociadores del grifo… Justo cuando él había comenzado a fantasear con una ducha conjunta debajo de aquellos rociadores, ella mencionó el retrete.

—Lo siento —dijo Hallie, mirando a su alrededor—. Me he dejado llevar. No quería hablar de retretes durante la cena.

—No te preocupes —respondió él, y cambió de tema de conversación—. Ruby me ha dicho que has dado en el clavo con mi estilo —dijo, y se metió una gamba en la boca. Le causaba curiosidad pensar que Hallie supiera lo que le gustaba—. ¿Cómo es eso?

—Eh… —murmuró ella, y tomó un pedacito de brécol de su plato–. Es que… presto mucha atención a los detalles.

–¿Sobre mí?

–Claro –dijo ella, encogiéndose de hombros.

Él sonrió sin poder evitarlo.

–Como, por ejemplo…

–Como, por ejemplo, tu forma de vestir –dijo Hallie señalándolo con su tenedor–. Te gusta el mismo estilo de camisa y de traje, todo hecho a medida e impecable. Por otro lado, tu escritorio está muy ordenado, y solo tienes lo necesario. Es raro, en realidad.

–¿Qué tiene de raro?

Ella terminó de masticar y dio un sorbito a su vino tinto.

–Bueno, en casa no eres tan ordenado. No digo que seas un desastre, pero, por ejemplo, no tienes la ropa colocada con la misma organización. Por eso me entró el impulso de agrupar camisas con camisas, pantalones de traje, corbatas…

–No me sorprende que a ti te guste tanto el orden, Hals –dijo él, riéndose–. ¿Cómo es tu armario?

–Está lleno de ropa. La mayoría de las prendas son de colores neutros y de estilo profesional.

–Y, también, tienes el vestido con el que estabas tan impresionante la otra noche.

Ella le lanzó una sonrisa que le llegó a lo más profundo.

–Sí, entre otras cosas que no me pongo nunca.

Eso le pareció interesante. Tanto, que se inclinó hacia delante en la silla.

–Explícate.

Hallie respiró profundamente.

–Hannah me da la ropa que no se pone. Algunos

vestidos que ha utilizado para unas fotos, y con los que no va a volver a retratarse. Otros que no se ha puesto nunca, pero que cree que me van a sentar bien a mí. Pero, bueno, de todos modos, ¿adónde iba a llevar yo esos vestidos tan elegantes?

—A cenar —dijo él, observando su chaqueta de traje negra y su blusa—. Me encanta lo que llevas esta noche. El negro hace un contraste precioso con tu pelo rubio, y resalta el color dorado de tus ojos. Tu piel resplandece.

Ella se quedó boquiabierta. A él le encantaba sorprenderla, aunque solo fuera por ver aquella reacción.

—Pero, si te gustan los vestidos que tienes en el armario, deberías ponértelos. Para trabajar. Para ir a comer. Para limpiar la casa.

La última broma tomó desprevenida a Hallie, que se echó a reír con ganas y llamó la atención de algunos comensales de las mesas de alrededor. Gavin adoraba el sonido de su risa.

—¿Me imaginas pasando la aspiradora con un vestido de lentejuelas azul?

Hallie se movió para tomar el cuchillo y seguir comiendo, pero él le agarró la mano y, cuando tuvo toda su atención, le dijo:

—Te imagino de muchas maneras. Ya es hora de que tú hagas lo mismo.

De repente, el aire que los rodeaba se cargó de energía sexual. Él lo sintió con toda su fuerza, y ella tenía que notarlo también. La ligereza de su conversación había desaparecido y, en su lugar, había algo más poderoso. Y muy bienvenido.

Gavin la soltó y siguió hablando de temas más inocuos hasta que terminaron de cenar. Cuando el camarero les ofreció el postre, Hallie rehusó amablemente. Gavin, no.

—Toma un poco —le dijo, refiriéndose a la tarta de chocolate que habían servido entre ellos.

—No puedo.

—¿Por qué no?

—Porque estoy muy llena.

—No te has comido el filete. Y todavía te queda vino en la copa. Insisto —dijo él, y le tendió la cuchara de postre con un poco de tarta. Ella frunció los labios como si estuviera dudando, pero, al final, cedió.

Abrió la boca y él le dio la tarta, y ella emitió un gemido de placer. Entonces, Gavin se quedó paralizado. Y, cuando ella se relamió, él sintió el roce de su lengua mucho más abajo.

Porque... Demonios...

—¿Sabes una cosa? —dijo ella, después de limpiarse con la servilleta, y en un tono demasiado ligero para la intensidad de lo que él estaba sintiendo—: Me sorprende que no te quedaras con el deportivo rojo. ¿Es que le tienes más cariño al todoterreno de lo que quieres reconocer?

—No, yo no le tomo cariño a nada. Es mi superpoder.

—Pero... condujiste el coche rojo como si te encantara y, sin embargo, luego lo dejaste allí... No te lo digo porque piense que debas comprarlo, solo lo digo porque me pareció que disfrutabas mucho conduciéndolo. De un modo parecido, creo que tu casa debería reflejar todas las facetas de tu personalidad: la organizada y meticulosa, y la moderadamente desordenada.

—Ah... entonces, ¿apruebas que me relaje en mi casa? —preguntó él, con la voz enronquecida.

—Decorativamente hablando, sí –dijo ella, y se ruborizó.

Gavin supuso que se había dado cuenta de lo que él había implicado con su tono de voz.

—No te asustes cuando veas un toque de color fuerte en las habitaciones de tu casa –prosiguió Hallie–. He elegido puntos focales inesperados para que te resulten emocionantes.

Mientras hablaba, Hallie había echado los hombros hacia atrás, y sus ojos brillaban a la luz de las velas. Estaba orgullosa de sí misma, y con razón. Lo había descrito mejor de lo que él hubiera podido describirse a sí mismo.

—Eres increíble –le dijo.

—Solo soy observadora.

—Increíblemente observadora –dijo Gavin, y volvió a tomarle la mano.

Él tomó otro pedazo de tarta.

—Vaya, qué rica está.

Lamió la cuchara, y se dio cuenta de que ella lo estaba observando. Cuánto se alegraba de haberle pedido que saliera con él, de estar pasando tiempo con ella fuera del trabajo. No solo era lista y una gran profesional, también, interesante y bella. Una amenaza cuádruple. Nunca había estado tan interesado en una mujer como en ella.

Le ofreció lo que quedaba de tarta, pero ella no aceptó, así que él la terminó.

—Hals. Vas a tener que romper unas cuantas reglas más si quieres progresar.

Cuando ella le preguntó qué quería decir, él rebañó lo que quedaba de chocolate en el plato, y respondió:

—Ya lo verás.

Capítulo Once

Hallie no sabía lo que significaba aquel «ya lo verás» de Gavin, pero, después de cenar, no fueron directamente al coche, sino que él se dirigió hacia el paseo a orillas del lago, que discurría detrás de la fila de restaurantes y tiendas.

La luna y las estrellas estaban muy brillantes, y el paseo estaba lleno de puestos en los que se vendían pan de calabaza, manzanas cubiertas de caramelo, pasteles… Había mucho donde elegir.

–¿Te apetece algo dulce? –le preguntó Hallie, cuando pasaban por delante de uno de los puestos.

–Sí. Sobre todo, una manzana cubierta de chocolate, y nubes. Es una pena que ya me haya comido el postre.

–No pensaba que fueras aficionado a las nubes.

–Soy más dulce de lo que crees –dijo él con una sonrisa–. ¿Y tú? ¿Cuál es la verdadera razón por la que no has querido compartir el postre? Y será mejor que no me digas que estás a dieta.

–Te he dicho la verdadera razón. Estaba muy llena después de cenar.

Además, no quería sentirse incómoda para lo que pudiera ocurrir después. Como aquel delicioso paseo o… lo que pasara más tarde.

–El bocado que me diste fue perfecto. Algunas veces, basta con probar las cosas.

–Y, otras veces, probando las cosas solo se consigue desear más.

Gavin se giró, y ella se detuvo y lo miró. Tenía el pelo revuelto y Hallie tuvo la tentación de revolverle aún más los mechones ondulados.

Él la tomó de la mano y tiró de ella para apartarla de una pareja que se acercaba.

–¿Te parece bien así? –le preguntó, mientras sus brazos se tocaban.

–Sí. Sí –dijo ella–. Aunque, normalmente, me preocuparía –añadió, levantando sus manos unidas mientras retomaban el paseo.

–¿Te preocuparía darme la mano?

–A menudo me confunden con Hannah en público. Ahora, ella está casada. Y yo estoy aquí con el hermano de su marido. Si nos vieran los fotógrafos, se volverían locos.

–¿Y hay alguno por aquí en este momento? –preguntó Gavin mirando a su alrededor.

–No estoy segura. Normalmente, se nota por cómo miran y, de repente, apartan la mirada. O cuando le susurran algo a la persona con la que estén y, después, hacen una foto discretamente.

–Vaya, parece un fastidio.

–Yo estoy acostumbrada.

–¿Acostumbrada a reprimir tus deseos para proteger la reputación de tu hermana?

–Acostumbrada a que den por hecho que soy Hannah.

–Ah, pues se equivocan. Son tan afortunados que están viendo a la elusiva, deslumbrante, divertida, inteligente hermana de Hannah Banks. No sabrían qué hacer si lo supieran. Yo estoy teniendo ese problema.

Cumplidos otra vez. Ella tampoco sabía qué hacer cuando él le hablaba así. Arrancarle la ropa le parecía un poco excesivo, pero tenía la tentación de hacerlo.

Él sonrió de nuevo y le tomó ambas manos entre las suyas.

–¿Esto también te parece bien? –le preguntó, en voz baja.

–No sé… Tomarse así de las manos, normalmente, incluye un beso. Yo ya te he besado.

–Lo recuerdo bien. No he podido pensar en otra cosa.

A ella le ocurría lo mismo. Se acercó un poco más hacia él.

–¿De verdad?

–De verdad. En esa ocasión no estaba preparado. Exijo una segunda oportunidad.

–Supongo que… ataqué. No era yo misma. Estaba emocionada.

–Me gusta emocionarte. Y que conste que pienso que sí eras tú. Es la parte de ti que no dejas salir a jugar. ¿Estás dispuesta a romper otra regla, Hallie?

–¿Lo de tomarse de la mano no cuenta? –susurró ella, aunque sabía que la respuesta era negativa.

–Lo siento, cariño. Vas a tener que esforzarte un poco más –respondió él, sonriendo–. Esta vez, voy a animarte a que vayas hasta el final en el ataque.

A ella se le aceleró el corazón, y no sabía si era de emoción o de nerviosismo. Tal vez, de ambas cosas.

–Este sitio es un sitio muy público, Gav.

–¿Y qué? –preguntó él, mirando a su alrededor. No parecía que nadie estuviera mirándolos, ni furtivamente, ni abiertamente.

–Están observando. Lo noto.

–Bueno –dijo Gavin–, pues vamos a darles algo que ver.

Él fijó los ojos en sus labios. Después, alzó la mirada y la clavó en sus ojos, y volvió a sonreír. ¿Cómo iba a poder resistirse a su invitación?

Era muy fácil: no podía.

Le rodeó el cuello con los brazos y se acercó a él, tanto, que sus cuerpos entraron en contacto desde el pecho a las caderas.

–¿Esto está bien? –preguntó ella, repitiendo sus palabras. Casi no reconocía el tono de atrevimiento de su voz.

Él exhaló un suspiro y la agarró de las caderas.

–Es perfecto –dijo.

Después, Hallie se puso de puntillas y lo besó.

Gavin le había pedido que lo atacara con la esperanza de que se lanzara sobre él con lengua, dientes y labios. Pero lo que recibió fue diez veces mejor.

Hallie se apretó contra su cuerpo y pasó las manos por su pecho hasta que le rodeó el cuello y pudo juguetear con las puntas de su cabello. Sus labios se movieron contra los de él, lentamente pero con seguridad. No se limitó a darle un beso, no. Se recreó.

La preocupación de que los vieran o los fotografiaran se desvaneció. A Gavin dejó de importarle que pudiera estallar un escándalo mundial.

Hallie se merecía momentos como aquel, en los que pudiera priorizar sus deseos. Mientras sus lenguas se entrelazaban, dio un gemido de placer. Y sus senos se estrecharon contra su pecho. A pesar de la ropa, él notó todas sus curvas. Aquel beso era distinto al beso espontáneo del coche. Hallie estaba tomando lo que deseaba, simplemente, porque lo deseaba. Y él se sentía orgulloso de ella.

Para demostrarle su apreciación, Gavin ladeó la cabeza y abrió la boca más aún, invitándola a que continuara. Y, para su sorpresa, ella lo hizo. Allí, delante del escaparate de una tienda, en mitad de la zona comercial de Beaumont Bay, lo besó como si estuviera desesperada por él y solo él le sirviera de alimento.

Gavin tuvo que separar sus bocas, pero solo porque su erección iba a empezar a ser obvia para los viandantes si no dominaba su libido.

Jadeante, la miró con severidad. Esperaba poder comunicarle que necesitaba salir de allí e ir a algún sitio privado en el que pudieran continuar lo que habían comenzado.

Si se sentía tan excitado con solo besarla, se imaginaba lo que podía suceder cuando estuvieran desnudos.

Hallie, con los ojos empañados y una sonrisa temblorosa, parecía una mujer que diría que sí a lo que él le pidiera. Así que pidió.

—¿Por qué no vamos a…?

—Oh, Dios mío, ¿no es esa Hannah Banks? —preguntó alguien a gritos.

—¡Sí, y está con el hermano de Will Sutherland!

A Hallie se le borró la expresión de felicidad de la cara. La estaba perdiendo, y eso era inaceptable. Tenía mejores planes para ellos dos aquella noche.

—Es…

Hallie interrumpió a quien estaba hablando.

—Soy Hallie Banks, la hermana gemela de Hannah. Hallie está de viaje.

–Lo siento –gritó entonces uno de los espectadores.

La gente se dispersó, ya que a nadie le interesaba la escena una vez que habían descubierto que no se trataba de la famosa Hannah Banks siéndole infiel a su marido.

–Te lo dije –murmuró Hallie, con una sonrisa nerviosa–. Esto es lo que pasa cuando yo no me preocupo de lo que pueda pasar.

–¿Hals?

–¿Sí?

Él había pensado pedirle que continuaran donde lo habían dejado, pero no quiso malgastar el aliento con palabras. Inclinó la cabeza y volvió a besarla, sin saber cómo iba a reaccionar. Por suerte para él, Hallie le rodeó de nuevo el cuello con los brazos y correspondió a su beso.

Capítulo Doce

Una parte de sí misma le advirtió a Hallie que no debía ir a su casa con Gavin, pero, cuando él la invitó a tomar una copa, no pudo negarse. Lo deseaba, y aquel deseo se había multiplicado por mil desde que lo había besado por primera vez.

Gavin la ayudó a bajar del todoterreno y la llevó, de la mano, hasta su cocina.

—¿Café o brandy? —le preguntó.

—Brandy, por favor.

Él sirvió dos copas de licor y le entregó una. Hizo un pequeño brindis, y ella le dio un sorbito al *brandy*, observando a Gavin por encima del borde del vaso, admirando su preciosa mandíbula y el calor que inundaba sus ojos del color de una tormenta.

—Me siento tan atraído por ti… —murmuró él.

—Me has quitado las palabras de la boca.

—Será mejor que lo compruebe —dijo Gavin.

La tomó de la cintura y la besó. Ella percibió el sabor del brandy en su lengua, mezclado con el deseo que sentía por él.

—¿Es demasiado rápido? —preguntó Gavin.

—No.

Lo agarró por la pechera de la camisa y lo atrajo hacia sí.

—Bien —dijo Gavin.

Dejó su vaso y el de Hallie en la encimera y vol-

73

vió a besarla, empujándola suavemente, hasta que ella notó que su espalda tocaba la encimera de mármol.

–Hals…

–¿Sí? –preguntó ella, aferrándose a él, entrelazando las piernas con las de él, estrechando su cuerpo contra el de él como si pudieran pegarse a través de la ropa–. No lo pensemos demasiado. Vamos a hacerlo.

–Me parece perfecto –dijo él, con la voz enronquecida.

La tomó de la cintura y la sentó en la encimera. Ella se quitó los zapatos y trató de sacarse la chaqueta. Estaba demasiado excitada como para conseguirlo, y él se echó a reír. Entonces, Hallie se quedó inmóvil.

–¿Estoy haciendo algo mal?

–No puedes hacer nada mal –dijo él, y agarró su chaqueta–. Déjame a mí, ¿de acuerdo? Llevo muchos días queriendo desnudarte.

–De acuerdo –dijo ella.

Él le deslizó la chaqueta por los hombros, y ella se sacó las mangas. Después, Gavin acarició los botones de su blusa y fue desabrochándolos mientras le besaba el cuello.

–¿Sigues estando a gusto? –murmuró, antes de deslizar la lengua entre sus pechos.

–Sí –susurró ella, sujetándole la cabeza.

Notó que él sonreía contra su piel.

–Bien –dijo Gavin.

Le abrió la blusa, y ella le rodeó con las piernas y apretó sus muslos. Mientras él le quitaba el cinturón, no dejó de mirarla a los ojos. Tampoco mientras le desabrochaba el pantalón, ni cuando ella elevó las piernas para que pudiera quitarle los vaqueros.

Cuando ya solo quedaban el sujetador y las bragas, él la recorrió con la mirada. Ojalá le gustara lo que estaba viendo, pensó Hallie. Esperó su reacción, y se dio cuenta de que era buena.

A él se le abrieron las ventanas de la nariz mientras le pasaba la palma de la mano por el costado y ascendía hasta uno de sus pechos.

–Dios mío, eres aún más preciosa de lo que me había imaginado.

–¿Te lo habías imaginado? –preguntó Hallie, y le sacó el bajo de la camisa de la cintura del pantalón.

–Cariño, no te haces una idea.

Él la besó de nuevo, pero ella se apartó y tiró de su camisa con impaciencia.

–Quiero verte.

Él le concedió el deseo. Se desabotonó la camisa y se la abrió, y ella pudo ver sus pectorales y un remolino de vello oscuro. Extendió las palmas de las manos sobre su pecho y gimió de placer.

–¿Te gusta lo que ves?

–Sí, mucho.

–Te toca a ti.

Gavin tiró su camisa por encima de su hombro, hacia atrás y le desabrochó el sujetador a Hallie. Se lo quitó de los brazos y contempló con admiración sus pechos antes de tomar sus pezones con los dedos. A ella se le frunció la piel al notar el frío de la habitación. Cuando él la tocó con la lengua, ella estuvo a punto de caerse de la encimera.

–Relájate –le dijo él, exhalando su respiración sobre su piel húmeda–. Yo no tengo prisa. No voy a ir a ninguna parte. Y, si quieres que pare…

Ella lo agarró del pelo e hizo que la mirara.

–Ni se te ocurra.

–Sí, señora –respondió Gavin con una sonrisa, y siguió lamiendo su piel con pasadas largas y húmedas. Hallie se retorció sin poder evitarlo.

–Ahora, Gav. Ahora, ahora.

–De acuerdo, de acuerdo –dijo él.

Se quitó los pantalones y la ropa interior, y los arrojó al suelo con el resto de sus cosas. Después, la tomó por las nalgas y la besó en los labios, y siguió por su cuello. Hallie miró hacia abajo y atisbó su pene, erecto y largo, grueso y delicioso. Solo quería notarlo dentro de su cuerpo, moviéndose. Cuando parecía que iba a ocurrir, Gavin se detuvo y exhaló un suspiro lleno de consternación.

–¿Qué pasa? –le preguntó ella.

–Preservativo. Hals –dijo él, y pestañeó con aturdimiento. A Hallie le encantó que hubiera estado tan absorto como ella–. Tengo que ponérmelo, cariño.

Ella le tiró suavemente del pelo.

–¿Sí?

A él se le escapó una carcajada de angustia.

–Sí, cariño.

–Yo tomo la píldora –respondió ella. Le clavó los talones en el trasero y lo estrechó contra el centro de su cuerpo–. ¿Nunca mantienes relaciones sexuales sin protección?

–Nunca. Va contra mis reglas. ¿Y tú?

–Yo no llevo mucho tiempo manteniendo relaciones, pero sí llevo tomando la píldora desde que era adolescente. –Lo hacía por prescripción médica, para regular el período, pero omitió aquel detalle tan poco sexy–. Y nunca he mantenido relaciones sin protección. Pero… ¿podríamos romper también esta regla? Creo que podemos hacerlo de forma segura.

–Piel con piel –dijo él, y frotó su pecho contra el de ella–. ¿Es eso lo que quieres?

–Si no te parece demasiado egoísta –dijo ella.

–No. Yo deseo lo mismo –respondió Gavin. Posó la mano en su mejilla y le dio un beso en los labios–. ¿Confías en mí?

–Sí.

Entonces, él rozó la entrada de su cuerpo con el extremo del miembro, y a ella se le escapó un jadeo. Se agarró a sus hombros y alzó las caderas hacia el cuerpo de Gavin. Él exhaló una bocanada de aire y le clavó una mirada ardiente como la lava.

–Demonios, Hals. Esto es mejor que bueno.

–Mucho mejor.

Gavin se deslizó al interior de su cuerpo y cerró los ojos. Sin embargo, ella los mantuvo abiertos, porque no quería perderse ni un solo instante. Cuando él salió de su cuerpo y volvió a entrar, sin embargo, se le cerraron solos. Gavin comenzó a embestir una y otra vez, con fuerza, sujetándola por la espalda. Inclinó la cabeza y succionó sus pezones. A ella se le quedó la mente en blanco y comenzaron a temblarle las piernas.

–¿Estás cerca? –preguntó él, moviéndose frenéticamente.

–Muy cerca –respondió ella.

Él le elevó las caderas y aumentó el ritmo de las acometidas. A los pocos segundos, ella comenzó a gritar su nombre, se agarró a él y llegó al orgasmo–. Tú, tú… –murmuró.

–Casi, casi –respondió él.

Al instante, la abrazó con todas sus fuerzas y dio un silbido suave, y sus músculos se relajaron. La parte superior de su cuerpo se colapsó sobre el de ella, y Hallie notó su respiración caliente en el cuello. Le apartó el pelo de la frente y lo miró. Vio sus largas pestañas y sus labios separados mientras él trataba de conseguir oxígeno. Estaba un poco perdido, y muy impresionado.

–Dios Santo –murmuró.

Era un gran cumplido. Ella había dejado anonadado y sin fuerzas a aquel hombre grande, fuerte y seguro de sí mismo, y eso le encantaba. Por supuesto, él había conseguido lo mismo con ella. Hallie no tenía ni idea de si iba a poder bajar de la encimera y vestirse. Tal vez se cayera al suelo como si fuera un charco.

–Hallie, Hallie –dijo él, posando su frente en la de ella–. Ha sido increíble. Y parece que tú también has disfrutado.

–Sí, has estado muy bien –dijo ella, encantada de alimentar su ego.

Él sonrió.

–Tengo que confesarte una cosa –dijo Hallie.

Él enarcó una ceja.

–Me gusta tomar algo dulce después del sexo. Helado, si tienes.

Él volvió a sonreír, lentamente, con satisfacción.

–¿En cucurucho, o en un cuenco?

–En un cuenco.

–¿Con nata? ¿Con sirope de chocolate? –preguntó él, y miró su cuerpo desnudo–. Deberíamos haber empezado por ahí.

Ella se hizo la dura, como si mantener relaciones sexuales con él de aquel modo tan fantástico no hubiera sido lo mejor que le había ocurrido en todo el año, y le dio una palmadita en la mejilla.

–Puede que la próxima vez.

Capítulo Trece

–Fue una irresponsabilidad. Y una tontería. No volverá a ocurrir.

Hallie se inclinó sobre el interfono de la mesa de su despacho y rogó al cielo que su hermana no la despidiera.

Habían aparecido fotografías de Gavin y ella en las redes sociales poco después de la sesión de besuqueo improvisada en el paseo del lago. A pesar de que le había explicado a la multitud que no era su hermana, la noticia falsa de que Hannah estaba engañando a su marido con Gavin se había extendido por internet.

–Lo siento muchísimo, Han –dijo Hallie.

Sin embargo, la reacción de su hermana no fue la que esperaba. Hannah se echó a reír.

–¿Estás bien? –le preguntó ella.

Hannah dio un resoplido entre carcajadas.

Vaya.

–Pensaba que te habrías disgustado al ver que todo el mundo piensa que eres una adúltera que engaña a su marido con su cuñado.

–Hallie, cariño –dijo Hannah–. Will y yo estábamos publicando en las redes fotografías de nuestras vacaciones aquí en ese mismo momento. Mis fans saben que en esas fotos aparecéis Gavin y tú, no yo.

–Ah… Esa es una buena noticia. Adoro a tus fans.

–Yo, también.

79

Hallie suspiró.

–Si sirve de algo, yo no quería causar un escándalo.

–No, se ve perfectamente lo que estabas intentando causar –dijo Hannah en tono de picardía–. ¿Vas a darme los detalles de por qué estabas deslizando tus labios contra los de Gavin?

Al fondo, se oyó la voz de Will.

–¿Quién es?

–¡No se lo digas! –exclamó Hallie.

–Es Hallie –dijo Hannah al mismo tiempo.

–¡Hannah!

–Todo el mundo sabe que lo estabas besando. Will también lo va a saber, al final. Así que, contéstame: ¿Por qué estabas paseando a orillas del lago con Gavin?

–Me invitó a cenar para darme las gracias por haberle ayudado a decorar su nueva casa.

–Y, entonces, anoche decidiste medir los metros cuadrados que tiene su boca, ¿no? –preguntó Hannah, y se echó a reír de su propio chiste.

Will dio un gruñido.

–No te preocupes por nada –le dijo Hannah, al ver que Hallie no respondía–. Ya sabes cómo es el público. Pensarán lo que quieran. Como siempre dice la abuela, nosotros solo tenemos que preocuparnos de nuestra propia reacción.

–Tienes razón.

A Hallie se le había olvidado la sabiduría que su abuela les había imbuido durante todos aquellos años. En su defensa, podía alegar que, cuando Gavin la besaba, se le olvidaba todo.

–Yo siempre tengo razón –dijo Hannah.

—Metros cuadrados de boca —repitió Hallie con una sonrisa. Su hermana era bastante divertida.

—¿Cuándo fue la última vez que hiciste algo que querías hacer de verdad? —le preguntó Hannah afectuosamente—. Ya era hora de que te arriesgaras un poco.

Lo cierto era que había hecho algo que le apetecía muy pocas horas antes, en la flamante cocina de Gavin. Cuando colgó, estaba sonriendo, tanto por la reacción de su hermana como por los recuerdos de la noche pasada.

Hallie había mencionado una siguiente ronda, y él no había puesto ninguna objeción. De hecho, le había preparado un helado gigante con sirope de caramelo y nata. Le había dado cucharadas en la misma encimera en la que acababan de hacer el amor.

Ya nunca iba a poder mirar del mismo modo un cuenco de helado.

Antes de estar con Gavin, se había convencido a sí misma de que no se estaba perdiendo nada por no tener a un hombre en su vida, pero, después de haberlo sentido dentro de su cuerpo, sí sabía lo que se estaba perdiendo. Y no había acabado de crear recuerdos con él.

Sin embargo, mientras reflexionaba sobre aquella fantasía, se recordó a sí misma que tenía que poner límites en lo que estaban haciendo juntos. No solo para salvaguardar la reputación de su hermana, sino, también la suya propia. Para ella, el control era algo importante, incluso cuando se estaba divirtiendo. Iba a encontrar la manera de equilibrar ambas cosas.

Y, cuando sus días de rebeldía hubieran pasado, podría marcharse con la cabeza alta y con suficientes recuerdos sexis como para gratificarla el resto de la vida.

—Esta casa es espléndida —le dijo Cash a Gavin mientras atravesaban el salón para admirar las vistas desde uno de los ventanales—. Tenías que superarme. ¿No te valía con la vista de un lago?

—No tenía intención de competir —respondió Gavin mientras le daba una cerveza a su hermano—. Eso ha sido un bonus.

Desde que se había marchado de casa de sus padres, Gavin había vivido en varios apartamentos. Había decidido construirse una casa recientemente; si le hubieran preguntado hacía pocos años, habría dicho que no quería cargar con las obligaciones de mantener una casa en propiedad. Daban mucho trabajo y creaban cientos de responsabilidades. Le gustaba la idea de vivir de alquiler, de que otro se encargara de resolver los problemas inevitables que surgiesen. Sin embargo, últimamente, con vecinos en el piso de arriba, de abajo y de ambos lados, se sentía un poco encajonado.

Era el primero en reconocer que una casa con tantos metros era algo excesivo para él, pero ¿por qué no? Trabajaba mucho para ganarse su dinero, y tenía una familia muy grande. Al ritmo al que iban sus hermanos, muy pronto habrían poblado toda la zona con su progenie, y a él le gustaba la idea de recibir a sus sobrinos y al resto de la familia para celebrar la Navidad, por ejemplo. Podría ser el tío divertido de todos ellos.

Hasta que llegara ese momento, se conformaría con utilizar todas las superficies disponibles para situar a Hallie antes de arrancarle la ropa y dejarla alucinada.

—¿Estás bien? —le preguntó Cash.

—Sí, ¿por qué?

—Porque se te ha puesto una sonrisa de bobo. ¿Estás recordando el beso que te diste con Hallie Banks, o lo que ocurrió después, quizá?

Debería haberse esperado aquella pregunta. Hallie y él habían aparecido en las redes sociales, y ella le había enviado un mensaje de texto aquella mañana para advertírselo y decirle que no se preocupara. Era obvio que había hablado con su hermana, y que ni Hannah ni a Will les importaban los chismorreos.

—Es la hermana gemela de una persona muy famosa, Gav. Eso conlleva responsabilidades —dijo Cash, en su papel de hermano mayor—. Siempre va a haber cámaras cerca, sobre todo, si la gente piensa que es Hannah.

—No quiero que me eches un sermón —dijo Gavin.

Sobre todo, porque no estaba dispuesto a contar lo que Hallie y él habían hecho la noche anterior. Había ciertas cosas que su familia no tenía por qué saber.

Cash alzó su botella de cerveza.

—Solo quería ayudar.

Aunque fuera cierto, la interferencia de su hermano seguía siendo irritante.

—Bueno, entonces, ¿tú qué crees? ¿Que no puedo besar jamás a una mujer en público porque alguien puede estar observándonos?

—No estamos hablando de cualquier mujer. Estamos hablando de Hallie Banks.

—Ya. No puedo besar jamás a Hallie en público

83

porque puede que alguien nos esté observando y piense que es Hannah.

—Siempre y cuando Hallie esté conforme, puedes hacer lo que quieras.

—Hallie está totalmente de acuerdo, Cash. De hecho, fue ella quien me atacó —dijo él, con una sensación de orgullo.

—Ah, ¿es así como ocurrió? —preguntó Gavin, enarcando una ceja con escepticismo.

—Más o menos.

Él le había dado espacio para que se acercara, pero también la había animado. Sabía lo que quería, sabía que la deseaba. Y, cuando ella había aceptado, se había sentido muy afortunado. Más tarde, cuando Hallie había sugerido que lo repitieran en otra ocasión, él había rezado por que fuera sincera, porque estaba dispuesto a todo.

En aquel momento, como si sus pensamientos la hubieran conjurado, recibió un mensaje de texto: *¿Cuándo es mi próxima lección?*

Gavin tuvo la tentación de responderle que en aquel mismo instante, pero tenía demasiado trabajo, así que tuvo que conformarse con preguntarle si le parecía bien el viernes siguiente.

Su respuesta fue una sola palabra: *Perfecto*.

«Cuánto me gusta», pensó él. Entonces, se sobresaltó, porque Cash le dio un golpe un poco más fuerte de lo necesario en el brazo para poder llamar su atención.

—Mierda, hermano. Estás sonriéndole al teléfono como un adolescente enamorado.

—Mira quién fue a hablar —gruñó Gavin con incomodidad.

Siempre había evitado enamorarse, aunque en el caso de Hallie, estaba dispuesto a dejarse embelesar y ser su esclavo sexual cualquier día de la semana.

–Bueno, pues ya puedes llenar esta casa de bebés. Después de casarte, claro –dijo Cash con una sonrisa de picardía.

–No empieces –respondió Gavin.

–Eh, cada uno tenemos nuestro propio camino, y tú no eres la excepción. Hagas lo que hagas con Hallie Banks, cerciórate de que está al tanto de tus intenciones. No dejes que se espere algo que tú no estás dispuesto a dar.

Gavin se sintió insultado.

–¿Qué quieres decir con eso?

–Que su hermana está casada con tu hermano. Y que sus mejores amigas se van a casar con tus otros dos hermanos. Si las cosas progresan entre vosotros, tal vez ella espere lo mismo.

–Relájate. Solo fue un beso –dijo él. Aunque, en realidad, lo que siguió al beso no podía descartarlo con tanta facilidad–. Se te están subiendo a la cabeza las letras de tus canciones de amor.

–No dejes que las cosas se enreden. Dile cuál es la situación. Ella es…

–La hermana de Hannah. Ya lo sé. Pero, de igual modo que yo no soy tú, y tú no eres Luke, y Luke no es Will, Hallie y Hannah no son la misma persona. Y ¿sabes una cosa? Hallie lleva muchos años encargándose de la carrera profesional y el horario de Hannah . Es una de las mujeres más equilibradas, responsables e inteligentes que he conocido. Ella puede conmigo.

Ya se lo había demostrado.

–He visto cómo te mira –dijo Cash. Le dio un

trago a su cerveza, y se corrigió–: En realidad, fue Presley la que me dijo cómo te miraba. Yo no sé si me habría fijado. Pero Presley sabe mucho de Hallie y de ti. Yo estoy intentando que no te metas en aguas pantanosas.

–¿Te refieres a que no me comprometa accidentalmente, que no me case y tenga hijos antes de darme cuenta de lo que me está ocurriendo?

Gavin sonrió a medias a su hermano e intentó no pensar demasiado en lo que acababa de decir. Prometido o casado ya eran dos estados que le causaban inquietud, pero lo de tener bebés… Para una persona como él, que no quería sentir tanta responsabilidad, era impensable.

–Pues sería muy interesante verlo –dijo Cash, riéndose.

Gavin se estremeció sin querer.

–Nunca digas nunca jamás –prosiguió su hermano–. Yo tampoco pensaba en casarme ni en tener hijos. Y mírame.

–Sí, viviendo en una casa menos impresionante que la de tu hermano pequeño –le dijo Gavin, y tuvo la satisfacción de ver que a Cash se le borraba la sonrisa–. Vamos, ven. Te enseño el resto de mi castillo.

Cash siguió a Gavin a la terraza y, por suerte, dejó de hablar de matrimonio e hijos.

Capítulo Catorce

El viernes por la noche, cuando sonó el timbre de su casa, Gavin no se esperaba encontrar a una mujer en el umbral, así que, al ver a dos, se quedó sin palabras por un momento.

—Hallie —dijo, a modo de saludo—. Ruby.

—Hola, Gav —dijo Ruby, y entró con una sonrisa—. Yo no me voy a quedar mucho. He venido a entregarte mi factura.

—En persona, nada más y nada menos.

Cuando Hallie iba a pasar por delante de él, la atrapó, tomándola por la cintura, y la besó brevemente en los labios. Ella llevaba un vestido negro muy elegante.

—Hola —le susurró.

—Hola —respondió Hallie, y se ruborizó.

Sin embargo, Ruby interrumpió el momento llamándolos desde la cocina.

—Estaba en el barrio. Tenía pensado dejarte el sobre en la puerta, pero vi a Hallie y quise saludar.

Hubo una pausa. Después, añadió:

—Esto tiene una pinta deliciosa. Estoy interrumpiendo algo.

Se refería a la bandeja de canapés y la botella de vino que había preparado Gavin. Por muy bien que le cayera Ruby, sí, estaba interrumpiendo algo. Sin embargo, le dijo:

–Gracias por venir a verme.

–De nada –dijo ella, con una sonrisa de astucia–. Bueno, me marcho ya. Ah, y muchas gracias por recomendarme a tu amigo Mark.

–De nada –dijo él. No tenía ninguna duda en recomendársela a sus amigos. Ruby era increíble en su trabajo.

Ella observó la habitación.

–¡Llegó la butaca!

–Es más bonita aún de lo que me imaginaba –dijo Hallie, y siguió a Ruby hacia el salón, donde ambas acariciaron la tapicería.

–Esta es mi parte favorita. El *tour* final –dijo Ruby–. Ver cómo se ha hecho realidad todo lo que te has imaginado. ¿Tú ya has visto lo demás?

Hallie se mordió el labio.

–Solo la cocina.

–Bueno, no te preocupes. Yo volveré en un momento más oportuno –dijo Ruby, y le dio a Hallie un breve abrazo.

–Espero estar aquí cuando vengas –le dijo Hallie–. Me encantaría saber lo que te parece todo. Verdaderamente, tienes un don para tu trabajo.

Su tono de voz y sus palabras hicieron que Gavin cambiara de opinión. Estaba impaciente por tener a Hallie para él solo, pero ya habría mucho tiempo después.

–¿Y por qué no ahora? –preguntó, con las manos en los bolsillos y una pequeña sonrisa.

Ruby se fijó en la comida que había sobre la barra de la cocina y, después, miró a Gavin.

–¿Estás seguro?

–Si a ti te parece bien… –dijo Hallie, mirando a Ruby. Después, sonrió a Gavin con agradecimiento.

–Pues claro que a ella le parece bien. Vive para esto –dijo Gavin, y se acercó a la barra de la cocina. No a la que había estrenado con Hallie, esa era sagrada, sino a la otra, donde sirvió dos copas de vino–. Se lo he enseñado todo a Cash, pero no he prestado mucha atención. Hemos estado bebiendo cerveza y quejándonos del trabajo.

No era completamente cierto, pero no iba a contar que Cash le había leído la cartilla con respecto a Hallie, el matrimonio y los hijos.

Le entregó una copa a cada una de las mujeres. Al mirar bien a Hallie, se le cortó la respiración. No entendía cómo había podido confundirla con Hannah. No podían ser más distintas.

–Estoy impaciente por ver los dormitorios –dijo Hallie. Ruby enarcó las cejas, y ella añadió–: Me refiero al… eh… al cuadro del que hablamos largo y tendido.

–¿Es eso lo que ha llegado hoy? –preguntó Gavin, señalando un paquete de cartón que estaba apoyado en la barandilla de las escaleras–. No sabía si debía abrirlo o no.

–Lo ha eludido –dijo Ruby–. Me lo imaginaba. Hallie eligió el conjunto.

–Te va a gustar –le prometió Hallie.

–Vamos a ver primero el piso bajo –sugirió Ruby.

Entrelazó el brazo con el de Hallie y se dirigió al pasillo. Gavin se metió un pedazo de queso en la boca, tomó una botella de agua de la nevera y las siguió.

Durante la improvisada visita a la casa, aprendió muchas cosas que no sabía que le importaban. La emoción de Ruby y de Hallie era muy contagiosa.

Hallie conocía sus gustos y su estilo. Él fue abriendo puertas y mostrándoles las habitaciones en las que habían colocado los muebles los encargados de la entrega, pero, hasta que ellas no se pusieron a hablar del estilo del cabecero de la cama de la habitación de invitados, y a explicar la razón por la que habían elegido una lámpara que parecía un antiguo farol de aceite, él no se había parado a pensar en ninguna de las dos cosas.

–Recuerdan a enormes agujeros de desagüe –dijo Hallie, acariciando los círculos que había tallados en la madera–, porque vives a la orilla de un lago.

–Y la lámpara de aceite es como la de un barco –supuso él.

–Ingenioso, ¿verdad? –preguntó Ruby, y tomó un sorbito de su vino–. Fue idea de Hallie.

–Es mi parte favorita de esta habitación –dijo él.

A medida que continuaba el tour, Gavin fue prestando más atención a los detalles. No sabía explicar lo que le gustaba, pero Hallie, sí. Parecía que lo conocía a la perfección. El mobiliario que había elegido era discreto y elegante. Los colores, neutros, pero interesantes. Y, tal y como le había explicado durante la cena en el restaurante, en cada estancia había alguna pincelada de color brillante.

–Bueno, Gav –dijo Ruby al poner el pie en el primer peldaño–. Toma el paquete del cuadro y súbelo. Quiero verlo.

–Yo, también –dijo él, y tomó el paquete con ambas manos.

–La habitación principal es mi estancia favorita de esta casa –dijo Ruby.

Él estaba de acuerdo. La habitación tenía la misma anchura de la casa y contaba con balcones en ambos lados, para poder admirar los dos lagos. En el baño había una bañera enorme y una ducha. La cama era muy grande y tenía un cabecero negro rematado con tachuelas. Hallie pasó la mano por la colcha roja.

–Es del mismo color que el coche que no compraste –dijo ella, en tono de broma.

Al instante, él se la imaginó tendida sobre aquella cama, con el pelo rubio extendido sobre la colcha roja. Estaba deseando desnudarla para poder probar cosas nuevas. Cosas deliciosas.

–Abre el paquete del cuadro –le pidió Ruby, y lo sacó de sus imaginaciones.

Él rompió el cartón y se echó a reír al ver la imagen. Era una enorme imagen de un cuenco lleno de helado, de sirope de caramelo y nata. Había un añadido: unas fresas que tenían el mismo color que la colcha.

–Es perfecto –dijo, y besó a Hallie en la mejilla–. Voy a colgarlo encima de la cama. No vas a poder impedírmelo.

–Estoy deseando verlo colgado –respondió ella, mirándolo con anhelo.

Ruby carraspeó.

–Tengo que irme ya. Se me había olvidado que tengo que recoger… una cosa en la tienda.

Abrazó a Hallie, le dio unas palmaditas a Gavin en el brazo y salió rápidamente de la habitación, gritando «¡Adiós!». Al instante, la puerta principal se cerró con fuerza.

–¿Acaso el significado del helado es tan obvio? –preguntó Hallie, frunciendo el ceño.

–Esperemos que no –dijo él, riéndose. Después, le

91

susurró al oído–: Me parece que a Ruby le han quemado las chispas que han surgido entre nosotros.

–Yo también las he notado –dijo Hallie, e inclinó la cabeza hacia arriba.

Él la besó, recreándose en sus labios deliciosos, hasta que ella se apartó y lo agarró por la pechera de la camisa.

–Y ahora, ¿qué? –le preguntó, mirándolo fijamente con sus enormes ojos de color castaño y dorado.

–Como si no lo supieras –respondió él, con una sonrisa de felicidad por tenerla allí, en sus brazos, en su casa–. Ha llegado el momento de romper las reglas, cariño.

–¿Qué tienes pensado?

–Algo que incluye el agua.

–Oh, oh. ¿Debería preocuparme?

–Un poco. ¿Has traído traje de baño?

–¿Lo necesito?

–No, señora. Por supuesto que no.

Capítulo Quince

Al llegar a la puerta del garaje de Gavin, a Hallie se le escapó un jadeo. El coche deportivo rojo estaba allí aparcado.

–¡Lo has comprado!

Él la miró con orgullo.

–Me entraron ganas cuando dijiste que te había extrañado que no lo hiciera.

–Y veo que no has podido separarte del todoterreno –añadió ella, al ver que el coche gris también estaba en su plaza.

–Le he tomado cariño –dijo él, y se encogió de hombros–. Estuve a punto de contarlo cuando dijiste que el color de la colcha te recordaba al del coche, pero pensé que sería más divertido que lo descubrieras por ti misma.

Ella acarició el capó del deportivo. Él seguía sonriendo. Tenía otro secreto, y la emoción se le reflejaba en los ojos.

–Vamos a sacarlo a dar un paseo.

–¿Adónde vamos? –preguntó Hallie, intentando dominar su curiosidad.

–Te gustaría saberlo, ¿eh?

Ella se echó a reír.

–Pues sí, la verdad. ¿Necesito llevarme el bolso?

–Cariño, no necesitas nada. Bueno, un abrigo, si quieres que quitemos la capota.

Ella entró corriendo en casa y tomó el abrigo, preguntándose qué regla se habría inventado Gavin para que pudieran romperla en aquella ocasión. ¿Se trataba solo de conducir un coche deportivo descapotable en diciembre, o iba a tener que desnudarse, también? O, tal vez, Gavin conociera un lugar apartado y secreto a orillas del lago y pudieran hacer el amor en el coche. Eso le resultaba muy excitante...

Se sentó en el asiento del pasajero e inhaló el olor del interior del coche nuevo. Cuando abrió los ojos, él estaba sonriéndole.

–A propósito, esta noche estás deslumbrante. Ese vestido...

–Gracias.

–No me des las gracias todavía –dijo él.

Hallie se preparó para el trayecto, pero no fueron muy lejos. A los pocos minutos de que se hubiera abrochado el cinturón de seguridad, él paró a orillas del lago. A lo lejos se veían unos cuantos barcos. Sin embargo, en el embarcadero, donde habían aparcado, no había nada, aparte de árboles y una playa desierta y escondida.

Estaba a punto de felicitarse a sí misma por haber adivinado cuáles eran las intenciones de Gavin, cuando él abrió la puerta y bajó del coche. Después, lo rodeó, abrió la puerta del copiloto y la ayudó a salir. Caminaron juntos hasta el final del embarcadero y miraron las aguas negras.

–Tu desafío de hoy, Hallie Banks, si es que lo aceptas, es desnudarte y tirarte al agua.

–¿Cómo? –preguntó ella, riéndose, con la esperanza de que le dijera que estaba de broma. Pero él no lo hizo, así que ella añadió–: Estás loco.

–Un poco –dijo él, asintiendo–. Además de que el agua está helada, hemos entrado en una propiedad privada.

Hallie miró hacia atrás y vio la esquina de una casa que estaba casi oculta en un bosquecillo. Invadir una propiedad privada era romper una regla muy importante para ella. Tal vez hubiera alguien en la casa, observándolos a través de los árboles. O, tal vez, podía acercarse un barco mientras estaba desnudándose para tirarse al agua. Aunque eso era improbable, teniendo en cuenta el frío que hacía aquella noche.

Además… ¿quién sabía qué podía haber bajo la superficie oscura del lago? Claramente, había peces y, posiblemente, tortugas que mordían. ¿Y si alguien había tirado una cría de cocodrilo por el inodoro y el espécimen había llegado a la edad adulta en el lago? No era muy probable, pero no podía saberlo con total certeza.

–Ah, y otra cosa –dijo él–. Yo me voy a desnudar hasta el punto en que lo hagas tú.

Ella se puso una mano en la cadera.

–¿Por completo?

–Si tú lo haces primero, sí. Cuando terminemos aquí, podemos ir al jacuzzi de mi terraza y calentarnos, porque el lago está helado. Si me obligas a desnudarme por completo, no habrá manera de ocultar lo que ocurra si el agua está tan fría como imagino.

Ella sonrió sin poder evitarlo. Gavin era muy divertido.

–Entonces, ¿por qué te estás ofreciendo a… a…?

–¿A desnudarme contigo? ¿Lo preguntas en serio? Con frío, o sin frío, cuando estoy contigo la desnudez siempre me parece lo mejor, Hals. Y tú ya sabes lo que escondo bajo la ropa.

A ella se le escapó una carcajada.

—Eres un sinvergüenza.

—Yo prefiero pensar que estoy muy seguro de mí mismo, pero vamos a decir que sí a ambas cosas.

Ella sopesó las opciones que tenía. La buena noticia era que se había puesto un sujetador fuerte y unas bragas que no iban a deslizársele hacia atrás cuando se tirara de cabeza. Por otro lado, si se quedaba desnuda, Gavin tendría que hacer lo mismo. Le encantaba la idea de ganarle en aquel desafío.

Él le puso las manos en las caderas, y ella notó su calor en la espalda.

—Te lo estás pensando.

—Solo porque quiero que tomes un poco de tu propia medicina.

—¿Por qué, en vez de eso, no me das un poco del sabor de tus labios?

Aquella oferta era demasiado buena como para resistirse. Se giró entre sus brazos, posó las manos en su nuca e inclinó la cabeza hacia atrás. Él la besó; recorrió la unión de sus labios con la lengua y, después, se hundió en su boca.

El beso se hizo más y más intenso y él la abrazó con más fuerza mientras emitía un gruñido. Ella lo besó hasta que sus senos se aplastaron contra su pecho y las caderas de los dos entrechocaron con urgencia, con el impulso de hacer mucho más de lo que era decente en público.

Sin embargo, no iba a echarse atrás. Siempre se había preocupado mucho de las consecuencias de lo que hacía, había reflexionado mucho en el efecto que sus actos pudieran tener en la vida de su hermana en vez de pensar en el efecto que pudieran tener en la suya.

Dio un paso atrás, se separó de él y, caminando hacia atrás, se quitó el abrigo. Notó el aire frío en los brazos, pero lo ignoró y se desabrochó el cinturón del vestido. Abrió la tela y se quedó en ropa interior, y tomó aire bruscamente al notar el frío en todo el cuerpo. Se le puso la piel de gallina, pero la cara de orgullo y de admiración de Gavin le dio fuerzas para continuar.

Nunca había hecho nada parecido en su vida, pero allí estaba, divirtiéndose de verdad. Solo Gavin podía convencerla de cometer una locura así.

–Acepto el desafío, Sutherland –le dijo.

Se desabrochó el sujetador y se lo tiró a la cara. Él lo atrapó en el aire mientras ella se quitaba las bragas y las apartaba de una patada.

Tomó aire, lo expulsó y se lanzó de cabeza al agua helada.

Gavin estaba a punto de decirle que no tenía que tirarse al lago; en realidad, había estado presionándola por diversión, para ver hasta dónde llegaba. No se imaginaba que ella se fuera a quitar toda la ropa.

No le había dado tiempo a objetar. Estaba retándolo con las palabras y la mirada y, al segundo, se había desnudado y se había tirado al agua. ¿Quién era aquella mujer tan fascinante?

Él seguía mirando el agua oscura, con el sujetador en la mano, cuando ella salió a la superficie escupiendo y tomó una bocanada de aire.

Demonios. No podía creer que lo hubiera hecho.

–¿Cómo está el agua? –le preguntó, riéndose.

–No está mal –respondió ella, nadando para mantenerse a flote, sin perder la sonrisa. Tal vez él se hubiera equivocado y el lago no estaba tan frío como era de esperar–. ¿A qué estás esperando?

–Lo que estaba esperando ya ha ocurrido –dijo él, y se metió su sujetador en el bolsillo.

–Teníamos un trato.

–Es cierto.

No le entusiasmaba, pero lo había prometido. Se quitó rápidamente la ropa y se tiró al agua antes de poder arrepentirse.

Dios Santo.

El agua estaba tan fría como el hielo. Al salir a la superficie, se le escapó un enorme jadeo, y oyó la risa de Hallie… seguida por el castañeteo de sus dientes.

–¿Me has engañado?

–Eh, esto ha sido idea tuya –dijo ella.

–Pero no sabía que estaba tan helada –replicó él.

–Me da menos miedo el frío que la posibilidad de que se acerque un cocodrilo gigante.

–Un cocodrilo gigante tendría sentido común y se mantendría alejado de esta agua congelada.

Ella nadó hacia él y le rozó el hombro con el brazo o, quizá, con un pecho. No lo supo, pero, a pesar de la temperatura del agua, a él le hirvió la sangre. Ella apoyó las manos en sus hombros y él hizo que rodeara su cintura con las piernas, y nadó hasta la orilla, donde ya no cubría. Puso los pies en el fondo arenoso.

–De repente, siento mucho más calor –dijo, aunque era mentira.

–Lo mismo digo –respondió ella, y lo besó.

–Se te están poniendo los labios azules. Estás loca por haberme seguido la corriente en esto.

–¿Qué puedo alegar en mi defensa? Cuando estoy contigo, me entran ganas de hacer locuras.

–No voy a mentir, me gusta mucho eso de ti –dijo él, y la tomó entre sus brazos–. Te mereces divertirte un poco.

–¿Y qué más me merezco?

Ella, que seguía agarrada a él, frotó el centro de su cuerpo contra su erección. Increíble. Incluso dentro de aquella agua tan helada podía infundirle vida, especialmente, a una parte de su cuerpo. Quería perderse en ella. Sin embargo, sabía que tenía que esperar. Tenían tiempo. Cuando los dos entraran en calor.

–¿Sabes? –le preguntó Hallie–. Cuando te pedí que me ayudaras con esto de romper las reglas, no me esperaba acabar desnuda contigo en Mountain View Lake. Pero, ahora que lo estoy…

Él se sorprendió al notar que ella movía las caderas. Sus cuerpos se estaban frotando, y el agua que los rodeaba, aunque seguía siendo gélida, parecía algo más suave.

–¿Qué te parece si estrenamos tu flamante cama?

–Fantástico –dijo él.

En aquel momento, Gavin recordó la advertencia que le había hecho su hermano. No estaba seguro de cuál era el mejor momento para sacar aquello a relucir, pero… demonios, ¿por qué no ahora?

–Hallie… Creo que deberíamos hablar de tus expectativas.

–De acuerdo –dijo ella, en tono de pragmatismo–. Espero un orgasmo. Dos, si eres capaz.

A él se le escapó una carcajada, aunque habían empezado a castañetearle los dientes.

–También espero que estos experimentos para romper las reglas continúen una temporada más. Por lo menos, hasta que me acostumbre a hacerlo yo sola. Y… quiero probar el jacuzzi. Me lo merezco, ya que he sido obligada a tirarme desnuda al lago en pleno diciembre.

Demonios, cuánto le gustaba que fuera tan segura. Que tuviera el control de la situación. Había perdido toda su timidez cuando estaba con él. Pasara lo que pasara cuando aquello hubiese terminado, él siempre sería la persona que había ayudado a Hallie Banks a salir del cascarón.

Cuando sus pensamientos derivaron en la manera en que iba a terminar aquella aventura que tenían, él prefirió apartarlos de su mente. No le resultó difícil, puesto que no quería morir de hipotermia y tenía que salir de allí.

–Vamos, sube tu precioso trasero por la escalera del embarcadero y recoge la ropa –le dijo–. Tenemos que ocuparnos de esos orgasmos.

Capítulo Dieciséis

Salieron del lago y se vistieron rápidamente. Aunque el trayecto hasta casa era muy corto, les pareció una eternidad. Y no solo porque Gavin estuviera preocupado por si morían de congelación antes de poder llegar.

–Estoy empezando a entender que, si antes no te divertías lo suficiente –le dijo a Hallie, mientras dirigía el chorro de aire caliente hacia ella–, no era porque no supieras cómo, sino porque tienes la necesidad de controlar todas las situaciones. Tú tienes un don innato para romper las reglas, Hals.

–No lo había pensado nunca –dijo ella, envolviéndose con fuerza en el abrigo–. Pero creo que tienes razón. Llevo tanto tiempo controlándome, que me resulta difícil dejarme llevar.

–Sobre todo, si sabes que dándole las riendas a otro todo puede acabar en un desastre –dijo él.

Metió el coche en el garaje y pensó que la entendía muy bien. Su trabajo era controlar. Tenía que dominar las situaciones que se habían salido de control o las que pudieran descontrolarse y devolverles el orden.

–Lo malo es que, si haces algo mal, tú eres el único responsable.

–Lo sé.

No había nada peor que fallar, o hacer un esfuerzo bienintencionado y darse de bruces. Se le pasó por la cabeza que él también había tenido una cautela excesiva en varias facetas de su vida para evitar el fracaso, pero no quiso ahondar en aquella idea. No iba a malgastar un solo segundo del tiempo que tenía para estar con Hallie pensando en eso.

–Bueno, así que a los dos nos gusta el control. ¿Cómo va a funcionar esto? –le preguntó, mientras apagaba el motor–. En el lago me has pillado por sorpresa, pero, dentro de casa, en el piso de arriba, en el jacuzzi de la terraza… ¿Quién manda?

A ella le brillaron los ojos. Estaba disfrutando tanto como él.

–Podemos hacerlo por turnos.

–Pues sí, me parece perfecto.

Iba a hacer lo que quería con ella, pero también le gustaba pensar que ella iba a hacer lo que quisiera con él.

Una vez dentro de casa se quitaron los zapatos mojados y se acercaron a la encimera de la cocina. La comida ya no tenía un aspecto apetitoso, pero el vino todavía estaba bueno.

–¿Te apetece una copa?

–No es necesario.

–Yo no he dicho que fuera necesario.

Tomó dos copas de un armario y sirvió el vino.

–Por lo menos, toma un sorbo, te hará entrar en calor.

Ella asintió. Tomó un poco y cerró los ojos al saborearlo. Dios, qué guapa era. ¿Cómo era posible que él tuviese tanta suerte?

–Tienes razón. He entrado un poco en calor –dijo Hallie. Dejó la copa en la encimera y se humedeció los labios–. Tengo que ser sincera en una cosa. No tienes por qué esforzarte tanto. El listón del romanticismo está muy bajo para mí.

A él no le gustó cómo sonaba aquello.

–¿Qué significa eso?

–Que… –ella se encogió de hombros–. Los sitios donde he tenido aventuras, por llamarlas de algún modo, no son precisamente románticos. Una vez, en un coche…

–Ah, sí. Eso es un clásico –dijo él–. ¿Con el excesivo entusiasmo de la primera vez?

–Sí, exacto. La segunda vez fue en un sofá.

Él se estremeció.

–¿En el sótano de la casa familiar?

–En la de él. No en el sótano de la abuela. Ella me habría matado.

Gavin se echó a reír. Se imaginaba cómo habría reaccionado Eleanor Banks si se hubiera encontrado a Hallie en esa situación en el sofá de casa. Su abuela habría echado al chico de allí con una escopeta.

–No me estoy riendo de ti, sino de lo parecidas que han sido nuestras situaciones. Es trágico lo lejos que podemos llegar cuando somos jóvenes. Tenemos tanta urgencia, que nos perdemos lo mejor.

–Yo no sé si alguna vez he llegado a lo bueno. Hasta que te he conocido, quiero decir.

Aquello era muy dulce. Hallie, sin darse cuenta, acababa de crear el mejor ambiente para aquella noche.

–Nuevo plan. Voy a darte una noche que vas a recordar durante el resto de tu vida. No deberías conformarte con menos de lo que te mereces, Hals.

A ella le brillaron los ojos como si él la hubiera acariciado.

–¿Por qué no tomas tú las riendas esta noche? –le preguntó Gavin–. Utilízame. ¿Crees que podrás manejarme a tu antojo?

Ella le pasó las manos por la pechera de la camisa y comenzó a desabrocharle el cinturón. Cuando lo miró a los ojos, a él se le había cortado la respiración.

–Entiendo que eso es un «sí».

–Por supuesto –confirmó Hallie–. Podemos empezar con una ducha.

El olor a jabón de pino y limón invadió sus sentidos, mientras su mente se quedaba en blanco.

Hallie notó las manos de Gavin en sus pechos. Él le pellizcó los pezones con los dedos enjabonados y ella sintió un calor delicioso entre las piernas. Emitió un gemido de puro placer bajo el chorro de agua. Él deslizó los dedos entre sus piernas.

La acarició mientras la besaba profundamente, pero, de repente, se apartó, y ella tuvo que apoyarse en los azulejos de la pared de la ducha para no caerse.

Lo miró anonadada, y lo vio de rodillas, delante de ella. Gavin la tomó por los muslos y le ordenó que se acercara.

Un segundo después, utilizó la lengua para algo mucho mejor que dar órdenes, y ella apoyó las manos en su cabeza y le acarició el pelo mojado.

Movió las caderas y aceptó las pasadas de su lengua por la parte más íntima de su cuerpo. Entonces, él metió un dedo dentro de ella y, después, dos.

Un gruñido de placer resonó entre las paredes de la ducha. Hallie llegó al orgasmo instantáneamente, y vio estrellas detrás de los párpados. Se apoyó de nuevo en la pared y, cuando recuperó la capacidad de pensar, se dio cuenta de que se había agarrado a su pelo con todas sus fuerzas.

—Oh, Dios mío –dijo, y lo soltó–. Lo siento muchísimo. Lo siento.

Él se levantó lentamente y la miró de pies a cabeza, deleitándose.

—Nunca más –dijo, con seriedad– vuelvas a pedirme disculpas por correrte en mi lengua.

Ella se ruborizó, y él sonrió.

—¿Qué punto es el siguiente de tu lista de deseos? ¿Más de lo mismo? –preguntó. Posó la mano en su sexo, y ella se estremeció–. Si quieres, podemos seguir así toda la noche.

—Eres demasiado –dijo ella, y se mordió el labio. Él pasó el pulgar por su carne para apartarla de sus dientes y la besó.

—Soy exactamente lo que has pedido. Así que empieza a dar órdenes.

Acceso ilimitado a Gavin Sutherland. ¿Por dónde podía empezar? Lo sabía. Era lo que llevaba esperando desde que tenía uso de razón.

—La cama.

—Tradicional –dijo él, y cerró el grifo de la ducha–. Pero lo permito.

Se secaron rápidamente, y él volvió a besarla. Cayeron sobre la cama y él se tendió sobre ella. Entonces, Hallie tomó su erección con una mano.

Él tomó una bocanada de aire.

—Los preservativos están en la mesilla de noche. A menos que quieras hacerlo sin condón otra vez.

—Es mejor –dijo ella–. Confío en ti.

—Yo también confío en ti.

Hallie se sentía segura con Gavin, pero el hecho de saber que él también se sentía seguro con ella aumentó su seguridad en sí misma.

Él le besó los pechos y se colocó entre sus piernas y, mientras ella se maravillaba de su fabulosa forma masculina, movió las caderas y se hundió en su cuerpo, deslizándose suavemente. Hallie lo guio y posó los talones en su trasero, y echó la cabeza hacia atrás, abandonándose al placer. Él puso la boca en su cuello y succionó su pulso, y empezó a moverse. Hallie aceptó con facilidad sus acometidas, y él la tomó de la mano y entrelazó sus dedos con los de ella, y colocó la mano por encima de su cabeza, sobre la almohada. Hizo lo mismo con la otra mano.

–¿Esto te gusta? –le preguntó, mientras seguía deslizándose en su cuerpo, proporcionándole descargas de placer.

–Sí, Gavin. Sí.

Todo lo que él hacía era un «sí». Desde los golpes más suaves, que la tensaban más y más, al ritmo más rápido y entrecortado que hizo que gritara su nombre.

Hallie se deleitaba a cada segundo que pasaba con él. Disfrutaba con sus besos, con los delicados mordiscos que le daba en el lóbulo de la oreja. Llegó de nuevo al orgasmo, y él le soltó las manos para erguirse sobre su cuerpo y continuar con su ritmo frenético. Hallie lo rodeó con los brazos y las piernas, y aceptó todo lo que él tenía que darle. Todo su cuerpo temblaba de placer.

Cuando llegó al éxtasis, Gavin gritó y gruñó contra su pelo. Hallie lo estrechó contra sí para que descansara su peso, y él tendió su cuerpo sobre el de ella.

Poco a poco, su respiración jadeante fue calmándose. Ella nunca había experimentado una relación sexual tan potente como aquella. Se dijo que no debía darle demasiada importancia, pero, en aquel momento, él alzó la cabeza y la observó con atención. Su cara lo decía todo.

Para Gavin tampoco era normal y corriente lo que acababa de pasar entre ellos.

Y eso podía significar dos cosas: que era lo mejor que les había ocurrido, o una catástrofe de enorme magnitud.

Era demasiado pronto para saberlo.

Capítulo Diecisiete

Hallie entró en Elite esperándose cualquier cosa. Hannah y Will todavía estaban en Francia, pero iban a volver a finales de aquella semana. Gavin era quien le había pedido que fuera al estudio con la excusa de que tenía una sorpresa para ella.

Teniendo en cuenta que sus sorpresas iban de la diversión a la congelación, no tenía ni idea de lo que podía ocurrir aquel día.

Oyó el sonido de sus tacones en el suelo de la entrada. Se había puesto su traje negro preferido y un par de zapatos muy sexis. Esperaba que a Gavin le gustara.

Al acercarse a la sala de juntas, él salió por la puerta y la abrazó. Antes de que ella pudiera darse cuenta de lo que estaba ocurriendo, la besó. Ella canturreó contra sus labios, disfrutando de su calor y de la sensación de que la abrazara.

Él se retiró y la miró.

—Hola, guapa.

En serio, ¿cómo podía ser tan maravilloso?

—Supongo que no hay nadie más.

—Somos los únicos.

—Quiero dejar absolutamente claro que estoy a favor de romper las reglas, pero dudo que a tu hermano mayor le haga ninguna gracia que tengamos relaciones sexuales en su estudio de grabación, sobre la mesa de juntas.

Gavin enarcó las cejas.

–No era lo que iba a sugerirte, viciosa. Pero, ahora que lo mencionas…

Volvió a besarla y ella se echó a reír.

Aquella semana había estado llena de alegría con él. Había ido varias veces a cenar a su casa y siempre habían acabado con un postre, o con una sesión de sexo y, después, un postre. La noche anterior, él había estado en su apartamento hasta después de las tres de la madrugada.

–Gracias por venir a verme aquí –le dijo Gavin–. Tengo un millón de cosas que hacer, de lo contrario, habría ido a verte yo. De hecho, tengo una videoconferencia dentro de cinco minutos. Siento meterte prisa.

–No te preocupes. De todos modos, iba a tomarme un café con Presley.

–Perfecto. Entonces, puedes pedirle su opinión sobre esto.

Gavin abrió la puerta de la sala de juntas y la acompañó al interior. Ella tardó un segundo en asimilar lo que estaba viendo.

Había un vestido rojo y ajustado colgado de una percha en la pared. La falda tenía una abertura por un lateral hasta la cadera, y la cola estaba salpicada de cristales que brillaban como estrellas.

Se acercó al vestido y tomó la tela con dos dedos.

–¿Te gusta? –le preguntó él.

–No –susurró ella, con una sonrisa–. Me encanta.

Él también sonrió. Estaba muy satisfecho.

–Lo eligió Hannah. La llamé y le pedí que me ayudara a elegir un vestido para la fiesta de invierno de Mags Dumond. Y, como el rojo es nuestro color…

–¿Tenemos un color? –preguntó ella, que estaba a punto de derretirse.

Supongo que sí. Te mereces un vestido especial, Hals. No uno que hayas heredado de tu hermana.

–Sí, sería una pena tener que ponerme un traje de alta costura *vintage* de Valentino.

–¿Quieres venir conmigo?

–¿A la fiesta de Mags? ¿Estás seguro de que es buena idea? Allí va a estar todo el mundo.

–Otra regla que podemos romper. Será una cita muy pública en uno de los eventos más concurridos de Beaumont Bay. Estarás conmigo, y todo el mundo lo verá.

–¿Y estás seguro de que tú quieres eso?

–¿Crees que habría encargado este vestido en París, Francia, para que me lo enviaran, si no estuviera seguro de que quiero que te vean conmigo?

–Esta es una sorpresa muy, muy buena.

Hallie le acarició la mejilla y él volvió a besarla.

–Mucho mejor que la de tirarse de cabeza desnuda al lago en pleno diciembre.

–No me vas a dejar que lo olvide nunca, ¿verdad?

–No, no creo.

En aquel momento, sonó el teléfono de Gavin, y él la miró con consternación.

–Es mi alarma. Tengo que atender la videollamada.

–No pasa nada, de verdad. Muchas gracias por el vestido.

–De nada.

Él tomó la percha y le puso el vestido en los brazos antes de darle un beso de despedida.

–Esta noche iré a tu casa y te ayudaré a elegir lo que vas a ponerte debajo del vestido.

Ella salió del edificio prácticamente levitando. El sábado siguiente iba a salir a lo grande, con Gavin. Lo cual, ciertamente, le producía un poco de temor, pero también la emocionaba. Tal vez siempre hubiera estado equivocada al pensar que la contención y el control eran la respuesta para todo.

¿Por qué no seguir avanzando en vez de reprimirse?

Gavin apareció en su apartamento tal y como había prometido y, a los treinta segundos de entrar por la puerta, estaba besándola en el sofá. Después, siguieron besándose en el dormitorio e hicieron el amor. Hallie había aprendido que las relaciones sexuales con él siempre eran fantásticas, no una rareza. Gavin era fenomenal.

–Si seguimos así, voy a poder dejar el gimnasio –dijo Gavin.

Estaba tendido boca arriba, con un brazo sobre los ojos, como si fuera la encarnación de todas las fantasías eróticas que ella había tenido en la vida. Estaba completamente desnudo.

–Tú no eres el único que ha hecho ejercicio –dijo ella. Estaba orgullosa de su participación en el maratón de sexo de aquella noche. Le acarició la mandíbula con la palma de la mano y notó la aspereza de su barba incipiente.

–¿Siempre tuviste esto?

–¿Te refieres a después de la pubertad?

–Sí. No te imagino con una cara suave. No te pega.

–No sé si me pega o no, pero con la cara suave parecería diez años más joven y, en un juicio, uno no quiere parecer joven.

Ella apoyó la cabeza sobre una mano y, la otra, sobre el estómago de Gavin.

–Me parece muy interesante que estudiaras Derecho. Eres el único abogado de tu familia.

–Mi tío, también. Está especializado en Derecho penal. Bueno, es un tío político. Pero, hablando de la familia, quería preguntarte una cosa.

–¿De qué se trata?

–¿Cuántas parejas de gemelos hay en la tuya?

–Pues varias, en realidad. Tengo unos primos gemelos, y mi abuela y mi tía abuela también lo son.

–No te refieres a Eleanor.

–No, es mi abuela paterna. Ah, y creo que hace poco nacieron otro par de gemelos en su familia, también, pero no los he conocido.

–Muchos gemelos.

–Nuestros padres prefirieron para con una pareja. Tú eres de una familia muy grande. Cuatro hijos no es un número pequeño. Y tu madre no tuvo dos de golpe, como la mía. Os tuvo uno a uno.

–Sí, a la vieja usanza –bromeó él, y ella sonrió.

–¿Cuántos hijos quieres tener tú?

–No, no, no –dijo él, cabeceando.

–Entonces, supongo que el número es cero.

–No tengo intención de formar una familia. Es demasiada responsabilidad.

–Y una casa, también –dijo ella. Siguió sonriendo, aunque le había sorprendido que él reaccionara con tanta firmeza. Ella siempre se había imaginado a sí misma casada y con hijos. Por lo menos, con un hijo. Aunque aceptaría dos, si en su caso funcionaba el gen de los gemelos.

–Por si no te habías dado cuenta –dijo Gavin,

mientras giraba el cuerpo hacia ella–, soy un soltero empedernido. Los niños son geniales, las familias grandes son geniales, pero para otra persona.

–Bueno, está bien que sepas lo que quieres –respondió Hallie con sinceridad.

Si lo pensaba detenidamente, también ella podría decir que era una soltera convencida. Le gustaba su vida, y más en aquel momento, cuando había decidido dejarse llevar y aprender a divertirse. Estaba disfrutando de aquella faceta suya que Gavin le estaba ayudando a descubrir.

–Pero te he sorprendido –dijo él.

–Un poco, pero porque tu familia es muy grande, y tus hermanos han sentado la cabeza y tienen relaciones sólidas. Supongo que pronto empezarán a llegar los bebés.

–Pero estás pensando que yo soy como mis hermanos. Y tú, precisamente, deberías saber que no siempre es así.

–Oh, no… Es cierto, lo he hecho –dijo Hallie, y se tapó la cara con ambas manos. Cuando miró entre los dedos, vio que él se había acercado y estaba sobre ella. La cara de Gavin ocupaba todo su campo de visión, lo cual, para ella, era perfecto.

Él tiró de sus manos para destaparle la cara.

–Me gusta lo que hacemos, y cómo lo estamos haciendo. ¿Y a ti?

–Sí, también. Me gusta –dijo ella. Había un «pero», y ella se dio cuenta. Él, también, y esperó atentamente a que continuara–. ¿Estás seguro de que la fiesta del sábado por la noche no va a cambiar cómo somos?

–La gente puede decir o pensar lo que quiera. Eso no tiene por qué cambiar lo que hagamos. ¿No aprendimos eso cuando nos estábamos besando en el paseo del lago?

–Cierto.

Él la besó y, mientras sus labios se movían juntos, ella se preguntó si tenía razón. Tal vez su futuro no tuviera que ser como el de los demás. Tal vez su deseo de esperar más de él fuera un hábito, y no lo que quería en realidad.

Él no podía haber dejado más claro lo que quería, pero lo que quería la incluía a ella. ¿Y estar en la cama con él no era suficiente para un futuro próximo? Había aceptado aquella faceta espontánea con un gran éxito, así que… ¿por qué iba a estropearlo todo intentando imponer sus expectativas y tratando de controlar una situación que ya funcionaba tan bien para los dos?

No importaba lo que dijeran sus hermanos, ni lo que dijera la gente de la ciudad. Lo que estaban haciendo funcionaba para los dos, y eso era lo importante.

Él movió los labios desde su cuello a su pecho, y siguió perezosamente un camino descendente. Tenía el don de conseguir que ella se olvidara de todo salvo del momento presente y, para ella, el presente no podía ser mejor.

Capítulo Dieciocho

La noche de la fiesta de invierno de Mags Dumond llegó rápidamente.

En otras circunstancias, Hallie se habría preparado para dirigir todas las conversaciones al trabajo, o a su hermana gemela. Solo con pensar en que la gente pudiera fijarse en ella sentía agobio, lo cual podría explicar su nerviosismo y su falta de apetito.

Aquella noche no iba a poder esconderse en ningún sitio. Cuando Gavin y ella entraran en la fiesta tomados de la mano, él, impresionante con su esmoquin y ella, brillante como un faro rojo, todas las miradas se centrarían en ellos.

Desde que Gavin y ella habían llegado a la conclusión de que estaban bien, muchas gracias, ella se había convencido a sí misma de que no le importaba lo que pensaran los demás de su relación. Sin embargo, su seguridad había ido debilitándose. Sobre todo, aquella mañana, mientras se duchaba, por la tarde, mientras se vestía, y aquella noche, mientras llegaban a la cima de la colina en la que se erigía la mansión de Mags.

Se agarró las manos con fuerza mientras él aceleraba. Ascendieron por el camino de entrada en el coche deportivo y ella cabeceó. No iba a haber forma de que pasaran desapercibidos.

Gavin posó la mano sobre las suyas.

–Lo vas a hacer muy bien.

–Para ti es fácil decirlo. Tú no vas a aparecer ante todo el mundo como si fueras Cenicienta en su baile.

–Pero para Cenicienta, al final, todo salió bien –dijo él, mientras frenaba delante del encargado de los vehículos.

Ella le lanzó una mirada de impaciencia e irritación, y él sonrió.

–Hals, hemos estado mil veces en la mansión de Mags.

Era cierto. Mags había dado muchas fiestas de cumpleaños, bailes, fiestas de disfraces y cenas de gala. Lo de aquella noche era una cena con cócteles amenizada por una banda de música, así que los invitados tendrían muchas oportunidades para mezclarse y hablar. Eso era lo que más le preocupaba a ella. No le importaba hablar de trabajo ni charlar con posibles clientes, pero no se sentía cómoda cuando ella era el tema de conversación.

–Puede que nadie se fije en mí –dijo, con la esperanza de que todo fuera una exageración por su parte.

–Cariño –dijo él, mirando seductoramente su vestido–, todo el mundo se va a fijar en ti.

A ella se le formó un nudo en el estómago. Gavin era tan capaz de sacarla de sus casillas como de calmarla.

Sus sentimientos por él habían crecido y madurado durante aquel tiempo. Ahora, Gavin era una persona real, que tenía dudas y que odiaba el fracaso. Hallie se había dado cuenta de que, en realidad, no rehuía las relaciones estables porque no quisiera perder el control de su vida, sino porque tenía lo que pudiera depararle el futuro. Y ella lo entendía perfectamente.

Tampoco estaba lista para comprometerse eternamente.

Pero ya era suficiente. No debía pensar en eso en aquel momento, porque solo conseguiría multiplicar la presión.

Entraron en la mansión palaciega de Mags, que tenía vistas al lago, y se encontraron con un mar de gente bien vestida. Para su alivio, vio a otras cuantas mujeres con vestidos rojos. Aunque ninguna llevaba cola ni tenía bordados cientos de cristalitos brillantes en la tela. Pero, por lo menos, no sería la única mujer de rojo de toda la fiesta.

Hannah, que acababa de volver de Francia, se acercó a ellos. Iba vestida de rosa. Agarró a Hallie por los hombros y la admiró.

—Sabía que ibas a estar deslumbrante con este vestido.

Gavin le dio la mano a su hermano Will y recibió un beso en la mejilla de Hannah. Ella lo empujó suavemente y le dijo:

—Eres afortunado.

—Y que lo digas —respondió, y pasó un brazo por los hombros de Hallie para darle un beso en la sien. Ni Hannah ni Will se sorprendieron. Tampoco la gente que estaba a su alrededor se quedó mirando.

Tal vez sí hubiera estado exagerando.

—¿Champán? —les preguntó Hannah.

—Sí, por favor —dijo Hallie, asintiendo, con la esperanza de que las burbujas le calmaran el nerviosismo.

Gavin disfrutó de la compañía de Hallie. Disfrutaba siempre, y no solo porque sus citas terminaran con unas relaciones sexuales exquisitas. La otra noche, cuando ella se había quedado dormida entre sus brazos, él la había sujetado con suavidad y se había quedado mirando al techo, sintiendo una enorme gratitud por el tiempo que pasaban juntos. Y pensar que, antes, ella lo odiaba... Desde entonces, habían llegado muy lejos.

El desafío de aquella noche tenía una razón: Hallie estaba acostumbrada a quedarse en segunda fila. A compararse con las mujeres que la rodeaban, sobre todo, con Hannah. Hannah no trataba de ocupar el centro de atención; era Hallie la que se lo cedía.

Él quería que Hallie ocupara su propio espacio. Que los demás se fijaran en ella y la admiraran por quién era, y no por sus vínculos familiares. Hallie se merecía tener éxito social por sí misma, y adquirir la seguridad de saber que estaba en el lugar adecuado.

—Vaya, si son mis preciosas nietas —dijo Eleanor Banks, mientras abrazaba a Hallie y Hannah, sin mostrar ninguna diferencia. A Gavin lo miró de una manera indescifrable.

—Hallie y tú os lleváis bien.

Como Hallie estaba a su lado, sería absurdo fingir que no sabía de qué estaba hablando Eleanor.

Él rodeó a Hallie por la cintura y la atrajo hacia sí.

—Es una mujer increíble.

Eleanor sonrió.

—Eres un poco lento para ver las cosas, pero, bueno, al final, te has dado cuenta.

—Abuela —dijo Hallie.

—¿Qué? Siempre he sabido lo especiales que son mis niñas —dijo Eleanor.

Eleanor tenía tanta seguridad en sí misma, que no

había forma de que Hallie no hubiera heredado una parte.

—Los novios están sobrevalorados, pero lo cierto es que complementan muy bien un traje de fiesta —dijo Eleanor, y le guiñó un ojo a Gavin—. Venid, niñas. Quiero presentaros a alguna gente, y espero poder eludir a esa horrible Mags todo el tiempo posible.

Se llevó a Hallie y Hannah, y Gavin se dio cuenta de que tenía gotas de sudor en la frente. No por la mención de Mags, que tampoco era su persona favorita de la ciudad, sino por la palabra «novio».

—¿Necesitas otra copa de champán? —le preguntó Will—. ¿O ir al baño? Estás de color verde.

Gavin se pasó la mano por la frente.

—Estoy bien.

—Esto es nuevo para ti. Tendrás un período de adaptación.

—Ahora que lo dices, estoy muerto de sed —dijo Gavin, y apuró su copa de champán.

Will lo siguió a la barra, y allí se encontraron con Cash, Presley, Luke y Cassandra, que habían llegado juntos. Cassandra y Presley tomaron unas copas de champán y se alejaron en la misma dirección que habían tomado Eleanor, Hallie y Hannah. Gavin pidió un *bourbon*. Notó que sus hermanos lo miraban fijamente.

—¿Qué le pasa? —le preguntó Luke a Will.

—Que Eleanor Banks se ha referido a él como «novio» de Hallie.

—Ah —dijeron Cash y Luke, al unísono.

Gavin puso los ojos en blanco.

—No me pasa nada.

–Es raro, pero, al final, te acostumbrarás –le dijo Luke–. Y, después, comprarás un anillo de compromiso.

–O te casarás directamente –dijo Will.

–Eso no… –Gavin exhaló un suspiro y decidió no terminar la frase. No iba a conseguirlo, de todos modos, con aquellos tres acechándolo–. Hallie es genial.

–Formar parte de una pareja es una responsabilidad –dijo Will, y Gavin no se sintió mejor, precisamente–. Lo único que pasa es que no estás acostumbrado. Y su hermana es muy famosa.

–Ya se lo dije yo –intervino Cash.

–Tú eres famoso también –dijo Gavin, mirando a su hermano. Se le estaba terminando la paciencia–. Y yo estoy acostumbrado a ti.

–Es diferente a estar con una mujer famosa –dijo Will–. Vas a tener que dejar aparte tu ego masculino. Vayas donde vayas con ella, la gente le hará más caso que a ti.

–¿Hablas por experiencia?

–Pues sí.

–Yo quiero que la gente se fije en Hallie. ¿Por qué creéis que le he regalado ese vestido? Ella es un lince en los negocios, y ya es hora de que la gente la reconozca por lo fabulosa que es, y no solo porque su hermana es famosa.

–Oh, oh –dijo Luke–. Es peor de lo que pensábamos.

–Y que lo digas –añadió Cash.

Gavin les lanzó una mirada fulminante que ellos correspondieron con cara de compasión.

Will le dio una palmada en el hombro.

–Eh, chicos, quería hablaros del hotel en el que

120

nos alojamos en Francia. Tenéis que llevar a vuestras mujeres a París.

Gavin se dio cuenta de que cambiaba de tema radicalmente, pero no volvió a la conversación anterior. Tenía la sensación de que sus hermanos pensaban que estaba locamente enamorado de ella, pero no se daba cuenta.

Estaban confundidos.

Había seguido el consejo de Cash y había sido sincero con Hallie. Ella le había preguntado por los hijos y la familia, y él le había dejado claro que estaba muy contento con su soltería. Y a ella le había parecido bien, ¿no?

Se frotó el centro del pecho, porque, por algún motivo, estaba incómodo. Miró el vaso y decidió echarle la culpa al *bourbon*.

No iba a permitir que sus hermanos lo convencieran de nada. Hallie y él estaban bien tal y como estaban.

Capítulo Diecinueve

–¡Nunca te había visto más guapa que hoy! –exclamó Cassandra mientras abrazaba a Hallie.

Su amiga tenía una enorme sonrisa, y su alegría era contagiosa. Aunque Hallie sintió timidez al oír su cumplido, trató de aceptarlo con naturalidad.

–Gracias –dijo, y pasó una mano por la tela–. Me siento guapa con él puesto.

–Gavin no es capaz de quitarte los ojos de encima –comentó Presley.

–Esa es mi parte favorita –dijo Hannah–. Hallie lleva mirándolo así años, y ya era hora de que él le devolviera el favor.

–¿Eso es cierto?

–Completamente cierto –dijo Presley–. Ella lo evitaba a toda costa cuando la conocí.

–No es cierto –dijo Hallie. Pero sí lo era. Trataba de evitarlo por todos los medios.

Presley sonrió con picardía e incredulidad.

–Bueno, me da la sensación de que os vamos a ver juntos muy a menudo a partir de ahora.

–Sí, se acabó lo de esconderos en el oscuro dormitorio –bromeó Cassandra.

–Solo nos estamos divirtiendo –dijo ella–. Gavin y yo estamos bien tal y como son las cosas.

–Pues la abuela ha dicho que es tu novio –dijo Hannah, canturreando.

—Ya le gustaría a ella –dijo Hallie, enarcando una ceja.

Salir con Gavin a un evento público era una cosa, pero ser su novia era otra. Su parte tradicional y forjada a la antigua adoraba aquella idea, pero, ahora, se había convertido en la Hallie divertida y fresca. La otra faceta iba a tener que ponerse a la altura.

—Ese jueguecito de romper las reglas y cumplir desafíos es lo mejor que ha podido pasarte –comentó Presley–. Estás tan feliz que resplandeces.

—Creo que son las lentejuelas del vestido –dijo Hallie, moviendo la cola de la falda.

Sonrió. Sí, era feliz. Romper unas cuantas reglas había mejorado mucho su vida. ¿Sería demasiado pensar que Gavin también se estaba beneficiando? ¿Llegaría a pensar que, en el fondo, no era un soltero empedernido? ¿Acabaría por aceptar, como sus hermanos, que él también quería formar una familia?

Por mucho que se advirtiera a sí misma que tenía que dejar de pensar en ello, no podía dejar de darle vueltas a todas las posibilidades. No les contó nada a su hermana ni a sus amigas. Se puso a tomar champán, y habló de temas inocuos. Y, cuando Gavin se acercó a pedirle que bailara con él, tampoco le contó lo que estaba pensando.

Simplemente, disfrutó del hecho de bailar con él, de mecerse al ritmo de la música mientras su maravilloso vestido rojo resplandecía bajo las luces. Mantuvo la mirada fija en la ramita de acebo que él llevaba en la solapa de la chaqueta. Parecía un príncipe. Tomaron canapés y ella bebió más champán, se rio y lo pasó bien.

A medianoche, no parecía que la fiesta decayera, pero ella ya había tenido suficiente. Disimuló un bostezo tapándose la boca con la mano, y Gavin se marchó a la barra del bar a buscar más champán. No consiguió llegar, porque lo rodeó un grupo de chicos que ella no conocía. Le dieron palmadas en el hombro y se echaron a reír. Él la miró con una expresión de disculpa, pero ella le hizo un gesto con la mano para que no se preocupara. De todos modos, necesitaba un descanso.

Se escabulló a un rincón tranquilo y apoyó los brazos en una mesa alta. No había nadie cerca, así que tuvo un momento para ella sola. Las fiestas le robaban toda la energía y, además, ella no era un ave nocturna. Prefería tomarse un té caliente en casa, y eso, si no estaba dormida a aquellas horas.

–Dios santo, pensaba que eras Hannah –le dijo Mags Dumond.

La anfitriona se había acercado con una copa en la mano. Tenía las uñas largas y pintadas de un color plateado que iba a conjunto con su vestido de lentejuelas. Parecía una bola de discoteca.

–Esta noche, Hannah lleva un vestido rosa –dijo Hallie con una sonrisa, armándose de paciencia.

–Y también lleva a Will Sutherland. Ya lo hemos visto. Estáis enamoradas –dijo Mags, riéndose de su propia broma antes de apurar de un trago su champán–. A ti te he visto bailando con Gavin en la pista –dijo, y se abanicó la cara–. ¡Dejad algo para el dormitorio!

Hallie intentó mantener la sonrisa, lo cual siempre era una hazaña al hablar con Mags, que siempre tenía algo mezquino que decir sobre todo el mundo.

–Qué pareja más rara hacéis.

Tal y como acababa de demostrar.

–Bueno, a nosotros nos vale –dijo Hallie.

Estaba cansada y un poco malhumorada. No tenía ganas de tratar con Mags aquella noche o, más bien, ninguna otra noche. Pero la anfitriona insistió.

–Gavin es tan… ¿qué palabra es la que estoy buscando? Tiene un espíritu muy libre. Es el menos serio del clan Sutherland. Y tú, querida, por si no te habías dado cuenta, no eres Hannah Banks. Eres muy rígida. Se te distingue la espina dorsal muy tiesa por debajo del vestido. ¡Ja! Incluso tu abuela, que es irritante, sabe divertirse. Bueno, ya sabes que estoy de broma. La adoro –mintió Mags, con una sonrisa–. ¿Por qué estás escondida en este rincón?

–No estoy escondida –dijo Hallie–. Y mi abuela es la mejor persona que conozco.

Al contrario que Mags. Aquella mujer era multimillonaria, pero, en lo referido a la bondad, estaba en la más absoluta ruina.

–Bueno, es lógico que pienses eso. Eleanor fue la que os acogió cuando vuestros padres se largaron al otro extremo del mundo. Siempre he pensado que sería maravilloso hacer lo que te dé la gana en esta vida, sin preocuparte de las consecuencias. Si es eso lo que estás haciendo con Gavin, cariño, te felicito –dijo Mags–. Pero ten cuidado. Las consecuencias pueden volverse contra ti cuando menos lo esperes.

Hallie enrojeció mientras contenía la docena de respuestas que tenía en la punta de la lengua. Por suerte, Gavin se acercó en aquel momento con dos copas en la mano.

–¡Aquí está! El alma de la fiesta. Me alegro de que le traigas otra copa a esta mujer –dijo Mags, señalando a Hallie con el pulgar–. Se está quedando dormida. Anímala un poco.

Y, con aquellas palabras, volvió a la fiesta, haciéndoles comentarios a aquellos con los que se cruzaba y, seguramente, estropeándoles la noche a ellos también.

–Veo que no ha cambiado nada –dijo Gavin, cabeceando–. ¿Cuándo se dará cuenta de que ser famosa y ser infame no es lo mismo?

Le entregó a Hallie su copa de champán, y ella le dio un buen trago.

–Espero que no te hayas tomado en serio nada de lo que te haya dicho –le dijo él, acariciándole el hombro. Tenía cara de preocupación.

A ella se le llenaron los ojos de lágrimas.

–No has oído nada de lo que me ha dicho.

–Pero me lo imagino. Todo lo que dice es pura maldad. Tiene una lengua viperina.

Cierto. Seguramente, Mags no le daba mucha importancia a lo que decía, pero lo que le había dicho a ella tenía una parte de verdad. Sus padres se habían ido al otro extremo del mundo y las habían abandonado en manos de Eleanor. Y Gavin era el alma de la fiesta.

¿Quién pensaba que era ella, intentando convencerse de que era muy divertida? ¿Estaba probándose una nueva personalidad, como si fuera el vestido rojo, para ver si le quedaba bien? Mags había visto la realidad perfectamente y, en el fondo, ella también sabía que la pareja que formaba con Gavin era extraña. Para Mags era obvio que Gavin y ella no estaban hechos el uno para el otro. Seguramente, era obvio para muchas otras personas también. Aparte de sus defectos, Mags le había dicho la verdad, y por eso le habían hecho tanto daño sus palabras.

—Estoy cansada —dijo ella, y era cierto.

—Muy bien, podemos irnos cuando tú quieras —respondió él, tomándola suavemente del codo.

—Quisiera irme ya. Ha sido un día muy largo, y esta fiesta ha sido especialmente agotadora. He hablado de mí misma lo suficiente como para dos vidas.

Se despidieron de sus hermanos, de Hannah y de sus amigos y salieron de la mansión. Cuando estaban de camino, Gavin se dirigió a su casa en vez de a la de Hallie .

—¿Adónde vamos?

—A mi casa. Tengo un *jacuzzi* con tu nombre.

—Creo que hoy estaría mejor sola.

—Respeto eso, Hals, de verdad. Pero puedes estar sola en mi casa. No voy a llevarte a tu casa ahora que no te sientes bien. No me gusta la idea de que estés allí sin mí.

—Eso es… muy considerado por tu parte —dijo ella.

Él la tomó de la mano.

—Por favor, no difundas ese rumor. Destrozarías mi reputación de abogado implacable.

Ella estaba demasiada cansada como para reírse, pero le lanzó una sonrisa. Aquella noche, el problema no era Gavin. Tal vez se hubiera tomado personalmente lo que le había dicho Mags. Tal vez, después de dormir bien en brazos de Gavin, se despertara completamente recuperada.

Cuando llegaron a la casa, se desnudaron y salieron a la terraza que daba al lago privado. Corría un viento frío, pero el agua del *jacuzzi* estaba caliente, y ella se sumergió en las burbujas y respiró con tranquilidad por primera vez desde hacía varias horas.

–Ya estás mejor –dijo él, sonriendo–. Ven aquí.

Ella se le acercó y él la sentó en su regazo.

–¿Te sientes mejor, entonces? –le preguntó, mientras la rodeaba con los brazos y le daba un beso en la sien.

–Mucho mejor.

–Te lo dije.

–Fanfarronear es poco atractivo.

A él se le escapó una carcajada, y ella se relajó aún más.

–¿Has hecho el amor alguna vez en un jacuzzi? –le preguntó Gavin al oído.

–Eso ya me lo has preguntado –dijo ella.

Se giró y le besó en los labios.

–Pues no debí de oír la respuesta, si te lo estoy preguntando otra vez. ¿Lo has hecho?

–¿Es otro desafío para que rompa mis reglas?

–Si lo fuera, ¿dirías que sí? –preguntó él con una sonrisa de picardía.

Ella le rodeó el cuello con los brazos y lo besó. El viento les enfriaba los hombros, pero crearon juntos su propio calor. Ella le acarició el pecho y deslizó las manos hasta su regazo, y él le tomó los pechos mientras bajaba con los labios por todo su cuello.

Todo fue a más y, aunque lo último que quería Hallie era enamorarse aún más de un hombre a quien no podía tener, no pudo evitar perderse en él.

Cuando entraron en casa, se acostaron en la cama, y Hallie se acurrucó contra él. Habían entrado en calor gracias al agua y a las burbujas, y ella se relajó y se prometió a sí misma que iba a quitarse de la cabeza todo lo que le había dicho Mags, aunque había algo a lo que no podía dejar de darle vueltas.

Mags había mencionado las consecuencias, le había advertido que siempre acababan por cobrar un precio. ¿Qué quería decir con eso? Tal vez era algo importante, o tal vez, no fuese nada… Se quedó dormida sin llegar a ninguna conclusión. Cuando se despertó a la mañana siguiente, se dio cuenta de que llevaba toda la noche soñando, pero no recordaba ninguno de los sueños.

Sin embargo, tenía la premonición de que iba a suceder algo malo.

Capítulo Veinte

Al fin de semana siguiente, Hallie se sentía mejor. Presley había organizado otra noche de pizza y película, y Cassandra y Hannah habían llegado a su casa antes que ella.

Hannah había llevado tres pizzas, y las cajas estaban abiertas en la cocina para que el queso se enfriara.

–Una es de queso, otra, vegetal, y la otra de beicon y pollo –dijo.

Sirvieron las porciones y unas copas de vino. A medio camino de la segunda porción de pizza, Cassandra y Presley estaban hablando de destinos para sus lunas de miel. Hannah les había estado hablando de Francia, sobre todo, del romanticismo de París. Hallie escuchaba amablemente, pero, como era la única mujer que no estaba buscando un destino romántico para irse con su pareja, no podía evitar sentirse fuera de la conversación.

–¡Y el pan! –exclamó Hannah–. El pan, el queso y el vino son una religión en Francia. Es el lugar perfecto para una luna de miel.

–Parece que es el lugar perfecto para vivir –dijo Cassandra con una sonrisa.

–Siempre he querido ir a París –dijo Presley con un suspiro–. Estoy impaciente por que llegue la gira mundial de Cash para poder ver muchos sitios.

–En París, el único contratiempo es que el vino me

convierte en alguien muy descuidado. Varias mañanas me desperté sin ropa –dijo Hallie.

–Vaya, el misterioso caso de la ropa desaparecida –dijo Presley.

–Estoy bastante segura de que el culpable fue Will –dijo Cassandra, riéndose.

Hallie también se rio. Will y su hermana estaban muy enamorados.

–Ten cuidado –advirtió Presley–, o te quedarás embarazada sin darte cuenta. ¿Y quién me ayudará a beberme el vino?

–¡Yo! –exclamó Cassandra, y las dos mujeres brindaron.

–No sé si merece la pena tener cuidado cuando una tiene un período tan irregular como el mío –dijo Hannah–. Podría estar embarazada ahora, sin saberlo.

–Lo sabrías –dijo Cassandra, moviendo una mano.

–Tal vez, no –respondió Hannah, encogiéndose de hombros–. En mi familia se rumorea que los ovarios Banks desafían la efectividad de la píldora anticonceptiva. ¿Cómo crees que nos concibieron a Hallie y a mí?

Hallie frunció el ceño.

–¿Eso es cierto?

–Según la abuela, sí. Así que, aunque yo tome la píldora, nunca estaré a salvo por completo. Pero, con Will, merece la pena correr el riesgo.

–Bueno, ahora estás casada, así que, si te quedaras embarazada, todo el mundo estaría muy contento.

Cassandra hizo una broma sobre el posible embarazo de gemelos de Hannah, pero Hallie apenas estaba prestándole atención.

–Yo no sabía lo de la píldora –dijo.

—Bah, seguro que es un chismorreo familiar. O que la abuela estaba intentando asustarnos para que tuviéramos mucho cuidado cuando empezáramos a tener relaciones sexuales.

—¿Hallie? —dijo Presley, de repente—. ¿Qué te pasa? ¿Es que no te gusta el vino? —le preguntó, al ver que apenas había tocado su copa.

—Sí, es nuestro vino favorito —dijo Hannah, frunciendo el ceño mientras miraba su copa.

—Creo que Presley le ha preguntado si le sabe bien el vino —explicó Cassandra—. Porque casi no ha bebido.

Hallie se ruborizó, y Hannah se quedó boquiabierta.

—Oh, Dios mío. Dime que Gavin y tú habéis usado anticonceptivos. Lo habéis hecho, ¿no?

—¡Estaba intentando romper las reglas! —exclamó Hallie—. Pensaba que la píldora era suficiente hasta que tú has contado esa historia familiar de terror —dijo.

—Bueno, habéis empezado a salir hace muy poco —dijo Hannah—. Seguro que no ha pasado nada.

—Eh… —dijo Presley—. Cash y yo tuvimos un susto la semana pasada y él, en pleno ataque de pánico, compró una docena de pruebas de embarazo. En algunos prospectos dice que pueden detectar un embarazo a los ocho días de producirse.

—¿A los ocho días? —preguntó Hallie, con un hilo de voz.

—Seguro que no pasa nada, como ha dicho Hannah —respondió Presley—, pero, si quieres quedarte tranquila, me quedan algunas pruebas…

—Oh, Dios… —murmuró Hallie, y apartó el plato. No podía pensarlo.

–Yo también me hago uno –le dijo Hannah–. ¿Quieres?

Hallie asintió y se puso en pie. Presley fue a buscar las pruebas y, al darle una de las cajas a Hallie, la abrazó.

–Todo va a salir bien. Vamos, ve –le dijo, al oído. Después, le dio otro test a Hannah–. Tú, también. Cassandra y yo nos quedamos aquí bebiendo vino y esperando los resultados.

Hallie se encerró en el aseo del recibidor mientras Hallie iba al baño de la primera planta. A los treinta segundos, ya había hecho la prueba, y se puso a esperar los dos minutos que tardaría en aparecer el resultado. Trató de relajarse. Las posibilidades de que estuviera embarazada eran muy pocas. Gavin y ella no llevaban demasiado tiempo manteniendo relaciones sexuales, y ella siempre había tomado la píldora.

Oyó voces que llegaban desde el salón, aunque no entendía bien lo que decía su hermana. Tomó el test sin mirar el resultado y salió del baño. Hannah tenía la copa de vino en la mano, así que su respuesta estaba clara.

–¿Y bien? –preguntó Hallie, de todos modos.

–Negativo –dijo Hannah–. ¡Puedo seguir bebiendo! ¿Y tú?

–Estoy demasiado asustada como para mirarlo. ¿Quién quiere hacerlo por mí?

–Yo –dijo Hannah, y dejó su copa de vino sobre la mesa de centro.

Hannah era su mejor amiga, era la persona a la que le confiaría su propia vida. Hallie le dio la prueba y miró su cara mientras ella consultaba el resultado.

Hannah la miró a la cara, y ella no tuvo que preguntarle nada para saber la respuesta.

—Oh, mierda —murmuró Presley.

—Puede que esté confundido —dijo Hannah—. Puedes ir al médico para que te haga otra.

—Oh, Dios mío —dijo Cassandra.

Hallie agarró la prueba y vio las dos líneas rosas.

—No, no ha salido mal.

Lo sabía, por algún motivo. No solo porque no le apeteciera beber vino tinto, ni por la advertencia de Mags sobre las consecuencias, que no conseguía quitarse de la cabeza, sino porque, si el destino era algo real y el *karma* era tan fastidioso como decía todo el mundo, ella tenía que estar embarazada.

Tal vez su instinto hubiera tenido razón al advertirle, durante tantos años, que no se acercara a Gavin ni hablara con él.

—Soy una idiota.

—No, no lo eres —dijo Hannah, acariciándole el hombro.

—Sí, sí lo soy. Esto es culpa tuya —añadió Hallie, señalando a Presley—. Fuiste tú la que me dijiste que me acercara a Gavin. Yo no estoy preparada para tener un hijo.

—Pero… la vida es bella, y las cosas van ocurriendo en el orden adecuado —dijo Presley, consolándola—. Cash y yo también tuvimos nuestros baches en el camino hasta la felicidad. No pensábamos que iban a pasar años hasta que volviéramos a enamorarnos.

—Gavin no es Cash —le dijo Hallie.

Presley se quedó callada, sin saber qué decir. Fue Cassandra quien intervino.

–Hay varias opciones –le recordó con suavidad–. Haz lo que más conveniente sea para ti.

Hannah miró a Hallie. Su hermana sabía lo que pensaba. Por mucho que la hubiera sorprendido aquel embarazo, no iba a negarle la bienvenida a este mundo a su hijo.

–¿Se ha cansado todo el mundo del vino? –preguntó Cassandra, para apoyar a Hallie–. He visto que tienes bastantes refrescos en la nevera, ¿no, Presley?

–Claro que sí, buena idea –dijo Presley, y se puso de pie–. ¿Hallie? ¿Hannah?

–Vamos a tomarnos un Sprite, ¿de acuerdo? –le preguntó Hannah a Hallie, mientras le acariciaba la espalda.

Hallie asintió. Mientras seguían tomando pizza con el refresco, ella se dio cuenta de que había algo que tenía que hacer, y enseguida.

–Tengo que decírselo a Gavin.

–Puedes decírselo cuando lo hayas asimilado mejor –le dijo Hannah–. Te prometo que yo no le voy a decir nada a nadie hasta que tú lo hagas. Ni siquiera, a Will.

–Y lo que Cash no sepa, no puede hacerle ningún daño –dijo Presley.

–Y Luke está perfectamente en la ignorancia –dijo Cassandra–. Creo que lo prefiere.

–Muchas gracias –les dijo Hallie–. A todas. Os agradezco el apoyo.

–Decidas lo que decidas, te vamos a apoyar –dijo Presley.

Cassandra y Hannah asintieron, y todas ellas brindaron y bebieron.

Capítulo Veintiuno

La noche anterior, Gavin echó de menos a Hallie. Había pensado en pedirle que se quedara con él en vez de salir, pero él no tenía por costumbre hacer eso, al menos, antes. Nunca había tenido que quedarse solo en casa.

Decidió llamar a Cash, a Luke y a Will, y los cuatro se reunieron en el estudio a tomar unas cervezas. Por suerte, sus hermanos hablaron sobre todo de trabajo y de deportes, en vez de fastidiarlo con el tema de Hallie.

Cuando llegó a casa y se encontró la cama sin ella, le costó conciliar el sueño. Eso le alarmó.

Y aquella mañana se había despertado con una sensación de vacío, dolorosa, en mitad del pecho. Un dolor que desapareció cuando le envió un mensaje de texto para invitarla a su casa. Aunque ella había retrasado la cita hasta la hora de comer, a él no le importó, porque iban a estar juntos. Solo quería besarla, abrazarla, desnudarla y hacer el amor con ella.

Hizo la comida. Preparó dos sándwiches y una ensalada. Estaba abriendo una bolsa de patatas fritas cuando alguien llamó a la puerta.

Su chica acababa de llegar.

Él se apresuró a abrir.

—No estaba cerrado con llave. ¿Por qué llamas?

Hallie tenía una sonrisa tirante, y los hombros, tensos. Él sintió una punzada de miedo.

–Vamos, ven, pasa –dijo–. Quítate toda la ropa y bésame.

Hallie se mordió el labio y tragó saliva.

«Algo no marcha bien», le advirtió su mente.

«Cállate», se dijo a sí mismo.

–¿Qué te ocurre? –le preguntó.

–He venido por un motivo –dijo ella en tono formal.

A él se le encogió el estómago.

–¿No quieres entrar? Hace mucho frío.

Ella asintió y pasó al recibidor, pero no se quitó el abrigo. Otra señal de que algo iba mal.

–Creo que ha llegado el momento de que terminemos nuestra relación –dijo Hallie–. Conseguimos no enredar las cosas en Acción de Gracias, pero ahora llegan las Navidades, y son unas fiestas más difíciles de evitar.

Él pestañeó. ¿De qué estaba hablando?

–Sabíamos que esto era algo temporal, así que no tiene sentido seguir llamando la atención de todo el mundo y alimentando las especulaciones –prosiguió Hallie, y esbozó una sonrisa que no le alcanzó a los ojos–. Aunque lo he pasado muy bien.

–Hals…

Ella le tendió la mano. Él observó su brazo estirando y su expresión vacía.

–¿Me estás ofreciendo un apretón de manos?

–Así es como empezamos. Tiene sentido que acabemos del mismo modo.

–Pero ¿por qué tenemos que acabar? ¿Ocurrió algo anoche?

Él no creía que Presley, Hannah y Cassandra estuvieran en su contra, pero podía estar equivocado. Quizá le hubieran dicho algo a Hallie, algo que había conseguido que cambiara de opinión.

–Gavin –dijo ella, y bajó el brazo–. Y puedo tomarme esto de un modo profesional si tú lo haces también. Y sé que puedes, porque tú eres un gran profesional. Nos hemos divertido, pero tendremos que vernos más veces en nuestro lugar de trabajo. Tenemos clientes comunes, y me gustaría que siguiéramos compartiéndolos. Me caes muy bien.

¿Por qué le hacían tanto daño sus palabras? A él también le gustaba mucho ella. Demasiado como para aceptar que lo dejara allí mismo, en su recibidor.

–Que te caigo bien –repitió él–. Pero ya no quieres volver a acostarte conmigo.

Él pensó frenéticamente. ¿Qué era lo que había hecho mal? Sabía que ella había salido desanimada de la fiesta de Mags Dumond, pero después lo habían arreglado todo. Hallie había pasado aquella noche entre sus brazos.

–¿Es por algo que te dijo Mags?

–No, no tiene nada que ver con eso.

¿Cómo podía aparecer Hallie en su casa y romper con él con tanta indiferencia? ¿Acaso todo lo que habían hecho juntos no significaba nada para ella?

–Voy a intentar explicártelo sin decir palabrotas –dijo, entonces. Sabía que la ira no era la mejor de las emociones para salir airoso de aquel momento, pero no podía evitarlo–. Yo no quiero terminar contigo. No voy a dejar que te vayas así, como si no hubiera absolutamente nada entre nosotros.

–Gavin, tenemos que parar en algún momento.

Aquella respuesta lo irritó aún más, y dijo exactamente lo que no debía.

–He cambiado mi vida por ti.

–Vaya, siento mucho la molestia –dijo ella, riéndose sin ganas.

–No, perdona. No quería decirlo así –respondió él, y se puso una mano en la frente para ver si conseguía aclararse las ideas y explicarse–. Lo que quería decir es que he dejado de salir con otras mujeres por ti.

Mierda. Eso sonaba aún peor.

Ella se quedó boquiabierta, y eso le confirmó que estaba empeorando las cosas cuanto más hablaba.

–Buenas noticias, Gav –dijo Hallie–. Ahora ya eres libre de quedar con toda la gente que quieras.

Se giró hacia la puerta.

–Hallie, espera. Eso tampoco es lo que quería decir.

Dios, ¿por qué era tan difícil explicarle lo que sabía? Que estaba hecha para estar con él, en su cama, en su vida. Que lo que la hubiera asustado podían resolverlo juntos.

–Quería decirte que… No eras solo tú la que estaba rompiendo las reglas.

Ella se volvió hacia él. Su expresión era menos severa.

–Nos tamos divirtiendo, ¿no? –le preguntó Gavin, con la esperanza de que ella asintiera.

–Sí, nos estábamos divirtiendo –dijo ella–. Pero la diversión acaba por convertirse en algo serio. ¿Hasta qué punto quieres ir en serio conmigo?

Él dio un paso atrás. Acababa de sentir una punzada de miedo.

Ella hizo un gesto señalando el espacio que había entre ellos.

–Tu soltería está en grave peligro si seguimos haciendo lo que estamos haciendo.

Él notó un nudo en el estómago. Siempre había visto las relaciones como enemigas de la libertad. Tal y como estaba, él podía hacer lo que quisiera, cuando quisiera. Y, hasta hacía dos minutos, pensaba que Hallie quería lo mismo.

Entonces, pensó en que ella había estado la noche anterior con tres mujeres felices, comprometidas o casadas. No era difícil deducir que habrían hablado de viajes a París, de planes de boda, de lunas de miel.

–Quieres más –dijo él.

–Y tú, no –dijo ella, en un tono calmado, frío.

–A mí me gusta lo que tenemos, Hals. Creía que no teníamos que ponerle una etiqueta.

–Me equivoqué –dijo ella, con una sonrisa de tristeza–. Quiero volver a ser amiga tuya. O, más bien, a empezar a ser amiga tuya. No creo que pueda soportar que discutamos cada vez que volvamos a vernos. Somos amigos, ¿no?

–Por supuesto que sí –dijo él, aunque tenía un sentimiento de vacío en el pecho. Ser amigos no era suficiente para él–. Entonces, no vas a venir a casa de mi familia en Nochebuena.

–No. Solo serviría para que las cosas fueran más difíciles. Necesitamos espacio para que este cambio funcione. Seguro que muy pronto, las cosas volverán a la normalidad.

–¿Estás segura? Yo quiero tener algo más que una amistad contigo, pero, si esa es mi única opción…

La miró fijamente, con la esperanza de que ella cambiara de opinión, pero ella no lo hizo.

–Gracias, Gavin –dijo.

–De nada –respondió él, con un nudo en la garganta. Entonces, ella salió de la casa y se alejó en su coche.

Él permaneció junto a la ventana, viéndola marcharse.

Hallie quería más, y eso no entraba en sus planes. Le asustaba. No había ninguna prueba de que pudiera ser un buen novio ni un buen marido. No podía pedirle a Hallie que se arriesgara, cuando él podía fracasar en algo que sus tres hermanos habían encajado con una gracia admirable.

Se frotó de nuevo el pecho, porque el dolor se había intensificado. Era algo ridículo. Le tenía tanto aprecio a Hallie que le había permitido que tomara lo que necesitaba de él. Y, con ella, se lo había pasado mejor que en toda su vida. Así pues… ¿por qué estaba tan disgustado?

Porque, aunque ella le había dicho que quería que fueran amigos, y él sabía que iba a seguir siendo parte de su vida, las cosas ya no volverían a ser igual. No podría tenerla en su cama, no podría tenerla a su lado.

Y eso era terrible.

–¡Oh, cariño! ¡Qué emocionada estoy! –exclamó Eleanor Banks–. Tenemos que celebrarlo. Cuánto me alegro de haber hecho tarta.

Todavía faltaban unos días para Navidad, pero su abuela ya se había puesto el jersey del reno que se había tejido ella misma. Como Hallie y Hannah. En casa de los Banks, había que respetar la tradición.

La abuela volvió de la cocina con tres platos de tarta, y las tres se sentaron en el sofá.

—Ojalá estuvieran aquí tus padres para enterarse en persona de la noticia. Pero ya sabes que detestan viajar durante las Navidades.

Hallie también lo hubiera querido. Sus padres conocían las vidas de sus hijas, pero no hacían las mismas cosas que los otros padres. Ella los echaba de menos y, en particular, en aquel momento. Últimamente, había estado pensando mucho en qué clase de madre iba a ser. Y eso la hacía pensar también en Gavin. Al recordarlo, sintió una punzada de dolor en el corazón. No había tenido valor de contarle la verdad durante su última conversación, aunque esa hubiera sido su intención al ir a verlo. Sin embargo, ellos habían decidido desde el principio que su relación era pasajera y no podía llegar más lejos, y tener un hijo era llegar demasiado lejos, ¿no?

—Vas a ser una madre maravillosa —dijo Hannah mientras tomaba un bocado de tarta.

—Por supuesto que sí —dijo su abuela—. Yo os crie, y yo soy una madre maravillosa.

—La mejor —dijo Hallie apretándole la mano a Eleanor—. Eres el ejemplo perfecto.

—No seas demasiado dura con tu verdadera madre —dijo la abuela—. Mi hija siempre tuvo un alma gitana, errante. Nació así. Y ella me dio la oportunidad de criaros a vosotras. Fue toda una bendición.

—Yo estoy de acuerdo —dijo Hannah.

—Hallie, tu hijo va a criarse con amor por todas partes, teniendo en cuenta lo unidos que están los Sutherland —dijo Eleanor, y enarcó una ceja—. ¿Cómo se ha tomado Gavin la noticia? Creo que él también va a ser un magnífico padre.

—No he sido capaz de decírselo. Tenía miedo de…

Eleanor se quedó callada y miró a Hannah. Hannah le explicó lo que había sucedido mientras le acariciaba la espalda a Hallie.

–Rompió con él porque pensó que era mejor hacerlo antes de que fuera demasiado tarde. Sobre todo, teniendo en cuenta que las Navidades ya están aquí. Él le dijo que no era de los que sientan la cabeza y se casan, así que ella pensó que era mejor llevar su embarazo en solitario.

–Pues… si él ha dicho eso, tomaste la mejor decisión, cariño –le dijo su abuela a Hannah–. No llores. A veces, la vida te lo pone difícil, pero tú eres una Banks. Puedes hacer esto con un ojo cerrado, con una mano atada a la espalda y saltando a la pata coja.

Hallie se echó a reír entre lágrimas.

–Gracias, abuela.

–De nada, cariño. ¿Quieres que Hannah y yo te cantemos algo?

–Sí, siempre.

Un dueto de su hermana y su abuela haría que se sintiera mejor. Tenía que decirle la verdad a Gavin, y se lo diría pronto. Había ido al médico para asegurarse de que estaba embarazada. La ginecóloga se había quedado satisfecha con el estado de salud general de Hallie y le había recetado vitaminas para el embarazo, y le había dicho que iban a verse bastante durante aquellos nueve meses.

De repente, sintió alegría. No había pensado en quedarse embarazada, pero ya adoraba el pequeño garbanzo que llevaba en el vientre. Su abuela y su hermana estaban felices, y eso hizo que Hallie pudiera imaginarse con facilidad un futuro feliz para su hijo o hija.

El niño tendría a sus tíos, Will y Hannah; tendría a su bisabuela Eleanor, a sus otros tíos, Cassandra, Luke, Presley y Cash. Tendría el amor de una familia extensa. Y eso era lo único que importaba.

Al menos, trató de convencerse de ello, a pesar de que tenía roto el corazón. Había hecho algo que no debía hacer: enamorarse de Gavin. En realidad, llevaba mucho tiempo enamorada de él; seguramente, desde la primera vez que lo había visto.

Mientras su hermana y su abuela cantaban, Hallie sonrió. Tenía mucho que celebrar. Tener un bebé era algo muy emocionante. Ella era una mujer muy familiar, y lo que había creado con Gavin era una familia. Volvió a sentir dolor, y se preguntó cuánto tiempo tardaría en olvidar a Gavin.

O si sería capaz de hacerlo.

Capítulo Veintidós

La Nochebuena habría sido más feliz si hubiera tenido a Hallie a su lado.

La cena en casa de sus padres había estado bien, pero a él le había parecido que la conversación era forzada, como si las parejas que rodeaban la mesa no quisieran mencionar la gran ruptura.

O eso era lo que él creía.

Después de la entrega de regalos, su padre se fue a tirar los envoltorios a la basura mientras su madre les llevaba a todos una bandeja de vasos de chocolate caliente. Luke propuso que alegraran las bebidas con Bailey's, y él estaba a punto de decir «a mí ponme uno doble» cuando alguien lo agarró del brazo.

–Ah, no. Tú vienes con nosotras –le dijo Presley, y tiró de él desde la zona del mueble bar hacia la otra habitación, donde habían abierto los regalos.

Allí estaban Hannah y Cassandra, mirándolo con una cara de desaprobación como la de Presley.

–¿Qué sucede? ¿Es que no os han gustado los regalos que os he comprado? –les preguntó, tratando de aligerar la situación.

–Esto no tiene nada que ver con los regalos –respondió Hannah.

Demonios, eso ya lo sabía.

–¿Y qué le dijisteis vosotras tres a Hallie, a propósito?

Las chicas se miraron.

—Pasó una noche con vosotras y, al día siguiente, vino a mi casa y me dejó.

Hallie se giró hacia Cassandra.

—No sé si atacarlo verbalmente o castrarlo.

—Verbalmente sería más limpio —dijo Cassandra, en un tono frío y muy poco común en ella.

—Yo empiezo —dijo Presley—. Eres un idiota por dejar que Hallie se marchara de tu lado. Eres un egocéntrico y un tonto que no ve más allá de sus narices. ¿De verdad piensas que vas a encontrar a alguien mejor que Hallie Banks?

—Estoy de acuerdo con todo —dijo Hannah.

—Sí, yo, también —añadió Presley.

—No me echéis la culpa a mí —dijo Gavin—. Yo me he divertido mucho con Hallie. Y no me refiero al sexo.

—¿Ah, sí? ¿Y por eso permites que te deje a la primera discusión? —le preguntó Cassandra.

—Ella me dejó bien claro lo que quería.

—Pero… ¿tú quieres que Hallie forme parte de tu vida, o no? —le preguntó Hannah.

—¿Le has dicho lo que sientes por ella? —preguntó Presley.

Gavin sintió aquel dolor en el centro del pecho, y se dejó caer en el sofá.

—Sí, quiero que esté conmigo. ¿Acaso pensáis que no sé que merece la pena luchar por ella? Estoy enamorado de Hallie, y me da terror que me deje para siempre. ¿Sabéis lo difícil que es para mí reconocer esto? Y, más aún, teniendo en cuenta que vosotras me odiáis.

Presley se sentó a su lado y le dio una palmadita en la mano.

–No te odiamos. Hallie tampoco te odia. Te prometo que no es ese el motivo por el que rompió contigo.

–Entonces, ¿por qué no contesta a mis llamadas ni a mis mensajes? ¿Por qué rompió conmigo? Cuando una mujer quiere irse, se va.

–¿Y tú siempre se lo permites sin cuestionar nada?

–Para entonces, normalmente no queda nada por lo que luchar.

Sin embargo, ese no era el caso con Hallie. Él quería luchar por ella, pero no tenía ni idea de cómo conseguir que cambiara de opinión.

–No sé lo que quiere –dijo–. Creo que lo que yo le ofrezco no es suficiente.

Hannah suspiró, y Cassandra la imitó. –No te rindas –le dijo Presley–. Y, menos, si lo que nos has dicho es cierto. ¿La quieres? Pues ármate de valor y díselo.

–Presley me pidió que le diera espacio.

–Pero no quiere eso –le dijo Cassandra–. Si la quieres, ve y díselo ahora mismo. Dile que eres muy desgraciado y que no soportas la idea de vivir sin ella. Aunque, te lo advierto, no hay ninguna garantía de que vuelva a aceptarte.

–¿Cómo puedes soportar pasar otro día más sin ella? –le preguntó Hannah–. ¿Es que no ha sido obvio para ti que hoy faltaba en esta casa?

Sí, más que obvio. A su lado, durante la cena, había una silla vacía que era un recordatorio literal de lo que había perdido.

–Sé lo que estáis intentando hacer –dijo–, y sé que queréis a Hallie tanto como yo…

Las tres lo miraron fijamente. Él se humedeció los labios y se rindió.

–Está bien. Hablaré con ella.

–Eso todo lo que te pedimos –dijo Presley con dulzura–. ¿Quién quiere un chocolate?

–¡Yo! –exclamaron Hannah y Cassandra al unísono.

–No les digas una palabra de esto a tus hermanos –le dijo Presley a Gavin en tono de amenaza.

–Y no se lo digas a Hallie –añadió Cassandra, dándole un codazo antes de salir.

Las chicas se dispersaron y lo dejaron solo. Él se quedó en el sofá un momento, pensando en lo que acababa de suceder. Aunque nunca había tenido intención de confesar que se había enamorado de Hallie, no se había arrepentido de hacerlo. Tenía muchas preguntas para ella, y ella era la única que podía responderlas. Se alegraba de que sus cuñadas lo hubieran convencido de que fuera a verla.

Salió a la zona del bar.

–¿Dónde está? –le preguntó a Hannah–. ¿En casa? Hannah asintió.

–No la llaméis para decirle que voy a ir a verla –les pidió a Hannah, a Cassandra y a Presley.

–De acuerdo –dijo Hannah. Presley y Cassandra asintieron.

–¿Qué ocurre? –preguntó Will.

–Esperemos que Gavin vaya a decirle a Hallie que ha sido un idiota –dijo Cash.

–Pedir perdón de rodillas es muy humillante, pero, al final, merece la pena –dijo Luke, sonriendo, como si le gustara imaginarse a su hermano pequeño rogando el perdón.

–Haré lo que sea necesario –dijo Gavin muy en serio.

Capítulo Veintitrés

Al llegar al edificio de apartamentos de Hallie, se la encontró en la puerta, como si acabara de llegar a casa. Salió de su todoterreno y se acercó a ella.

Trató de leerle la mente a Hallie mientras se acercaba a la puerta de su casa, pero no consiguió averiguar si iba a echarle otro sermón o si, por el contrario, iba a invitarlo a entrar y a desearle feliz Navidad.

Solo había una forma de averiguarlo.

—Hola —dijo.

No era un comienzo muy brillante, pero no había preparado ningún plan. Había ido conduciendo hasta allí a toda velocidad, cuando debería haber tomado una carretera secundaria para tener tiempo suficiente de pensar en un plan. Y allí estaba, sin otras armas que su corazón encogido.

Esperaba que fuera suficiente.

Hallie estaba preciosa. Llevaba unos pantalones vaqueros y un jersey rosa claro. Unas botas de vaquero y, como él, un chaquetón de cuero.

—Me gusta tu abrigo —le dijo él con una sonrisa nerviosa—. ¿Significa eso que he conseguido que te acostumbres a romper las reglas, después de todo?

—No te haces una idea —dijo ella con una sonrisa de cautela.

—¿Puedo llevarte eso? —le preguntó, refiriéndose a la bolsa de la compra que tenía colgada del hombro.

Ella se lo dio, y le proporcionó una excusa para poder entrar al apartamento. No era exactamente una invitación, pero lo aceptaría de todos modos.

En la cocina, ella abrió la bolsa y guardó la comida. Dejó fuera una bolsa de chips de boniato.

–Te invitaría a cenar, pero supongo que ya lo has hecho –dijo ella, y le tendió la bolsa de chips–. Esta es mi cena. No es precisamente *gourmet*. He ido a comprar algunas cosas porque mi abuela tenía una invitación a cenar en casa de unos amigos, pero yo no he querido ir. Prefería quedarme descansando, porque mañana vamos a celebrar aquí la comida de Navidad.

–No te preocupes, no he venido a cenar, no. He venido a decirte que la otra noche lo estropeé todo. Permití que pensaras que habías sido un pasatiempo para mí, en vez de decirte lo que significas para mí de verdad. Y, ahora, tengo un dolor aquí –le explicó, tocándose el centro del pecho–. A lo mejor no sabes esto, Hals, pero, mientras te estaba ayudando a romper las reglas, tú estabas liberando mi corazón. Era como si yo lo hubiera tenido en una cárcel hasta ese momento. Nunca me había permitido a mí mismo querer a una mujer; pensaba que enamorarse de alguien era perderse lo mejor de la vida. Tú me has enseñado que enamorarse hace que la vida sea mejor. ¿Cómo iba a perderme algo bueno de la vida por enamorarme, si tú eres la que ha hecho que mereciera la pena vivir?

Ella siguió mirándolo con una expresión indescifrable. Él respiró profundamente y continuó.

–Durante estas semanas que hemos pasado juntos, me he convertido en una persona mejor. Y me he enamorado de ti. Pero, Hals, no tengo ni idea de lo que hago en cuestiones de amor. Soy un peligro para ti. Te quiero. Te quiero y, si todavía quieres dejarme, espero que tengas una buena razón para hacerlo, porque yo no voy a rendirme con respecto a nosotros. Aunque hace unos días me dejaras aturdido, ahora me he recuperado y sé lo que quiero: a ti.

Ella enarcó las cejas.

—Estoy a punto de romper la regla más grande de mi vida y pedirte que estés a mi lado para siempre.

Le temblaban las manos, y estaba asustado y nervioso. Le temblaban porque sabía que ella era su futuro, y sabía que estaba luchando por ella. Estaba dispuesto a ponerse de rodillas si era necesario.

Lo hizo; se arrodilló ante Hallie y la tomó de la mano.

—¿Quieres volver conmigo? ¿Quieres volver a mi casa, a mi cama, a mi vida? Te prometo que seré el mejor novio que hayas tenido y, algún día, si quieres, más que eso. Algún día me arrodillaré con un anillo de brillantes y tú me dirás que sí, porque estarás locamente enamorada de mí y no habrá otra respuesta. Seré un hombre maravilloso, porque tu amor me habrá cambiado.

Ella estaba paralizada, lo miraba con la boca abierta. Y él estaba empezando a sudar. No sabía cuál iba a ser su reacción, pero esperaba que ella lo abrazara y lo besara.

Sin embargo, Hallie posó una mano en su frente, como si quisiera comprobar si tenía fiebre.

—¿Te acuerdas de lo que me dijiste acerca de tener hijos, de formar una familia? La noche que me preguntaste si era muy común tener gemelos en mi familia, y yo te pregunté si querías tener una familia grande —le recordó.

–Si, me acuerdo. No fue mi mejor momento.

–¿Qué es lo que ha cambiado?

–Tú. Tú lo has cambiado todo. Me has cambiado a mí. Contigo sí estaría dispuesto a tener una familia, Hallie. Tendríamos unos hijos preciosos.

Ella ladeó la cabeza y lo miró con una expresión de vulnerabilidad.

–¿Lo dices en serio?

–Sí. Ya he probado lo que es estar sin ti, Hallie, y no quiero seguir echándote de menos. No quiero seguir viviendo sin ti.

Aquello debió de ser lo mejor que podía decir, porque Hallie se arrojó a sus brazos. Él la tomó y se puso en pie con ella en brazos, con el corazón acelerado de felicidad. Ella lo besó y, después, dijo las palabras más hermosas que él hubiera oído nunca.

–Yo también te quiero.

Y la felicidad se le extendió por el pecho. Pero, antes de poder deleitarse con la sensación de ser amado por Hallie Banks, ella pronunció otras tres palabras que él no esperaba.

–Y estoy embarazada.

–¿Eh?

–No lo sabías, ¿verdad?

Él hizo un gesto negativo. Al menos, intentó mover la cabeza. No sentía nada de cuello hacia arriba.

–Solo estoy de tres semanas y media –dijo ella–. Ahora que lo sabes, estoy muerta de miedo, no sé si vas a retirar todas las cosas preciosas que me has dicho. Yo no quería que sucediera esto, pero estoy muy feliz. No quería obligarte a aceptar un futuro que tú no habías planeado, así que todavía no había decidido cómo iba a decírtelo.

–Embarazada –dijo él–. ¿En serio?

–Sí, en serio. Y, antes de que digas algo más, hay muchas posibilidades de que esté embarazada de gemelos.

–¿Gemelos?

Él tuvo que posarla en el suelo para no caerse redondo. Pero no porque estuviera disgustado. Al instante, el amor que sentía por Hallie se extendió hacia el niño que llevaba en el vientre. Sonrió. Ella, casi con cuidado, correspondió a su sonrisa.

–¿Me estás diciendo que hay un bebé, o dos bebés, de camino, y que yo soy su padre?

Ella lo miró con los ojos muy brillantes.

–Sí.

Entonces, volvió a besarla, y ella se aferró con fuerza a él.

–Lo de romper las reglas va con nosotros, nena –le dijo–. Y mantengo todo lo que he dicho antes de que me dieras la noticia. Quiero que formes parte de mi vida. ¿Puedes perdonarme por permitir que te alejaras?

Ella asintió, con los ojos llenos de lágrimas.

–No volverá a suceder, Hals. Pase lo que pase, siempre lucharé por ti. Y por nuestra familia –añadió, mientras secaba sus lágrimas con los dedos.

Su siguiente beso fue más profundo. Se desnudaron e hicieron el amor en el sofá, junto a la mesa de centro y al árbol de Navidad.

Epílogo

–Es cierto que Gavin y Hallie tienen las mejores vistas –dijo Presley mientras se sentaba en la tumbona junto a su marido. Cash gruñó.

–Gracias –dijo Hallie.

Estaba tendida en el césped, estirada, con las manos sobre el vientre, observando el cielo. No tuvo que girar la cabeza para saber que Cash tenía el ceño fruncido.

–Bueno, pero solo porque la parcela está entre dos lagos –dijo Will, sacando más botellas de cerveza de la nevera portátil–. Si nosotros no tuviéramos ya nuestras casas hechas, cualquiera podría tener algo como esto.

–Sí, pero no lo tenéis –dijo Gavin, y le guiñó un ojo a Hallie. A ella le encantaba verlo tan fanfarrón y seguro de sí mismo. No podía evitarlo.

–Pero a mí me gusta donde vivimos –protestó Hannah.

Su hermana había sabido, hacía unos días, que ella también estaba embarazada, y de siete semanas. Se lo había dicho inmediatamente a todo el mundo.

Hallie estaba en su último mes de embarazo. Iba a tener dos niños muy grandes, y había acordado con la médica que el nacimiento sería por cesárea. Sin embargo, sus hijos todavía no daban señales de querer salir, por muy ansiosos de conocerlos que estuvieran Gavin y ella.

–¿Cuánto falta para los fuegos artificiales? –preguntó Cassandra mientras abría una cerveza.

Luke y ella iban a casarse dentro de pocos meses y, entonces, empezarían a formar una familia. Presley y Cash, sin embargo, ya se habían casado y, después de una sencilla ceremonia en el muelle, Presley había confesado que estaba embarazada de ocho semanas.

Los niños de Hallie y de Gavin iban a tener muchos primos con los que jugar, estaba claro.

–Todavía tiene que anochecer, cariño –le dijo Luke a su prometida–. No hay suficiente oscuridad.

Cassandra suspiró.

–Cuánto me alegro de poder esperar a que empiecen en el jardín de Hallie y Gavin. Es mucho mejor que pasar la noche en la fiesta de Mags Dumond. Menos mal que hemos podido saltárnosla.

–Completamente de acuerdo –dijo Presley–. Espero que seamos la primera generación que no va a fiestas a las que no quiere ir.

–Brindo por eso –dijo Gavin alzando su cerveza.

Hallie levantó su botella de agua.

–Yo, también.

–Todo lo importante está aquí mismo –dijo él, y tomó a Hallie de la mano–. Te quiero –le dijo al oído.

–Yo también te quiero –dijo ella.

–Vaya, ¿nosotros también éramos tan empalagosos? –preguntó Will, y Hallie se echó a reír.

–Peor aún –le dijo Cash, y Presley se echó a reír.

Lo que podía haberse convertido en una discusión fraternal fue interrumpida por el primer fuego artificial de la noche. El cielo se llenó de chispas de color, y todos aplaudieron.

Hallie se acarició el vientre al notar que los bebés pataleaban.

—Les ha gustado.

Gavin posó la mano en su vientre y notó las patadas de sus hijos.

Y, mientras Hallie miraba las caras de su familia, iluminadas por el resplandor de los fuegos artificiales, sonrió. Nunca se habría imaginado que iba a tener aquella vida, pero allí estaba. Tan grande, valerosa y bella como le había prometido Gavin.

Lo único que tenía que hacer era dejarse llevar…

Y romper unas cuantas reglas.

DESEO

JESSICA LEMMON
MELODÍA INACABADA

Cash Sutherland, estrella de la música *country*, tenía demasiado éxito y una reputación que había que mejorar. La discográfica contrató a la periodista Presley Cole para que escribiese un artículo que le daría un empujón a las carreras de los dos. Pero Presley era la mujer a la que Cash había dejado atrás y todavía no estaba preparada para perdonarlo por haberle roto el corazón.

JULES BENNETT
UN COMPROMISO FALSO

Luke Sutherland le debía una, así que Cassandra Taylor le pidió que la ayudara a organizar el evento nupcial del año: la boda de su hermano. A cambio, Luke quiso que fingieran estar prometidos para que las mujeres dejaran de acosarlo. Sin embargo, aquel falso compromiso prendió una verdadera pasión. ¿Tendría Cassie su propia boda de cuento de hadas o volvería a rompérsele el corazón?

N.º 553

JESSICA LEMMON
AL RITMO DEL DESEO

Hallie Banks se había hartado de ser la gemela buena y de vivir a la sombra de su hermana, una superestrella de la música *country*. Pero ¿qué sabía ella acerca de dejarse llevar y divertirse? Necesitaba un profesor y, por suerte, el guapísimo Gavin Sutherland estaba dispuesto a aceptar la tarea de enseñarla.

DESEO
KRISTI GOLD

LA ÚNICA MUJER

Andrea Hamilton no conseguía olvidar aquella noche que había pasado bajo las estrellas junto al hombre que amaba.

Y para colmo Sam había regresado, y estaba más sexy que nunca; además acababa de contratar sus servicios como adiestradora de caballos. Pero lo que más le sorprendió fue enterarse de que su gran amor era ahora un príncipe... ¡un príncipe que quería ver a su hijo!

A pesar de los años, Samir seguía recordando a la mujer a la que había tenido que abandonar para cumplir con su obligación. Pero cuando se enteró de que tenían un hijo en común, juró no volver a separarse de ella.

N.º 554

LA CASA DE LAS FANTASÍAS

La diseñadora de interiores Selene Winston estaba allí para arreglar la vieja mansión, no para acostarse con su guapísimo jefe. Sin embargo, no podía dejar de soñar con el introvertido Adrien Morell…

Pronto se dio cuenta de que había quedado atrapada en el poder magnético de Adrien. Pero él no estaba dispuesto a salir de las sombras para estar con ella.

JAZMÍN™

REBECCA WINTERS
UN MATRIMONIO PROHIBIDO

Cuando Michelle Howard aceptó el trabajo de enfermera de Zack Sadler, no estaba segura de qué la esperaba durante el siguiente mes. Michelle se resistía a acercarse demasiado al sexy Zack, a quien no había visto desde hacía dos años. Y sabía que cualquier relación con Zack sería demasiado peligrosa para ella.

JODI DAWSON
ROBAR UN CORAZÓN

Con un negocio que dirigir, a Kat Bennet no le quedaba tiempo para el amor... hasta que un sexy desconocido irrumpió en su vida. Kat no tardó en descubrir que Daniel West tenía un motivo oculto para estar en la ciudad, y se dispuso a ayudarlo en su tarea. Al trabajar juntos, Daniel se dio cuenta de que la quería como esposa pero, ¿aceptaría ella serlo cuando él le revelara sus secretos?

N.º 580

ROXANN DELANEY
UN HOMBRE NUEVO

Hank Davis se había pasado la vida yendo de un sitio a otro, por eso sabía que su estancia en Kansas sería temporal. Entonces conoció a la asesora de imagen Lizzie Edwards, que en dos semanas convirtió a aquel duro obrero en un verdadero director de empresa. Pero fue su encantadora personalidad, y la de su preciosa hija de cuatro años, lo que cautivó el corazón de Hank. El problema era que no sabía cómo prometerle algo a Lizzie porque jamás había hecho nada parecido. Cuando de pronto recibió un inesperado legado, se planteó si podría dejar que esas dos damas entraran en su vida.

JULIA

KELLY HUNTER
UN SUEÑO PROHIBIDO

Siete años atrás, Gabrielle era la hija del ama de llaves y Luc Duvalier, heredero de una gran fortuna, era un sueño prohibido. Por culpa de un beso robado, Gaby fue desterrada de su hogar, pero había vuelto a casa decidida a mirar a Luc de igual a igual, de todas las formas posibles.

La química entre ellos era tan intensa, que ambos sabían que solo era cuestión de tiempo que sucumbieran a ella, sin importar las consecuencias y el escándalo...

N.º 475

LEANNE BANKS
CUENTO DE HADAS

Cuando la princesa Bridget Devereaux tuvo que reclutar médicos para su pequeño país, se encontró con un problema. El atractivo doctor Ryder McCall era la clave para conseguir lo que se había propuesto, pero, como tutor temporal de dos pequeños gemelos, estaba demasiado ocupado para ayudarla.

Para Bridget, la situación de aquel padre soltero era tan conmovedora como intensa la atracción que existía entre ambos. Ryder necesitaba encontrar una niñera. Al presentarse ella voluntaria para ayudarle a cuidar a los gemelos, Bridget sucumbió rápidamente al encanto de aquellos dos bebés... y se enamoró perdidamente de Ryder. Pero sus vidas les llevaban por caminos distintos.

¡YA EN TU PUNTO DE VENTA!

BIANCA™

MAISEY YATES

NOVIOS DE PAPEL

Cuando la experta en Relaciones Públicas Lily Ford firmó un contrato con el magnate Gage Forrester, sin darse cuenta también le estaba entregando su vida.

Gage quería tenerla a su disposición las veinticuatro horas del día y, cuando necesitó buena publicidad para su empresa, encontró una solución tan inesperada como original: anunciar públicamente su compromiso con Lily. Todo por el negocio, naturalmente.

Sería un compromiso falso, pero Gage era muy tradicional cuando se trataba de cortejar apasionadamente a una mujer…

ATRAÍDA POR SU ENEMIGO

Cuando el negocio de Elsa entró a formar parte de sus adquisiciones, Blaise Chevalier pensó en deshacerse de él, como solía hacer con las empresas que no generaban suficientes beneficios.

N.º 489

Pero entonces conoció a Elsa. Una mujer hecha de una pasta tan dura como él, que se convirtió en una fascinante adversaria con la que pretendía divertirse un poco…

Elsa era una mujer orgullosa, fuerte y bella, que estaba decidida a demostrarle a Blaise que se equivocaba acerca de su negocio y de su valía profesional.

BIANCA™

JANE PORTER
SECRETO SICILIANO

Vittorio d'Severano era todo lo que Jillian Smith quería hasta que descubrió su vida secreta. Con el corazón roto, Jill decidió desaparecer.

Vitt volvió para reclamar al hijo que Jill había jurado esconderle y, por el niño, tuvo que aceptar el anillo de compromiso que le ofreció. ¿Pero qué clase de relación podía estar basada en secretos, mentiras... y un deseo imposible de reprimir?

SARA CRAVEN
EL FINAL DE LA INOCENCIA

Para evitar que su corazón quedara hecho pedazos en manos de Darius Maynard, Chloe Benson había abandonado su pueblo. Al regresar a casa años después, aquellos pícaros ojos verdes y comentarios burlones todavía la enfurecían... ¡y excitaban!

Darius sintió una enorme presión al pasar de oveja negra a heredero de la familia Maynard. Sin embargo, no tenía intención de cambiar algunos de sus hábitos, como el de disfrutar de las mujeres hermosas.

N.º 488

CATHERINE GEORGE
BAJO EL SOL DE BRASIL

Roberto de Sousa vivía acostumbrado a que las multitudes gritaran su nombre. Pero tras el accidente que destruyó su carrera como piloto de Fórmula 1, ahora solo oía pensamientos amargos. Recluido en su mansión, Katherine Lister fue la primera persona en ser invitada allí... para valorar una obra de arte. Aunque bajo la apasionada mirada de Roberto, fue ella la que se sintió como una joya de valor incalculable.

¡YA EN TU PUNTO DE VENTA!

DESEO

*Se suponía que ella debía
emparejarlo con otra mujer…*

**EMPAREJADA
CON SU RIVAL**

KAT CANTRELL

N.º 231

Elise Arundel no iba a permitir que Dax Wakefield despres-
tigiara el exitoso negocio con el que emparejaba almas
gemelas. El poderoso magnate dudaba de ella y estaba
decidido a demostrar que todo era un fraude. Por ello, Elise
decidió encontrarle la pareja perfecta al guapo empresario.
Sin embargo, cuando su infalible programa lo emparejó con
ella, ¿qué otro remedio le quedaba a Elise sino dejarse llevar
por la irrefrenable pasión que ardía entre ambos?

BIANCA.

El remedio era...
el matrimonio

EL PRÍNCIPE HEREDERO

KIM LAWRENCE

N.º 3133

Hannah Latimer, frívola y muy hermosa, había dejado su vida sofisticada para trabajar en una ONG y demostrar que servía para algo. Sin embargo, cayó presa de un régimen autoritario e intolerante y su única forma de escapar fue el poderoso y arrogante príncipe Kamel.

Kamel, obligado a casarse con Hannah para evitar una guerra con el país vecino, tenía poca paciencia con esa princesa mimada, pero era su deber y no podía dejarlo a un lado. No había amor entre ellos, pero sí tenía que haber un heredero... y habría pasión.